TINY TIMES

小时代1.0

折纸时代

TINY TIMES CONTENTS

TINY TIMES

小时代1.0

折纸时代

Tiny Times Season.01 Chapter.01

Dirty secrets make friends.

　　翻开最新一期的《人物与时代》，封面的选题是《上海与香港，谁是未来的经济中心》——北京早就被甩出去两百米的距离了，更不要说经济疯狂衰败的台北。

　　每一天都有无数的人涌入这个飞快旋转的城市——带着他们的宏伟蓝图，或者肥皂泡的白日梦想；每一天，也有无数的人离开这个生硬冷漠的摩天大楼组成的森林——留下他们的眼泪。

　　拎着Marc Jacobs包包的年轻白领从地铁站嘈杂的人群里用力地挤出来，踩着10厘米的高跟鞋飞快地冲上台阶，捂着鼻子从衣衫褴褛的乞丐身边翻着白眼跑过去。

　　写字楼的走廊里，坐着排成长队的面试人群，每隔十分钟就会有一个年轻人从房间里出来，把手上的简历扔进垃圾桶。

　　星巴克里无数的东方面孔匆忙地拿起外带的咖啡袋子推开玻璃门扬长而去。一些人一边讲着电话，一边从纸袋里拿出咖啡匆忙喝掉；而另一些人小心地拎着袋子，坐上在路边等待的黑色轿车，赶往老板的办公室。与之相对的是坐在里面的悠闲的西方面孔，眯着眼睛看着*Shanghai Daily*，或者拿着手机大声地笑着："What about your holiday？"

　　外滩一号到外滩十八号一字排开的名牌店里，服务员面若冰霜，店里偶尔一两个戴着巨大蛤蟆墨镜的女人用手指小心地拎起一件衣架上的衣服，虚弱无力，如同衣服上喷洒了毒药一样只用两根手指拉出来斜眼看一看，在所有店员突然容光焕发像借尸还魂一般想要冲过来介绍之前，突然轻轻地放开，衣服"啪"地荡回一整排密密麻麻的衣架中间。外滩的奢侈品店里，店员永远比客人要多。他们信奉的理念就是，一定要让五个人同时伺候一个人。

　　而一条马路之隔的外滩对面的江边大道上，无数从外地慕名而来的游客正拿着相机，彼此抢占着绝佳的拍照地点，他们穿着各种大型连锁低价服装店里千篇一律的衣服，用各种口音大声吼着"看这里！看这里"。他们和马路对面锋利的奢侈品世界，仅仅相隔二十米的距离。

　　老式弄堂里有女人顶着睡了一夜的蓬乱卷发端着马桶走向公共厕所，她们的眼神里是长年累月累积下来的怨恨和不甘。

　　而济南路八号的楼下，停满了一排豪华的轿车，等待着接送里面的贵妇，她们花了三个小时打扮自己，只为了出门喝一个下午茶。

这是一个以光速往前发展的城市。

旋转的物欲和蓬勃的生机，把城市变成地下迷宫般错综复杂。

这是一个匕首般锋利的冷漠时代。

在人的心脏上挖出一个又一个洞，然后埋进滴答滴答的炸弹。财富两极的迅速分化，活生生把人的灵魂撕成了两半。

我们躺在自己小小的被窝里，我们微茫得几乎什么都不是。

当我被早晨尖锐的闹钟声深深刺痛之后，出于求生本能地，我把闹钟往远方一推。然后一片满意的宁静。

但结果是，昨天晚上浇花后因为懒惰而没有放回厕所的水桶被我遗忘在床边，在我半小时后尖叫着醒来时，看见了安静地躺在水桶里的那个闹钟，于是第二声尖叫就显得有点有气无力。

我拿着闹钟放到阳台上，希望水分蒸发之后它还能如同我曾经泡在奶茶杯里的手机一般顽强存活。为了加速水分的蒸发，我拿着闹钟猛甩几下，想要把水从里面甩出来。但当我停下来的时候，发现闹钟背后的盖子神奇地不翼而飞，接着就从楼下传来了一个中年女人的尖叫："哦哟，要死啊！"

而上一次听到这句话是在我把一床重达十公斤的棉被从阳台上掉下去的时候。那天楼下的张老太刚刚从街口的发廊里回来，头上顶着二十厘米高的盘花头和差不多一公斤的发胶，当她顾盼生姿的时候突然感觉到闭上眼睛就是天黑。

而在上海市中心的那个顶级楼盘里，优雅昂贵的气息缓慢地流动在黄金麻建造而成的外立面之间。

顾延盛一边打着手机，一边招呼着旁边的女佣往他的Hermes茶杯里倒奶茶的时候，早上7点半的阳光刚好透过那幅巨大的埃及棉窗帘，照射到他的脸上。轮廓分明的脸，五十岁的年纪，看上去像是四十岁。当然，这得来源于他女儿每天逼他喝的一些抗衰老保养品和帮他挑选的昂贵的男性护肤保养品。

他的女儿坐在他对面喝咖啡，手上正在"哗啦啦"地翻着女佣刚刚从楼下取上来的财经报纸。顾里把喝空的咖啡轻轻地递到女佣面前，没有说话也没有从报纸里抬起头，只是把手停在空气里。过了一会儿，拿回来的时候，杯子里已经倒满了新的巴西咖啡。

顾延盛满意地笑了笑，继续手中的电话，"没有什么不能拆的，就算是坟墓，你也可以直接压平了在上面给我盖出房子来。挖出了白骨？那就倒掉它！还有，黑龙江的那块人工种植林，那边报价了没？如果换算成美元的话……对了，今天美元的汇率是多少？如果可以的话，你帮我把……"顾延盛刚停下来喝口奶茶，就听见对面顾里不动声色地说了一句："1比7.46。"

"Lily你说什么？"顾延盛望过去。

"我是说，今天美元的汇率是，"顾里从报纸里抬起头，"1比7.46。"然后她继续低下头看报纸去了。直到顾延盛准备出门的时候，她才又抬起头来："爸，如果你不是要去参加一个夏威夷草裙聚会的话，请把现在你脖子上的那条春花烂漫的领带换掉好吗？"顾里停下来，回过头，对Lucy（她家的保姆）说："去把我帮他买的那条Hermes的暗蓝色领带拿出来。"

说完，顾里微笑地看着她爸爸。顾延盛额头上飘出一小颗汗珠。

刚关上门，顾里的妈从卧室鬼鬼祟祟地摸了出来，眼珠滴溜溜地四处打探一番之后，诡异地飘到顾里面前，对她说："Lily，借我点钱。"

顾里轻轻地放下咖啡杯："妈，我昨天已经给Cartier打了电话了，如果他们敢把那串珠宝卖给你，我就叫爸爸的所有朋友和我的所有朋友全部转投到Bvlgari去。"

在顾里她妈刚要准备尖叫的时候，顾里不耐烦地拿眼斜她，"你得了吧，你一个月买了三条手链两个戒指两块手表了，你有几只手啊你，蜈蚣也没你这么戴的，你消停会儿吧你。"

说完她提起旁边的Fendi包，转身出门了，"Lucy打电话给司机，我马上下楼了。我不要等。叫他快点。"

关门出去之后十秒钟，门又打开了："Lucy把我的漱口水拿给我，我忘记放包里了。"

顾里妈尖叫着："你没必要吧你，你把沐浴露、洗发水、护发素全部放在包里好了！"

顾里低头想了一下："值得考虑。"然后拿过Lucy递过来的漱口水，头也不回地走了。

当唐宛如第三次企图把自己塞进那件L号女装的时候，坐在她对面的南湘深深地叹了一口气，她叹气的原因并不是唐宛如没有把自己塞进那件衣服里去——说实话，南湘非常不能理解现在唐宛如正在试穿的这件衣服哪里好，黑色的直线条，硕大的口袋，肩膀上还有一匹奔马的图案……在唐宛如试穿之前，南湘就抓着那个店员，反复地确认了三次，"这真的不是男装吗？"

当唐宛如两眼含泪地放弃了那件衣服的时候，另外一个店员笑脸如花地飘了过来，给了唐宛如致命一击："小姐，我们这边还有这件衣服的男款，一模一样的，穿在你身上别人绝对看不出来。"

"你是指看不出来是男式，还是看不出来是女式？"南湘反应非常敏捷。

"这个……"店员面露难色。

唐宛如愤怒地摔下了衣服，娇嗔地说："太欺负人了。人家不买了。"然后她走过来，拉起翻着白眼几乎要缺氧的南湘准备要走。

但是，这对唐宛如来说并不是当天压死骆驼的最后一根稻草，最致命的遭遇，来自本来已经要走的南湘。她突然看中了店里另外一件衣服，在拿了S号试完之后，出来幽幽地叹了口气："太大了。"

唐宛如愤怒地拂袖离去。

被丢下的南湘自己随便逛了逛，也没什么兴趣。本来她就不爱买衣服，更何况是这些百货公司的，除非打折，或者顾里送给自己，否则她从来不会买。但是上帝是不公平的，每次南湘穿着从路边小店里淘来的一百多块的裙子站在女孩子们中间的时候，那些男生都会自动忽略掉其他的女人，把目光牢牢地锁定在她的身上。为此，唐宛如总是和南湘保持着一定的距离。

在商场四楼的书店逛了一圈之后，南湘准备早一点出发去学校报到。于是她拿着一本画册去结账，然后抱着巨大的书朝公交车站走去。

从公车上下来后南湘慢悠悠地朝学校走，沿路是很多新鲜而亢奋的面孔。每一年开学的时候，都会有无数的新生带着激动与惶恐的心情走进这所在全中国以建筑前卫奢华同时百分之九十五都是上海本地学生而闻名的大学。很难有人相信，一个大学可以凭借自己的教学楼和图书馆，就能够和金茂、东方明珠等建筑抗衡，成为上海的十大建筑。

走在自己前面的几个女生刚刚从出租车上下来，说实话，学校的位置并不在市中心，如果不是刚巧住在附近的话，那么出租车费一定会超过三位数，以此来判断的话，她们的家境应该都挺富裕。

几个女生都是典型的上海小姑娘的入时打扮，化着精致的妆，偶尔侧过头和身边的伙伴讲话的时候，南湘可以清晰地看见她们眼睛上被刷到两厘米长的根根分明的睫毛，像两把刷子一样上下起伏。

其中的一个女生突然用林志玲的声音高声朗诵起来："啊！这些教学楼好高大哦！而且都是白色的大理石！感觉好像宫殿一样哦！我感觉自己像个公主！"

南湘胃里突然涌起一阵酸水，于是喉咙里响亮地发出了一阵干呕的声音。这个声音刚好接在那句"我感觉自己像个公主"后面，于是一时间两边都有点尴尬。南湘冲她摊了摊手，"当然，我不是针对你。"而显然对方并不能接受这个解释，南湘想了想，又诚恳地补充了一句"我怀孕了"。

对方立刻接受了这个解释，迅速在脸上浮出了一副非常值得寻味的表情，并且发出了一声缠风卷柳的"啊~"。

晚饭的时候，南湘对我转述这个插曲，她使用的openning是"林萧，你完全不知道今年我们学校收进了一群什么妖兽"。

我一直很佩服南湘的艺术才华，比如她可以推陈出新地在众多类似"妖精"、"妖孽"、"妖怪"、"怪物"的词语里，准确地选择出"妖兽"这样一个传神的词语来。

而这个事件以"公主"被美术学院门口停的几十辆名贵私家车深深刺痛作为ending。南湘说："在她看见无数宝马、奔驰、凯迪拉克甚至劳斯莱斯的标志时，她终于醒悟了打车来上课的自己其实不是公主，而是女仆。"末了又补充了一句，"当然，我这样坐公车的自然是女奴。"

南湘这样说的时候，其实我内心并不好过。她是这样一个才华出众的人，每一年无论学校还是全国的美术大赛，她都可以拿到非常耀眼的名次。只是她的家庭太过普通，而谁都知道美术学院这样的地方，就像是一座专门为钞票修建的焚尸炉，每一年都有无数的家长用车运来成捆成捆的钞票，然后推进熊熊的火焰里，整个学院上空都是这样红色的火舌和乌烟瘴气的尘埃。每年的奖学金对于这样的火场来说，只是杯水车薪而已。一杯水洒进去，"滋滋滋"地瞬间就化成白汽。

不过南湘并不是太在乎这些。

而在开学的第一天，想要干呕的并不只有南湘一个人。

唐宛如带着满身怨气从商场回到学校之后，就马不停蹄地训练去了。现在，她已经围着室内体育馆跑了二十九圈，每次训练结束之后的体能训练，雷打不动的三十圈限时跑。每次望着跑在自己前面的那些肌肉壮硕的女人，她的内心就有一种"不如归去"的无力感。挥洒的汗水、跳动的肌肉、粗壮的喘息声……可是这些放在"女人"这个字眼上合适吗？

做一个优秀的羽毛球选手并不是唐宛如的梦想（成为林志玲才是她的梦想……实在不行的话，徐若瑄也OK），却是她父亲的梦想。而此刻她父亲正站在体育馆边上计算着每一个队员跑步的时间。拥有一个体育教练父亲，对唐宛如来说，是一场从童年起就持续的无穷无尽的噩梦。

她四岁的时候，父亲第一次带她去游泳馆，准备教她游泳，正好碰见自己的同事，一个游泳教练在训练自己六岁的儿子。同事得意的谈论深深地刺激了她的父亲，于是父亲漫不经心地说了一句"我女儿也早就会游泳了"之后，就闪电般地伸出手把她朝游泳池里一推。于是唐宛如在四岁的时候，还没反应过来是怎么一回事情，就如同一颗铅球一样表情呆滞地沉进了池里。

有时候唐宛如对着镜子脱衣服的时候，也会在把手举过头顶的瞬间看见自己背上发达的肌肉，那一个瞬间，她眼里都是心酸的泪水，但也会在瞬间被自己坚强的乐观主义精神所挽救："哇噻，我眼里充满了泪水，看上去就像是琼瑶电视剧里那些娇弱的女主角！"

她也经常在学校教室里纯净水喝光了的时候，被大家理所当然地求助："宛如，扛一下那桶水啦，换上去。"

"那一瞬间我觉得自己有一种涅槃的感觉。"唐宛如曾经这样对着我们表达她的情绪。但是从我们脸上的复杂表情，她迅速地知道肯定是某一个词语出了问题，"难道涅槃不是形容非常绝望的心情吗？"

"哦，事实上，涅槃是形容一种柔软的质地。"顾里面无表情地说。

"真的假的……"唐宛如若有所思，"我多想我的身体变得涅槃！"

南湘和我都露出了痛苦的表情。

唐宛如后来寻找到了安慰自己的有力证据，在郑重其事地邀请我们去她家一同欣赏了麦当娜的演唱会之后，她把画面定格在麦当娜表演瑜伽动作的画面上。她拿着饮料吸管，像教鞭一样指着麦当娜手臂上发达的肌肉眉飞色舞地说："你看，就算是有肌肉，也可以是一个完美的女人。"

但是这种自我催眠被当晚留宿在她家的顾里一举粉碎。半夜顾里突然尖叫一声从黑暗里坐起来，在唐宛如慌忙地按亮床头灯之后，顾里如释重负地说："刚才我突然摸到你的胳膊，半梦半醒间以为自己身边睡了个男人，吓死我了！"

在顾里如释重负的同时，她看见了在自己面前迅速风云变幻的唐宛如的脸。

顾里严肃地补充道："哦，我的意思是说……"

"顾里！你敢再多说一个字我现在就去厨房开煤气和你同归于尽！"唐宛如歇斯底里地大叫。

"别……"

于是唐宛如迅速尖叫着翻身起床冲向厨房。顾里哆嗦着："她不会拿刀去了吧……"

作为最后一个完成三十圈限时跑的队员，唐宛如抬眼看了看父亲，意料之内的难看脸色，可以缩写为"轻视"两个字。

唐宛如视若不见动作迅速，转身走进了运动员休息室里。

她脱下被汗水浸泡的羽毛球服，又脱下了里面的紧身背心，打开柜子拿出连衣裙和内衣，刚要换上，就听见推门的声音，她转过头去，看见一张从来没见过的脸孔。

更重要的是，这张脸孔现在正赤裸着上身，目光盯着唐宛如完全没有遮挡的胸部无法转开，在三秒钟地狱一样的安静之后，他涨红着脸说："我……我走错了……吗？"

那一刻，唐宛如被那个"吗"字彻底地激怒了。

晚饭的时候，唐宛如挥舞着右手，像舞动羽毛球拍一样用力，她面红耳赤激动地说："我二十二年以来第一次被别人看见我的奶！"

在她喊完这声号子（……）之后，食堂里我们座位周围大概二十米直径范围内的人都突然转头望向了我们。我和南湘迅速地低下了头。

"是第二次，我记得我也看过你的奶。而且，现在整个食堂的人都知道别人看到了你的奶，你可以把吼声再气沉丹田一点，我有一点担心楼下烧开水的老伯错过了这次精彩的广播。"顾里在众多男生的回头观望中，依然镇定地夹菜。我和南湘把碗举起来挡在面前。

"而且这不是重点！"唐宛如压低声音，但是依然无法掩饰口气里的激动，"重点是，他凭什么在那一句'我走错了'之后再加一个'吗'字！凭什么！"

"这不是重点！我不计较这区区的二十四块钱！重点是你们的扣税方法完全就是错

的。我可以告诉你们，我是学会计专业的，八百块以下的部分根本就不用交税，而且，稿费的标准应该按照百分之十四而不是百分之十七！"顾里提着她爸爸新送她的LV包包，快速地走过一段正在施工的大楼边上的人行道，一边对着手机大声发表着严肃的演讲。

"好了好了，补给你这二十四块钱，麻烦死了！"对方的回答。

"我并不是需要这二十四块钱，而是一种态度，专业的态度！如果你们是这样的态度，那么这是我最后一次为《当月时经》写稿子！"顾里义正词严地声明。

"那么这也是《当月时经》最后一次用你的稿子。"对方的编辑显然比她平静很多。

而一个月之前，顾里还在为自己发表在专业财经时政杂志《当月时经》上的文章骄傲万分，只是在她为此请客的饭局上，唐宛如的表现才是真正的可圈可点。当顾里用一种难以用文字来形容只让人想呼她巴掌的表情从包里拿出那本登有她专业论文的杂志时，唐宛如若无其事地瞄了一眼，说："哦，《当时月经》。"于是顾里小心翼翼捧着杂志如同捧着一个易碎古董般的动作，凝固在了空气里。

于是那顿饭泡汤了，从顾里请客变成了AA制的聚餐，而且顾里疯狂地点着昂贵的鱼翅捞饭之类的东西，我和南湘苦不堪言。我们固然非常痛恨唐宛如夺走了我们吃白食的一次机会，但是她的解释让我们当下就原谅了她。"以我的文化程度，我实在难以接受'当时'中间插进一个'月'字，也无法接受'月经'中间插进一个'时'字，那完全超出了我的知识范畴！"

我们都觉得她说的很有道理。

顾里用这样一本杂志去为难一个从初中开始就没怎么上过文化课、一直凭借体育生身份不断毕业的女人，确实是她的不对。

顾里还想和对方争辩的时候，手机里传来挂断的嘟嘟声。顾里望着手里的手机，吃惊地张着口，仿佛不能相信眼前发生的事实。一分钟的震惊之后，顾里愤怒而用力地把手机盖"啪"的一声摔上了，于是手机盖也非常愤怒而用力地从手机机身上脱落了下来……

如果要对"雪上加霜"下一个定义的话，就是当顾里还没有从手机盖断开机身的打击中恢复过来时，几个骑漂亮山地车的十五六岁的小男生突然从她身边飞快地冲了过去，于是满天纷飞的泥浆劈头盖脸地朝顾里扑过来。顾里突然从白雪公主变成了一只斑点狗，她显然被这个状况震住了。

如果要对"最后一击"下一个定义的话，就是最后的那个漂亮小男孩，回过头对目瞪口呆的顾里大声说了句："大姐，对不起啊。"

顾里把断成两半的手机朝食堂的桌子上一丢，望着我的眼睛，咬牙切齿地说："他凭什么叫我大姐？他以为自己有多小？"

"被十五岁的男生叫姐姐不是经常有的事情吗？"南湘喝着食堂送的每日例汤说。

"No！姐姐和大姐完全是两种不一样的物种！就像阿姨和大姨一样！两个世界的生物！如果说他们把我溅得一身泥点如同斑点狗一样是一次意外的话，那么，那个小孩子叫我大姐，就是一次蓄意的侮辱！蓄意的！侮辱！"顾里把目光从南湘脸上转过来，继续望着我，"林萧，难道我看起来就真的那么老吗？！"

"呃，事实上……"唐宛如并不打算错过这个打击报复的机会。

"你不准回答这个问题！"顾里果断地制止了她，然后转头，依然把目光诚恳地望向我，"我才二十一岁！"

"你过几个月就马上到来的二十二岁生日我还没想好送你什么。"唐宛如迅速地把握住了这一次机会。

看着顾里迅速结冰的脸，我赶紧说："这种事情现在很多见的，我们都遇见过这样的事情。不用这么介意。"

"是吗？"顾里的脸色缓和下来。

"我没有。"唐宛如说。

"我更不可能有。"南湘演绎了"雪上加霜"。

顾里望着我："林萧，你呢？"

"我倒是还没有啦……"我话说到一半，意识到自己刚刚完成了"致命一击"的动作，看着顾里慈禧一样的脸色，我迅速地补充，"……不过我相信会很快！"

南湘看着面容扭曲的顾里，说："你如果还是这样每天都打扮得像要去出席慈善酒会，并且永远不改你对黑色的热爱，那么哪天在街上被别人叫妈，我都不会惊讶。"

"你呢，今天遇见什么事情？"南湘打击完顾里之后，望向我，她们终于在晚饭快要结束的时候想起了询问关于我的话题。

我告诉她们我的一天乏善可陈，除了差点用闹钟杀死一个女人之外没有任何爆点，早上来学校完成开学的注册手续，然后顺便帮大一的班导师带领文学院新生处理开学的相关事宜。大一的男生里面，百分之八十的人戴着眼镜，剩下的百分之二十里有一半的人穿着裤腿短三寸的裤子，露出里面的白色尼龙袜子，而另外一半，扔进人海里，就永远也不可能再寻找到他们。

汇报完毕之后，我的手机突然响起来。

我翻开屏幕之后变得目瞪口呆，我终于也和她们三个一样，拥有了开学第一天的爆点事件，而且我相信是所有人里面最大的爆点。

手机屏幕上的短信内容是："林萧小姐，我们已经决定聘用您作为《M.E》杂志执行主编的特别助理。具体情况已经发邮件到您填写的资料上的电子信箱。请查收。"

在我目瞪口呆的同时，南湘嘴里交替重复着"我的天"和"真的假的"，而顾里则理智地要求我调查清楚，有可能是诈骗集团的短信。

剩下唐宛如非常地淡定，我可以理解，因为她完全不看书。她宁愿窝在沙发上用一堆爆米花电影打发掉一个下午，也不愿意阅读一本足够让人声泪俱下或者灵魂扭曲甚至毛骨悚然的小说。你就算告诉她"郭敬明是唐朝的一位诗人"，她也依然是这样淡定地说一声"哦，是吗"，而且她一直认为王朔和王蒙是兄弟。

晚饭结束之后，我们就回到了寝室。虽然来自不同的学院，但是我们四个用尽了各种手段调到了同一间寝室里。

学校的寝室极尽奢华之能事。完全没有寻常大学里八人一间或者四人一间的拥挤场面，也不需要穿越一整个走廊去尽头的盥洗室洗澡刷牙，也没有可能出现莘莘学子打着手电挑灯夜读的场面，顾里将那些称呼为"电视剧里虚构的情节"。我们拥有的真实人生是：二十四小时持续的电源，二十四小时随时提供的热水，单独的卫生间，四个人共同住在一个套间里面，两人一个卧室，卧室里有单独的空调，并且四人共用一个小客厅。顾里甚至从宜家买回了沙发和茶几摆在客厅里，又在客厅中央铺上了一块羊毛混纺的地毯，于是我们的生活里开始有了下午茶和瑜伽时间。

——看上去，我们的真实生活，更像是"电视剧里虚构的情节"。

虽然回到寝室后我们并没有继续关于《M.E》的话题，但是我却因为这个失眠了，我躺在床上睡不着，于是翻身起来，把书架上的《M.E》杂志通通搬下来。在这个过程里，有一本落下来砸到了南湘的头上，导致她差点休克了过去——每本差不多一公斤重、又厚又大的时尚杂志，确实有当做凶器的潜质。

我翻开最新一期的Cast页，执行主编位置后面的名字是：宫洺。

这是我第一次注意到这个名字，这就是我即将面对的老板。

虽然那个时候，我并不知道"宫洺"这两个字背后所代表的一切。

客厅里顾里用座机打电话给她男朋友顾源，告诉他她的手机坏了，暂时无法用手机联系。

我们都觉得她和她男朋友简直是天造地设的一对，一个叫顾里，一个叫顾源，也许将来生个儿子可以叫顾城或者顾乡，那么他们就是幸福欢乐的吉祥三宝，可以手拉手去大草原上奔跑跳跃。而且更妙的地方在于，顾里在念会计专业，将来的志向是做注册会计师；而顾源在念金融投资，多么般配。投资赚钱，偷税漏税，实在是绝妙组合。

而南湘站在阳台上，背对着我沉默地发着短信。

我知道她在发给谁。

但是我什么都不能说，我走到她身边，轻轻地叹了一口气，算是表达了我的立场。她回过头给我一个苦涩的微笑。

我看见她的眼睛里闪动的光亮，像夏天里灿烂的星辰。

在我们平凡而又微茫的生活里，并不是只有轻松的欢笑和捧腹的乐趣。在时光日复一日的缓慢推进里，有很多痛苦就像是图钉一样，随着滚滚而过的车轮被轧进我们的心中。

我们的痛苦来源于爱。但我们的幸福也来源于爱。

窗外浓厚的夜色被寂静衬托得格外沉重，像是一池无风天里的湖水。黄色的路灯下，偶尔会走过一对互相依偎的约会男女。他们的影子被拉得很长很长，像是大写的"幸福"二字。

南湘和我一样，也没有睡着。她在床上轻轻地翻身，怕吵醒我。

我把头盖进被子里，摸出枕头底下的手机，发了条消息："你睡了吗？在干吗？"

　　过了几秒钟，手机的屏幕亮起来，简溪回我说："我在看书，《爱与匕首》。你怎么还不睡？"

　　我飞快地打字过去："我很想你。"

　　过了一会儿，消息回过来："我也是。你快睡吧，睡了也可以想我。我周末去看你啊。"

　　我把简溪的短信贴在胸口上，觉得一阵温热。

　　我又把手机里简溪的照片找出来，照片上的他穿着白衬衣，干净的头发，高高瘦瘦的样子，像是模特一样。照片里他还背着书包，这是高三的时候，他对着镜头微微笑着，露出一点点牙齿。

　　他就像一棵树一样。

　　开学的第一天过去了。

　　其实我们的生命就是这样一天一天地转动过去。秒针、分针、时针，拖着虚影转动成无数密密麻麻的日子，最终汇聚成时间的长河，变成我们所生活的庞大的时代。

　　而我，和我们，都是其中，最最渺小微茫的一个部分。

　　梦里很多摇晃的绿色光晕，后来渐渐看清楚了，那是一整片巨大而安静的树。

　　树影晃动成的海洋，朝大地的尽头倾斜着。

　　滚滚而去的绿色巨浪。

TINY TIMES

小时代1.0

折纸时代

Tiny Times Season.01 Chapter.02

Dirty secrets make friends.

顾里从提款机提出厚厚的一叠粉红色钞票，放进钱包后板着脸往电梯走。

本来顾里的心情很好，终于从上一个手机自我了断的阴影里走了出来，但是又瞬间陷入了另一个阴影。自从三年前开始使用信用卡以来，她几乎就不太喜欢使用现金了。对于任何不能刷卡的场合，她都会表现得嗤之以鼻并且义愤填膺，但其实我们都知道，背后更重要的一个原因是她每个月高额的刷卡费用，会给她带来无穷的积分和点数。这是现金消费所不能给予的。既然都是花同样的钱，那么该拿到的利益就一定要拿到，一分也不能少。作为一个未来的会计师，顾里在精打细算方面表现得非常精彩，就像有一次在商场里的收银台前排队结账，站在我们前面的一个穿着Dior套装拎着Prada包包的女人，和收银小姐纠结于五分钱的找零。收银小姐潇洒地刷一声拉开装钱的抽屉，两手一摊："你自己看！我哪里来五分的零钱！整个上海估计都难找到五分钱！"但是Dior小姐据理力争，最后终于惊动了商场主管，拿到五分钱硬币扬长而去。在我们所有人对Dior小姐表示不可思议和微微鄙视时，顾里却被深深地震动了，用她后来的形容就是"当时我真想对她立正敬礼"！

顾里把一叠人民币摔在柜台上，接着发表了整整五分钟关于"你们这么大一个手机门面，竟然不能刷卡消费，成何体统"的演说，然后拿着新手机扬长而去。

听完这个非常无聊的故事之后，我开始把玩顾里的新手机。很明显，这是一个非常男性化的机型，黑色的钢外表、硬朗的线条，我拿着按了几下，脑海里忍不住勾勒了一下自己拿着电话说"喂你好，我是林总"的雄浑画面，我嘴角抽搐了几下，赶紧递给了南湘。南湘二话不说把身子往后一靠，像是我递了颗手雷给她一样，"姐姐你放过我吧，快拿开！"说完又看了眼唐宛如，补充道："不过应该挺适合宛如。"

顾里完全不介意，伸手抢回手机，轻轻地抚摸了两下，表达了对新手机的喜爱，然后毫无眷恋地丢进了她的LV包包里——我们都知道，过一两个月，她包包里又会出现一个新的手机。

南湘和我都在诧异为何唐宛如对我们的嘲讽一点反应都没有。我们转头望过去，她脸色苍白，异常严肃地坐在食堂的椅子上，脸上几乎没有表情，淡定得像是快要到达彼岸了。

顾里拿调羹在她碗边上敲了几下，才让她回过神来，我们三个都用非常期待的目光看着她，期待着她的故事，因为从她的表情看来，一定发生了精彩的段子。

"好吧。"唐宛如像是花了好大力气才下定决心，"我可以告诉你们，但是你们不可以发表任何意见！"

我们迅速而整齐地点了点头。

"我报了学校的瑜伽兴趣小组……"她很平静。

我们三个整齐地张大了嘴，倒吸一口冷气，整个过程没有发出任何声音，但是我们仨已经在彼此错综复杂的眼神里交换了所有的感受。

"但这个不是重点……"她补充道。

"This is really really the point."我们三个再一次整齐地打断了她。

被唐宛如捶了三拳之后，我们听完了她的遭遇。

总结起来，就是她因为要急着赶去瑜伽兴趣小组，所以在羽毛球训练结束之后就飞速地去换衣服准备离开，只是天有不测风云，女更衣室的门不知怎么被锁起来了。经过激烈的思想斗争之后，唐宛如低头走进了空无一人的男更衣室，企图速战速决。但是在刚刚脱下背心还没来得及穿胸罩的时候，她再一次听见了高声的大叫。回过头，依然是上次那个半裸的身体和那个陌生的面孔。对于那个"吗"字，唐宛如记恨到现在，她想了想，索性豁出去了，抬头挺胸地对着发出尖叫的男生吼回去："你叫什么啊你！"

那个男的支吾了半天，红着脸说："我叫……卫海。"

唐宛如在愣了足足十秒钟之后，伸手扶住了墙壁。

"他完全放错重点！我的意思是在质问他鬼叫什么！他却以为本小姐在对他搭讪！不要脸！"唐宛如面色依然苍白，喝了口热汤下去，也没被烫红。

顾里悠闲地喝了口肉丸子汤，说："对于放错重点这件事情，你完全没立场去说别人。你别忘记了去年你陪我去我奶奶家，我奶奶亲热地叫你'呀，小姑娘，快来坐，喝口水，喝口水'的时候，你回了句多么精辟的句子。"

唐宛如的脸终于红了。

南湘探过脑袋，问："她回答什么？回答'我不是小姑娘'？"

顾里在胸腔里冷笑两声，模仿着唐宛如浑厚的声音说："哎呀，干吗要喝口水，多脏呀，"顿了顿，"谁的口水？"

"我奶奶差点没当场休克过去。"顾里眯起眼睛看唐宛如。

我和南湘看着唐宛如，立刻也产生了一种想要对她立正敬礼的感觉。这女人，活得太诡异了。

南湘揉着笑痛的肚子，问："你的意思是说，他又看到了你的……"

"对！这个不要脸的，又看了一次我的奶！"唐宛如显然非常生气，唾沫星子飞到了我刚刚举起来的汤碗里，于是我尴尬地停在半空，不知道该不该继续喝。

"这次不错，中气够足，楼下烧开水的老伯也听见了。"顾里眉飞色舞。

"两次！他看了我的奶两次！"唐宛如的愤怒显然影响了她的智商和听觉，顾里刚刚的那句话等于没说。

"两次？你的意思是他看见了你的奶、奶？"顾里显然不会罢休。

"看见你外婆！"唐宛如恢复了听觉。

"那有点难度，我外婆早就被埋进土里了。"顾里非常镇定，标准的一张注册会计师的脸，"还烧成了灰，你没事别去把她老人家从土里翻出来晾着……"

唐宛如没等顾里说完，已经开始了尖叫："讨厌了啦，人家害怕的！不准讲鬼故事啊！！"

顾里终于被她惹毛了："你外婆才是鬼故事，你们全家都是鬼故事！还有，你以后在我面前再敢用'了啦'、'人家'之类的词，我发誓我会把你埋进土里挖都挖不出来。"

我正在饶有兴趣地看着每天都会发生的顾里和唐宛如的舌战，结果被手机铃声打断了。来电人是顾源，我接起来，听到他在电话里说："林萧，顾里和你在一起吗？"

"在啊，我们在第一食堂的偏厅。"

"那你们先别走，我现在过去找你们。"

"哦。"

挂了电话我告诉顾里是顾源。顾里点点头，继续和唐宛如讨论奶奶、外婆的事情。

远远地看见顾源走了过来，旁边跟着一个挺拔帅气的年轻小伙子。顾源还非常配合地抬起手钩着他的肩膀。我和南湘都眼睛一亮，燃起熊熊火焰，一瞬间回忆起高中岁月。

顾源从初中起就长得一表人才，而且他有一个特性，就是走在他旁边的人也永远都是同样的一表人才，这似乎成了一个定律。对于我们这样的青春期少女来说，实在是太大的刺激。

从高中的时候，他和简溪形影不离就足以说明这一点。那个时候，我、顾里、南湘、唐宛如，我们四个连同全校的花季少女都在以他们俩为蓝本，勾勒、描绘、编造、幻想、杜撰、企划、谋算着无限缠绵悱恻的同人故事。并且，他们也非常配合地提供着无数可以让我们尖叫或者窒息的素材，比如两人经常交换穿彼此的衣服，甚至贴身的背心都毫不介意，我们脑海里随之而产生的，也是所有腐女惯用的文笔"他的体温覆盖着他的体温"；他们经常买同样的球鞋；他们一个人去排队打饭，另一个人就会坐在座位上看管书包；两个人经常分享同一瓶可乐；简溪周末回家的时候，还会把顾源的衣服带回家洗，因为顾源的家离得太远，不太常回去；甚至经常可以看见顾源在帮简溪整理着衣领……他们就这样一次、两次、三番五次地挑战着我们的承受极限。

最经典的一次，是简溪和顾源在校运动会上的精彩接力，作为4×100男子决赛时的最后两棒，他们吸引了比平时更多的关注目光。顾源作为第三棒奋力地冲向前方弯腰背对他（……）等待着的简溪，在快要交接棒的时候，我们班的一个眼镜姑娘不顾一切地冲到人群的最前面，忘我而纵情地放声呐喊："顾源！快给他！快给他呀！啊！简溪握住！呀！握紧了！握紧了！"

周围的气场在一瞬间凝结了，寂静的空气里诡异地飘动着好多女生此起彼伏心照不宣的喘息声，几秒钟后我和南湘看着前面的一个女的面红耳赤地休克了过去。

从那之后，我们的高中里又多了一个暗语。经常会听见女生堆里突然有人忘我地吼出一句："握紧了呀！"

最后这场旷日持久的集体意淫被我和顾里亲手给终结掉了，因为我们分别和他们两个开始了甜蜜的交往。为此，我和顾里成为了全校女生的眼中钉。我每天埋首低头，混迹在人群里，企图减弱大家的敌意，但是每当简溪靠近我站在我身边、露出整齐的白牙齿对我灿烂微笑的时候，他就像是一块巨大的阳极磁铁，牢牢地吸引了包括我在内的所有阴极的目光。而我就像是在无数面照妖镜笼罩下的妖兽一样，痛不欲生但也痛并快乐着。

那一段时间我觉得有很多女生都悄悄地以我为模型用稻草扎成了小人，每天晚上在被窝里反复地用钢针捅来捅去，我甚至担心自己会被那些性格偏激、内心阴郁的女生除之而后快，每每经过学校宿舍前那片低矮的灌木林，我都会心惊胆战，感觉随时都会被拖进树林里被人奸污。

　　但是顾里显然比我坦荡得多，高三快毕业的时候，她坐在顾源的大腿上吃午饭，在用勺子往顾源嘴里喂饭的同时，顺口潇洒地对着走过去的年级主任打了声招呼。年级主任隔天就请了病假，之后一蹶不振，看见顾里就绕路走。

　　我从回忆里脱身出来，看见顾里回过头，冲顾源和他的朋友挥了挥手，招呼他们过来。顾里刚转身，就看见唐宛如满脸涨红，像要爆炸一样地对她吼了一声："不要脸！"顾里正在疑惑，刚想问为什么对自己的男朋友招手就不要脸了，就发现唐宛如的目光穿过自己，笔直而锐利地射向了自己身后。

　　顾里再转过头，看见顾源拍拍身边那个面红耳赤的朋友，指着唐宛如问道："卫海，你是不是偷了她的钱包啊？"

　　然后我和南湘就同时发出了一声抑扬顿挫的"啊~"来。

　　我们的生活简直太璀璨了。

　　作为唐宛如的朋友，一定需要习惯的就是她随时随地都能给你带来的那种羞愤与尴尬，所以，练就一张风云不惊的脸，是成为她朋友的基本条件。

　　但是在接下来的十分钟里，我和南湘作为她好几年的朋友，依然败下阵来。

　　整个食堂里都回荡着她的怒吼：

　　"你不要脸！"

　　"就是你！看了我的奶两次！"

　　"你故意闯进女更衣室干什么！"

　　"我的裸体还没人看过！就被你看了！"

　　……

　　骂到最后，她还口不择言地吼了一句："看看看！我的奶有什么好看的！"对于这种自取其辱的话，我和南湘无论如何也说不出来，哪怕是面对老虎凳和辣椒水，应该也会认真考虑后再说。

　　我抬头看看顾源，他当场就笑得弯下腰去，死命捶着旁边的板凳，几乎要不行了。而我和南湘都恨不得把脸揉成一张用过的餐巾纸，丢到无人看见的角落里，或者直接把脑袋埋进喝水的一次性纸杯里。

唯独顾里依然淡定自若。从这一点上来说，作为一个未来的注册会计师，她非常成功，估计再假以时日，她可以去美国政界参加竞选。

最后卫海摆摆手，话都说不出来，面红耳赤，节节败退，仓皇逃窜。转眼间就消失在食堂里。

南湘戳戳我的腰说："要换了我，我估计早对丫动手了。揍丫的。"

"揍谁？"

南湘毫不犹豫地说："当然是揍唐宛如。"

顾源拉开椅子坐下来，把一个盒子放到顾里面前，说："你不是手机掉了吗，给你。"

顾里笑得欲拒还迎地把盒子拿了过去，一边说着"干吗给我买呀，多浪费钱"一边毫不手软地拖过去打开。盒子刚刚翻开，顾里的笑容就像是突然被鱼竿从水里扯到岸上的鱼，抽搐了几下之后，就死硬了。

顾里说得很对，干吗浪费钱，顾源一分钱都没有浪费，因为盒子里就是一沓整齐的粉红色百元钞票。我和南湘看得都快窒息了。

顾源拿过顾里喝掉一半的肉丸子汤喝了一口，然后说："你拿去买一个手机，买自己喜欢的。"

我和南湘都被这种非常货真价实的浪漫氛围给笼罩了，眼中那些粉红色的钞票像是无数朵盛开的玫瑰。对于我们这样挣扎在温饱线上的人，拥有一个顾源这样的男朋友，无疑是我们擦亮阿拉丁神灯时许下的第一个愿望。

不过当回过头看到顾里阴沉下来的一张脸时，我就不这么想了。

顾里把盒子里的钱拿出来，迅速地丢进自己的LV提包里，沉着脸丢下一句"有你这样的男朋友真是太好了"，就转身走出了食堂，留下非常尴尬的我和南湘。顾源的脸色也很不好看，谁遇见这样一件吃力不讨好的事情，都会脸色不好。

顾源抬起头，目光像是扫描仪一样在我和南湘的脸上扫来扫去，半晌，恨恨地说："就这样的脾气，你们也受得了她？"说完站起来走了，留下那碗没有喝完的肉丸子汤。

其实我和南湘都知道他是在说气话，因为在我们所有人里面，最能忍受顾里的，他绝对排第一名。无论是南湘、唐宛如，还是我，都曾经面红耳赤甚至跳到桌子上和顾里大吵过，甚至用枕头互相殴打，抓着对方的头发死不松手也是很常见的事情。

但是发生这样的事，多少也让我们觉得尴尬。所以我们低着头，二话不说。

周末终于到来了。

明天将是我去《M.E》上班的第一天。作为周末特别助手，我需要了解的有很多很多——这个是宫洺的第一助手告诉我的。我本来以为自己要做的工作只是端茶倒水、记录当日的工作日程、过滤电话、打印文件等等。但是，Kitty在整整一周的时间里，通过MSN的聊天对话，反复地将我的一个个幻想彻底粉碎。

每一次Kitty在线上对我说话的时候，第一句话都是："Hello，林萧！"

然后我也迅速地："Hello，Kitty！"

我在面试的时候见过Kitty一次。她是个化着精致的烟熏妆、穿着性感的短裙、拎着Prada包包上班的女人，和Hello Kitty那个穿着粉红色蕾丝裙子的猫相差了十万八千里，她们来自两个不同的星球，并且完全无法沟通和交流。

所以她MSN头像上的那个黑眼圈性感女人，和Hello Kitty这个名字，把我拉扯得快要神经分裂了。于是我果断地决定结束这种折磨，在上一次的对话时，坚定地打了一句"你好，凯蒂"过去。然后过了三分钟，MSN一动不动……

又过了很久，Kitty回话过来郑重地问我："你是谁？"

凯蒂小姐传达给我种种注意事项，其中包括一份长达六页、名为"他喜欢的和讨厌的"文件，里面囊括了他从工作上到生活上、在我看来匪夷所思的种种爱好和厌恶。从这些她千叮咛万嘱咐的事项上看来，宫洺是个非常难伺候的人。并且凯蒂还告诉我："在周六周日两天，你除了是宫洺工作上的助理之外，还是他生活上的私人助理。"对于这一点，我迅速地做出了反应："私人到什么程度？"

对方的回答是："私人到任何程度。"

刚刚热好的牛奶差一点被我尽数泼到键盘上。

"难道需要陪睡？！"我一边扯出几张纸巾吸着键盘上的牛奶，一边愤怒地打了一行字过去。

"你想得美。"对方轻蔑地回答我。

但是，我还是搞砸了。而且是在上班的第一天。

如同所有连续剧的开头一样，倒霉的助理遇到了各种波折。艺术来源于生活，编剧作家们其实并没有瞎掰。

当我在五分钟内从楼下星巴克把卡布奇诺买上来，放到宫洺面前的时候，他只是喝了一口，就抬起头，用那双狭长的眼睛打量了我一分钟，然后摇摇头，没有任何表情地说："再重新买一杯。"

之后他就再也没有抬起头说任何话。

我脑海里反复播放着他刚刚的面容，魂不守舍地拿起那杯咖啡走出他的办公室，然后才清醒过来：我搞砸了。

其实在应聘的时候，我偷偷透过宫洺办公室的玻璃墙朝里面打量过他，但是那时距离太远，而且他低着头在看手上的文件，刘海几乎遮住了他的二分之一张脸。我也在杂志上看过他的照片，但在内心里坚定地认为那是经过化妆师和后期处理后的面容。

然后，当第一次这么近距离地看着这样的一张脸的时候，我有点吃不消。

从小到大我看过很多好看的男孩子，比如顾源，比如简溪。还有很多很多我们学校艺术系或者体育系的校草们。

如果说简溪是那种青春偶像剧里一定会出现的全身散发着阳光气味、眉清目秀的少年的话，那么宫洺就是那种走在米兰时装周伸展台上、面容死气沉沉却英俊无敌的男人，就像我们每次打开时尚杂志都会看见的Prada或者Dior Homme广告上那些说不出的阴沉桀骜却美得无可挑剔的平面模特。

总而言之，他是一张纸。

只是当我从他那张阴气沉沉的面容里回过神来之后，我心中就燃起了一阵愤怒，咖啡是星巴克的没错，种类是卡布奇诺没错，按照文件里的"他不喜欢任何苦味的东西，喜欢很甜"的标准，我也叫星巴克小姐加了奶油和糖没错。所以，我难以接受"自己搞砸了"这个事实。

我看见MSN上凯蒂的头像亮着，于是对她说："我刚买了一杯卡布奇诺给宫洺，我加了糖也加了奶油，而且是在五分钟内拿上来的，温度正好！他居然叫我重新买一杯！为什么？"

凯蒂迅速地给了我答案："给你的关于'他喜欢的和讨厌的'文件里，写得很清楚，他讨厌所有苦的东西！"

"卡布奇诺是咖啡里最不苦的了！我也对小姐说了糖浆和奶油都要！"

"他需要双份到三份的糖浆量。还有，你和他说话或者打字或者发短信的时候，不能用任何逗号和句号之外的标点符号，特别是感叹号！它可以直接把你送上开往'辞职'方向的特快D字头列车，甚至中途会停下来把我也强行拉到车上去，小姐！"

"这有什么意义？"

"意义在于逗号和句号可以表现出我们的冷静和有条不紊，任何时候我们都是被设定成这样的机器人！所以你只能优雅地说：'宫先生，地震了，请现在离开办公室。'而绝对不能说：'快跑啊！地震啦！'"

"……"

"你新的咖啡买好了？"

"！！！！！！！我现在就去！"

"……"

"哦，我现在就去。"

之后的两天里，我用各种难以想像的速度和热情完成着种种挑战人类极限的任务。其中包括在药店里和卖药的阿姨面红耳赤地反复争论："难道你们就没有吃起来像糖一样甜的药吗？"

在据理力争之下，我终于买到了治疗发烧感冒的非常甜蜜的药丸和药水。

我还找到了白色的锅子（他喜欢家里的东西都是白色）。

我也顺利地在完全不知道他手机型号的情况下买到了完全符合他手机的充电器。并且在他下飞机到达北京入住饭店的时候，让服务生放在他的房间里了。（他有无数台手机，但是他对我说的仅仅是"我现在快起飞了，但是忘记了带充电器，手机快没电了，你帮我买一个手机充电器——我不要万能充，我希望在我入住饭店的时候，手机可以充电"。）

我也在完全没有提供任何资料及财产证明或者收入证明的情况下，帮他申请到了一张VIP的信用金卡。（"林萧，帮我办一张某某银行的信用卡。""好的，宫先生，你需要给我你的财产证明或者公司开一张收入证明。""我没有。""……"）

我也在完全不知道地址和楼盘名称的情况下，帮他查询到了静安一栋新开盘的公寓的详细资料。（"林萧，我上班的路上看见一栋白色的高层公寓，你帮我查一下它的资料。"）当然代价是我叫他的司机载着我从他家到公司的路上缓慢地开了一个小时，最终当我看见那栋白色的高层的时候，我喜极而泣的样子吓坏了司机。

　　我甚至帮他拿到了英国刚刚播出的电视节目的DVD，当然是叫我在英国念书的同学帮忙录下来然后网上发给我再刻成了光盘。并且还让英文系的同学制作好了字幕，叫影视系的同学把字幕加载到视频上。

　　这两天我像是在国际间谍培训中心度过的。我觉得自己已经发展成了素质良好并且飞檐走壁的女特务。就算现在宫洺叫我去搞一颗俄罗斯的核弹过来，我也能风云不惊地转身走出办公室，并且在隔天就把核弹快递到公司来放在他的桌子上。

　　我真的这么觉得的。

　　因为我已经快要走火入魔了。很多次，我想要抓着自己的头发，把自己从地面上扯起来——无论牛顿是否会从棺材里破土而出，翻着书上的牛顿定律对着我抓狂地怒吼："这是不可能的！"

　　当我离开《M.E》杂志社的纯白色办公室重新回到我熟悉的、充满油腻和男生刚刚打完篮球蒸腾出的汗味的学校食堂时，我恍惚做了一个两年的梦。我有点魂不附体地对南湘说："你可以扇我一耳光把我打醒么？"在南湘还没回答之前，唐宛如的一句"让我来"让我瞬间清醒了。

　　当我叙述完在《M.E》的遭遇时，我期待中的好姐妹团结一致批判老板的场面并没有出现。她们闪动着明亮的眼睛，眨巴着长长的睫毛，反复地把焦点放在宫洺的容貌以及他周末穿来上班的那件今年Dior秀台上的小外套上面。对于这帮不争气的女人，我用表情和肢体表达了强烈的鄙视。

　　回到学校之后，我才重新被一些属于自己年龄范畴的事情所包围，或者说困扰。其中最困扰的事情，就是我和简溪约好了上个周末他来我学校看我，结果因为我周末加班而作罢。

　　仔细想想，我差不多两个月没有和简溪见面了。上一次见面，我们去了海洋馆，那里刚刚推出一个关于热带鱼的展览。我从小就非常喜欢各种各样的鱼，颜色绚烂的、长相奇怪的、完全看不出是鱼的、凶神恶煞的、面目可憎的、讨人喜欢的、和人亲近的……各种鱼，我通通都喜欢。

现在床上依然放着我们在礼品部拿到的纪念品，一只小丑鱼尼莫。它的脖子上系着一条用简溪的手帕做成的领巾。是简溪系上去的，他说比较符合他的形象，是一个温柔的校园绅士。我转过头去，看见它正在温柔地看着我。

我心里一热，就像是被吹风机的热风轻轻吹拂着一样。每次想起简溪，我都会有这样的感觉。于是我拿起电话，拨给简溪，响了好几声之后才传来他的声音，电话那边一片嘈杂，各种起伏的喊声，还有他大口大口喘息的声音。

我问："你在干吗呢？"

"体育馆里，和朋友打排球。你吃饭了没？"电话那边是简溪大口喘息的声音，可是口气依然很温柔。我拿着电话，仿佛也感觉到他的热气从那边传递过来。

"我吃过了。那个……上个星期对不起。"我小声地说着。

他在电话那头呵呵地笑了笑，说："别傻了。我先挂了，他们在等我呢。"

我点点头。后来想到我点头他也看不见，就赶紧补了一句"好的"。

我刚要挂掉电话，那边传来一句："晚上我去看你。我明天一天没课。"

我刚要说话，电话就挂断了。

我拿着电话，甜蜜地笑起来。

我抬起头，南湘从对面的床上对我传来意味深长的微笑。我的脸就迅速地红了。

我迅速钻到她的床上，扯过被子，挤在她旁边，开始午后的小憩。这是我的一个诡异习惯：总是能在别人的床上迅速地睡着。我永远觉得别人的床比自己的舒服。就算自己的是Queen-Size的进口床垫，而对方的床仅仅是木板上铺了一张被单，也依然改变不了我的感受。

过了一会儿我就睡了过去，耳边最后的声响是南湘翻书时哗啦哗啦的声音。她中途小声地念起了一句话，应该是她觉得写得特别好的部分。

"每一年到这个时候，我们的家乡就开始下起了雨。这挺让人头痛的。杰森站在花园的草坪上，把他的童年轰然一声引爆了，所有的碎片涂抹在了黄昏的雨水里。我看着爆炸后的杰森，心里有种说不出的向往。天知道这是怎么回事儿。"

简溪和我约好了晚上6点半过来。差不多正好是我们吃完晚饭的时间。晚上我们四个都没有课，于是大家吃完饭后，就一起散步到了离第一食堂很近的学校东门等简溪。

远远地看见简溪的身影，然后慢慢地聚焦成清晰的他。灰色的毛茸茸的毛衣，白色的T恤从领口露出一圈。整个人看上去像是阳光一样懒洋洋的温柔。

简溪看见我们四个像四棵树一样伫立在暮色降临的校门口，他冲我们摆摆手，然后说："太隆重了，这个欢迎队伍。"

然后轻轻地拍了拍顾里、南湘的肩膀，打招呼"嗨"。最后抬起拳头在唐宛如的肩膀上用力一捶，"嘿，兄弟。"

在完成这些礼节之后，他轻轻地伸展开手臂，把我拢了过去。脸贴在我的脸颊上，温柔地蹭了几下。

大概亲昵了足足两分钟后，他才在南湘、顾里、唐宛如仿佛看电影一般的沉重目光里有点不好意思地稍微拉开了一点和我的距离。

唐宛如迅速地把握住了机会，报仇雪恨："简溪，你真的太饥渴了。"

简溪露出牙齿轻轻一笑，说："嘿，哥儿们，说这些干吗。"完了直接忽略掉唐宛如惨白的面容，转过头对顾里说："顾源呢？"

于是顾里的脸也瞬间就惨白了。她迅速地和唐宛如站成了统一阵线，说："简溪，你真的太饥渴了，你其实是过来找顾源的吧。"

在我们五个人分开各自忙自己的事情之后，我才告诉简溪，顾里和顾源正在冷战之中的事情。原因就是顾源送了四千块现金给顾里。

"顾源包了个红包给自己女朋友？"简溪显然不能接受这个事情。

"可以这么说。"我点了点头。

其实我没觉得顾源有多过分，但是我也确实能理解顾里的心情。毕竟无论顾里作为一个未来的会计师有多么的严肃和冷静，她也依然是一个充满浪漫情怀的少女……女人。我们都希望自己的男朋友送给自己新鲜的玫瑰、甜蜜的巧克力、包装精美的绝版图书、《哈利·波特》的首映电影票，而不是赤裸裸的现金。可是，当顾源对我说"如果我又买了一只手机，那么不就浪费了吗？她自己已经买好一台了"的时候，我恍惚又觉得顾源是正确的。

但是，无论我站在什么立场，都无法改变他们的冷战。

和大家分开之后，顾里一个人走到了校门边上的那个足球场。

黄昏时分的足球场上只有很少的人。运动员或者上课的学生都已经吃饭洗澡去了。

剩下零星的谈恋爱的男女三三两两地分布在偌大的看台上。

顾里坐在台阶上，抬起头看着天幕上被风吹动着飞快移动的暗红色云朵。

她看了看手中的新手机，整整一个星期，顾源没有给自己任何的短信或者电话。而之前坏掉的那个手机里，满满的都是他的短信。从简短的"哦，好吧"到漫长的"刚刚把你送回寝室，回来的路上看见别的情侣拥抱在一起。就觉得很高兴。能够认识你并且成为你的男朋友真是太好了。你每天都要准时吃饭多喝热水，你最近脸色变苍白了（我不会说你瘦了，因为那样你会乐翻天的）。有空去把英语六级考试的报名费交了，我在走廊里看到你的名字。别忘了"。

顾里揉揉眼睛，没有任何眼泪，只是眼眶红得厉害，在风里发胀。

身后传来陌生的女孩子和男孩子争吵的声音。

"你真穷酸，连请我去电影院看一场电影也舍不得，买张DVD来打发我。"

"你们女人真庸俗！就看中钱！"

"没钱你谈什么恋爱？你以为演琼瑶剧啊？别当自己是高中生了，扎一根草就能当戒指把女孩子哄得一把鼻涕一把泪的。"

"你去找个有钱的男的谈好了，天天给你钱，就像ATM一样，你一按密码就他妈的哗啦啦往外吐钱给你。"

"你以为我不想啊？有这样的人我一脚就把你踢了，还用等？"

……

顾里没有听下去，她猛地站起来，迅速地跑下阶梯，朝男生公寓跑去。

女生尖酸刻薄的声音在黄昏里被远远地抛在身后。

顾里捧着一碗从路边买来的馄饨，站在男生公寓楼下喊顾源的名字。喊了很久。他们房间的窗户依然是暗暗的，没有灯亮起来。

她打顾源的手机，也没有人接听。

顾里再一次地企图从大门走进去上楼找他，但是依然被管理员大妈拦在外面。

"我来看我男朋友。"顾里望着管理员大妈那张岁月沧桑的脸，理直气壮地说。

"哟~~~现在的小姑娘真不害臊。里面都是穿着内裤跑来跑去的大小伙子，都是你男朋友啊，你看得过来吗？"

顾里冷哼一声，心里想："你不也天天看，看得荷尔蒙失调吗？"不过依然不动声色，转身走了。刚转过大门，她就迅速地爬上旁边的窗子，在大妈的眼皮底下，迅速地冲上了楼梯。

寝室里黑压压的一片，没有灯。但是也没有关门。

顾里轻轻一推，门就开了。

顾里走进去，抬起手摸到墙壁上的开关，推了上去。莹白色的灯光下，顾源躺在床上，耳朵里塞着耳塞，旁边放着iPod。

顾源感觉到有人开了灯，睁开眼，看见站在门口的顾里。

他摘下耳塞，没有说话，两个人沉默地看着彼此。很久之后，顾源温柔地笑笑，冲顾里伸开双手，说："是我不好。"

顾里下楼的时候，耀武扬威地从管理员大妈的眼前走过去，那个女人张大了嘴巴像是见了鬼，还没来得及抓住她，她就已经消失在大门口了。

回寝室的路上，顾里胸口都是满溢的甜蜜和温暖。

顾源喜欢把房间的暖气开到很足。他穿着睡觉的紧身白色背心拥抱自己时的那股熟悉的味道依然贴在身上，像是最最熟悉的香水味。

顾里低下头，想了想，拿出手机给顾源发了条短信。

"就算不好吃，你也一定要吃完哦。我的娇生惯养的小少爷。因为这是我买的。我以后都不再和你生气了。"

顾源拿过震动的手机，翻开来，看见顾里的头像，在顾源的手机里，顾里的名字是"老婆婆"。

顾源按动按钮，阅读完了那条短信，然后迅速地回了一条消息。

然后他低下头，打开顾里买给自己的那碗馄饨。

他并没有告诉顾里，这是自己一天多以来吃的第一顿饭。他当然也没有告诉顾里，这些天来，他的信用卡里提不出一分钱，钱包里也没有任何现金。

他一点也没有对顾里提及这些天来发生在他身上的事情。

他把第一只馄饨咬进口里，然后一颗滚烫的眼泪就掉进了白色的塑料饭盒中。

昏黄的路灯下，顾里收到了顾源回过来的消息。

"我爱你。"

这是顾里新的手机上，第一条来自顾源的消息。

TINY TIMES

小时代1.0
折纸时代
Tiny Times Season.01 Chapter.03

Dirty secrets make friends.

在唐宛如看完《在世界的中心呼唤爱》哭得死去活来之后，我开始思考关于"中心"的问题。

在那些衣着光鲜的时尚分子和派对动物眼中，恒隆一定是上海的中心。当穿着10cm的细高跟鞋咔嗒咔嗒地踩过恒隆光洁如新的大理石地面时，她们一定觉得自己踩在整座上海之上，无论刚刚刷卡买下的那件小山羊皮外套是否相当于整整一个月的薪水。在晚上的时候，她们把白天刚刚买来的小礼服穿去楼上营业到凌晨的Muse2。

而在更加有钱的中产或者富翁们的眼中，上海的中心一定是在外滩和外滩对面的陆家嘴。沿江无数的天价楼盘沐浴在上海昏黄色的雨水里，有寂寥的贵妇人在第十二次拨打老公手机听到电话依然被转到语音信箱之后，茫然地抱着蚕丝的抱枕，靠在床边看窗外的江面。翻腾的黄色泡沫像是无穷无尽的欲望的旋涡。

外国人眼中的上海中心也许在新天地。旁边可以与汤臣一品媲美的翠湖天地里出没的人群中，差不多有一半是鬼佬，他们操着各种口音的英文，把咖啡像茶一样一杯一杯地倒进肚子里。

无数前来上海旅游的外地人眼中，上海的中心一定是那条被电视节目报道了无数遍的熙熙攘攘的南京路。佐丹奴和班尼路的旗舰店，都闪动着巨大的电子屏幕。满大街的金银楼里，黄金链子一根比一根粗。无数的行人举起相机，闪光灯咔嚓咔嚓闪成一片。

还有更多更多的上海本地人，会在别人问起的时候，说出沙逊大厦或者霞飞路这样文艺腔的答案来。

而唯独人民大道上，市政府铸造的那个标注上海市中心零起点的那个手掌大小、窨井盖一样的铜牌，早就消失在人们的视线和记忆里。

人真的是一种完全以自我为中心的动物。

我对着泪眼婆娑的唐宛如问："你说上海的中心在哪儿？"

唐宛如动作敏捷地抽出一张纸巾，哽咽着说："我的爱人在哪儿，中心就在哪儿。"

我尽量控制了自己的情绪三分钟后，用力地摔上门去找南湘去了。

已经十二月末了。上海开始下起连绵不断的寒雨。上帝在头顶用铅灰色的乌云把上海整个包裹起来，然后密密麻麻地开始浇花。光线暗得让人心情压抑，就算头顶的荧光灯全部打开，也只能提供一片更加寂寥的苍白色。

南湘收到顾里的短信时正在学校昏暗的洗衣房里洗衣服。她把刚刚洗完的衣服放进筐里，拜托旁边同宿舍的女生先带回去，然后就从洗衣房出来，裹紧大衣，去食堂吃饭了。

学校洗衣房和食堂只隔着一点点的距离，所以不用撑伞，也不会淋得太湿。

快走到食堂门口的时候，她的手机震动了一下，有短信进来。她从口袋里摸出手机看了看，脚步停了下来。

她定定地站在食堂的门口一动不动，像是一座木然的雕塑。细碎的雨点在她头发上落了白茫茫的一片。周围快步小跑的学生不时回过头来看着这个呆站着被雨淋的女人。

南湘打了一行字，准备回复，却迟迟没有发出去，那行字是："你怎么不去死。"

过了很久，她按住删除键，把光标退回去，那些字一个一个消失了，然后她重新打了一句"那你周末来找我吧"发送出去。

信封一样的标志闪动了几下就消失了。

南湘又在雨里站了很久，可是手机却再也没响起来。

她擦了擦脸上的雨水，弯腰小跑进食堂。

我看见南湘从食堂门口撩起塑料挂帘走进来的时候，冲她小声招呼了一声，然后挥了挥手，她看见了我，挤过端着餐盘的人群朝我和顾里走来。

我刚想对她湿淋淋的状况发表点看法，顾里已经抢在了我前面，一边喝着钟爱的肉丸子汤，一边对她说："你刚穿着衣服洗完澡吧？"

南湘白了顾里一眼，说："我刚洗完衣服。"

顾里继续喝汤："于是你就直接穿出来了？"

南湘低着头，没答理她。

我觉得气氛有些不好，我和顾里对望了一下眼神，然后也不再说话了。我们知道，每当南湘低下头不再说话的时候，就一定发生了什么让她心情不好的事情。而每当这种时候，我和顾里都会非常聪明地选择闭嘴，只有唐宛如这个神经如同杨浦大桥钢缆一样的女人，会继续挑战她的沉默，最终都会以南湘恶语相向作为收场。

南湘的恶语包括"肌肉女"、"没脑子"、"金刚芭比"、"你压根儿就是一个男人"……有历史记录以来，我记忆最深刻的一句是"你舌头发达的肌肉比你粗壮的肩膀更让我讨厌"。

阴雨连绵的下午。

其实我打心眼里就像是李清照或者南唐后主一样，喜欢这阴雨连绵的午后，给我笔墨纸砚我就能吟诗作赋。

我和南湘窝在寝室里看书。南湘本来下午就没有课，而我，在面对窗外纷飞的愁雨足足十分钟后，也果断地决定把下午的《现当代文学》课跷掉。那个老师唾沫横飞的场面，至今仍然在我的心中留有难以磨灭的印象，说白了，听他的课和站在大操场上淋雨也没什么区别。

而且没有跷课的大学人生是多么的不完整啊。

但我的心思却也不在看书上。对面床铺上南湘差不多已经翻完了一本吉本芭娜娜的书之后，我手上的《关于巴黎》依然停留在开篇第一页。

我喉咙里像是爬满了蚂蚁一样痒得难受，最后实在受不了了，把书一丢，挤到南湘床上，死命地挽紧她，和她靠在一起。因为我怕接下来的话引起她的震怒，所以，和她黏糊得近一些，就算她想动手打我，也不太容易发力。这套理论是唐宛如在羽毛球场上教我的，后来被我广泛地运用在顾里身上，取得了非常明显的实战效果。

我轻轻地说："南湘，是不是席城又找你了？"

南湘把一页书翻过去，轻描淡写地说："是啊，我叫他周末来找我。"那口气就像是在说"等会儿去超市吧"一样。

我看见她没有抓狂，于是直起身子，把她的肩膀转过来，对牢她的眼睛，认真地问："你被唐宛如挥拍打中脑子了吧？！"

我被她这种若无其事的样子激怒了，翻身下床，披好外套准备出门。南湘矫健地从床上跳起来，抓住我的胳膊，警惕地说："你想干吗？"

"出门走走。"我非常心虚。

"走个屁。你敢去告诉顾里，我就把简溪写给你的情书都烧了！"南湘轻蔑地看了我一眼，信心十足地说。我的朋友里，最能看出我小算盘的就是她。

在我抓着头皮惨叫的过程里，她获得了最终的胜利。我答应与她站在同一条战线上，共同隐瞒顾里。

　　我们四个人里面，唯一令南湘稍微有些害怕的，就是顾里了。这个集中了天下所有女人的理智、冷静、残酷于一身的女人，总是让南湘不寒而栗。南湘曾经评价顾里说"你就是活生生的一条蛇"，顾里对此居然表示了认同，而且在接着的一个星期里，洋洋得意地把自己MSN的名字改成了"白素贞"，并且逼迫我改成了"许仙"（唐宛如迅速地行动了起来，她改成了"法海"）

　　在席城这件事情上，一向冷静的顾里却比南湘还要激烈，就像是一条被丢在端午太阳下暴晒的、喝了雄黄酒的蛇。

　　在席城和南湘纠缠的这六七年里，我早已经不再过问他们之间任何的事情，因为光是作为一个看客，我已经筋疲力尽了。我难以想像作为主角的他们，会有如此充沛的体力和青春，去挥洒浪费在这样九流烂俗言情小说般的感情上面。

　　我更难理解的是，每次在面对席城的问题时，顾里会表现得比南湘还要激烈。仿佛当初被抛弃三次、被背叛六次、被甩耳光四次、被踹在肚子上一次，最后还意外怀孕一次、打胎一次、被家里赶出家门一次的那个人，不是南湘，而是顾里自己。

　　我只能说，无论是作为主角的南湘，还是作为看客的顾里，在关于席城的事情上，都太过癫狂，满脑子的智商都他妈喂鸡了！

　　我从很早开始，对席城这个人，还有关于他的一切，都不想再发表任何的看法。

　　我唯一能做的，只是在很多次吹生日蜡烛之前，在很多次被唐宛如拖进各种寺庙许愿的时候，在少有的几次看见流星（有可能是飞得很快的飞机）的时候，在每次从脸上拿起掉落下来的睫毛的时候，都会许愿：让席城这个人，早点离开我们的人生吧。

　　但是，愿望并不是那么容易实现的。

　　如果要回忆南湘和席城这些年来的感情——

　　那并不是用安妮宝贝的宿命爱情或者郭敬明的悲惨故事就可以概括的一段岁月。

　　初中他们刚认识的时候，席城身上的缺点并不多，顶多只能算脾气有些不好的男生，外貌轮廓分明、家庭条件好、花钱如流水、受女生欢迎，理所当然花心，直到遇见南湘。

　　和南湘在一起之后，席城收敛了很多。不再随处逗女孩子开心，开始把游手好闲的调子内敛起来，逗女生的精力也开始放到喜欢摇滚乐、电子游戏或者玩滑板上去。而这样慢慢内敛和沉默的他，在所有女孩子心中，变得更加闪光起来。当一个招蜂引蝶俊秀轻浮的浪子突然有一天变成了安静温柔的孤单男人，所有女人的荷尔蒙都会在瞬间冲上头顶，如同一群蜜蜂突然看见一大片未经光临的花田一样，立刻就振翅飞冲而去了。

　　不过这些想要采花的蜜蜂或者蝴蝶，甚至妖蛾子（……），都只能远远地在席城身边振动着翅膀，席城对南湘的一往情深，足够连续拍三十期湖南卫视的《真情》栏目了。那个时候，我们私下推崇的爱情模范，一个是简溪，另外一个不是顾源，而是席城。（为此顾源整整三天没有理睬顾里和我，后来是在顾里的反冷战下，才乖乖投降。正所谓人上有妖，妖上有怪，怪上还有精。）

　　但是这些平静的爱情都在席城的母亲把刀子用力地插进自己的喉咙后结束了。这并不是安妮宝贝小说里那些精致得带有虚假感的桥段：女主角在周围放满了玫瑰花的一浴缸热水里轻轻割开自己的手腕，并且会在虚弱的最后被及时赶来的男主角抢救到医院，缓缓醒来时，看见男主角泪眼婆娑地坐在病床前，旁边是新鲜的百合花。

　　现实就是席城的母亲因为抑郁症自杀了，刀子插在喉咙的软骨上，医生拔了半天才拔出来。席城在开门的时候发现门推到一半就卡住了，他用力地推开来，发现卡住门的是母亲早已经变硬的尸体。

　　随后而来的，就像是好莱坞电影般急转直下的紧凑剧情，从最开始的逃课，到后来的打架，和流氓混在一起，偷店里的CD，和所有不三不四的女孩子上床、乱搞——那些比他年纪大的社会上的女生，看见这样高大好看的年轻男孩子，就像是母猫发情一样趴在地上嗷嗷乱叫。

　　更后来他父亲找了新老婆，新老婆非常看不惯他。席城开始经常不回家，在拿不到钱的情况下，就跟着街头的那些混混抢学校一些胆小懦弱学生的钱。最后一次，和一帮家伙抢了学校门口小卖部的钱之后，被送进了少管所。

　　六个月后他出来，南湘已经毕业了。

　　又过了一年多，南湘怀了他的孩子。

　　三个月后胎儿打掉了。在南湘虚弱到都没法从床上起身的时候，她的父亲在盛怒之下用塑料凳子把她打到奄奄一息。

　　后来南湘还发生了好多的事情，包括被家里赶出家门，包括被学校记过一次，包括差点被席城那个混混团里一个男的强奸。

这些都跟席城有关。

我和顾里目睹了这些年来席城对南湘造成的伤害，就像是看着一个醍醍的男人拿着鞭子不断抽打在南湘身上，日日夜夜没完没了。我和顾里在心里，都恨不得席城可以哪天出门就被车撞。

南湘在和席城吵起来的时候，经常会说，你怎么不去死。

可是当席城再次温柔地面对她的时候，她就又什么都不管了。

南湘对我们说，席城妈妈的死，使他改变了很多。就像是看着一个自己心爱的人，每天脸上都被划了深深的一刀，到最后已经面目全非、不是最开始的那张脸了，可是自己却知道，他还是他，"我还爱他。"

南湘曾经问我们，如果有一天，你最喜欢的男生突然变胖了，毁容了，完全看不出是同样一个人了，你还喜欢他吗？

我在听到这个问题的时候，少女情怀翻涌高涨，回答道："当然会。"

而顾里的回答是："当然不。"

那个时候我们毕业刚刚进入高一，席城从少管所里放出来。南湘看了看我，然后转过头去看着顾里，说："这就是我和你的不一样。"

在顾里的人生观里，短短的几十年生命，就应该遵循生物趋利避害的原则，迅速离开对自己有害的人和事，然后迅速地抓紧一切对自己有利的东西。整个人生，都应该是一道严格遵循数学定理的方程式，从开始，到最后，一直解出那个X是多少。

但是，在南湘的人生观里，人就这么一辈子，所以一定要纵情地活着，爱恨都要带血，死活都要壮烈，生命中一定要伴随着各种各样的支离破碎和血肉横飞。至于金钱、物质，她觉得这一辈子本来就没什么指望，并且也确实不太在乎。

而我的人生观，就在她们两个的中间来回地摇摆着，就像一个贪得无厌的女人一样，期待着宝马香车的尊贵生活，同时也要有丰富的精神和剧烈的爱恨。

至于唐宛如的人生观——她压根儿就从来没有过人生观。如果不去查字典的话，她压根儿就不知道这三个字是什么意思。

一下子回忆了太多的事情，我的头像是被轮胎轧了一下，而且还被司机倒车了一次，像要裂开一样地疼。

我看着昏灰色光线下的南湘，她的刘海软软地挂在额前，手上的那本吉本芭娜娜的书，名字叫做《哀愁的预感》。

我突然有点哽咽了。

后来的两三天，南湘都没有再提起席城。我也扮演好了该扮演的角色，顾里没有丝毫的察觉。生活非常平稳地朝2008年驶去。

学校里开始有很多的人在筹备新年晚会，也有更多的人在筹备圣诞派对。两边打得热火朝天不相上下。虽然支持圣诞派对的人占了学校的大多数，但是新年晚会的组织者得到学校领导们的强力支持，所谓后台硬，一切都硬。

在我们四个人的传统里面，圣诞节一直都是和男朋友们一起度过的。在一开始都还没有男朋友的时候，我们彼此之间都会互相赠送礼物，但是，感情和纠纷也随着礼物逐渐增多。谁送的礼物很贴心，谁的很敷衍，谁送的礼物"啊正是我想了好久的东西"，谁送的却是"这玩意儿是什么"，我们的感情在圣诞的礼物大战里，颠簸着前进。后来彼此都明白了，这样吃力不讨好的事情，应该远离我们的生活。进化之后的方案，是各自把送彼此礼物的钱省下来，给自己一件最想要的礼物，馈赠自己。至于惊喜的部分，就转交给了我们的男朋友们。

唐宛如从那个时候开始，就丧失了惊喜……

这一年的圣诞很快就到来了。

我为自己挑了一个电子备忘录，但它的功能远远不只备忘录那么简单。它还是一只闹钟、一台像素不太理想的相机、一支录音笔、一个会议记录本、一只简便的收音机、一个MP3……总之是我工作的好帮手。并且它会在每天早上定时开机，像闹钟一样叫我起床，方式远远比单调枯燥只会"叮……"来"当……"去的闹钟先进很多。它会自动地调整出一个调频，然后开始播放当天的广播……

只是在第四天的时候，南湘实在受不了它的聒噪，从床上坐起来，扔了一床被子过去把它盖得严严实实，然后继续倒头大睡。

顾里看上了Prada今年出的圣诞小熊挂件系列，只是当她在Prada店里面红耳赤了十五分钟之后，店员依然用二分之一的眼白冲她轻轻地摇头，"表情如同一个高级的婊子在告诉我她不卖"！后来终于通过父亲的关系，找了上海的一个艺人，用她的名字去

Prada订了一只限量的圣诞小熊，拿到之后就挂在她的LV包包上，耀武扬威。

南湘买了一套颜色齐全的颜料。其实这个也算不上什么礼物了，她们专业需要。只是南湘本来就不是很富裕，而且也对圣诞节这样的日子不太放在心上。

至于唐宛如——

当唐宛如在宜家的大堂里，不顾众目睽睽，以第二十七种姿势瘫倒在陈列出来的床垫上的时候，顾里再也忍不住了，霍地站起来，说："你再躺一次我就报警！"

但是顾里的愤怒并没有动摇唐宛如用第二十八种姿势瘫倒在那张床垫上。

顾里愤怒地回过头对我说："林萧，你去搞一把枪给我，我要把她就地杀了。"

在唐宛如的世界里，睡觉永远都是凌驾在吃饭、谈恋爱、买新衣服之上的。在经过了几天几夜的冥思苦想之后，她终于决定抛弃之前用的那张床垫，买一张新的慰劳自己每天在羽毛球队训练场上劳累过度的身体。

我和南湘坐在唐宛如看中的那张床垫边上的另一张床垫上，我在帮南湘调整她的内衣带子。刚刚扣子不知道怎么被弄开了。我们并没有太介意，只是周围有几个大学生模样的男孩子，看见两个清秀佳人坐在床上，一个从另一个衣服背后伸进手摸来摸去，而被摸的那个低着头不说话，偶尔转过来和背后的那个低声细语……我清楚地看见他们几个没出息地烧红了脸，这种时候他们肯定是满脑子豆腐渣一样的画面。

于是我也兴致勃勃起来，表演欲望被刺激了出来，我轻轻地在南湘耳边吹了口气，然后咬了一口。果然，那几个男生的胸腔明显大了一圈，那一口用力的深呼吸差不多把周围的氧气都抽光了。目光的角落里，唐宛如仍然像是缺氧般昏死在床垫上。

南湘像是被火烧到尾巴的猫一样迅速地跳起来，跑到另一边顾里坐着的床上去，在她耳边低声细语，然后我就看到顾里用一种看苍蝇的鄙视目光反复打量我。

但是，我也是近墨者黑。因为简溪和顾源，就经常玩这样的游戏来刺激我和顾里。从高中开始到现在的大学，他们总是无时无刻不在挑战我们的视觉底线。最常玩的一个把戏就是顾源从简溪背后伸手环抱住他的腰，把下巴搁在简溪的肩膀上，低沉着声音说"好累啊"，然后简溪也会非常配合地回过头去，靠近他说："要睡会儿吗？"

而每次他们两个，都会看着我和顾里面红耳赤头发倒竖，露出胜利的奸笑。

在这种刺激下，那个时候，我们的高中校园里，女生的精神普遍都不太正常。往往看见他们两个的时候，就脚软者有之，呼吸急促者有之，休克者也有之。

那个时候，她们的脑子里，肯定也都是豆腐渣一样的画面。

我死皮赖脸地挤到对面顾里、南湘的那张床上去，挽紧南湘的胳膊，她们两个不停地推我，像是在推开一个男人（或者如果真的是一个男人，她们也就不推开了……）。就在我们由两个清秀佳人彼此摸来摸去演变成一个女人对另外两个女人疯狂下手的场面之后，唐宛如幽幽地醒转过来，用一副像是刚刚被按摩完毕的欲仙欲死的表情，对我们说："我决定了，就是这个床，太舒服了，我就从来……"

但是她话说到一半的时候，目光突然直直地射了出去，然后迅速地换上了寒光四射的表情。我们顺着她的目光看过去，发现她的焦距落在刚刚看着我们面红耳赤的几个男生身上。我正在疑惑她为何如此愤怒的时候，突然觉得那群人中有一张非常熟悉的脸。我刚刚想提醒南湘赶快走，结果话还没有出口，耳朵就被唐宛如震聋了——

"卫海！你跟来这里干什么！"

"你不要以为我现在躺在床上，你就能怎么样！"

"你还嫌看我的奶看得不够多？！"

我和南湘已经打算拎着包走了，但是唐宛如话锋一转，指着正在猫腰溜走的我和南湘说："我的好姐妹们都在这里！你敢怎么样！"

我和南湘尴尬地停在半路上，伸出去的腿收不回来，僵硬在途中。

倒是顾里非常地冷静，她对周围目瞪口呆、下巴都快掉到地面上的围观群众，微笑着点头，说："我们在拍电视剧呢，你们不要出声。"

上次在食堂，我和南湘已经快要把脸埋进杯子里了。那么这次——在宜家的床垫展示区域，唐宛如卧在床上，在周围人群的观望下，非常豁出去地使用着"我的奶"这样的词语——我和南湘差不多想要抓着对方的头发，把彼此扔出窗外去。

在巨大的压力之下，卫海终于受不了了，面红耳赤地把我们拉到安全通道的楼梯间里，吞吐地想要说什么。还没开口，唐宛如两腿分开，像扎稳了马步一样自信地说："你以为把我们拖来这里，就能占什么便宜吗？"

卫海的眼珠子都快掉出来了。

我和南湘贴着墙，感觉很虚弱。

只有顾里站在唐宛如身后，用温暖的眼神、轻松的语气安慰卫海："不用理她。"

"我姐妹儿叫我不用理你！你还是快走吧！"唐宛如气势逼人。

我和南湘快要死了……

卫海的脸像是被人用钢丝勒住了脖子，充血成了一颗番茄。他像是下了一个很大的决心，咬牙切齿地说："你们到底要怎样才可以不再提这个事情？我……我大不了也脱了让你们看回来！"他的眼神像是董存瑞一样视死如归。

我和南湘同时从墙壁上挺拔起来，连着顾里，三个人异口同声："那就这么办！"

这一个圣诞节，唐宛如终于遇见了她生命里久违了的惊喜。连同我们三个，一起享受了这个福利。

走出宜家的时候，我和南湘依然都还在讨论着卫海宽阔的肩膀和胸膛、修长的腿，还有运动员男生特有的结实肌肉，以及那张视死如归的通红的脸。

当然还有很多重点的部位，我们准备回到寝室再继续讨论。

在那天之后，我们在校园里不再害怕遇见卫海，反而每天都热烈地期待着与他相逢。说实话，从那天之后，每次遇见卫海，他穿着什么衣服就不太重要了。对我们来说，他已经变成了一具行走着的大卫雕塑。

但是，在福利生活之外，我还有另外需要面对的煎熬，那就是每周末都会面临的工作时段。

其实并不仅仅是在周末，就连周一到周五，我也能从凯蒂不断变幻着的MSN签名档上感受到同样烈火燎原的气息。

礼拜一：谁能告诉我去哪儿弄关于纸浆的配方？

礼拜二：……我一定要从那家正在装修的餐厅里买出一份午饭来！

礼拜三：卫星导航关我什么事？我中文系毕业的！

礼拜四：……索性一了百了……我上哪儿去弄余秋雨的手写体……

礼拜五：两腿一蹬……

……

我在快要接近周六的时候，总是觉得胸闷气喘，感觉像是不久于人间一样。

以前每次翻阅时尚杂志，看见那些面容苍白、表情冷峻的模特的时候，总是抑制不了内心对他们的迷恋，但是现在偶尔经过商店看见橱窗里那些矜贵而冷漠的男模特，我的内心都像是突然闪过一道闪电般照亮了整个天灵盖。

渐渐地，我也越来越了解宫洺。

我习惯了他严重的洁癖——

他每次叫我送去干洗的衣服，在我看来，和刚从晾衣架上收下来的衣服没有任何的区别，甚至干净得多。

他甚至在办公室里铺满了整整一地的白色长毛地毯，他长年就这样赤脚在上面走来走去。我第一次进他办公室的时候，尴尬地站在门口，犹豫了很久正准备脱鞋，结果被他冷冰冰的眼睛扫了一眼："你要干什么？"他的洁癖让他宁愿别人穿着鞋子踩进来，也不愿意别人脱了鞋子走进来（他觉得最脏的就是人）。

阿姨需要每天一大早，在他还没有来公司之前把整个地毯用强力的吸尘器清扫一遍，并且一个月会做一次地毯的杀菌处理。

我也渐渐习惯了他刻薄的语气——

"林萧你陪我一起去和艺林模特的总监吃饭。"

"我穿成这样，不太适合去高级的餐厅吧……"

"那也不代表因为你穿成这样，我们就需要去大娘水饺吃饭。"

"……"

我也习惯了他对于各种杯子的疯狂迷恋——

在他的办公室里，有一整套用来喝各种东西的杯子。喝咖啡的、喝水果茶的、喝中国茶的、喝纯净水的、喝可乐的、喝果汁的、喝蛋白粉的……我本来以为他已经几乎把家里的杯子都带来了公司，但是我错了。在一次需要送紧急文件去他公寓的时候，我发现他家里有另外一整套一模一样的杯子。

还有他各种匪夷所思的生活习惯——

他保持着足够把自己塞进所有Dior衣服的清瘦身形，却每天都会让我帮他冲一杯蛋白粉。而对于蛋白粉这种可以加快雕塑出完美肌肉轮廓的东西，唐宛如视作宇宙第一敌人。

他对鱼的厌恶已经上升到了讨厌看《海底总动员》的地步。

他使用了钥匙之后，就会反反复复地洗十次手。

　　我尽量小心翼翼地存活着，并且以女特务的素质完成着他交代下来的各种要求。比如三分钟以前他告诉我需要订一家上海现在热门到极致的餐厅的座位，当我刚刚打电话给那家餐厅，餐厅告诉我他们不接受订位的时候，我已经收到了他的短信："我在去的路上了，告诉我订好的位置。"——不过，这简直是小菜一碟。

　　这两三周上班的时间里，我都保持着完美的记录。

　　唯一一次搞砸，就是上周的事情。

　　上周我手痛，本来想请假，已经打电话叫凯蒂帮忙上班了，她也欣然答应。但是我总是怕出什么问题，于是还是决定周末坚持上班。

　　结果，当我一不小心伸出疼痛未消的那只手去拿杯子给他倒水的时候，杯子顺利地从柜子上掉下来，砸到了下面的大理石台面上。

　　碎了。

　　我站在原地脑子嗡嗡响。"他会派凯蒂谋杀我吗？我是不是应该报警？"

　　但是宫洺只是在我身后抬起他那张百年不变的精雕细琢如同假面一样的脸，冷漠地说了句"买一个给我"，然后就低下头去继续看他面前的资料了。过了会儿又轻轻地说了一串我完全听不懂的英文，或者意大利文，或者法文，谁知道。但我知道那是这个杯子的品牌。

　　在我拍下了那个杯子残缺的样子，并且告诉了凯蒂那个杯子平时摆放的位置，并且在电话里鹦鹉学舌地模拟了那个品牌的奇妙发音之后，凯蒂终于帮我搞清楚了在哪里可以买到这个杯子。

　　"恒隆四楼。"

　　凯蒂在MSN上冷静地打过来一行字。

　　我的心也像是那个杯子一样，碎了。

　　当我在恒隆四楼终于找到了那家以奢侈生活用品（比如九千四百元一套的盘子和碗，比如一千一百六十八元一个的沙发靠垫，比如一万三千块的刀叉餐具套盒……）著称的店后，当我在面对着神色高贵的服务生询问了半天终于看见了被我打碎的宫洺的那只杯子之后，在我可以清晰地从店员"你要买这个吗"的冷漠口气中听出了"你怎么买得起这个"之后，我在那只被灯光照耀得流光溢彩的杯子前面傻了眼。

它底座的玻璃台上，有一小块黑色的橡木，上面标着"2200元"的可爱价码。

我口袋里装着身边仅有的八百块现金，和只剩下一千块透支额度的信用卡，然后和那个2200两两相望。

站了大概十分钟之后，我掏出电话打给简溪。

我尽量让自己的声音平稳冷静，但眼泪还是没有忍住从眼眶里滚了出来。

我并不介意对面那个睫毛像是两把巨大的刷子一样的女店员对我的眼泪表现出的惊恐万分的表情，我只要听见电话里简溪温柔的声音，就觉得这世界上没有什么事情是过不去的。

在我和简溪交往的这些年里，我印象中的他永远都像下午六点左右的夕阳一样，温暖、柔软，像是电吹风吹出的热风一样包裹着我乖巧的外表和怪异的内心。偶尔有一两次发火，也很快就平静下来。记得起来的一次是我把正在喝的咖啡洒在了他外婆的墓碑上（……），还有一次是我把两个月大的凯撒（他的金毛猎犬）一失手从台阶上摔了下去。

在隔了很久之后的现在，他在电话里的语气听起来发了火。他在电话里对我说："宫洺只是你的上司，一个普通的年轻男人，不要把他当神仙一样供奉起来。"我握着电话不敢说话。

过了半个小时，他找到了我。他掏出信用卡帮我付了钱，然后看着店员把杯子小心翼翼地放进精致的白色纸袋里。整个过程，他都冷漠着一张脸，看起来和宫洺没什么两样。如果现在去楼下拿一件Dior的长毛衣套在他身上，他就可以去走秀了。

之后我们从四楼慢慢地走下来。

沿路经过的橱窗，差不多就是宫洺的生活展示柜。那些看起来非常眼熟的有着小蜜蜂logo的白色衬衣，那些看起来非常怪异的黑色长脖子的音箱，那一套白色的餐盘，那一条铺在宫洺公寓门口的有着万马奔腾图案的地毯，那个穿着钢筋外套的小熊，那只蓝色的斜条纹的提包……我都认得它们。

我回过头看着自己身边头戴着白色绒线帽子、身上穿着朴素灰色毛衣的简溪，觉得他和宫洺是那么地不同。他真好看。

我一把抱住他，把脸贴上他的胸膛，他的体温隔着毛衣传递过来。我可以听见他沉稳的心跳。毛衣温暖而细腻的质感贴在脸上，我觉得特别幸福。我轻轻地说："虽然你并没有像宫洺那样被名牌和物质装点得高不可攀，但是我更喜欢这样的你。就算你现在穿着一百块的毛衣，我也觉得你就像王子一样……"

我话还没说完，就感觉他身体僵硬起来，我抬起头，看见他尴尬的脸色，我还正在疑惑，就在眼角的余光里看见了他毛衣胸口处那个小小的LV的logo。

我愤怒地指着他："你！"

他后跳一步，举起双手："我可以解释……我妈妈买给我的……"

"天下乌鸦一般黑！"我极其别扭地走出了恒隆。

身后是简溪追过来的脚步，还没等他走到我身后，我电话就响了起来，顾里的声音清晰地从电话里传出来："林萧！我在新天地，我刚买了一条Kenzo的围巾，非常漂亮……"

我愤怒地挂上了电话！

雨水越来越多。

气温在飞速地往下掉。有几天的雨水里，混杂着大片大片的雪花，掉在地面迅速地化成了水。

南湘的手机在上一个周末没有任何的消息。

她把头靠在窗户的玻璃上，看见雨水顺着玻璃往下歪歪扭扭地流淌。这是很多很多的文艺小说里都描写过的、像眼泪一样的雨水。她把手机丢到床上，然后转身出了寝室。

顾源在这一个月里，也只和顾里见了几次面。他把所有的事情都压在心里，没有说一个字，只是他又问卫海借了五百块钱。

在一个下着雨的夜晚，顾源送顾里回宿舍。在宿舍楼下的那棵巨大的榕树下，顾源把顾里紧紧抱在怀里，问她："我们到最后会结婚吗？"

唐宛如在她新买的床垫上做了很多的美梦，从顾里的口中，我们知道了她最近梦话的内容包括"粉红色的蕾丝裙"、"我不要肌肉"、"羽毛球去死吧"，还有"卫海的裸体"。

生活像电影里打着柔光的美好而伤感的镜头一样流转过去，日子像是无数的相片被重叠着放到了写字台上。

冬日里萧条的景色，在大雨下显得更加的悲凉。从窗户望出去，操场沐浴在一片寒冷的灰色阴雨里，从乌云缝隙里漏下来的浅白色的光，把操场照得一片空旷。偶尔有一个撑着伞的人，瑟缩着迅速走过。

寒风把窗户玻璃吹出一道一道透明的痕迹来。

只是当我窝在顾里南湘唐宛如温暖的床上，靠着她们年轻而柔软的身体昏昏睡去的时候，耳边是她们翻书的声音、听MP3的声音、写日记的声音——在这样的时候，我都会觉得时光无限温柔和美好。像是身在一个古老的城堡，旁边的壁炉里有温暖的火焰驱散寒冷，我的朋友们为我披上厚厚的毛毯，我想要为她们煮滚烫的咖啡。

窗外下了一点点的小雪。

整个天地轻轻地发出些亮光来。

终于到了最后一个星期。周日的时候我就可以拿到第一个月的薪水了。虽然损失了2200元的杯子，但是除掉这个，剩下的钱，我还是可以买一件昂贵的外套。

而且再过两天，就是圣诞夜了。

简溪叫我把时间空出来，说要给我惊喜。我心里也暗暗期待着。最近的一个梦里，他买了一个白金戒指给我。但是梦里他对我说的台词并不是"嫁给我吧"，而是"送给你"。不过这并不影响这个梦愉快的本质。

我提着上周从恒隆买来的杯子，朝《M.E》杂志社走去。

当我把杯子放在宫洺面前的时候，他抬起头，用他那双狭长的眼睛看了看我，然后低沉着声音问我："发票呢？"

我摆了摆手，说："我拿发票没用的。报不了。"

宫洺把眼睛半眯起来，一动不动地盯着我，感觉像是一条蛇在看他的猎物，在他寒光四射的眼神里（我几乎要觉得他只剩下眼白了），我终于恍然大悟过来："你是说……不用我赔给你？而是……只是叫我去买一个而已？"

宫洺低下头，再也没答理我。

而我真的有点想扯着自己的头发把自己扔到窗外去了。

已经晚上12点了。

但是宫洺依然在看各种不同的东西，不断地有文件发到我的电脑上，然后我不断地打印出来拿进去给宫洺看。

这些散发着油墨味道的纸张，就是每一期会出现在《M.E》杂志上的内容，从封面，到内文，一个字的大小，或者某一种颜色在灯光下看起来似乎不那么好看，都会成为反复修改的理由。

我隔一个小时就会把一杯热气腾腾的咖啡送进他的办公室去，隔着蒸腾的雾气，感觉他就像是一个装着永动机的工作机器人。

当我把第四杯咖啡放在他桌子上的时候，他正在打电话。他对着电话说："如果你是这样想的，那我随便你，你高兴就行。"

过了很久，他又补充了一句："那就不要见面了。"

我隐约感觉这不是我应该触及的上司的私生活领域，所以果断地想要转身出去，但是宫洺叫住了我。

他拉开抽屉，拿出一个黑色的首饰盒，递给我说："送你。"

我颤抖着接过盒子，打开，是一枚镶嵌着小钻石的戒指。

钻石的光芒照花了我的眼。我手一软，戒指差点掉在地上。

宫洺把身子往后倒在椅子上，头仰起来，看着落地窗外黑压压的天空。他说："圣诞节给女朋友的礼物，不过用不到了。送你吧。"

我从他的语气里听不出任何的情绪，所以我也无从猜测他是伤心还是冷漠抑或重获自由般的洒脱。所以我只是站着，反复在心里跑过字幕警告自己"祸从口出"，"沉默是金"。

过了一会儿，他问我："你们女人，到底是喜欢男人花更多的时间陪着你们，还是喜欢男人事业有成家财万贯？"

我低头想了一想，没想出答案来。其实我想对他说，女人心里并不是只有这两个标准，还有很多很多的其他，那些其他都是用金钱，或者简单的陪伴所不能衡量的。

他接着说："但这两者本来就是矛盾的，鱼和熊掌，从来就没有人会一起得到。"

但是他说的时候，已经没有看向我了。

我轻轻地走出了办公室，回到我的助理位置上。

过了一会儿，MSN上，宫洺的对话跳出来："你下班吧。"

　　我走出写字楼的时候，大街上几乎已经没有人了。偶尔有汽车飞快地跑过去，卷起一阵冷空气擦过脸庞。

　　我回过头望向身后的大厦，宫洺办公室的灯孤单地亮着，像是寂静黑暗的宇宙里，一颗遥远而又孤零零的星球，在无边的黑暗里，沉默不语，轻轻地发着光。

　　这是我第一次看见远离Prada外套和宝马汽车的宫洺。第一次看见不那么像一张纸做的人物的宫洺。第一次像是从一个小小的窗口里看见了他广袤的天空。

　　但是这样的他，却远离了平日里呼风唤雨的高傲驱壳，留下一颗柔软的心脏，安静地明亮着。

　　我胸腔里滚过一阵又一阵酸楚的暖流。

　　我并不清楚这阵酸楚来自对宫洺的同情（我知道自己没有资格去同情这个别人眼中光芒万丈的人），还是来自自己对刚刚他的问题的困惑，还是来自对生活和爱情的惶恐。

　　我掏出手机，只想给简溪打电话。在这样的时刻，只要听见他的声音，感觉到他暖烘烘的气息从遥远的地方以电波的形式吹进耳朵，我就会远离这种混杂着失落和悲伤的心情。虽然现在已经深夜，但是我知道他会从睡梦里清醒，然后温柔地对我说话。

　　电话响了三四声被接了起来，我刚想说话，听筒里就传来了一个慵懒而娇滴滴的女人的声音。

　　"喂？"

小时代1.0

折纸时代

Tiny Times Season.01 Chapter.04

Dirty secrets make friends.

我终于明白了前段时间那个梦的意义。

一个星期前的梦里，简溪买了一个白金戒指，他伸出手递给我的时候，并没有下跪，也没有说"嫁给我吧"，而是面无表情地说"送你"。

三个小时之前，宫洺用那张苍白而冷漠的脸，对着我，递过一个戒指对我说："送你。"

两个半小时之前，简溪的手机里传来一个陌生女人娇滴滴的声音。

而在我慌张地挂断电话过去了七个小时之后，天空迅速地亮了起来。在这七个小时里，我躺在自己的床上，望着窗外一分一秒光线变化的天空，一刻也没有合眼。

我清晰地目睹犹如黑暗的大海般空旷的操场，被光线一点一点照穿，最终变成冬天里灰蒙蒙的苍白景色。第一个起床的人，呼着白气，从我的视野里走过。

在这七个小时里，我给简溪发了两条短信。

第一条："你在哪儿？"

第二条："你可以回一个电话给我吗？"

但是我的手机一直都没有响起来。我反复地把手机翻开查看，但是依然没有任何消息。屏幕上简溪年轻的面容，在黑暗的环境里，清晰得像是夏天烈日下的苍翠树木。绿莹莹的光芒，照得我胸腔发痛。

从床上爬起来走进洗手间的时候，我从镜子里看见了自己憔悴的面容，快掉到颧骨上的黑眼圈以及快掉到胸口的下眼袋（……），还有像《生化危机》里僵尸般泛红的双眼，这让我的心情非常地压抑。但是这种压抑与因为简溪而产生的压抑相比较而言，实在是微不足道的。

我迅速地刷牙洗脸，从旁边顾里的柜子上偷了一点她的Dior焕肤觉醒精华素胡乱涂抹在脸上，然后拉开门走进客厅准备泡一杯咖啡。

刚走出来，就看见拉开房门穿着背心走出来的唐宛如。她顶着一头像是刚刚被绿巨人强暴过的乱发，冲着我憔悴的脸打量了片刻，轻飘飘地对我说："你月经又来了？弄得这么憔悴？"

我本来就火气很大，于是转身抓起沙发上的靠垫，用力朝着走向厕所的唐宛如砸过去。但是小小的一个泡沫靠垫，在唐宛如肌肉纵横的背上轻轻地弹跳了一下，就反弹回了地上，而她完全没有知觉地继续朝厕所走。

我震惊了。我知道如果不依靠锐利的工具的话，很难对她的肉体造成什么物理伤害，于是我转向精神层面，问她："你最近又开始健身啦？"

然后我听见她脖子僵硬地发出"咔嚓"的声响……

我在她爆发的前一秒迅速地冲回自己的房间反锁了门。南湘从被子里探出一个头，看见我用背死命地抵着门，气喘吁吁的样子，她揉了揉眼睛问我："你到底欠了黑社会多少钱？"

已经八点一刻了。在我房门口守株待兔的唐宛如在留下了最后一句"林萧我要挑断你的手筋脚筋"之后，不得不出门上课去了。

我回到床边上坐下来。

南湘从床上爬起来，披着被子去打开电脑，然后开始放歌。

她回到床上躺下，问我："你今天早上不是有课吗？"

我看了看她，随便编了个理由："我不舒服，不想去了。"

她也没多问，从枕头上方的书架上拿下一本画册来开始翻，中途抬起头，问我可不可以帮她冲一杯咖啡。

我在客厅把咖啡冲好，然后考虑了一下，准备告诉南湘昨天晚上简溪电话里那个女人的事情。

我刚走回房间，门口墙上的电话就响了。我有一种预感是简溪打来的。

这种预感从我和他交往开始就一直存在。比如手机有短信的声音，我会突然预感到是他；比如宿舍阿姨说楼下有人找我，我会预感到是他；比如快递说有我的包裹，我会预感到是他送来的礼物。

每一次都是准确的。

这一次也不例外。

我拿着咖啡呆站了一会儿，直到南湘"喂喂"地把我唤回神，我才非常不情愿地接起了电话，那一声低低的、有磁性的、同时充满了明快和清爽的"喂"，的的确确来自简溪。

在我还没有想好到底应该怎么面对的时候，简溪就帮我想好了出路，他异常镇定地对我说："林萧，南湘在吗？把电话给她，我有事要和她说。"

我不得不承认我被震住了。

在电话里，简溪的语气平静而自然，丝毫没有觉得有什么对不起我的地方。我把电话放下来捂在胸口上，转过头对南湘说："是简溪。"南湘头也没抬，"嗯嗯"地应付了我两声，我尽量平静地接着说："找你的。"

南湘从画册里抬起头，莫名其妙地打量着我和我用力捂在胸口的话筒。她从床上翻身起来，接过电话。

在他们通电话的几分钟里，我坐在床边上，几乎忍不住要掉下泪来。我目光的边缘，是放在我床头的那只简溪送给我的小丑鱼公仔，它温驯的脸像极了他。

南湘挂上电话后开始迅速地穿衣服。

我对她说："南湘我有话和你说。"

南湘头也不回地回绝了我，她说："我有事要去找顾里，回头再和你聊吧。"

在我还没来得及进一步要求的时候，她已经拉开了房间的门出去了。

我呆在原地足足三分钟，然后也愤怒地起身冲出门去。

而我并不知道的是，与此同时，简溪也跨进了我们学校的大门。

如果现在你是以上帝的角度或者高度在俯瞰我们的大学，那么你就会看到正在上演一场精彩的猫与鼠之间的追逐大战。

简溪匆匆地跑进学校四处寻找南湘。

南湘正披头散发地朝正在A楼上课的顾里跑去。

我紧随着冲出大门，追逐着南湘，想要了解简溪在电话里到底和她说了些什么。

唐宛如在下课铃声打响之后疯狂地冲出了教室的门，她并没有忘记要挑断我的手筋脚筋。

顾里一边走出教室的门，一边给我发消息，问我要不要一起去吃早点。

顾源则从D教学楼走出来，准备去找顾里。他觉得是时候对顾里摊牌了。

如果说我们的生活充满了一千零一种未知的可能性的话，那么在大学围墙范围内，这一场角逐大战，谁先遇见谁，都可以导致完全不同的结局。

这就像是有人在转盘里撒下了一大把钢珠，在转盘没有停下来之前，谁都不知道最后的赢家会是谁。

我在学校A楼下的花坛边看见了正在等待顾里走出教学楼的南湘，她头发被风吹得很乱。我从背后喊她，她回过头来，脸上是我很少见过的凝重表情。

我再也按捺不住满腔的怒火和疑问，冲她吼："你发什么神经……"我话只说了一半，就硬生生停了下来。因为我看见不远处，穿着灰色毛衣的简溪，正在朝这边小跑过来。

他远远地对我和南湘挥了挥手，走到我面前，伸出手准备抱住我。他的笑容一如既往地温暖，像是太阳一样散发着热量朝我靠近。

在他靠近的同时，我抬起脚用力地踢向他的膝盖。

他立刻跪在了地上，但是并没有发出声音，只是用力地皱紧了眉头，牙齿咬在下嘴唇上，额头上迅速渗出细密的汗水来。

我知道我用的力气有多大，因为我的脚整个都麻掉了。

南湘目瞪口呆地看着我，回过神来后对我大吼："林萧你疯了你！"

我瞪大了眼睛，但是眼泪还是不争气地滚了出来，咬牙切齿地说了一声"不要脸"之后，转过头想要走。

但是简溪迅速地从地上站起来，抡圆了胳膊朝我扑过来。

我以为他要动手打我，本能地缩起身子。

下一秒，等我反应过来的时候，简溪已经从身后紧紧地抱住我了。他的胳膊牢牢抱紧我的身体，我连挣扎都挣扎不了，他也一动不动。

他的下巴搁在我的肩膀上，过了一会儿，我听见他在我耳朵边上小声而急促地说："林萧，别走……痛死我了。我快站不稳了。"

我的眼泪啪啪地掉下来，有一两颗掉在了简溪的手背上。

他转过来把脸紧紧贴在我的耳朵上："我真的站不稳了啊……"

身边包裹的都是他的味道。

熟悉的，温柔的，令我可以迅速安静下来的气味。

像是漫天云朵一样朝我包围过来。

他把我的身体转过来，吸着气，忍着痛对南湘扬了扬下巴："你和她说。你和她说。"

南湘走过来，翻着白眼看我，她说："我要是你男朋友，就抡圆了胳膊给你两耳光。"

我火又上来了，冲南湘说："你别帮他了！他昨天晚上还不知道跟哪个女人睡的呢！"

南湘对我的话没有表示出丝毫的惊讶，她再一次翻了一个白眼之后，对我说："简溪没有和别的女人睡，"她停了一下，吸口气，"是顾源。"

我听见肩膀上简溪长长地舒了一口气。

我心中那块巨大的几乎快压垮我的石头，也在瞬间消失不见了。

我转过头，看着趴在我肩膀的简溪，问："真的？"

简溪点点头，下巴在我的肩膀上动了动，"嗯，真的。"然后又说："痛死我了。"

我沉浸在对简溪的心疼里。我扶着他在花坛边坐下来，刚刚想直起身，就僵在半途中，突然注意到刚刚南湘说的最后半句话，"是顾源"。

我僵硬地扭转回头，像是被雷劈中一样望向南湘，"你刚刚说……刚刚说……顾源？和简溪睡觉的是顾源？！我操啊！！"

南湘机器人一样面无表情地看着我，沉默着，一言不发，朝我伸出了大拇指。在我和她对峙了三分钟后，我恍然大悟，和别的女人睡的人，是顾源！

与此同时，我听见了身后顾里的声音，"你们都在这儿啊。"

我回过头，看见提着LV包包、踩着Gucci小短靴的顾里朝我们走过来。她随手把一杯只喝了一小半的奶茶丢进路边的垃圾桶里。

我拉起简溪，像个精神病一样逃走了，也没顾得上理睬简溪的呻吟和一瘸一拐。我实在没有办法去面对这样充满挑战的场景，于是把这个艰巨的任务留给了南湘。

我相信，如果说我们的朋友里，还有人能完成这样一个类似深入虎穴再在老虎脸上踩上两脚的任务的话，那么一定只能是南湘。唐宛如也不行，唐宛如会直接把老虎踩死。

顾里冲着我逃走的背影皱了皱眉头："她神经搭错啦？"

南湘走过去拉着顾里的手，说："我有事情要和你说。"

正是上课时间。所以女生宿舍也没什么人。

我看了看守楼的阿姨并不在门口，于是扶着简溪去了我们宿舍，记得寝室唐宛如的柜子里有跌打用的正红花油。

简溪坐在我的床边上，我跪在地上帮他把药油涂抹在那一大块被我踢得肿起来的膝盖部位。整个过程里，简溪一动不动，转过脸去看着窗外，面红耳赤。

而我更加地不愿意说话，眼珠子一直盯着地面，没有挪动过。

气氛非常微妙地尴尬着。

因为……

他今天穿的是一条窄腿的牛仔裤，没办法挽到膝盖上去。于是他只能把裤子脱了。我假装非常见过世面地把空调调高，镇定地说："不要感冒。"他点点头，尴尬而吞吐地说："不、冷。"

其实这是我第一次如此近距离地面对简溪的下半身（……）。之前有很多次我们去游泳或者海边游玩，他也是穿着到膝盖的宽松的沙滩裤。以前每次看见唐宛如的腿，我都会觉得真是肌肉嶙峋，但是在帮简溪推揉的时候，我才发现，原来男生的腿比女生结实多了。而且还有非常让人难以面对的，扎手的……嗯，怎么说，毛发……

过了一会儿之后，我终于适应了这样的刺激。心情渐渐平静下来。一层又一层内疚的感觉，从胸腔里翻涌出来。

我抬起头，看见简溪也正好低着头在看我。

我眼睛又红了。

我问他："疼吗？"

"疼。"他点头。额头前面的头发碎碎地挡住眼睛，在阳光里投下半透明的影子。

我把脸贴在他的膝盖上，趴在他腿上。心里恨不得把自己吊在房梁上，放血谢罪。

但是在我无限心疼和内疚的同时，我突然意识到现在自己的姿势非常微妙，我的目光正好对着某一个我非常无法面对的地方，于是我的脸瞬间发烫，我尴尬而僵硬地把脸稍微朝边上转了一转。然后我眼角的余光里，简溪的脸也迅速地烧红了。

我依然装作非常见过世面的样子，假装镇定地匍匐在他腿上，内心迅速思考着该如何又自然又迅速地改变这个姿势……

还没等我想好，简溪就先忍不住了，他咳嗽了两声，身体朝后面缩了一缩，对我说："林萧，你这样，我……"

"乱想什么呢你！"我脸像发烧一样，用力张口在他肿起来的膝盖上咬了一下。

简溪疼得"啊啊"乱叫。

在我还没做出反应的时候，瞬间就发生了这一辈子我都不愿意再回想起来的事情。

其恶劣程度足以进入排行榜的前三名。

事件为：先闻其声后见其影，随着一声高亢嘹亮的"林萧我要挑断你的手筋脚筋"破门而入的，正是肌肉嶙峋的唐宛如。

映入她眼帘的是裤子脱到膝盖下面的简溪，我正跪在他面前埋头趴在他的大腿上。而他正在"啊啊"地呻吟着。

她的那一声尖叫几乎响彻了云霄，险些把110招来。

简溪惊慌失措地站起来想要拉起裤子，我动作没那么迅捷，他的膝盖重重地撞在我的下巴上，我痛得眼冒金星天旋地转，差点昏死过去，感觉都可以看见一整幅星空图了。

简溪赶忙弯下腰来扶我，结果手上的裤子刷一声掉了下去。

于是他用正面，面对了正在意犹未尽惊声尖叫的唐宛如。

唐宛如自己都没有想到，她的人生，会在这么短的时间，先是无遮无拦地观赏了卫海，接着又是切中要害地观赏了简溪——这个她人生中出现过的最帅的男人。

幸福来得太过突然。

幸运的是，那天简溪穿的是四角内裤。

不幸的是，是非常紧身的四角内裤。

唐宛如尖叫了差不多一分钟，在我觉得她已经快要断气了的时候才停了下来，轻轻地抬起手按住胸口，郁结地说："我受到了惊吓。"

那一刻，我是多么地想抽死她啊。

在之后的第三天，我和南湘在客厅里看书的时候，她突然轻描淡写地对我说："唐宛如对简溪某个部位的评价很简洁，只有三个字——很饱满。"

我像是被踩住尾巴的猫一样跳起来，冲到唐宛如房间门口"咣咣"砸门，我发誓当年特洛伊战争里扛着巨木撞城门的那些肌肉男都没我勇猛："唐宛如我要挑断你的手筋脚筋！"

结果开门的是出来倒水喝的平静的顾里。她镇定地对我说："唐宛如不在。"

走了两步，又回过头来用一种无比下流的目光上下打量我，对我说："听说很饱满？"

我抄起一个沙发靠垫砸过去："喝你的水吧！"

但是在事故发生的当下，我只恨不得真的昏死过去。所谓的两腿一蹬，一了百了。

我实在难以面对一向怪力乱神并且离经叛道（其实就是精神病）的唐宛如。

于是我决定用顾源的事情转移她对我和简溪的关注。人在需要自我保护的时候，一定会丢出别的东西去牺牲，换取生存。

而事情的整个过程，其实我也是第一次详细地从简溪口里听到。

事实是他昨天在顾源家里玩游戏，下午走的时候把手机丢在了顾源家，到了深夜才想起来。他打电话过去的时候，就听见一个女人的声音。（"就是那个女人！"我控制不住地插嘴。）简溪问："顾源呢？"那个女的说："他在洗澡。"

简溪问："你是谁？"对方没有回答，只是轻轻地笑了一声，然后就挂断了电话。

之后简溪用家里另外一个手机给顾源发了条短消息问他怎么回事。

但是顾源却没有回复。

"我并不肯定是顾源出轨，但是又不能完全不告诉你们，因为这总不正常吧？而且，"说到这里，他看了看我和唐宛如，"告诉你们两个完全没有任何正面的积极作用，除了火上浇油煽风点火添乱添堵之外，你们也只会同归于尽。所以我才打电话找南湘商量。"

我抬起头用非常抱歉而内疚的眼神看了看简溪。

他低头用充满怨恨和无奈的眼神回看了我，冲我耸耸肩膀吐了吐舌头，像个十七岁的少年。

我突然开始忧郁起来，问简溪："现在怎么办？"

简溪拍拍我的头，说："他们两个应该会好好谈一谈吧。总有办法的。别担心。顾源很爱顾里，这个我知道。"

我点点头。

身后传来唐宛如的深呼吸。

我回过头去，看见她用力地捧着自己的心口，像是林黛玉般无限虚弱地说："我受到了惊吓。"

我恨恨地说："总有一天你会受到恐吓！"

南湘和顾里坐在花坛边上。

身边是陆陆续续上课下课的学生。有一些情侣牵着手走过去，有一些女生正在等自己的男朋友，等待的中途拿出小镜子照照自己的脸，顺便把那两扇纠缠成一片的睫毛刷得更加纠缠不清。还有更多单身的戴着深度近视眼镜像是要投身祖国四化建设的人，他们背着双肩包，气宇轩昂地走在学习的宽阔大道上，露出短了两寸的裤子下面的尼龙袜子。

等待他们的未来是光明的。

而顾里却不知道等待自己的是什么样的未来。

南湘伸出手，放在顾里的手背上，说："你们一定要好好谈谈。"

顾里微笑着，说："嗯。放心，没事。"

南湘看着眼前镇定的顾里，没有说话。

多少年来，她永远都是这个样子。镇定的、冷静的、处变不惊的、有计划的、有规划的、有原则的一个女人。

甚至有些时候可以用冷漠的、世俗的、刻薄的、丝毫不同情弱者的、拜金主义的、手腕强硬的……来形容。

她像是美国总统一样，无论发生什么样的事情，哪怕是世贸双子被炸平了，她也依然是镇定而冷静的，她不会伤春悲秋，只会思考如何控制损失。

顾里站起来，说："顾源一定会找我的。我们等着就行了。"

又是这样漫长而灰蒙蒙的冬季——

我们的爱，恨，感动，伤怀。

我们的过去，我们的现在，我们无限遥远的未来。

我们呼朋引伴的草绿时代，我们促膝长谈的漫漫长夜。

都被灌录在固定长度的那一段胶片里。随着机器的读取，投影在黑暗中的幕布，持续放映。主演们在幕布上悲欢离合，观众们在黑暗中用眼泪和他们共鸣。

我们都仅仅只是这个庞大时代的小小碎片，无论有多么起伏的剧情在身上上演。我们彼此聚拢、旋转、切割、重合，然后组成一个光芒四射的巨大玻璃球。

我们是微茫的存在，折射出心里的每一丝憧憬和每一缕不甘。

我和南湘坐在学校新开的第五食堂的西餐厅里吃早餐的时候，并没有完全清醒过来。唯一残留下来的模糊记忆，是我们还团在温暖的被窝里，空调突突地往外送着温暖的热风，然后顾里就破门而入了，高声宣布着："你们一定要和我一起去试一下新开的那家西餐厅，我终于可以在学校吃西餐早点了！"她脸上的精致妆容和精心挑选的一条A.P.C的冬装连衣裙，把我和南湘两个还穿着条纹睡衣窝在床上的爆炸头女人，衬托得淋漓尽致。

然后下一个瞬间，我和南湘就坐在了人丁稀少的第五食堂里，顾里依然容光焕发，我们依然蓬头垢面，唯一不同的是我们好歹在睡衣里穿上了胸罩——但这在外表上是看不出任何变化的。

时间太早，连环卫工工人几乎都还在沉睡，这是人丁稀少的一个原因。

另外一个原因是门口的那个"早餐自助：每位六十八元"的招牌。

我和南湘看见这个招牌的时候，迅速地就转身了。然后在听见顾里那句"我埋单"之后，又迅速而直接地走进去坐了下来。

面前热气腾腾的咖啡和牛奶冒出的热气熏得我和南湘昏昏欲睡。

顾里的电话响起来，她正在撕面包，腾不出手，于是按了免提，接着唐宛如嘹亮的声音就像是广播一样播放了出来，唤醒了每一个还在梦境里的人："我操！一个人六十八块！喝什么啊！金子吧！"

而且最让我和南湘痛不欲生的地方在于，上海人的口音里，"精子"和"金子"是同样一个读音。

我清楚地看见对面两个矜持而贵气的女生迅速地红了脸。

顾里老样子，非常地镇定，她轻轻瞄了瞄手机，说："进来吧，我埋单。喝奶！"

唐宛如出现在我们面前的时候，我和南湘，嗯，怎么说呢，受到了惊吓。

如果你能顶住第一眼的压力，仔细辨认唐宛如的脸，你会发现其实她仅仅只是画了眼线，然后稍微有一点眼影，睫毛也微微刷过了，并且涂了唇蜜。这是几乎所有女孩子都会做的事情。但是如果你顶不住这样的压力去仔细辨认的话，那么，受到惊吓，是一定的了。

只是顾里的表现实在惊为天人，她瞄了瞄唐宛如，皱着眉头说："你被打了？不是吧？一大清早，谁干的啊，那人有病吧！"

唐宛如彻底地受到了惊吓。

然后转身愤怒地离开了。

顾里疑惑地望着我和南湘，问："她干吗？报仇去了？"

我心很累，说："不要告诉我你看不出来她化了妆。"

顾里挥挥手："别搞笑了。"过了一会儿，猛然抬起头，"不是吧？真的假的？"

我和南湘同时严肃地点头。

顾里："吓人……"

我和南湘再次点头表示了同意。

顾里思考了一下，认真地问我们："我靠，别不是被包养了吧？"

南湘难以掩饰地嗤笑了一声："包养？姐姐我谢谢你，要包养也是包养我吧。"

顾里歪头想了一想，说："那确实是。"

南湘眼珠子都快翻出来了，一口咖啡在喉咙里咳得快呛死过去。

这种"自己挖坑自己跳，自己下毒自己喝"的戏码，我在南湘和唐宛如身上已经见怪不怪了。

我喝着牛奶，眼睛环顾着周围的食物，心想一定要把六十八块吃够本，并且努力吃到一百三十六块。

而这时顾里的电话又响了，她看了看屏幕，撕面包的动作稍稍停了一下，我和南湘都用眼角的余光瞄到了来电人是顾源。我们都没有说话，装作没看见。过了一会儿顾里把电话接起来，她简单地"嗯"、"好的"之后，把电话挂了。

然后继续平静地撕着面包。

我和南湘什么都不敢说，低头喝着牛奶和咖啡。

学校里依然很空旷冷清。这个时间实在太早太早了，除了刚刚从网吧通宵打完游戏溜回寝室的人，整个宿舍区里，游荡着的生物就只有几个老大爷，他们抱着路边的树，愁眉苦脸地进行呼吸交换。

顾里走到男生宿舍小区的门口时，看见了站在大门外的顾源。

他穿着之前和她一起逛恒隆时她疯狂喜欢的那件黑色Prada长毛毛衣，周杰伦在MV里穿过同样的一件，当时顾里直接从顾源钱包里掏出信用卡丢在了收银台上，根本没有管顾源在看见那个吊牌上22400的价格时翻出的白眼。

顾源头发染成了深咖啡色，和她头发的颜色一样。只是好像变长了很多，风吹得凌乱起来，看上去有点憔悴。

有多少天没见了？突然想起这个问题，好像已经有一段时间没有见过了。似乎是太习惯了和顾源的稳定关系，所以，一段时间不见，并没有让自己觉得有多么陌生。

她冲他挥挥手，让他看见了自己。

顾源咧开嘴笑了一笑，雪白的牙齿在冬日灰色的背景里，显得格外明亮。

顾源看着站在自己面前的顾里，张开口——

让我们先把时间停顿在这里。

然后让我们抬起手，把手腕上的钟表往回拨———直拨到两个月前。

两个月前，顾源在家里打Wii的时候，突然来了客人，这是司空见惯的事情。经常会有各种各样的人来拜访他的老爸和老妈，准确地说是拜访他的老妈。所以他完全没有理睬，依然继续玩游戏。直到母亲在房间外面呼唤自己，才悻悻地放下手柄，光着脚走出房间。然后看见坐在客厅沙发上的一对中年夫妇，以及正在和自己的父亲聊天的，一个同龄少女。

母亲亲热地拉着自己的手，走向那个女孩子，对她说："这是我儿子，顾源，"然后转身对顾源说，"这是袁艺。"

那对中年夫妻非常热情地让出他们女儿身边的位置，招呼着顾源坐过去。顾源有点无所谓地坐下，准备应付客套一下，就继续回房间打Wii。

直到听到母亲说："你们家女儿谈朋友了吗？"

对方回答："哈哈，还没呢。得有好的对象才行啊。"

母亲继续说："我们家顾源也还没呢。"

对方回答："这么巧啊！真是缘分！"

顾源冷冰冰地看着这一出拙劣而滑稽的戏码，扯了扯嘴角，说："我有女朋友啦。"

像是瞬间撒下的干冰一样，周围飕飕地开始冒出冷气来。

最为明显的就是母亲迅速拉扯下来的脸。然后迅速地，又换上了面具般的笑容："小孩子家，乱说什么。哈哈哈哈哈。"

那些"哈哈哈哈"听在顾源耳朵里，感觉像是吃下了一颗一颗圆滑的石头。

他站起来，提了提松垮的裤子，转身走进房间去了。

然后时间继续进行了一个星期。

一个星期后的周末，顾源坐在客厅里翻时尚杂志，他妈坐到他的旁边，轻轻地把他的杂志拿开，对他说："袁艺哪点不好？人漂亮，家里条件又好，更何况她父母是我们的一个重要合伙人。"

顾源有点不屑地笑了笑："妈，你别演香港言情剧了，这什么年代了，别来和我搞政治婚姻那一套，演连续剧呢你。"

当然，能生出顾源这样的儿子，母亲叶传萍也不是省油的灯。她依然微笑地说："你之所以这么不在乎，是因为你现在还感受不到钱和地位的威胁，因为你从小就没有过过苦日子。妈什么没见过，别再和我闹小性子了。"温柔的口吻，安静的笑容，却丝毫没有商量的余地。

顾源没理睬她，继续看杂志。

叶传萍站起来，转身离开了。走了两步想起什么来，转身说："你好好想想吧。对了，在你想好前，我要提醒你，不要乱刷信用卡。"

顾源眯起眼睛，面无表情地看着她，然后重新把杂志拿起来。

叶传萍胸有成竹。

时间再进行一个星期。

顾源发现自己所有的信用卡都没办法使用，银行卡里也无法提出钱来。更加雪上加霜的是在这之前，自己刚刚把四千块现金给了顾里，也不好意思去要回来。

他第一次连续两天没有吃饭，他在吃着顾里买给他的馄饨的时候，掉了眼泪。

他甚至第一次觉得自己很了不起，像一个男人。

他觉得自己在保护顾里。

在这个星期里，他问卫海借了第一次五百块。

时间再往前进行。他借了第二次五百块。

周末回家的时候，母亲依然优雅地喝茶，仿佛没有发生任何的事情。顾源依然也像是没事一样，看杂志，打游戏。

但彼此的心里都在用力地拔河。

双手紧握着粗糙的绳索，掌心里渗出黏糊糊的血。

没有加油的人群，没有队友，空旷的斗兽场上，安静却激烈的双人拔河。

时间进行到两天以前。

袁艺一家再一次来到顾源家里。

而这一次，叶传萍无疑加强了火力，在不动声色之间，就成功地说服了袁艺的父母，让袁艺留宿，"我们顾源很懂事的，不会乱来。"

母亲特意在顾源的卧室里加了一张床。

"干吗不放到客厅去？"顾源脸色很不好看。

"让客人睡客厅，多不礼貌。"叶传萍一脸正经。

"那我去睡客厅。"顾源耸耸肩膀，无所谓地说。

"女孩子都不怕，你大男人一个，怕什么？"叶传萍讽刺地笑着。

顾源皱紧眉头，然后不屑地笑了笑："最好她不要怕。"

然后转身走向浴室。"我洗澡了。"

而之后，简溪留在顾源卧室的手机，就响了起来。

当袁艺看见只在腰上围了一条窄毛巾就走进来了的几乎赤着身子的顾源时，她还是烧红了脸。她不得不承认，在从小到大看过的男孩子里，顾源是最英俊挺拔的一个。线条分明的身体上还有没有擦干的水珠，宽阔的胸腔以及明显的腹肌，这是以前从高中时代田径队就形成了的体型。顾源冷笑了一声，然后一把扯掉了毛巾。

袁艺面对着只穿着内裤的顾源，几乎快要不能呼吸了。

空气里是他刚刚沐浴后的香味，以及四处弥漫的，强烈的雄性荷尔蒙味道。

她红着脸，害羞地笑了。

顾源冷冰冰地问："看够了吗？"然后伸手关了灯，接着躺到自己的床上，不再说话。

如果黑暗里可以有夜视的能力，那么现在，你一定会看见满脸愤怒和屈辱的袁艺，在黑暗里咬牙切齿。

让我们把时间再次拨回到正常的时刻。

冬天刚刚亮起来的早晨，风里卷裹着寒冷的水汽，把脸吹得发红。

顾里安静地站在顾源面前，依然是一贯的冷静和理智。

这让顾源有点害怕。其实顾源一直都有点怕顾里。

但是他还是打算对她说。毕竟已经过了这么久了，自己也想得很清楚了。

他抬起手放在顾里肩膀上，刚要开口，就听见汽车喇叭的声音。

顾里和顾源都同时奇怪为什么会有车子可以开进学校来，明明是不允许的。

不过当顾源看见那辆熟悉的凯迪拉克的时候，他就一点都不奇怪了。叶传萍总有办法把车开进她想开的地方去。

她打开车门，优雅地走下来。

她看了看站在顾源面前的顾里，高傲地微笑着。

顾里有点疑惑并且有点反感地问："这里学校规定不能开车进来，你凭什么开到这里来？"

叶传萍微笑着："那是因为我们不同，你们家开不进来，我们家就可以开进来。"

顾里的怒火迅速被点燃了。在尖酸刻薄的话语即将脱口而出的时候，她听见顾源的声音在自己身后响起："妈。"

顾里感觉像是一把刀从背后插向了自己。

在彼此笑里藏刀的对话里，顾里终于明白了叶传萍来找顾源，或者直接点说，来找自己的原因。

顾里对此非常生气。

她生气的地方却并不是在于叶传萍不同意自己与顾源交往，而是因为叶传萍竟然看不起她的家世。这对于从小养尊处优、从十八岁起就提着LV包包上学、洗澡会在浴缸里倒牛奶，并且从小就有司机接送的顾里来说，实在是莫大的侮辱。

如果不是顾源在身边的话，她甚至很想对叶传萍叫嚣："你也不问问你儿子是否配得起我！"

叶传萍看着怒气冲天的顾里，露出了满意的微笑。

无论顾里多么地冷静、理智、从容，但是她面对的都是另外一个比她年长二十岁的"顾里"。就算同样是狐狸，就算同样是白蛇，就算同样是蝎子，她也是年轻的那一只。

叶传萍打开车门，准备离开的时候，抬起眼看了看顾里，浑身打量了一遍，对着她的LV包包和Gucci短靴，说："看来我儿子帮你买了不少东西嘛。"

顾里破口大骂："我身上没有一件是你儿子买给我的！"

不过黑色的凯迪拉克已经扬长而去了。她的声音被远远地抛在车后，喷上了肮脏的尾气。

顾里转过头来，冲顾源吼："你脚上那双D&G的靴子，是我给你买的！"

顾里并没有发现，顾源眼睛里，是一层又一层，乌云一般黑压压的伤心。他的眼睛湿漉漉的，长长的睫毛上凝起了一层雾。

他长长的呼吸在周围清早的空气里，听起来缓慢而悠长。

他慢慢地走前两步，把顾里紧紧地抱在怀里。

"我并不是因为你从小就有宝马车接送而喜欢你，也不是因为你的LV包包而喜欢你，更不是因为你送了我D&G的靴子而喜欢你。就算你没有一分钱，我也喜欢你。"

但是生活永远不是连续剧。它不会在应该浪漫的时候，就响起煽情的音乐；它不会在男主角深情告白的时候，就让女主角浓烈地回应；它不会在这样需要温柔和甜蜜的时刻，就打翻一杯浓浓的蜂蜜。

它永远有它猜不透的剧情。

和那个创造它的，残酷的编剧。

顾里已经被愤怒冲昏了头脑。

她永远不能容忍的，就是对她尊严的践踏，无论这些尊严是否建立在荒唐可笑的物质和家世的基础上。

她在非常短暂的瞬间里面，竖起了自己全身的刺。

她冷冷地推开顾源，说："别幼稚了，不要把自己当做刚刚开始初恋的高中生一样。你和我都知道，我们都是冷静理智的人，我们会选择彼此，也是因为大家都知道不应该浪费精力和心血在不值得的人身上。没有物质的爱情只是虚弱的幌子，被风一吹，甚至不用风吹，缓慢走动几步，就是一盘散沙。如果我今天是一个领着补助金的学生，你顾源会爱我？"

"我当然。"顾源的眼睛被风吹得通红。

顾里冷笑一声。

顾源低下头，牢牢地看着顾里的眼睛："那如果我是个穷小子，没有钱，你会爱我吗？"

顾里不回答。沉默地看着他。

他的眼睛在顾里的沉默里越来越红。

过了一会儿，他像是终于松口气一般，无奈地轻轻笑了，他抬起手揉了揉眼，说："我知道了。"

"你不知道，"顾里朝后退开一步，"你之所以能这样无所谓地说着类似'钱不重要'、'如果我没有钱你会不会爱我'之类冠冕堂皇的话，那是因为你并没有体会过没有钱的日子！你从小都活在不缺钱的世界里，你和我一样，我们都拿着十万透支限额的信用卡无所顾忌地刷下一两万，只为了一个好看的包或者一件好看的衣服。你只是在这里用高贵的姿态扮演着落魄贵族！别假惺惺地营造这种自我感觉良好的戏码了，你莎士比亚看太多了吧！"

顾源看着面前的顾里，突然觉得陌生起来。

一种从身体深处袭来的疲倦，就像是冬日巨大的寒流一样，瞬间包裹住了他。他也不想再去反驳她的话，因为自己在刚刚过去的两个月里，就是过着没有钱的生活。吃的是泡面，没有买一件新衣服，有时候连泡面也不买，饿得肚子痛，在吃到顾里买给自己的馄饨时感动得哭，偶尔还会在和顾里吃饭的时候为她埋单。

但是在顾里心中，他永远都是那个拿着信用卡无所事事的少爷，是在用高贵的姿态扮演自我怜惜的戏码。

他说："我走了。"

顾里咬着牙，不说话，眼眶发出剧烈的刺痛感。她控制得很好，正如她从小以来的样子。

顾源转过身，走了两步。然后他蹲下来，迅速脱下了自己的鞋子，转身用力砸在顾里脚下。"还给你！"他的声音被寒风吹得沙哑，通红的眼眶把他的表情变得骇人。

又走了两步，他弯下腰来脱下袜子，"这也是你曾经给我买的。"

"都还给你。"

如果我们的生活是一部电影，或者说是一部高潮迭起的连续剧，那么，在这样的时刻，一定会有非常伤感的背景音乐缓慢地从画面外浮现出来。

那些伤感的钢琴曲，或者悲怆的大提琴琴音，把我们的悲伤和难过，渲染放大直到撑满一整个天地。

在这样持续不断的，敲打在人胸腔上的音乐中——

南湘坐在空旷的楼顶天台上，拿着安静的手机发呆。偶尔抬起手，用手机拍下灰蒙蒙的清晨的天空。风把她的头发吹乱贴到脸上。

唐宛如坐在球场边上，她从开始训练到现在，都一直在悄悄地打量卫海。看他跳起来杀球，看他低着头认真地听父亲训话。看他撩起衣服下摆来擦汗，露出腹部的肌肉。她像是第一次恋爱的少女一样，浑身发烫，甚至自己早上起来悄悄地在浴室里化了妆。她看着放在旁边的卫海的包，敞开的包里有卫海的手机，犹豫了很久，终于紧张地拿起来，拨了自己的号码。

宫洺揉揉发痛的眼睛，又是一个不眠之夜。他给Kitty发了消息，让她一早买来两杯咖啡。然后他站起身来，从高高的写字楼落地窗眺望出去，看见一整个缓慢苏醒过来的上海。

而我在清静的图书馆里，把欧洲文艺复兴时代的爱情诗歌抄在纸上，准备寄给简溪。清晨的阳光从高大的窗户照耀进来，图书馆只有零星的一两个学生在看书，巨大的白色窗帘缓慢地摇动着，我有种幸福和悲伤交错伴随的感动。

而在悲剧的最强音节——

顾里站在门口，看着光脚的顾源沿着笔直的道路走回他的宿舍。他的脚在冰冷的水泥地上迅速被风吹得通红。

她的眼眶里堆满了泪水，但是她不想哭。她控制着不要眨动眼睛，以免泪水掉落下来。顾里是不应该哭的，顾里是冷静而理智的。

她看着顾源慢慢走远。

她捡起顾源的鞋子，又上前几步把袜子也收拾起来，然后转过身，镇定而冷静地离开。她把鞋子用力地抱在胸口。鞋子上的灰尘在她的黑色外套上留下了明显的痕迹。

胸腔里翻腾的哽咽和刺痛，都被用力地压进身体的内部。像是月球上剧烈的陨石撞击，或者赤红色蘑菇云的爆炸，被真空阻隔之后，万籁俱寂，空洞无声。

而在她转过身后的十几秒，顾源从远处慢慢地回过头来，他看见的是顾里冷静离开的背影。

他想，这就是我的爱。

她冷静地朝远处走去，渐渐地离开了自己的世界。

他张开嘴大哭。

冷风像是水银一样倒灌进温热的胸腔里，一瞬间攥紧心脏。

这才是悲剧的最强音节——

弥漫在整个空旷天地间的，低沉提琴的巨大悲鸣。

TINY TIMES

小时代1.0

折纸时代

Tiny Times Season.01 Chapter.05

Dirty secrets make friends.

在第三次被"大众传媒理论"课老师高亢无比的音调吵醒的时候，我真的有点愤怒了。一直说教师是体谅关怀我们的园丁，却不让学生睡一个好觉是什么道理。

我摸出手机，看看还有十分钟下课，于是也就不再倒下。整理了一下头发，摸出镜子看了看脸上被压出的睡痕，然后准备下课不去吃饭直接回寝室窝着。

对于最近在减肥的我来说，午饭是恶魔，不能将之铲除，那至少一定要远离。

Kitty前天堂而皇之挂出来的签名档深深地刺激了我，这个身高一米六九的女人非常不要脸地用MSN签名档刺激了她整个联络簿里的人——"天哪！我竟然88斤了！"那个时候，我义愤填膺地关掉了MSN。刚想转过头告诉南湘这个女人的卑劣做法，结果看见她在吃一个奶油面包，手边还有一杯蜂蜜。我看了看她如同林志玲一样纤细的胳膊和腿，又低头看了看自己，唯一比较瘦的地方就是胸（……）。我用尽全力扔了一个枕头，砸向这个睡前吃奶油蛋糕喝蜂蜜糖水却死也胖不起来的女人。我愤怒地打开房间的门，去隔壁找唐宛如了。要知道，人类赖以生存的基本动力一直就是——比上不足比下有余。

几分钟后，我飞快地跑了回来死死抵住房间的门，丝毫不理会唐宛如在外面发疯一样的号叫："林萧我要把你浸猪笼！"

我的内心得到了平衡，也就不管唐宛如的死活了。

但是我一觉醒来，手机上没有任何人的短信。这稍微有点不正常。按道理来说，这个时候，我的手机上应该满满的都是另外三个妖孽的短信，彼此相约午饭的场所，倾诉课堂上遇见的帅哥或者猥琐男，互相传黄色短信恶心对方或者一起商量着下午是否逃课。

但一直熬到了下课，我的手机依然没有什么动静。我收拾好课本，背着包离开教室。

走在路上的时候，简溪的电话来了，我非常甜蜜满脸桃红地接起了电话。

——南湘和唐宛如都曾对我接简溪电话的表情作过形容。南湘说："每次接简溪电话的时候，你看起来就像是那个动画片里用泥巴捏成的巴巴爸爸或者巴巴妈妈……你能稍微挺拔一点么？你看起来就像一条裹满了泥巴扭来扭去的蝮蛇！"

而唐宛如因为没有南湘那种善于形容或者精通刻薄的天赋，所以她的版本比较直截了当："别发骚了。"

只是在接通电话两分钟后，我脸上不再堆满了桃花，而是堆满了……随便吧，剪刀也行，锥子也行，斧头也行，电钻（……）也行，所有满清十大酷刑的道具都可以往我脸上堆。

我默默地挂掉电话，麻木地站在学校巨大的人工湖边上。虽然已经接近春天，但是风里卷裹的寒冷依然可以把脸庞吹得失去知觉，我抬起手，拍了拍脸，感觉像是在拍一块木头。

这个巨大的人工湖从学校建立那天起就存在了，耗费了无数的精力和人民币，湖中心的人工小岛上有高傲的孔雀在散步，正中间有巨大而复杂的音乐喷泉，喷泉下有配合音乐变化的彩色灯光设备——总体来说，差不多可以对外卖票让民众进来参观游览了。湖里甚至还有黑色的珍稀天鹅游来游去，虽然唐宛如第一次看见它们的时候，脱口而出："你看这鸭子大的！"

简溪在电话里轻轻地告诉我："顾源和顾里分手了。你知道么？"

我并不知道。

这几天里，我所看见的顾里，依然有着固定的作息时间，每天清早都会精神抖擞地在浴室里化出精致的淡妆；依然在没有课的下午躺在客厅的沙发上看时尚杂志，茶几上是她从家里带来的顶级蓝山咖啡，每克差不多可以让我和南湘吃一顿午饭；依然会在晚上收看《第一财经》，并且可以很冷漠地看待上海发疯一样猛涨的楼市和如同面包发酵般膨胀的物价，"刷刷"地在她的Moleskine笔记本上写下相关的看法和分析；依然面不改色地刷卡从IT里买回两千多一副的手套；依然和唐宛如每天晚上斗嘴吵架，依然每天早上对着蓬头垢面不修边幅的我和南湘轻蔑地翻着白眼。

在我的眼里，顾里表现得非常正常。

作为她最好的朋友（我认为），我并没有发现她和顾源分手这件事情。

我擦了擦眼眶里莫名其妙渗出来的泪水，拨通了南湘的电话。

我和南湘坐在学校图书馆门口巨大的台阶上，周围来往的人很多。

他们分为两种，一种是戴着厚厚眼镜的书呆子，他们像是伴随着《黄河大合唱》的旋律一样朝图书馆踢着正步走去，他们是祖国八九点钟的太阳（谁都不会没事去盯着八九点钟的太阳，那对眼睛的伤害太大了，我们都视其为不存在），他们同时也是我们心中约会对象准则里的"生人勿近"。

　　另一种是在大冬天里也会穿着超短裙、披着长长的柔顺的秀发、拿着莎士比亚情诗去图书馆约会的美女，比如我和南湘（……）。

　　此时，两个美女坐在如同布达拉宫前庭般高大的台阶上，非常惆怅。她们陷入了沉思。

　　"我刚看了看顾里的课表，她下午没课，应该在寝室。你回去安慰她。"我打断了沉默，心怀鬼胎地说。

　　"得了吧，让我去安慰失恋的顾里？我情愿去伏地魔床前给他讲故事。"南湘是我肚子里的蛔虫，她翻着白眼看我，"你哪次不叫我去送死？要去你去。"

　　说实话，我也不敢去。我情愿去挖伏地魔的祖坟。

　　最后，拉锯战以我和南湘共同跳火坑、要死一起死作为结束。我们这么多年的朋友了，"同甘"没有多少次，"共苦"一次都没有落下。

　　在回寝室之前，我和南湘绕去学校后门，帮顾里买了她最爱吃的小笼包。俗话说，伸手不打笑脸人。当然，必要的时候也不排除用小笼包做武器自卫的可能。

　　但是，当我和南湘心惊胆战哆哆嗦嗦地用钥匙打开寝室的大门时，我们都被眼前的场景震撼了。

　　在iPod底座音箱播放出的《柏辽兹幻想曲》精致的旋律中，顾里在客厅的中央铺了一块白色的柔软毯子，此刻她正穿着性感的紧身两截式露腰运动装，固定着一个极其扭曲超越人体极限的姿势在做瑜伽。她听见声响，幽幽地转过头来，瞄了瞄提着小笼包穿着破牛仔裤的我和南湘，用一种很怪力乱神的气音和表情对我们说："你们还不快来……"

　　那感觉，如同盘丝洞门口倒挂着的裸体蜘蛛精在无比妖媚地对唐僧四人说"你们还不快来"一样。

　　于是我和南湘迅速加入了她。

　　并且南湘还去房间里倒腾出了多年前我们去峨眉山时带回来的檀香。我看见那些檀香的时候人中都缩紧了，那简直是一场噩梦一样的旅行。因为有了唐宛如的加入，我们的"清幽峨眉之旅"，从踏入山门，唐宛如那一句极其响亮的"我靠，这山高的，等我们爬上去……顾里，你腿儿都找不到了吧！"开始，就彻底地转变成了"四女大闹峨眉"的戏码。整个闹剧在唐宛如入住离金顶不远的卧云庵时泪眼婆娑地说"如果我三十未嫁，那我就来这里清修"时，达到了高潮。顾里看着她忧愁地摇头，"谁敢收你？"

南湘幽幽地接了一句："法海。"

好多次，我们都想把她直接从金顶上推下去，比如：

在素菜馆餐厅里，她肆无忌惮地抓着旁边的一个店员问人家："四川回锅肉很出名呀，来，点一份。"

她也在一路疲惫的登山途中，数次直接把她的裙子掀起来上下煽风……（虽然她里面穿着安全短裤），周围的外国友人十分诧异。

她也在我们严肃认真地站在佛像前并成一排，准备跪拜的时候，突然一跟头朝前翻倒在烛台上，当然，伴随着猛烈撞击声的，还有她标志性的惊声尖叫。

在我们忧心忡忡、担心回上海后随时都会有报应地离开峨眉山的时候，她在山脚下的那个古钟前，整个人像一条壁虎一样倒挂在上面，死命大叫要我们帮她拍照，周围的人都震住了，因为实在不能想像她是怎么折腾到那个钟上面上去的。

一整个旅途下来，我发现顾里皱纹都增加了三条。

南湘把檀香点燃在旁边，于是，烟雾缭绕里，三个女人开始抬腿拧腰，挑战着种种人体的柔韧极限。

这对南湘和我来说，并不是什么难事。

当年我和她，都是学过现代舞的，而且南湘比我专业多了，我游手好闲地学了三年，南湘坚持了六年。南湘无聊的时候，经常在夜店或者KTV里活动活动筋骨，轻描淡写地就把腿举起来放到一个匪夷所思的地方去，我对此习以为常，并且偶尔还会加入。但是周围的人往往受不了这个刺激。曾经有一个男的被南湘吓得目瞪口呆，然后把一颗龙眼连皮带壳地吃了下去，嚼得咔嚓咔嚓的。

瑜伽进行了一个多小时，我们中途休息。

顾里企图把她买回来的那瓶大瓶装的饮料打开，但是死活拧不开那个瓶盖。我曾经喝过这种运动饮料，虽然它瓶身上的大串英文不是全认识，但是对它那种能够瞬间击穿天灵盖的劲爽清凉和活力四射的口感记忆犹新，于是我守在边上，口水都快流出来了。

但是，我们三个人轮流用尽吃奶的力气之后，依然没有打开那个瓶盖。我绝望地瘫倒在沙发上。顾里非常愤怒，她冷静地抄下瓶身上的厂商电话，准备打电话投诉。南湘受不了了，起身去饮水机处放了一大杯水，咕噜咕噜喝下去。

她一边喝水，一边挤眉弄眼地暗示我，然后就默默地转过头去看窗外的风景了。这个骗子! 又出卖了我!

我像是演八点档连续剧一样非常做作地咳嗽了几声, 清了清嗓子, 假装无所谓地提起: "这几天没看见顾源嘛。"说完后我看见南湘整个背都僵硬了, 我也迅速摸过一个沙发靠垫放在自己的胸前, 随时准备着, 提防顾里突然冲我扑过来用她的钢笔戳瞎我的双眼。

顾里一边抄着瓶子上的电话, 一边头也不回地说: "顾源啊, 我们分手了啊。"

我看见南湘转过脸来, 张大了口闭也闭不上, 纯净水顺着嘴巴流出来。

在下半场的瑜伽时间里, 我和南湘不断地企图挑起关于顾源的话题, 但是, 顾里依然如同泰山一样岿然不动地维持着她的瑜伽姿势, 四两拨千斤地回答着我们的各个问题。我和南湘如同鹅毛一样, 被她轻轻地随手拂开, 所谓"蜉蝣撼树"就是我们三个的剧本名。

后来我们都放弃了, 专心地沉浸在优美的幻想曲里, 幻想着自己正在完善的玲珑曲线和不断增长的浓郁女人气息。南湘在我身边平静地说: "林萧, 我觉得我的胸部正在膨胀……"

而这时大门打开了, 唐宛如又尖叫了一声。

"我靠吓死我了, 我一进门看见烟雾缭绕的, 还以为烧起来了, 而且面前还有看不清楚的三个玩意儿, 不知道是什么东西。"

她说"三个玩意儿"的时候, 翘起兰花指, 对着我、顾里、南湘, 指指点点。

唐宛如结束了我们的瑜伽时间, 她一边抱怨着她父亲设计的魔鬼训练模式, 一边去浴室把热水器打开, 然后坐在沙发上等待水热起来。

她随手拿过那瓶我们没有打开的运动饮料, 轻轻一拧, 然后倒了一杯喝下去。

我和南湘的心跳在那一瞬间都停止了。

顾里双眼发亮, 迅速地行动起来, 她走过去亲切地拉住唐宛如的手, 温柔地说: "宛如, 我和你讲哦。"

在顾里极尽词汇之能事地表达了我们三个对那瓶饮料的无可奈何, 接着再一次极尽词汇之能事地描述了唐宛如如何不费吹灰之力地打开瓶盖为我们解决了重大难题之后, 唐宛如一言不发, 黑着一张脸进去洗澡了。顾里用一句"下次瓦斯用完了, 我打你电话哦"结束了这次愉快的谈话。

整个过程里，浴室寂静无声，没有传出唐宛如往日嘹亮的歌声来。

南湘拱拳对顾里说："佩服佩服。"

顾里摆摆手："这都是我应该做的。"

然而第二天早上，我们遭到了报应。

南湘在半清醒状态下，起床去洗脸刷牙。我在被窝里躺着，默默地反复对自己说"最后睡五分钟"，然后突然听见了南湘尖锐的惊叫声，之后唐宛如更加惊世骇俗的尖叫立刻配合着响起。我下意识地觉得寝室里一定闯进了变态，于是也躲在被子里拼命地尖叫着附和她们。

我听见顾里从房间里走出来，镇定而平静地问："是着火了吗？"

我披着被子哆嗦着走进客厅。

据南湘的形容，她打开房间的门，在昏暗的还没有亮起来的清晨光线下，一个满脸惨白毫无血色、没有下半身的披头散发的女人正在从地上抬起头，用两个空洞的没有眼珠的眼洞瞪她。

而唐宛如的形容是她正在净化心灵，用冥想来排除这个世界的一切纷扰的时候，一声刺耳的如同厉鬼惨叫般的女声突然从她天灵盖上破空而下。

而当顾里打开灯的时候，发现了正劈腿盘在地上、贴着面膜做瑜伽的唐宛如。

在我和南湘依然惊魂未定的时候，唐宛如和顾里已经收拾完毕，各自说了一声"我有事先走了"之后，关上门扬长而去。

我和南湘依然懒洋洋地披着被子毯子，窝在沙发上，等待着灵魂清醒过来。

顾里走在清晨的宿舍园区里，人还不是很多，大部分的学生都还没有起床出门。每个寝室的窗口都亮着黄色的灯光，偶尔看得见站在窗户边上刷牙洗脸的剪影，有的裸着上身，露出结实的肌肉，这是体育系的；有的穿着皱巴巴的棉毛衫，这是哲学系的。

顾里提着手里的LV提包，转了几个弯，朝男生宿舍走去。

她走到顾源的寝室楼下，那个守寝室的老女人精神矍铄地端个凳子坐在大门口，看见顾里走过来，刚要张口，就被迎面丢过来两张粉红色的一百块砸在胸口上。于是她翻了个白眼，心有不甘地闭上了嘴，把凳子朝边上挪了挪。

顾里在一群穿着棉衣棉裤，偶尔有一两个不怕冷的只穿着内裤的男生惊悚的目光下，平静地朝楼上走。

她站在顾源寝室门口，回忆了一下出发前心里想好的台词，然后抬起手敲门。

开门的是一个把牙刷塞在嘴里的陌生男人，他看见漂亮的顾里，混浊的眼神晃了一晃之后迅速发亮起来，"咕噜"一声吞下了一大口牙膏泡沫。

"顾源呢？"顾里像是白素贞一样，端庄地笑着。

"跑步去了。"男生拿下牙刷，抹了抹嘴边的泡沫。

这下轮到顾里无语了。

在她的计划里，并没有想到顾源这么早也出去跑步。

她顿了顿，然后打开自己的包，把一叠用纸条扎好捆紧的四千元人民币用力丢在男生的胸口上，说："给顾源。"然后转身扬长而去。

幸福有点太过突然。

被钱砸死是多少男人的梦想，而被一个美女用扎成捆的钱砸死，则已经是终极家庭梦想了。

三月的天气慢慢转暖。

虽然凌晨的空气里还弥漫着尖锐的寒冷，但是随着天空云朵里的光线慢慢转强，温度迅速地上升起来。

顾源的头上一层细密的汗水。

他停下来脱掉上身Lacoste的运动外套，在操场边上的水泥台阶上坐下来。

还未完全亮透的天空。空旷的足球场像一个巨大的剧院。

唐宛如经过几天的调查，发现每天早上8点半的校队晨练，卫海都是第一个到的人。甚至很多时候他8点就到了。一个人在体育馆里练习着步伐，或者挥拍做准备运动，要么就是一个人做俯卧撑或者仰卧起坐。对于刚刚进校队的新人来说，卫海的确非常努力。

学校的羽毛球队在整个上海来说，也算是非常厉害的，男生和女生都有八名。

女单一号和二号，都是从国家一队退下来的。唐宛如是女单三号，再加上另外一个大一的女生，她们四个是校队的一队。另外四个实力弱一点的女生是二队。平时参加全市甚至全国的比赛，差不多都是一队出马。

男队也是一样的，而卫海是男单八号。

唐宛如这几天一直心怀鬼胎地朝父亲打探关于卫海的各种消息，所谓知己知彼百战不殆，她迅速得知了他的优点是"力量突出，体力充沛"，缺点是"技术不细腻，想法单一"。所以，她迅速在心里形成了一个作战方针。

果然，走进体育馆的时候，已经听见里面的跑步声，羽毛球鞋摩擦地板特有的"吱吱"的声响在空旷的室内回响着。唐宛如走进去，就看见了正在独自练着步伐的卫海。

卫海听见脚步声，回过头来，看见是唐宛如，整张脸迅速地红了起来。

他支吾着打招呼："早……"

唐宛如笑靥如花（这个微笑已经对着镜子排练过无数次了），然后回了声"早啊"。

看见对方并没有一上来就发动"我的奶啊"之类的语言攻击，卫海显然松了口气，于是在听到唐宛如提出两个人对打练习练习的时候，卫海犹豫了一下，也就答应了。

唐宛如说："你们男生力气大，不准杀球。"

卫海点点头，说："嗯，好。"

毕竟卫海是新人，而唐宛如在对方不能大力杀球的前提下，靠女生细腻的手法，把卫海搞得大汗淋漓。两个人打了差不多半个小时，然后坐到场边休息。因为也快8点半了，等下其他的人就会来。

唐宛如心怀鬼胎地从自己的羽毛球包里拿出一瓶蓝色的饮料，递给卫海。

"啊，不用了。"卫海摆摆手，显得很不好意思。

"没事，这饮料蛮好的，我爸爸说补充体力很好，你下次也喝这个。"唐宛如把自己的爸爸抬出来。

"真的啊？"卫海拿毛巾擦了擦汗水，接了过去看饮料的名字。

唐宛如不动声色地伸出手，摸进自己的包里，把另外一瓶粉红色的饮料拿出来。

这饮料就是前段时间电视里一直打广告的那个"他她"，以男生女生作为噱头。唐宛如假装若无其事地拧开瓶盖，喝着"她"的饮料，顺便拿余光偷瞄正在仰头喝"他"饮料的卫海。但显然，木头木脑的卫海并没有发现饮料瓶子上包装的秘密。

灯光下卫海的喉结上下滚动，还混合着香皂的汗水味道在自己的身边浓郁地包裹着，唐宛如简直像一条端午节的蛇一样浑身燥热无比。

下一个画面，卫海起身把衣服一脱："热死了。"

当卫海意识到自己身边还有唐宛如的时候，唐宛如已经差不多快要缺氧致死了。虽然梦中也曾经回味过很多次卫海的裸体，但是如此近距离地再一次看见他结实的胸膛，依然让她觉得五雷轰顶。

卫海慌张地把衣服套上，不好意思地低下头抓抓头发。

唐宛如装作非常镇定地转开话题："你的体力很好。"

卫海一瞬间更加尴尬了。

唐宛如警觉过来："我不是说你床上的体力！你不要想歪了！"

卫海喉咙里的水都呛了出来。

唐宛如想："好了，又毁了。"

两个人尴尬地坐着，唐宛如在思考着如何改变眼前的冷场。

在唐宛如还没想好对策的时候，卫海站起来，指指她手上的饮料，说："把你的饮料都喝啦，真不好意思呐。我去再买两瓶，等下还有两个小时的训练呢。"

唐宛如心里充满了甜蜜，低下头羞涩地笑了笑说："谢谢你啊。"（这个动作，也在镜子前练习过了无数次。）

卫海看着脸红的唐宛如，怔了一怔，然后笑着露出白色整齐的牙齿："好，那我去买。"

唐宛如看着乖乖听话跑出去买饮料的卫海，不由得母性大发，她站起来从包里扯出一张毯子说："外面冷呢，你要不要披一下啊？"

卫海回过头来，笑容满面地说："不用，打完球正热呢。"

他高大的背影消失在门口，唐宛如握着毯子，激动得快要哭了。

这一回，她是真的把自己套进去了。

周三的时候，简溪来学校找我。他今天只有两节课，用他的话来说，"我用我帅哥的美貌勾引了一个同教室的女生帮我签到，我就旷课出来找老婆了。"

所以，我也勉为其难地逃了课。

其实简溪过来并不仅仅只是找我，在顾里把钱送回给顾源之后，顾源彻底被激怒了。他在电话里告诉了简溪。

简溪觉得这样下去事情要搞大了，我和他的看法一致，以顾里倔强的个性来说，这样僵持到最后，很可能两个人就这么黄了。

我和简溪坐在学校湖边的草地上，他把外套脱下来披在我的肩上，从后面抱着我，把下巴搁在我的肩膀上。他手长腿长，我朝后靠着他，感觉自己像坐在一个温暖而舒服的大沙发里。旁边是简溪在学校门口买的我爱吃的话梅和软糖，还有他喜欢喝的绿茶。他总是这么细心。我闻着简溪身上和草地类似的清新味道，然后被春天的阳光照耀着眼皮，觉得这日子真幸福。如果没有顾里顾源两口子那档子事儿，这生活完美得都快虚假了。

消耗完一个上午的时间之后，我和简溪商量出了一个结果：我们要迅速地把顾里搞出病来，在她身虚体弱的时候，让顾源去照顾她，然后就一切尽在不言中了。

于是我和南湘迅速地行动起来。

在接下来的两天里，为了达到目的，我们决定不择手段。

无论是在顾里洗澡的时候从外面关掉热水器，还是在她刚刚起床的时候，关掉空调然后把窗户全部打开。

以及在她睡着之后，悄悄潜入她的房间把空调开成冷气。

我们的计划里，甚至还包括让唐宛如动手把她推下湖去的方案，当然，唐宛如尖叫着殴打了我们两个，说她情愿去把校长推进湖里，也不愿意推顾里。

在这样疯狂的行动下，我和南湘成功地发烧感冒了。（……）

在我们裹着毯子，彼此幽怨地注视着对方的同时，还要接受顾里的嫌弃，我们用过的杯子或者吃过的东西，她总是迅速地推得很远。甚至不让我们使用客厅里的餐巾纸，没事也不准我们俩在客厅待着。看她的样子，如果不是嫌太麻烦的话，她一定会去搞来一整套的消毒设备放在寝室里，然后把我和南湘关进玻璃箱子里隔离起来。南湘瓮声瓮气地说："我得的是感冒，又不是瘟疫！"

甚至连唐宛如，也对我们表达了她的厌恶。这就让我和南湘太不能接受了。当我们在客厅里的时候，她绝对不出房间。在学校碰见我们，她也捂着鼻子远远地就尖叫着逃开了。那阵势弄得像我们得了狂犬病一样。

南湘在唐宛如门口用像是被人捏着鼻子一样瓮声瓮气的声音大吼："唐宛如！就你

那身板，就算把流感病毒直接放进汤里让你喝下去，你都不会倒下的！宛如金刚！胜似金刚！"

然后门打开了，顾里戴着口罩，露出两只眼睛问我们："学校超市有卖消毒液的么？"

一转眼周五了，我一口气吞了两倍用量的感冒药片，喝了三杯咖啡，看了看镜子里脸色苍白的自己，然后转身抓起包，朝《M.E》杂志社走去。

虽然Kitty已经反复询问过我到底是否需要她代班，但我坚定地拒绝了她。

轻伤不下火线。老娘不信一个感冒就可以把我撂翻了。更何况之前Kitty脚上包扎着纱布的时候，依然穿着高跟鞋跑来跑去的，一个感冒算什么，等得了癌症我再来开病假单。

我看了看工作日程，最重要的是今天上午10点钟陪宫洺和Chanel公司的人谈这一季关于他们新推广的香水的广告合作。

而其他的还有他在干洗店需要取回的一件礼服（我送过去的时候，干洗店的人反复地询问我这真的是脏了的衣服吗）。

他养的狗需要作新一次的健康检查（他的那条大白熊站起来比我高，我一直担心会不会被它强暴）。

他家里的加湿器坏了需要送修（我从来没见过家里二十四小时空调不停的人）。

他看到了一种新型的羽毛球拍然后我要想办法在国内帮他买到（这个我已经问过唐宛如了，确定了她爸爸可以帮忙从国外带回来）。

还有他指定的一些书目（我已经在网上买好，昨天公司的邮件管理人已经告诉我送到了）。

我摸了摸自己的脑门，觉得还不是太热，至少我还能清醒地回忆起这些事情来。

从收发室取出那一摞厚厚的书之后，我把它们整齐地码放在了宫洺的办公桌上，顺便把取回来的那件礼服挂在了他办公室的衣柜里。

我往宫洺杯子里倒纯净水的时候，脑子里还在担心顾里的事情。感冒的症状还是困扰着我，虽然鼻涕控制住了，但是整个人在药效的作用下显得昏昏沉沉的。我用力拍了拍自己的脸，让自己清醒过来。

看了看时间，9点3刻了，我走到自己座位上，拿着资料夹，朝会议室走去。

当我推开门的时候，宫洺已经坐在会议桌上了。

他穿着Gucci的修身西装，浓郁的黑色。衬衣的领口上，那根白色的领带以一种巧妙的方法扎起来，我记得在时尚杂志上看过，是今年流行的领带的最新打法。

我小心地拉开椅子，在他身边坐下来。

他轻轻地转过头，面无表情地看着我，我不由得打了个寒战。他像是动物一样狭长的眼睛半闭着看我，浓郁的长睫毛把眼神都遮盖起来，我也无从得到眼神的任何讯息，不知道他是在和我打招呼，还是有话对我说。他修整得很干净的浓眉毛皱起来，但我也不知道是什么意思，于是尴尬地笑着点点头，"早。"

他放下手上的资料，用那张白纸一样的苍白的脸看着我，不耐烦地用冷冰冰的声音对我说："我的杯子。"

我恍然大悟，迅速低下头出去拿水去了。

会议进行到一半，我在感冒药的效果下有点想要打瞌睡，中途甚至不小心打了个哈欠。宫洺正在和对方那个四十岁的阴气沉沉的男人谈话，听见我的声音转过头来望向我，那个眼神足够让我清醒得如同回光返照一样。

过了几分钟，对方那个叫Ken的中年男人问："那你们这一期的广告别册，用什么纸张和工艺呢？"

宫洺回过头看我，我迅速翻开资料，核对了两遍之后，小声说："是用唯美超感E402，140克的纸。"

对方反问我："我又不是纸厂的人，你和我说型号没有任何意义。你说的那种纸，到底是什么纸？"

我被对方问得有点摸不着头脑，我转过去问宫洺，宫洺也在用同样疑惑的眼神问我。我突然想起来这个纸张是由印制部的人直接决定的，不是宫洺选的纸。

那一瞬间我脑海里迅速跑过很多的字幕，包括"怎么办，好紧张"，"没事，放松。你行的"，还有"死了"，甚至还有"恐龙为什么灭绝了呢"。我吞吞吐吐地，像是有人掐住我的舌头一样结巴地说："嗯……表面光滑，但是又不太光滑。嗯，有粗糙的手感……但是……其实也不太粗糙……"

我眼角的余光瞄到宫洺，他整张脸变得像是刚刚从冰箱里拿出来一样。我紧张得话都说不出来了。

Ken把手上的资料一摊，双手抱在脑袋后面，身子靠向椅背："你们杂志社到底有没有人能向我解释一下到底这个见鬼的E402是什么东西？"

宫洺把会议桌上的电话机拿过来，按了免提，然后按了"1"的快速拨号键。对方的电话刚刚响了一声，就被接起来了，声音非常镇定冷静，而且婉转动听。

"你好我是宫洺先生的助手。"

"Kitty，是我。你可不可以对钟先生解释一下我们广告别册用的纸张？"

"OK，没问题。钟先生，您记得你们曾经和《VOGUE》杂志2007年合作的那一张2008春装广告内文折页么？"

Ken探过身子，说："几月份的？"

"《VOGUE》2007年12月。那个折页的纸张就是唯美超感E402，但是那个是100克的，我们这次使用的是140克，克数更高，纸张会更硬挺，所以对图片的表现也会更细腻。这个纸张的质感比较高贵，不像是普通铜版纸张，而同时图片细节的表现也更细腻。"

"好的，知道了。谢谢你Kitty。"

"不客气钟先生。如果您需要的话，我可以现在拿一份制版部的别册打样给您看一下。"

"那最好了。"

"好的，那我十五分钟之内过来。您稍等。"

Ken的脸色变得稍微好了一些，宫洺拿过资料夹，继续和他谈论之后的细节部分。

说实话，在整个对话的过程里，听见Kitty镇定而优雅的声音，并且准确而得体的回答，我觉得非常的羞愧。一种耻辱感迅速地从心里漫上喉咙。对于从小到大都是领着奖学金，在学校都是老师的宠儿的我来说，第一次感觉到了浓厚的自卑。

面对漂亮女生的时候，比如南湘，我会自卑。

面对有钱人的时候，比如顾里，我也会自卑。

但是这些都不能深深地刺痛到我，因为我觉得这些是不重要的，这些是天生的，没有什么办法改变，而且我还有很多别人比不上的地方，所谓比上不足比下有余是人类的生存法则。

但是，当我坐在会议桌上，被Kitty这样婉转轻松地击败的时候，我觉得完全没有还手之力。

十二分钟之后，当穿着简洁高雅套装、脚踩着10厘米高跟鞋、妆容精致的Kitty出现在会议室的时候，Chanel公司所有的男人都对她投以赞赏的目光。她淡定地从资料夹里拿出一本手工装订好的册子，轻轻地放在宫洺面前。

宫洺对她点了点头，不知道是我的错觉还是什么，我竟然觉得那一瞬间宫洺对她露出了一个微笑。

宫洺转过头来，面无表情地对我说："林萧你去买七杯星巴克上来。"

我站起来，强忍着眼睛里的泪水，点点头，转身走出会议室。在轻轻地关上门的时候，我听见那个叫Ken的阴沉男人，用充满讥讽的语气对宫洺说："你可以多发她一点钱，让她买双像样一点的鞋子么？"

我低下头看向自己脚上三叶草的运动球鞋，眼泪顺势掉了下来。

这是2006年的时候，简溪在淮海路上adidas旗舰店门口，排了三个小时的队，才买到的限量款。他有一双男式的，我有一双女式的。他送给我的时候，满脸高兴，像是小时候拿到压岁钱一样。

但无论这个鞋子在全球的数量有多少，需要排多久的队才可以买到，在上海时尚圈里，球鞋永远敌不过细高跟鞋。

我提着整整七杯咖啡，站在公司的楼下。我没有脸上去。

我在公司门口的绿化台阶上坐下，摸出电话打给简溪。

我一边哭一边对他说着刚刚自己受的委屈，我说了宫洺冷漠的眼神和Kitty超越我十倍的能干，并没有提起宫洺对Kitty的那个微笑。

当我哭哭啼啼口齿不清地说到他们讽刺了我的鞋子的时候，简溪在电话那边生气地大骂起来。

我哭了一会儿就把电话挂了。

我得赶紧把咖啡送上去。虽然我没有Kitty能干，但是至少买咖啡的工作我还是可以的。我走到会议室的门口，Kitty已经站在门口等我了。她看到我明显是哭过的红红的眼睛，没说什么，指了指我手上的咖啡，问："我不得不提醒你，宫洺那杯咖啡有多加两包糖进去么？"

"啊！"我手一抖，差点把咖啡全部掉下去。她像是早就料到一样，镇定地走到她的工作台，拉开抽屉，从里面拿出两包星巴克的糖包，撕开后迅速地放了进去。然后接过我手上其他的咖啡，对我摇了摇头，推开会议室的门，轻轻地把咖啡放在会议桌上。

　　我看见Kitty安静地坐在宫洺旁边，她低着头迅速地记着笔记，偶尔在宫洺转头向她询问的时候，低声地提醒着他。其中一个外国人发言的时候，她也用一口流利的英文回答着对方。

　　我站在边上，不知道应该坐过去，还是应该退出去。

　　而这个时候宫洺抬起头看见了站在玻璃门外的我，他用苍白而英俊的脸看了我一会儿，然后没有任何感情地对我挥了挥手。

　　掌心向他，手背冲我，然后朝外轻轻地挥了两下。

　　我转身走出了会议室。

　　我其实情愿宫洺对我发火，而不是对我做出这样的手势。我甚至觉得他像是隔着空气对我挥了两个耳光般的难受。

　　我坐回自己的位子上，趴在电脑键盘上哭，眼泪流了一些进键盘缝隙里。

　　哭了一会儿我打开电脑，在启动的时候，我看见了留在我桌面上的一个资料文件夹。上面写着"林萧收"，标题是"会议相关资料备忘"，落款是Kitty。

　　我翻开来，里面是所有相关的讯息，包括纸张。

　　"如果对方问起具体的纸张，就告诉他们是和他们曾经与《VOGUE》杂志合作过的2007年12月的春装广告折页同样的纸张。"

　　"但是克数增加到了140克。"

　　"保险起见，你可以问制版部门要一些打印好的样张，装订出一个册子来。"

　　而这个时候，我电脑屏幕上MSN自动登录完成了，对话框跳出来，是Kitty给我的留言："林萧，桌子上我给你放了备忘的文件。你记得看。"

　　我呆坐在电脑桌前，脸上是无法褪去的灼热的耻辱感。

　　差不多12点的时候，他们结束了会议。我看见Chanel公司的人带着满意的微笑离开了。

　　宫洺回到自己的办公室，继续忙他的事情。

　　Kitty走到我的面前，看了看我，说："我不是来安慰你的。我觉得今天是你自找的。"

　　我点点头。我心里也这么认为。

　　"不过，我也想和你说，我在你这个位置的时候，我刚进公司犯的错误，比你多多了。我那个时候每天都在哭。"

我抬起头，有点不可置信地望着眼前在我印象里无所不能的女超人一样的Kitty。她冲我挤了挤眼。

她转身走之前说："剩下的就交给你啦。我还得赶回我爸爸的生日宴会去呢，今天他六十大寿。"

我目瞪口呆地望着她离开的背影，内心涌动起很多很多的感慨，不知道应该说些什么。

我们永远都在崇拜着那些闪闪发亮的人。

我们永远觉得他们像是神祇一样的存在。

他们用强大而无可抗拒的魅力和力量征服着世界。

比如现在正在打电话的宫洺，比如刚刚离开的Kitty。

但是我们永远不知道，他们用了什么样的代价，去换来了闪亮的人生。

我所看见的宫洺，被Prada和Dior装点得发亮，被宝马车每天接送着，一双脚几乎不沾染地面的尘埃。他的鞋底有时候比我们的鞋面还要干净。他挥霍着物质，享受着人生，用别人一个月的工资买一个杯子。他对别人冷漠，他不近人情。他看不起很多的东西，他把别人轻蔑地踩在脚下。

我所看见的Kitty，沉迷在美丽的衣服和奢侈的鞋子里，追求庸俗的外在美貌，阿谀奉承机关算尽，拼命想要升职。

我所看见的顾里，挥霍着她父亲的财富，尖酸刻薄地嘲讽着其他外表庸俗的男生，用尽手段只为了买一个限量的名牌奢侈品，买到之后用不了一个月，就丢弃在家里。

但我没有看见的他们的部分，却在黑夜里闪闪发亮。

当我沉睡在被窝里的时候，当我为爱情心花怒放的时候，当我无聊地躺在沙发上看电视里的肥皂剧的时候，他们喝光了新的一杯咖啡，揉揉眼睛，继续新的事情。他们握着手机在沙发上稍微闭眼休息一个小时。

哪怕是顾里，也用和我同样的时间，完成着两个学科专业的学士学位。对金融市场的敏锐直觉和对财经的专业分析，都可以让她在一毕业的同时就跻身准高层的行列。

旋转着的，五彩缤纷的物质世界。

等价交换的，最残酷也最公平的寒冷人间。

宫洺在MSN上告诉我他要出去了，让司机在楼下接他。

我赶紧打了电话。

之后他对我说，你也可以下班了。

我提着自己的包，非常沮丧地走出公司。

走出大堂的时候，我看见站在公司门口的简溪。他斜挎着一个Disel的包站在路边，跟所有青春蓬勃的男生一样好看。

我望向他，眼里充满了泪水。他冲我眨了眨眼睛，温暖的笑容在眼泪里折射出光彩来，像是一个小小的太阳。

我走向他，他把我手里的包接过去，然后伸手把我揽进怀抱里。

他用脸颊轻轻地贴着我的耳朵摩擦着，安慰我说："别沮丧了。我陪你回家。"

我点点头，然后又听见他问我："那个就是你的变态上司？"

我赶紧脱开他的怀抱，回过头去，宫洺站在路边上，正看着我。身后，那辆宝马车正缓慢地朝他开过来。

他的那身Gucci西装让他显得更修长，他手上那个提包我曾经看见过，摆在LV橱窗的新款非卖品柜台里，他面无表情地看向我，也没有说话。像是一个正站在街边等待被镜头捕捉的外国模特。冷漠的神情和像是黑夜般漆黑的头发将他装点得像一个精致的机器假人。我回过头偷偷看了看简溪，他也在用同样一张冷漠而微微带有敌意的脸庞望着宫洺。

他们对峙的时候，我感觉到简溪的身体渐渐僵硬起来。

司机下车伸手恭敬地帮宫洺拉开车门，宫洺转身坐进了后座。

窗户玻璃缓慢地摇上去，宫洺那张完美的侧脸消失在玻璃的倒影背后。

简溪揽过我，低沉着声音说："走吧，回去了。"

淮海路上迅速奔流着高级黑色轿车，街边巨大的法国梧桐把阳光过滤后投影下来。干净得一尘不染的奢侈品橱窗里，模特展示着下一季的流行。他们和宫洺一样，有着阴郁而邪气的五官，却也英俊逼人。

很多年轻的女孩子化着精致的妆容，一边踩着高跟鞋飞快赶路一边用英文讲电话，转身消失在淮海路沿路的高档写字楼里。

还有更多年轻的女孩子，她们素面朝天，踩着球鞋，穿着青春可爱的衣服挽着身边染着金黄头发的年轻男生幸福地微笑着。

我是这些女孩子中间的一个。

我们像是两种截然不同的气流，交错旋转着，从世界的南北两极而来，汇聚在上海的空气里。

青春的炽热，和强力的寒流。

而在大学与世无争、像是伊甸园一样的环境里，唐宛如怀着如同初恋一样的心情，反复地看着自己包里做好的便当。

她在等待男队训练结束。

当卫海换好衣服，穿着一身帅气的休闲服走出体育馆的时候，她快步地走了上去，甚至为他穿上了难得的裙子。

她从包里拿出便当盒，告诉他里面是她做的饭团，很好吃的。

卫海有些惊讶，随即开心地笑了。有些不好意思，但也有些高兴。他摸了摸头，说："谢谢你啦，正好要去图书馆，来不及吃饭了。"他摸摸肚子，像是饿了的样子。

她目送他拿着她的便当盒离开，心里像是盛满了一碗温热的蜂蜜水。

卫海走了两步，回过头来微笑着，依然是那个露出整齐洁白牙齿的微笑，他说："我可以给我女朋友吃吗，她特别喜欢吃饭团呢。"

唐宛如愣了一愣，像是还没有反应过来一般，茫然地点了点头，说："哦，好啊。"

卫海笑了笑，朝图书馆跑去了。

绿树掩映下，这个奔跑的挺拔的背影，曾经无数次地出现在唐宛如的梦境里。

唐宛如呆呆地站在那里，几分钟前还沉浸在美好而甜蜜的喜悦中，而几分钟后，她却像是被拔掉电线的电视机一样，没了声音。

过了很久，她终于哭了起来，眼泪弄花了她早上花一个小时化好的妆。

而校园的另外一边，顾里一个人在寝室里，站在客厅里动也不动。

因为刚刚宿舍的阿姨说有人给了她一个包裹。她下楼取上来一个很大的纸箱。

打开，里面都是她曾经给顾源的礼物。

有D&G的限量球鞋，一个范志毅亲笔签名的足球，一件Kenzo的毛衣，一个和自己现在正在用的笔记本一样的Moleskine，一副LV的手套，一条LV的围巾。

她站在敞开的纸箱前，然后慢慢蹲了下来，把头埋进膝盖里。

回到家之后，我就去浴室洗澡了。我觉得像是整整工作了二十四小时一样疲惫。

简溪和我爸妈都很熟悉，他们在客厅里聊天。在我放水找衣服的时候，简溪帮妈妈削好了一个苹果。他回过头来眯着眼睛微笑着问我，"林萧你要吃吗，我帮你削一个。"

我摆摆手，无力地走进浴室。

我把花洒开得很大，呆呆地站在莲蓬头下，任水从头发上流到脸上。

其实我有很多眼泪没有流，现在要把它们一起排出眼眶。

过了一会儿，我听见简溪在门外叫我，他说："林萧我先回家啦。"

我问他："怎么急着走呢，不是说好了等下陪我吗？我马上就洗好了。"

他笑笑说："妈妈还在家等我吃饭呢。要不是你在电话里哭了，我才不出来找你呢。"

我冲他说："嗯，好吧。"

然后我听见他对我爸妈说再见。

而我所并不知道的事情是，他躺在我房间的床上，看见我的包敞开着，里面乱七八糟的各种文件和化妆品，他无奈地笑了笑，然后帮我整理起来，直到看见那个宫洺送我的钻石戒指。

那颗钻石发出的光芒像是在他眼里撒下的一把针。

他什么都没说，默默地把戒指塞回我的包包。

然后他就走到浴室门前，温柔地和我说话。

我在热水下，眼泪顺着脖子、肩膀然后流到脚底。

门外是简溪离开时的关门声，他的动作总是那么温柔。关门声很轻，像一声短促的叹息。

小时代1.0

折纸时代

Tiny Times Season.01 Chapter.06

Dirty secrets make friends.

　　差不多四年前，顾里上高三的时候，她就养成了类似美国上流社会的那种生活方式和作息时间，周末的早上，起得和工作日一样早。对于大部分中国人来说，周末的定义里一定要包含"睡到自然醒"这样一条注解，否则就难以称其为周末。

　　但是，美国那些忙忙碌碌的职业经理人或者上流社会的贵族，往往在周末进行各种聚会或者早餐会。他们在太阳刚刚照耀大地的时候，就谈成一个项目，然后起身去化妆间的时候会打电话叫助手准备好合同，趁热打铁一锤定音。

　　顾里这样的人类我身边还有很多，比如《M.E》的那一群疯子。其中以Kitty为代表，我总是看见她给我发来的短信和MSN上闲聊时的抱怨，比如："我实在不能理解，为什么北京人周末竟然不工作，这太不可思议了。"

　　在顾里与我、南湘厮混在一起的高中年代，她和我们一样，还没有成为现在这种类似计算器一样的女人，她那个时候和我们一起挥霍着青葱岁月，穿着各种蕾丝的裙子、色彩鲜艳的衣服，包包上挂着丁零当啷的各种玩意儿，手拉手一起在街边摆出各种做作的表情拍大头贴，钱包里放着一堆日本美少年的闪光卡片——唯一不同的是她的书包是LV的帆布拎包（南湘曾经因为洒了一点菜汤在上面，导致差点被她殴打）。后来我和南湘都恨不得用一个玻璃罩子把她的书包装在里面供奉起来，每次烧香叩拜，免得哪天一不小心玷污了它，被顾里灭口。

　　但是当顾里度过了那一段懵懂的岁月之后，随着家里越来越溺爱她，那个帆布的LV包包就没有在我们眼前出现过。到了高三的时候，她经常走到操场边上，把一个新的包包往水泥台阶上一丢，然后就坐下来，把外卖的咖啡在我和南湘面前递来递去，当咖啡经过那些名牌包包上空的时候，我们都很是惊心动魄。并且，她再也没有参加过我们发起的任何集体活动，当我和南湘表情激动内心充满了粉红色蘑菇云站在大头贴机器前的时候，顾里总是迅速皱着眉头翻着白眼转身就走，如同看见穿着长风衣随时准备敞开怀抱的暴露狂一样，目光里充满了鄙视。并且，她再也没有崇拜过任何的艺人，她的目光开始转向索罗斯或者巴菲特这样的投资巨鳄。当她的口中不断提起这些操纵着国际经济的名字时，我和南湘也相当地激动，南湘奋不顾身地扑向她的书包，企图寻找巴菲特的偶像闪卡……我们都很想知道他们有多帅……

　　在周日早上差不多8点的时候，顾里就已经起来在浴室里涂涂抹抹了。当她把最后一道工序（一种50毫升的液体，在久光百货一楼被标价到1800元的东西）完成后，就穿着Hermes柔软的白色浴袍，坐在她家的客厅里喝咖啡了。

　　她在餐桌上的笔记本上敲敲打打了一会儿之后，点了"打印"那个按钮，合上盖子，把电脑放到一边，书房的打印机开始吭哧吭哧地打印文件。

　　顾里的爸爸在看当天的报纸，妈妈在阳台上看风景，一边看的同时，一边按摩着自己日渐起了皱纹的额头，表情极其焦虑，看上去像是在观望一场火灾。

　　顾里拿过桌子上的时尚杂志随便翻阅起来。

　　她很享受这样的生活——控制力。她需要对自己的生活有百分百精准的控制力。任何超出她控制范围的事情，都会让她抓狂。任何所谓的惊喜、意外、突然、临时、变故、插曲、更改、取消……这一类型的词语，都是她的死敌。她恨不得在自己的字典里把这些词语通通抠下来，丢进火里烧成灰。

　　同样的，任何精准的数字，都会瞬间点燃顾里的激情。到后来我们已经习惯和顾里约会的时候，都以"下午6点17分"之类的时间作为碰面的时间。因为类似"6点左右吧"之类的对话，会让顾里进一步把我们的生活方式定义为"懒散"和"太过随意"——当然，私底下，我和南湘都认为顾里对我们的定义非常精准，那确实是我们的生活方式……

　　我记得高三的时候，那个时候顾源和顾里刚开始交往，还不了解顾里。他在一个阳光灿烂的下午，准确地说是2月12号的下午，和简溪两个人，鬼鬼祟祟地把我和南湘拉到学校后面的仓库。说实话，如果对方不是简溪和顾源的话，我会觉得我们即将被强暴。当时我脑子里甚至还格外诗意地闪现出无数《关于莉莉周的一切》的镜头，包括那个被按倒在一堆泡沫垫子里被强奸的女高中生在夕阳的光线下显得很美。（……）

　　当我和南湘知道顾源在2月14号为顾里准备了一个惊喜的时候，我俩差不多一口气说了我们一辈子最多的"不不不不不……"字。说到最后我都怀疑自己的上下嘴唇已经被反复的爆破音给弄肿了，那一瞬间我其实有点想照照镜子，看自己是否变得和厚嘴唇的舒淇一样性感。

　　在我们的劝说下，顾源半信半疑地发了消息告诉顾里，说他给她买了情人节的礼物，一双三叶草的限量球鞋。

　　很快，顾里的消息就传了回来，她说："嗯。三叶草不错。如果是白色的话，it will be good。"

顾源和简溪对这条消息简直傻了眼。

我和南湘一副"我早就告诉你们了"的表情。

当天下午，顾源逃课了，把他买的蓝色球鞋换成了白色。

而现在，这双白色的限量三叶草球鞋正好被列在打印出来的那张单子上。

乍看上去，像是一份shopping list。但其实，这份单子的题目，应该是"顾源曾经送的礼物清单"。

一周前当顾里把那一大纸盒自己曾经送顾源的东西从学校带回来的时候，她深深地被激怒了，但她心里却又隐隐地有些说不清楚的兴奋。她很久没有看见顾源这样理性而又冷酷的样子了，不得不说最近的顾源变得有些多愁善感并且软弱。顾里非常不喜欢这样的男人。她所喜欢的男人，是绝对理智的，类似一台高性能的精密运转的机器。而类似激情、浪漫、忧郁这样的字眼，在她眼里简直就是不可饶恕的行为。在顾里心中，作为男人，就应该像自然界里残忍而又强壮的野兽一样，具有压倒性的雄性力量和残酷的侵略性。

曾经，我和南湘正在听一场学校文学社举行的诗歌朗诵会，顾里中途跑来找我们，坐下来十分钟后，她就受不了了。台上那个戴着眼镜面容扭曲而涨红的男生刚说完一句"我漂泊在秋风里，不知道方向，也不想知道方向，迷茫的生活给我带来一丝颓废的快慰"，顾里就愤然而起，离开了会场。她表情严肃地对我和南湘说："我生气了。我实在不能忍受一个男人漂泊在秋风里。颓废的快慰？他怎么不去死！"她愤然离席、把门摔上的瞬间，那个诗人正好发出一声极其感动而悠长的"噢……"。

顾里拿起打印好的清单，核对检查了一遍，确认没有遗漏和重复的东西——那感觉就像是机器人在迅速查找自己的记忆体，眼睛里都在闪一行一行的绿色符号和数字——之后，就把这张纸交给了她家的保姆："Lucy，帮我把这些东西都找出来。"

Lucy其实并不叫这个名字，她是顾里爸爸请的一个菲律宾的佣人。其实她也不完全算是菲律宾人，她小时候就来中国了，所以会看中文，也会讲一口不太流利的中国话。当Lucy第一天来到顾里家的时候，她告诉顾里她的名字，但是那个莫名其妙的发音彻底困扰了顾里。顾里低头思考了两分钟，然后抬起头微笑着说："这样吧，你叫Lucy。"

说完转身洗澡去了。

在解决问题方面，顾里总能迅速找到一条最简单也最有效的方法。

顾里端着咖啡回到客厅餐桌旁，继续翻阅杂志。Lucy开始在顾里房间里翻箱倒柜。

母亲微笑着瞄了瞄动作敏捷的Lucy，像是很满意的样子。当初放着上海廉价的家政阿姨不请，非要请一个中文不流利、不会做上海菜（不过顾里家几乎不开火）的菲律宾人，也是母亲的意思。因为对于有生活品质的顾家来说，有一个菲佣绝对比有一个家政阿姨来得有面子。

不过在请回来的当天，顾里就毫不留情地刺痛了她的母亲。她轻轻地把一份报纸丢到客厅的茶几上，指着上面的一个专题，然后对她妈说："菲律宾佣人早就不流行了。现在真正的上流社会，流行的是英国的老管家。花园的植物永远会在最适当的季节得到修剪，并且一定会选择在主人出门的时候进行，当主人回家的时候，面对的是崭新的花园。当主人决定出游的时候，会有一份详细的出行路线，包括所有安排好的航班、酒店、汽车租赁，并且会考虑好交通的高峰时间和人流强度所造成的影响。同时，会有一份备用的出行路线。当你早上起床的时候，餐桌上会有一份用熨斗熨烫平整的当日的报纸……"顾里慢条斯理地一边修指甲一边刺激她妈。当她妈满脸放光地说"哎呀！这多好呀！哪儿可以请到这样的管家"时，顾里丢出了致命一击——"我可以帮你找到联系方式，不过年薪是一百万。"然后她抬起头，瞄了瞄母亲像是被揍了一拳的脸。这些都在她的预料之中。

她拿回报纸，把那篇介绍英国管家的报道剪了下来，粘贴到自己的剪贴簿上。因为她对其中英国管家对财务的支配方式和报销方式，以及管家下面的家政团队的人事管理系统非常感兴趣。

后来母亲就再也没有提过英国管家的事情。只是日后不断地自我催眠："哎呀菲佣就是比一般阿姨好，看，多能干。"并且每次在电视里看见英国贵族们的生活时，就愤怒地换台。

十五分钟之后，顾里喝完那杯咖啡，Lucy也把清单上的所有东西整理到了一个巨大的纸袋里。顾里用目光点了点里面的东西，然后拿起手机，拨通了顾源的号码。

她知道这个时候顾源早就起床了，他的生活方式和作息时间与她如出一辙，他们曾经是天造地设的一对。

在这个周日，同样早起的除了顾源和顾里，还有一个倒霉透顶的人，就是我。在我的工作计划上，我应该是在周六早上的时候就把崇光——这个近两年红得发紫的男性专栏作家——的文章交到公司里去，然后让加班的文字编辑在三个小时内完成三次校对，之后在下班前让同样在加班的美术编辑排版制作完成，准备周日送去菲林公司制版再送去印刷。本来这一切看上去就是一副"不可能完成"的样子，而更加雪上加霜的是，一直到现在，我都还没有拿到稿子。我顺利地放上了最后一根压死骆驼的稻草。

周六早上我怀着荆轲刺秦王的心情走进宫洺的办公室，大概花了七分钟，哆嗦着讲完"我没有拿到稿子"这么简单的一件事情之后，宫洺低下头，迅速地在他的工作计划上用笔画来画去，最后抬起头，用那张纸一样的面容，告诉我最后的期限是周日早上。

我感觉像被大赦一样。

整个周六我以每小时一个电话的频率和崇光通话，最后确定了晚上7点交稿。崇光的声音懒懒散散，不过电话那边还是告诉我"放心啦，没问题的，一个小专栏嘛"。

但是我在周六晚上12点的时候查看E-mail，发现没有任何来自崇光的邮件。一阵寒意从心底直冲到天灵盖上。我哆嗦着反复检查了MSN、QQ和手机短信，确定崇光没有给我任何的留言或者信息——当我拨打崇光手机的时候，听到的声音是"您所拨打的电话已关机"。这还不是最糟糕的情况，最糟糕的情况在三分钟之后发生了：当我从Kitty那里搞到崇光家座机的号码之后，打过去，电话里的声音是"您拨打的电话暂时无法接通"。

我望着写字台上摊开的笔记本，不知道是否应该先把遗书写好。

我握着手机躺在床上，在考虑要不要打电话问Kitty求助，但是最终我的自尊还是让我拉不下脸面去求别人完成自己的工作。我握着电话，隔一会儿就打一次，但是听到的声音都是"您所拨打的电话已关机"。我迷迷糊糊地睡了过去，但又睡不深沉，整个人在很浅很浅的梦境里挣扎着，像被人套了一个麻袋，然后无数棍子打在我的身上。

一直折腾到天亮。上海的天空在6点多将近7点的时候被光线彻底照穿。

我睁着充满血丝的眼睛，怀着侥幸的心情再一次地拨打了电话——您所拨打的电话已关机。

我看着镜子里脸色苍白眼圈浮肿的自己，不知道应该怎么办才好。

我拿起手机，颤抖着给宫洺发了个短消息。我不知道这么早他起来了没有。

当消息发送成功后几秒钟，我的手机就响了起来，宫洺的名字显示在我的屏幕上。眼泪刷地流了下来，我不知道该怎么办了。

唐宛如被自己手机的闹钟声吵醒的时候是8点。她半闭着眼睛起床，穿起拖鞋，熟练地转出房间走向卫生间，整个过程非常自然流畅，像是一个失明多年的盲人。她凭借着熟练的记忆，伸手按亮厕所的灯，然后摸向洗手台上牙刷牙膏的位置。但在本来应该是牙膏的地方，却摸到了一个硬硬的光滑的东西。唐宛如不太情愿地睁开眼，看见一只不知道是在昏睡还是已经休克或者死亡的褐色大蟑螂，此刻正在她手里躺着，露出它油亮油亮的层层叠叠的腹部。

她看了看，然后轻轻抬起手，把它丢进了垃圾桶里。（……）

唐宛如继续闭上眼睛，拿出水杯，放好水，开始刷牙。电动牙刷的嗡嗡震动声里，她依然闭着眼睛。她之所以用电动牙刷，并不是因为所谓的生活品质（尽管顾里在知道她和自己一样使用电动牙刷之后，表示了非常的惊讶和愤怒），而是为了尽量少地使用胳膊的力量——任何增加肌肉的行为，她都极力抵制，她甚至为了不让脸部肌肉变大，而几乎不咀嚼食物。

刷牙洗脸之后，她依然闭着眼睛走回到床上，等待手机的第二次闹钟把她叫醒，然后依然闭着眼睛下楼去乘地铁，一直睡到学校。在每周日的计划里，她的睡眠在到学校之前，都应该是连续而完整的。但是十分钟后，嘹亮的手机铃声打乱了她的计划。

她翻开屏幕，然后惊醒了。在反复揉了揉眼睛之后，她看见屏幕上出现的人名确实是"卫海"。

她哆嗦着，几乎快要哭了。她不知道应该怎么办。

同样的事情也发生在南湘身上。

她周六晚上熬夜画画，搞到4点多才睡下去。身上的旧衣服上还有颜料，她也困得懒得去洗澡换衣服，直接倒在沙发上睡了。当手机响起的时候，她有点迷糊。但是在几秒钟内，她迅速地清醒过来。

她望着丢在画架边地板上兀自震动着的手机发呆。她不用接听，也知道是谁打来的。

在南湘的手机设定里，只有席城的来电，才会响起这个声音。

她趴在沙发上，裹着被子，没有动。

手机在地板上震动得转来转去，屏幕的光亮一直闪了又灭，像是一只慢慢眨动的眼睛。

在黄浦江的边上，雾气低低地淹没了沿江楼盘低区的楼层。剩下的高层部分，伫立在清晨越来越亮的光线里。

顾源坐在靠窗的餐桌位置上，手机响起来的时候，他正在看一本一个顶级CEO的自传。手边的咖啡还冒着热气。

他看见手机屏幕上的名字是"老婆婆"，也就是顾里，他镇定地接起了电话，说："早啊。有事么？"

他的声音冷静而平稳，像是窗外泛着粼粼波光的安静的江面。

他说完"OK"之后就挂掉了电话，抬起头，对正坐在他对面的袁艺笑了笑，说："我不要果酱。"

袁艺轻轻"哦"了一声，放下手中涂果酱的小刀，把吐司递给顾源。

她望着被窗外光线照得神采奕奕的顾源的侧脸，托着下巴有点出了神。顾源望着窗外没有说话，只是安静地嚼着吐司。

叶传萍从卧室走出来，拉开她的Gucci包包，把一张新的信用卡放在顾源的面前，说："这卡是新的，透支额度和你以前那张白金卡是一样的，也是十万。"然后转身走了，快出门的时候，她回过头来微笑着补充："对了，里面我预存了十万。你可以去买个新的包或者手表。"

顾源回过头来，眯起眼睛笑了笑，完美而得体地点了点头："谢谢妈。"

他把手机放进口袋里。从高层望出去，整个巨大而繁华的黄浦区，在清晨里缓慢地苏醒过来。一声低沉的汽笛从江面冲上天空。

平静地穿梭于世界上空的电波。磁流。讯号。

它们从不同的地方漫延而来，越过无数陌生人的头顶，越过无数块荒凉或者繁华的土地，然后传递进我们的手机里。

这块小小的冰冷的机器，像是我们裸露在身体之外的脆弱的心脏。电波还原成各种各样的语气和词汇，将它重重包裹。温暖而甜蜜的糖水，或者苦涩而冰冷的汁液。

它们像温柔的风一样抚摸过去，又如巨大的铁锤重重砸下。

各种各样的人以电波为介质，通过这个我们暴露在身体之外的心脏，寻找到我们，连接上我们，轻易地摇撼着我们原本平静的世界。

唐宛如接起电话的时候感觉心脏都快从嗓子里跳出来了。她有点不知所措地在电话里"喂"了一声。

"呃……我……我是卫海……"那边卫海的声音听起来也挺紧张。

唐宛如本来被自己死命说服掉的少女情怀，在听见电话里卫海低沉而又单纯的声音时，又全面苏醒了。她激动地握着电话，说："嗯！你找我……有什么事么？"

"呃……你可以帮我个忙么？"电话那边卫海的声音听上去吞吞吐吐的。

"怎么了？"

"我……我想请一天假，今天训练不去了，你可以帮我向你爸爸说一声么？我……生病了，要去医院。"

"啊？你怎么了？没事吧？要不要我去看你？"唐宛如脱口而出这句话之后，有点后悔了。好像表达得太过直接。她的心情突然又变得很低落。

但是低落的不是现在，而是在接下来卫海的那句话之后。

电话里，卫海说："我其实没有生病啦，今天我女朋友生日，我想悄悄地给她个惊喜……你能帮我吗？"

我站在公司写字楼的门口，抬起头望着大楼外立面的玻璃外墙，阳光照射在上面，发出强烈到让人无法逼视的光芒。虽然是周日，但还是有很多很多加班的人，不断地进进出出。

我在心里念了好几遍"阿弥陀佛"之后，鼓起勇气走进电梯。

走进公司的时候，我发现今天远比任何一个星期日都要热闹。加班的编辑空前地多，我明白这是因为今天晚上马上就要出杂志的菲林，而现在却还缺少整整四页的图文内容。那些编辑用一种"我快死了"的目光看着我，我的腿都快软了。

我用被顾里这么多年来训练出来的无坚不摧的强大精神力，支撑着自己，走进了宫洺的办公室。

我看见Kitty低着头站在宫洺面前，没有说话。

我开门的声音让他们回过头来，Kitty的眼睛湿漉漉的，而宫洺，在我眼里他的一张脸就像是哈根达斯附送的干冰一样，冒着寒冷的白气。

他抿了抿刀片一样薄薄的嘴唇，然后说："菲林公司6点下班，排版校对加起来需要两个小时。所以从现在开始计算，林萧你有七个小时，在4点前无论如何要给我崇光的专栏内容，无论你用什么方法，make it happen。"

然后他转过头对Kitty说："你现在去从所有崇光发表过的文章里，摘抄各种段落，拼凑成一篇新的文章，要保留崇光的行文风格，同时要让人看不出来是崇光的旧文。"

他停了一停，然后说："如果在下班前你们两个都没有OK，那么下周一就别来上班了。"他说这句话的时候姿势平静而又优雅，像是在说一件无关痛痒的事情，语气如同"给我一杯咖啡"一般简单直接。

我看见Kitty深吸了一口气，然后迅速地回答宫洺说："OK"。

宫洺对我们挥了挥手，示意我们出去，在我转身的时候，他对我说："给我一杯咖啡。"

我在茶水间泡咖啡的时候，听见Kitty在外面用一种快哭了的声音打电话给编辑，"我要崇光发表在《M.E》上的所有文章，随便电子档还是杂志，现在！现在！"然后她又打电话给一个编辑助理，用一种像是火烧到眉毛的高音催促着："我要他从出道到现在所有的文章！我不管你是百度也好google也好，甚至你搞个木马黑进他的电脑里去偷去抢，你都要给我！"

我哆嗦着往咖啡里放糖，不知道该如何收场。如果可以，我恨不得把崇光吊起来然后五马分尸。正当我咬牙切齿地幻想着如何折磨这个带给我巨大工作失误的男人的时候，Kitty清脆而急促的高跟鞋声朝我这边走来。她丢给我一张纸，"这是我刚刚问财务部要来的崇光的地址，这个是他们邮寄样书和稿费时的地址，我不保证他住在这个地方。但如果我是你的话，我会亲自去一趟，而不是仅仅等在办公室里听电话里'您拨打的电话已关机'的声音！"说完她转身走了。刚走出茶水间，我又听见她的声音从走廊里传过来："把出菲林的公司的电话给我！他们今天值班的人是谁？你别管了你告诉我电话，我总有办法搞定！"

看着Kitty像一个飞快运转的机器人一样，我又岂能苟且偷生。我把咖啡迅速地放到宫洺桌子上，然后再次check了一下我的邮箱，把MSN自动回复设定了一下之后，我抓起手机和包，冲出了写字楼。

翻江倒海掘地三尺，老娘一定要把你挖出来。杀千刀的周崇光！

半个小时之后，我跳下出租车，按照地址找到了那栋苏州河边上的高档酒店式公寓。在楼下软磨硬泡了二十分钟，保安才同意让我进去。我一边说"谢谢"一边心里在骂，滚你丫的，看我也不像要怎样的人啊，我一弱女子，能进去杀个人还是放个火啊我靠！

我站在1902的门口，按了一下门铃，里面一片死寂。我又按了一声，然后等待着，按了七八声之后，我绝望地想从十九楼飞身而下，直接跳进苏州河里。正想转身离开的时候，我听见里面一声冲马桶的声音。我瞬间被激怒了！抬起手哐当哐当地死命砸门。"周崇光！周崇光！我听见你冲马桶的声音了！你给我出来！"

我觉得我的动静都快把报警器给引爆了的时候，门开了。一个蓬乱着头发、脸色苍白的男孩子打开了门。他那张脸就是每一期出现在杂志专栏上的、让无数女孩子疯狂迷恋的脸，和宫洺是一个类型，阴柔的、带点邪气的，只是比宫洺稍微真实一点——说实话，我一直都觉得宫洺的脸不太真实，完全不像一个生活中应该出现的真人，他应该被做成电影海报，然后装裱进相框里挂起来，不要在凡间走动。

他只穿着短裤，光着脚，裸着上身，是年轻男生清瘦但结实的身材。但是，这具半裸着的被无数女人每天晚上梦里拥抱YY的躯体在我面前，却并不代表着"性感"二字，在我眼里，这就是三个大号黑体加粗的字："活稿子"！

我激动得快要呕了，伸手抓住他，激动地想要喊出"活稿子"三个字来。我刚想开口说话，对方用狭长的眼睛眯起来看了看我，冷冰冰地说："你谁啊你？"然后用力把门关上了。

在我第二次死命地把门砸开之后，接下来的几个小时里，我答应了他各种各样的条件作为取得稿子的代价，包括帮他收拾房间（他的房间乱得让我不能相信自己的眼睛），地板上到处丢着他各种各样的名牌衣服，吃过的东西剩一半，到处乱放，他的床上有篮球和直排轮（……），电脑前面是各种DVD和图书，厕所里有更多的脏衣服，男生的内裤和袜子！我从小到大接触过的年轻男孩子的房间，只有简溪的，而简溪是一个非常干净整洁的人，所以当我面对崇光房间的时候，我快要昏死过去了。我甚至特别搞笑地想如果让顾里看见这样的环境，她应该会忍不住报警。

也包括带他的那只金毛猎犬去散步（但实际的情况是我被狗拖着在小区里遛了两圈，如果不是坚强的意志力，我觉得自己最后会像古代被捆着拖在马后的那些人一样，在地面被拖死）。

我甚至还需要陪他打一会儿游戏（他说他需要打一会儿游戏来放松，然后才能写得出来）！

我看着时间一点一点地过去，心里像在流血一样。

当我做完所有的事情，他依然懒洋洋地躺在床上，挥着手说："不想写，写不出来。"

我在一瞬间红了眼睛。我忍着没有哭。说实话，如果可以拿刀剖开他的肚子，然后取一份稿子出来的话，我一定毫不犹豫地去厨房拿刀。

我压抑着喉咙里的哽咽，尽量不带个人情绪地对他说："周崇光，我知道你有名，很多杂志都求着你写稿子。但是你既然接了这个工作你就要完成它。就像我们一样，我们也是在完成我们的工作。你知道你一句简单的'不想写'会让多少人睡不安宁么？你不想写无所谓，大不了等你想写了的时候又去别的杂志开一个专栏就行了，你不会缺钱。但是，我们有好多人，可能一直努力付出的工作和理想就被你这么毁了。"

他从床上坐起来，眯着眼睛看我，过了会儿，笑了笑，说："省省吧，你以为你在演人民教师啊？"

我站在崇光的门外，整条走廊铺着奢侈的地毯，黄色的灯光把走廊照得更加富丽堂皇。我有点不知道该怎么办了。

我在门边上坐下来，从包里找出纸巾擦眼泪。

擦完之后摸出电话来打给简溪。我觉得一直以来，简溪都扮演着一个温暖的魔法师，当我受伤的时候，当我生病的时候，当我沮丧的时候，当我痛苦的时候，他总是可以用他温柔而充满磁性的声音，让我变得快乐和安静起来。

电话响了四五声之后才接起来，我握着电话没有说话。简溪在那边轻轻地问我："怎么了你？"我咬着嘴唇用力摇头，后来发现我摇头他也看不见，于是控制着不让自己的声音听起来太哽咽，说："没事，我很想你。"

简溪在那边轻轻笑了一下，然后说："我这里正好有点事情，先挂了，等下我打给你。"

我点点头，挂掉了电话。

我坐在走廊外面的地上发呆，从高高的窗户上透进来的光线一点一点地变暗，很快就要6点了。就算我能在6点前拿到稿子发到公司去，那边也来不及排版校对了。我把身体蜷起来，不知道该怎么办。我的手机屏幕一直暗着，简溪再也没有打过电话。

我正在寻思着怎么打电话告诉Kitty我没有拿到稿子，并且已经打算和宫洺说我辞职了的时候，Kitty的电话来了。刚接起来，就听见她压抑不住的兴奋的声音，告诉我她搞定了制版公司，答应今天可以最迟等我们到9点钟。我被她再次振奋了。既然她能搞定制版公司，我就能搞定崇光。

我也想通了，我现在就冲进去，拿刀抵在他脖子上，还是不写老子就把刀捅进去！反正横竖是个死！我得拉个人垫背！

我正要准备翻身起来，门突然开了。

崇光站在门口，像要出门的样子。他看见我依然坐在门外面，有点惊讶。我站起来，本来想控制好自己的语气和情绪好好和他再作最后的一次沟通，沟通失败之后就要犯罪了，但是我刚刚要开口，喉咙又哽咽了起来。

他看着眼圈发红的我没有说话，过了会儿，他对我说："你等着。"然后转身走进房间。几分钟后，他出来了，递给我一个笔记本，"上面有我写的一篇文章，手写的，你们如果想用，就拿去发成专栏。"

我像是突然中了六合彩的人一样激动地从他手里把笔记本抢过来，然后转身朝电梯跑，刚按了电梯的按钮，就听见他在我身后轻轻地笑了。

我回过头去，他冲我招招手，说："代我转达宫洺，下个月开始，专栏我不写啦。"

我的喜悦在瞬间消失殆尽，我目瞪口呆地站在电梯前面，电梯门叮咚一声打开来，我都没有反应。

我有点不敢相信地问："为什么？"

他苍白的脸在黄色的灯光下显得有点悲伤的样子，他拍了拍自己的肚子，笑了笑说："我得了胃癌。医生叫我休息了。"

他微笑的表情看上去像是任何一个帅气的年轻男生的笑容一样温柔，但是，我不知道是我眼睛上的泪水让我模糊了视线，还是走廊黄色的灯光让人伤感，我觉得他像是在悲伤地哭泣着。

电梯门轰然关上，然后朝楼下沉去。

唐宛如坐在更衣室里发呆。

头顶的白炽灯把她的影子孤单地印在地板上，她也不知道自己现在的心情是难过还是什么。

只是当她看着卫海依然早早地来参加了训练，但是一整天都没有露出过笑容的时候，她的心像是被针来回地扎着。她在想自己早上拒绝卫海，是不是太过自私了。她觉得自己现在就像是所有童话故事里那个邪恶的巫婆，或者所有青春言情剧中那个该死的第三者一样。

好几次中途休息的时候，卫海都坐在球场边上沉默地发短信。汗水从他额前的头发上滴下来，有几颗掉在手机屏幕上，他掀起衣服的下摆轻轻擦掉。唐宛如看得特别仔细。所以，她也同样看见了后来卫海一直等待手机短信的样子，他不断地看向屏幕，但是屏幕却一直都没有再亮起来过。

唐宛如换完衣服走出体育馆的时候，看见了正准备去取车的卫海。

他在夜幕下的轮廓，被阴影吞掉一半，剩下一半暴露在光线里，显得格外低落。他望着唐宛如，勉强地笑了笑打个招呼，然后转身朝外面走去。走了两步停了下来，看见体育馆门口正在等他的女孩子。

"卫海！"那个女生大声地喊他的名字。远远地看不清楚那个女生的长相，却看得见长发飘飘、身材娇小的样子，穿着漂亮的裙子，格外温柔。

唐宛如看见卫海把车子丢在一边，然后大步地跑过去，用力地把她抱在怀里。女孩子的笑声在黑暗里听起来很甜美。笑声里有卫海低沉的嗓音，在说"对不起"、"你别怪我了"。

唐宛如站在离他们二十米外的路灯下。灯光把她的影子缩成了一个黑色的点。

她望着卫海挺拔的背影，还有他环抱着她的双臂，像是在看一部浪漫的爱情电影一样。她被感动了，她流下眼泪，但是她却觉得这并不是因为伤心。

她看着卫海和那个女生离开，路灯下卫海伸出长长的结实的手臂，揽过女生的肩膀。唐宛如甚至突然觉得自己就是那个女生，就像看电影一样，总幻想自己是里面的主角。她甚至觉得自己闻到了卫海肩膀传来的那种清新的沐浴后的汗水气味。

她站在卫海留下来的自行车边上，在路灯昏黄的光线下，看着他们的背影消失在远处的黑暗里。

顾里让司机把车停在外滩六号Dolce&Gabbana旗舰店的门口，她下车走进去，在女装部挑好一条白色的丝巾，然后让店员包了起来，这是唯一一件她弄丢了的顾源送她的礼物，现在买好补上，那么一切都齐全了。当店员微笑着把纸袋递给她的时候，顾里接过来，然后拨通了顾源的电话。

"你到了吗？"

"我到了。不过不太想吃饭，就在江边吹会儿风吧。你来找我好了。"顾源的声音从电话里听起来有些沙哑。

"好。"顾里挂了电话，把丝巾放到自己带的那个巨大的纸袋里，朝马路对面的外滩江边走去。

远远地看见顾源，他站在外滩边上，望着对岸陆家嘴林立的摩天大楼群发呆。从这里也可以看见他的家，那一个小小的窗口透出来的黄色的灯光在庞大的陆家嘴楼群里变成一个微小的光点。

顾里提着纸袋走过去。她看见他的头发被江风吹得蓬乱在头顶上。他只穿着一件白衬衣和一件黑色礼服背心，在四月的天气里显得格外单薄。

顾里开口叫了他的名字。

"你气色挺好呢。"顾源低下头，微笑着望着面前的顾里。

"最近用了新的护肤品。"顾里也笑着回答。和顾源心里预想的一样，她永远可以最理性而理智地寻找到所有事情的原因，就像气色很好一样，绝对不会因为心情好坏而受影响，只是因为使用了好的护肤品。

顾源把手插进口袋里，望着眼前的顾里，也不再说话。天色渐渐暗下来，外滩的景观灯全部亮了起来，车流的灯光和沿江的水波，让整条外滩变成一条金黄色的巨大银河。顾源看着眼前的顾里，忍不住想要伸出手抱抱她。

他刚要开口，顾里就把一个纸袋提到他面前，说："这个给你。"

顾源接过来，蛮沉的，他问："这什么啊？"

顾里笑着把被风吹乱的头发夹到耳朵后面，说："你以前送给我的东西，现在都还你。"

顾源的手愣在两个人的中间没有动，他还维持着刚刚的笑容。他僵硬了十几秒钟之后，轻轻地把手一抬，将纸袋扔到栏杆外面的江里。

顾里转过头去，看见水浪翻滚了两下，就把纸袋卷到江底去了。她回过头来，对他笑了笑，没说什么。她像是又看见了自己熟悉的那个顾源，那个自己迷恋着的冷静、理性、残酷的顾源。

顾源盯着面前的顾里，两个人是如此地类似。身后一个环卫工人一边吹着哨子跑过来，一边大声说着"怎么随便丢东西到江里"。顾源从口袋里掏出两张一百块，转身什么都没说，塞到那个吹着哨子的人的胸口口袋里。那个人立刻不吹哨子，转身小跑走了。顾里看在眼里，心脏上像被撒下了盐，一边跳动着，一边流下咸咸的液体。

顾源转过身对顾里笑着点了点头，眯起眼睛，什么都没说，转身走向马路边上拦车。

顾里看着他挺拔的背影，眼眶在混浊的江风里迅速被吹得发红。

顾源站在马路边上叫车，他的表情看不出悲伤还是喜悦。麻木的，冷漠的，像是面具一样的脸。他轻轻转过头的时候，看见顾里红着眼眶朝自己走来。他的心像是被撕扯般地痛起来。他看见朝自己走来的这个外表坚强但是内心却非常细腻的、爱了快六年的女孩子，感觉自己快要丢盔卸甲般地投降了。他揉了揉发红的眼眶，轻轻地张开怀抱。

而下一个等待他的画面，是顾里从他身边目不斜视地走了过去，然后迅速地坐上了停在路边等待她的黑色宝马轿车。顾源僵硬着身体，看着她不动声色地把车窗摇起来，然后消失在车窗玻璃的背后，黑色玻璃上倒映出头发凌乱的自己。

顾里上车后对司机说："开车。"

司机回过头来问："顾小姐去哪儿？"

顾里平静地说："你先开车。"

当顾源的身影消失在车窗的背后，顾里把头仰靠在座位上。她咬紧了嘴唇，面容扭曲着，眼泪无声无息地流淌在脸上。

他们两个人各自消失在这条发光的银河里。

我坐上出租车飞快地往公司冲的时候，刚要打个电话告诉Kitty我拿到稿子了，结果拨号拨到一半，手机突然没电了。我心急火燎地借司机的手机，却发现自己记不住Kitty或者宫洺或者公司任何一个号码。我再一次为自己的不专业而深深地羞耻。

赶回公司的时候，我发疯一样地往办公室冲。当我站到宫洺面前，挥舞着手上的笔记本告诉他终于拿到崇光稿子的时候，我觉得自己快要缺氧休克了。我拉过旁边的椅子坐下来，大口地喘气。宫洺从一堆文件里抬起头，看着面前的我，平静地说："不用了。Kitty已经拿她写好的那份去制版公司了。"然后继续低下头，看着他手上的文件。

我目瞪口呆地望着宫洺，傻在他面前。他像是感受到我的目光一样再次抬起头看我，他的眼神有点疑惑："你还有什么事情么？"

我的眼泪突然滚出来一大颗，我把笔记本抱在胸前，"没事。那我先出去了。"

我趴在自己的电脑前，额头搁在键盘上，眼泪一行一行地流进键盘的缝隙里。整个人像是被人抽走了所有的力气，像一个废弃的轮胎一样被丢在路边。我并没有被责备，也没有被羞辱，我们完成了工作，渡过了难关，我应该庆幸的，我应该开心的。我甚至应该跑到楼下罗森便利店里买一瓶廉价的红酒去菲林公司找Kitty和她干杯。但是我却不知道自己怎么了。

源源不绝的泪水混合着无法排遣的沮丧心情，不断地从我身体里流出来。我觉得自己像是一座超过水位线的巨大水库，整个身体里都是满满的泪水。

我抬起头，翻开崇光的笔记本，在泪光里看见他用漂亮的笔迹写的一段话。我一边读，一边流着眼泪。

我擦干脸上的泪水，抬起头发现不知道什么时候，宫洺已经站在我边上了。

他手上提着一个白色的纸袋，里面是一双价格不菲的高跟鞋。他朝我点了点头，低沉着声音说："送你。"

我坐着，忘记了站起来，也忘记了接过礼物。我望着他那张冷漠而英俊得有些邪气的脸，不知道他在想什么。他的表情好像比平时温暖一些，但也可能是我在黄色灯光下的错觉。

他把纸袋轻轻地放到我的桌子上，说："等下把我的桌子收拾一下，下班吧。"

然后他转身走了。不知道是不是幻觉，我感觉自己听见他一声小小的叹息。

我看着他的背影消失在走廊里，然后起身去他的办公桌。

在收拾的时候，我发现了他自己做好的一个填补那个专栏空缺的版本，他自己写的文章，自己选择的图，在我和Kitty都失败的情况下，他会是最后的底线。

我回过头去，已经看不见他了。

宫洺从电梯里走出来，他站在楼下，回过头望向自己的办公室。灯光把林萧的身影投射到窗帘上。他轻轻地皱起眉毛，露出微微悲伤的表情，像是油画里冷漠的人物突然活了过来，脸上的情绪像晃动着的温暖河水。

谁都不知道他在想什么。

他站了一会儿，直到司机把车子开过来的声音打断了他。他像是又重新恢复了冰雪贵族般的漠然表情，上车，消失在灯火辉煌的上海夜色里。

在回学校的路上，我一直反复地想起崇光的那段话。他说——

我们活在浩瀚的宇宙里，漫天飘浮的宇宙尘埃和星河光尘，我们是比这些还要渺小的存在。你并不知道生活在什么时候就突然改变方向，陷入墨水一般浓稠的黑暗里去。你被失望拖进深渊，你被疾病拉进坟墓，你被挫折践踏得体无完肤，你被嘲笑、被讽刺、被讨厌、被怨恨、被放弃。但是我们却总是在内心里保留着希望，保留着不甘心放弃的跳动的心。我们依然在大大的绝望里小小地努力着。这种不想放弃的心情，它们变成无边黑暗里的小小星辰。我们都是小小的星辰。

而在城市的另外一端，菲林公司里的机器咔嚓咔嚓地运转着。加班的工作人员满脸不耐烦的表情守在机器边上，其中一个回头想要问Kitty一些事情，结果发现她歪在一个小小的沙发上，睡着了，手中握着手机，没有放下。

灯光下她的面容年轻而精致。

当我打开寝室门的时候，里面漆黑一片。她们都还没有回来。

我把包放在沙发上，抬手拧亮了灯。当光线把房间照亮的时候，我才看见坐在沙发上的顾里和唐宛如。

顾里蜷着腿，在发呆。唐宛如抱着沙发垫子，眼睛红红的，肿了起来。

我轻轻地靠到顾里身边去，躺下来，头放到她的膝盖上。她摸着我的头发，没有说话。我们彼此都没有说话，也没有想要询问对方发生了什么事情。我们三个安静地呆在我们小小的房间里。

我望着天花板，又有想流泪的感觉。我知道顾里和唐宛如一定都发生了什么事情，但是已经没有力气去问了。我想要睡一觉，睡一觉，好好地睡一觉。一切都过去之后，我们都还是那些活在灿烂阳光里的年轻人，在这个盛世的时代里，被宠幸的一群人。

闭上眼睛一会儿，就听见南湘开门的声音。

她看了看我们三个，也没有说话。静静地坐到唐宛如身边，她看了看顾里，又看了看我，低声问："发生什么事了？"

顾里回答她："没事。别担心。"刚说完，她突然从沙发上坐起来，我差点被她掀到地上去。

她看着南湘的脸，问："你的脸怎么了？"

我抬起头，看着南湘，她摸着自己右边红红的脸，说："没什么，刚刚被席城打了一耳光。"

她抬起头，像是在恳求一样，没等顾里说话，就先打断她说："你先别骂我。冰箱有冰么？脸烧得疼。"

顾里站起来，望着南湘，两分钟没有说话。我们都不敢说话。唐宛如和我低头看着地面，我们都害怕顾里会爆发。过了会儿，顾里说："有。"然后她起身走到冰箱前面，拿了个塑料袋装了几块冰，用毛巾裹着，拿过来，坐在南湘边上，贴上她的脸。

南湘闭起眼睛，滚烫的眼泪流下来滴在顾里的手背上。

我受不了房间里这种感伤得像是世界末日一样的气氛，起身走进厕所，趴在厕所的窗户上往外面看。

天空里悬着一轮巨大的月亮，冷漠的光辉把人间照得像一出悲惨的话剧。明明只是过去了短短的一天，却像是漫长的一个世纪。

我拿出在公司充好电的手机，给简溪打电话。简溪周一没有课，我好想见他。

电话响了两声接了起来，简溪温柔的声音出现在我的耳边。

"明天你过来看我吧，这几天发生了好多事。"我蹲下来，蹲在马桶边上小声对他说。

"那个，"简溪顿了顿，像在找什么东西一样，过了会儿，才接着说，"明天不行啊，今天明天都有事。我忙完了去看你。好吗？"

我点点头，然后挂了电话。

巨大的月亮像是一个精美的布景，整个上海都被笼罩在这个布景下面。

简溪在学校的活动室里，他屈着长长的腿，坐在地上，面前的女生正跪在一张巨幅的画布前用画笔完成着一张海报。她清秀的侧脸上，几缕头发一直掉下来，她手上因为有颜料，所以几次用手背都不能撩到耳朵背后。

简溪在侧面看着她，心里像是被蚂蚁啃噬一般痒痒的，想要伸出手去帮她把头发夹到耳朵背后。最后他终于清了清喉咙，把身子挪过去，伸出手，帮她把头发撩起来。

她回过头来，点头笑笑表示感谢，但是迅速地红了脸。

黄色的灯光下，简溪的脸也迅速地红起来。

夜晚的风从窗户吹进来，把温度从皮肤上迅速带走。简溪看着面前瘦小的女生的背影，还有她单薄的衬衣，心里有种说不出来的感觉。

他动了动僵硬的身体，想了很久，终于咬了咬牙，脱下自己的外套，递给女孩子，"林泉，给你。"

女孩子回过头来，看见穿着背心的简溪，他结实的胸膛和肩膀，在灯光下看起来泛着柔软的昏黄光泽。她看见自己面前这个一直笑容灿烂的男孩子，微微地红了脸。他的表情在夜晚里，显出一种认真的温柔来。

她擦了擦手上的颜料，轻轻地把他的外套拿过来披在身上。

胸膛上青草味的气息。还有弥漫着这样气息的我们年轻的折纸时代。

小时代1.0

折纸时代

Tiny Times Season.01 Chapter.07

Dirty secrets make friends.

五月的上海渐渐地进入夏天。

早上五点多，天就亮了起来。为了应付这种恶劣的天气情况（……），我和南湘偷偷摸摸从网上买了两个丝绸的眼罩，准备每天晚上睡觉的时候都戴上，这样，哪怕睡到中午十二点，都不会受到窗外光线的任何影响。更何况早在一年前，我和南湘就把我们卧室的窗帘换成了密不透光的厚重型，并且最外面一层还加了隔热的UV布料。所以，我和南湘的房间，必要的时候审问犯人都没问题。那首歌怎么唱的来着，"我闭上眼睛就是天黑"。

但是，我们收到眼罩的第一天，就被顾里发现了，她一边喝着从家里带来的瑞典红茶（并不是我和南湘在超市里买的那种袋装茶叶包，而是装在一个古典的铁盒里的红茶叶，用一套专门的滤压壶来泡，每次顾里为了喝两杯茶，就能折腾半个小时，我和南湘都觉得，这不是正常人可以承受的生活方式），一边对这个东西进行了严重的批判，她实在不能容忍直到中午十二点都依然在睡觉这个事情。

"这个东西简直影响中国经济的发展，你知道，中国的经济就是被你们这种人给拖垮的，你们应该感到羞耻。"她最后认真地总结了自己的看法。我和南湘默默地把眼罩放进口袋里。

就在今天早上，当顾里走进我们房间，企图拖我们起来去吃早餐的时候，她看见两个戴着墨镜一样的眼罩、死死昏睡无法醒来的女人，于是她彻底地愤怒了。我在迷迷糊糊中感觉似乎遭到了殴打，醒来的时候全身痛。南湘和我有同样的感觉，她走出房间的时候幽怨地对我说："林萧，我昨晚梦见被人打了，真可怕。"

当我们坐在顾里新发现的西餐厅里吃煎蛋喝咖啡的时候，是早上六点零七分。天才刚刚亮。

而此时唐宛如正在寝室里沉睡。

顾里并没有拖上她。自从被她奔放的行径和赤裸的修辞搞得灰头土脸之后，对于和唐宛如一起出现在公开场合这件事情，我们都显得比较谨慎和保守。

特别是顾里，她很难接受一边用刀叉切割牛排，一边听一个女人在旁边聊她的奶。所以，顾里拉着我和南湘悄悄地离开了寝室。出门的时候我探过头往唐宛如床上瞄了一眼，她四仰八叉并且勇敢翻出白眼的熟睡程度让我有点焦虑，南湘一边穿鞋，一边侧过头来小声问我："我靠，唐宛如该不是被顾里下了药吧……"我一边扎头发，一边回应她："我觉得这极有可能。"

顾里一边吃饭，一边翻着餐厅刚刚送来的晨报。我不用睁开眼睛也知道她在看财经版，上面一大串密密麻麻的数字让我想死。我索性闭上眼睛，眼不见为净。

南湘和我一样，差不多也是闭着眼睛，拿着叉子往嘴里送煎蛋。在半梦半醒间，我甚至觉得她说了几句梦话。

最近的这几天，我、南湘，还有唐宛如，都还没有从上个月的打击里恢复过来。我和南湘总是窝在沙发里，耳鬓厮磨、窃窃私语。偶尔她帮我撩撩头发，抚摸我的后背，或者我拿纸巾帮她擦擦眼泪，她抚摩着我的双手。顾里经过客厅倒水的时候，都会翻个白眼对我们说"get a room"。

而唐宛如的表现让人有点难以评价。特别是有一天我打开门，看见她坐在沙发上，泪眼朦胧地看一本三岛由纪夫的《金阁寺》。说实话，我受到了惊吓，那感觉就像是顾里在钱柜里举着话筒极其投入地唱《老鼠爱大米》一样。

但事实证明那本书不是她的，当天晚上南湘在房间里翻箱倒柜一个小时之后问我："你有看见我的一本《金阁寺》么？"

但顾里是不允许自己沉浸在这样消极而又低落的生活状态里的。她的人生就应该是一台每天定时杀毒、保持高速正确运转的电脑。她看见我郁郁寡欢的脸，总是恨铁不成钢地说："你无时无刻不在带妆彩排，准备去琼瑶的剧组试镜是吧？"

南湘从小就怕顾里，所以，每次出现在顾里面前，她都满脸放光，和电视里那些扭秧歌的大妈一样精神矍铄，看起来就像那些几分钟后就要去世的病人们一样精神。所以顾里的炮火一般都是针对我来的。但是顾里一走，她就虚弱下来，再一次和我互相梳头发，分享女孩子的酸涩心事。必要的时候也会倒在我的怀里哭哭啼啼，彼此把眼泪鼻涕往对方身上抹。只是这场景要是被顾里看到的话，不排除我和南湘被她谋杀的可能。

顾里抬起手看了看表，对我说六点半了。
我惊醒般地睁开眼睛，身边的南湘依然镇定地切着煎蛋，双眼微闭，感觉梦境很甜美。在那一刻我很痛恨她们。
学校的晨跑制度，绝对可以列入所有学生最讨厌的事情排行榜前三名。南湘凭借自己动人的美貌成功地勾引了体育部的一个负责敲章的学弟，得以每日高枕无忧。顾里连续做了三年的人民币战士，再一次证明了她的理论：钱是万能的。而唐宛如本来就是体育生，所以当然不用晨跑。

我伤心欲绝地丢下煎蛋，说了句"我恨你们"，然后起身准备晨跑去了。南湘闭着眼，在梦里安详地回答我："你除了你生母之外哪一个人不恨，你连福娃都恨。"

在我起身的时候，顾里也站了起来，她说："我和你一起去。"

南湘突然惊醒，她瞬间睁开了眼睛，醍醐灌顶般地说："谁埋单？"

顾里翻了个白眼，"我已经埋好了。"

南湘对这个答案很满意，闭上眼睛继续吃她的煎蛋。

绕着学校的人工湖跑了差不多十五分钟后，我的脑子终于在寒冷的雾气里渐渐清醒起来，我也明白了顾里为什么要来陪我晨跑。毛主席说不打没把握的仗，顾里从来就不做没意义的事儿。她是为了从我口里打探口风的，关于南湘和席城。

"我不知道呀，这几天我都睡得很早，而且下载了几张新的专辑，一直在听，晚上也没怎么和南湘聊天，你知道的呀，她也上网到很晚……"我一边跑，一边镇定地说。

顾里从鼻子里冷笑了一声，她用四分之一眼角余光瞄了瞄我，说："林萧，你每次说谎的时候，都会把所有的细枝末节编得淋漓尽致，一句'我不知道'就行了的事情，你可以说出三百字的小论文来。"

我望着顾里精致的脸（他妈的早上五点多也可以化完一整套妆，你有几只手啊？你是不是人啊？你昨天晚上没卸妆吧？你怎么不去拍电视剧啊），无语，我觉得在这条白素贞面前，我就是一条蚯蚓。

我深吸了一口气，抚住胸口说："告诉你可以，但是你得保证不对我或者南湘动手。"

顾里轻蔑地说："我从来不打人。"

"滚吧你，上次不知道是哪个贱人扯断我十几根头发。"

"是唐宛如。"顾里非常镇定地看着我撒谎，目不转睛的。

在跑到终点的时候，我打算学习南湘，用美色出击。我在所有负责敲章的学生会成员里挑了一个满脸青春痘、油光满面的男生，因为起点越低胜算越大，我总不能一下子去挑那个田径队的二号校草来下手吧，人家看过的美女比我存的硬币还要多。

我像是林志玲一样嗲声嗲气地对他说了很多话，总而言之就是"你可不可以一次就把后面所有的章给我敲完呀"。那个男的抬起头看了我很久，我也在他面前不断地换着各种娇羞的姿势，就差直接把腿盘到他腰上去了，最后，他一言不发地转头走了。

我目瞪口呆地站在原地，过了半晌回过神来，意识到自己失败了。那一刻，我觉得他深深地伤害了我。如果一定要被伤害，我宁愿去找那个跑短跑的小帅哥，你那张长满青春痘的脸，看上去活脱脱就是一颗荔枝，你跩个屁啊！

顾里同情地站在我的身边，脸上是幸灾乐祸的表情，她"哗啦啦"地翻着手里的报纸，心情极其愉悦，她问我："你等下有课么？"

我翻了翻课程表，今天第一节课是十二点十五分的。顾里非常满意，刷地抽出那一叠报纸中的一张，指着上面一个广告对我说："你不觉得这家新开的SPA水疗会所，看上去很有诱惑力么？而且就在学校的后门外。"

我迅速地振奋了精神："谁埋单？"

顾里："我。"

于是我迅速地拨通了南湘的电话，叫她赶紧来汇合。她和我问了同样的问题："谁埋单？"

我们神不知鬼不觉地摸到了后门——最近我们摆脱唐宛如单独行动的次数越来越多。当我刚跨出校门的时候，赫然看见了提着一袋小笼汤包、披头散发的唐宛如站在我们面前。她的头发上扎着一根非常粗壮的粉红色橡皮筋……

唐宛如迅速地加入了我们SPA的队伍。

一路上我看见顾里和南湘都心事重重。

不过唐宛如好像心情还不错，虽然昨天晚上还在客厅里一边敷面膜，一边哭诉卫海没有感受到她粉红色的暗恋心情，但是看目前的状态，好像已经恢复了。不过也有可能是回光返照。说实话我这么多年来一直都不能理解唐宛如的各种诡异行径，她的人生哲学和生活原动力，均远远超出了我的知识范畴。南湘说如果国家肯好好花点精力研究一下唐宛如，那就根本不用费了吃奶的力气往外太空发送什么电波企图和外星人沟通，可以直接让唐宛如给他们发短信嘛。

这家新开的SPA水疗会所里到处都是粉红色的灯光和家具，弥漫着无比少女的浪漫气息，随处可见粉红色的窗帘和粉红色的蜡烛，甚至连马桶都是粉红色的。唐宛如用一种怪力乱神的姿势斜躺在沙发上——老实说我有点弄不清楚她是躺着还是站着，也许还有点像是在倒立……她的姿势非常违反人体工学——抱着那个粉红色的心形靠垫非常娇羞地说："这个超可爱的~人家喜欢~"

顾里在我旁边捂着胸口干呕了一声……我看她脸都白了，非常难受。

南湘捂着耳朵直接进去换衣服沐浴去了，装作不认识我们。

我也迅速地丢下了唐宛如，扶起看上去快要休克的顾里，进去换衣服洗澡了。

洗好出来，穿得像护士一样的小姐热情地拉着我们，介绍各种项目。我和顾里的目光都被一个叫做"乳腺及胸部精油按摩"的项目吸引了。特别是下面的那行"可以使胸部紧实，充满弹性，防止乳腺堵塞等等年轻女性所易患的疾病。同时可促进乳房的再次发育"。

说实话，我和顾里都被最后一句打动了。"再次发育"这种话听上去就像"六合彩头奖"一样，非常地具有诱惑力也非常地虚假。

我们曾经听见过简溪和顾源对关于胸部的讨论。他们的结论曾经让我和顾里两个星期没有搭理他们。

我和顾里迅速对了一个目光，然后把脸别向墙壁，羞涩地伸出手指，指着项目表上的"乳腺及胸部精油按摩"说："就这个了。"因为情绪太过激动，哆嗦着差点指到了下面一行"产后子宫保养"。（……）

然而接下来的场面，让我和顾里都觉得气氛极其诡异。

我和顾里面面相觑，看着对方被一个女人用手把胸部抓来抓去（……）的时候，我们都觉得这个场景有点TMTH。（too much to handle）。我面对着顾里被上下左右搓揉的胸部和她计算机一样的脸，有点缺氧……我想如果现在观世音菩萨正在天空飘过的话，那她一定会看见一股黑色的妖气从这个房间直冲云霄。

这个场景实在太扭曲了。

按摩小姐估计也受不了这样无声的压力，于是和顾里搭讪，她问："小姐你们是第一次来吧，要不要办一张会员卡啊？免费的，可以打折呢。"

顾里毫不犹豫地说："当然。"

按摩小姐灿若桃花地笑着问："小姐你怎么称呼啊？"

顾里面不改色地说："唐宛如。"

我迅速地加入了她的阵营："我叫南湘，南方的南，湘就是湖南的简称那个湘，我妈给我起名字的时候……"

就在这个时候，我清晰地看见顾里突然翻了一个巨大的白眼，感觉眼珠都快翻进天灵盖里去了。

因为大门突然被推了开来，然后伴随着一声嘹亮的"哎呀，顾里，我找了你们好久！林萧你也在啊，南湘呢"！

我有点呼吸困难，刚想说话，就听见了唐宛如的下一句："哎呀，你们挤奶干吗？"

我两眼一黑。

观世音应该此刻怒不可遏地飞身而下了吧："妖物！"

虚弱的我们在蒸气房里找到了南湘。

说实话，我没敢认她。她全身，包括脸上，都涂着一种绿色的海藻泥一样的东西，感觉像一具腐烂了的尸体。但是她的表情却非常地超然尘世，一副快要到达彼岸的样子。她的目光充满了祥和和淡定，直到看见唐宛如的瞬间，目光里才流露出了难以掩饰的惊恐……感觉像是看到了鬼。

我们在她身边坐下来，完全不想去理会唐宛如。

雾气里，南湘幽幽的声音传来："林萧，你们去哪儿了？"

我还没回答，唐宛如气壮山河的声音就从蒸气里翻滚而出："挤奶！"

我胸闷，刚要反驳，唐宛如又补了一句："顾里也挤了！"

我隔着雾气看见身边面容扭曲的顾里，感觉她快死了。

但是，凭借顾里的智商，她轻易地找到了还击的时机。唐宛如把围在胸口的毛巾一扯，"热死我了，我觉得我就是一只大闸蟹！"顾里就迅速补充："你一定是阳澄湖的，你看这肉，又结实又粗壮。"

南湘不顾满身的绿泥，迅速扑向唐宛如并抱住她，以免场面一发不可收拾——要知道，几个裸体女人打架的场面，都足够上《新民晚报》的头版了，何况其中一个女人满身都是绿色的泥……搞不好还会上科学版、外星探索之类的。

谁都不想看见裸体的女人在蒸气房里打起来。我悄悄地离顾里远了点，怕她动手殃及到我。上一次她拿枕头砸唐宛如的时候，就直接把我从床上砸得摔了出去，腾空高度可以气死跳马冠军李小鹏。

换衣服的时候，我和顾里先换好，坐在供客人休息的沙发上，彼此说着唐宛如的坏话。这个时候，南湘的手机响了。她的手机正好放在毛巾上，我和顾里同时看过去，然后看见了那条信息："我到学校门口了。"

发件人是席城。

顾里面无表情地丢了一沓钱给我（数了下大概两千块，我有点被吓住了）叫我埋单，然后她穿好衣服直接提着包就冲出去了。

我还愣在原地，看见南湘穿衣服出来。她擦着还有点湿漉漉的头发，问我："顾里呢？"我伸出还在发抖的手，指了指她的手机，南湘弯下身子去看了看屏幕，然后两眼一黑就倒了下去。

直到南湘也冲了出去，我都还没有回过神来，甚至在潜意识里拒绝承认自己认识"席城"这两个汉字。直到唐宛如也出来了，看见我一个人在更衣室，她拍拍我的脑袋，问："你挤奶挤傻了啊？"

我抬起头来，对她说："顾里和南湘去校门口找席城了……"

唐宛如身子一软倒在我边上，娇弱地抚着她的胸口（或者胸肌），说："林萧！我真的受到了惊吓！"

我用眼角余光看见她肌肉结实的大腿，忍不住和顾里一样干呕了起来。

当我和唐宛如哆哆嗦嗦地赶到学校门口的时候，顾里和南湘已经站在席城面前了。顾里的背影散发着一圈冰冷的寒气，像是随时都会打出一记钻石星尘拳一样。南湘尴尬地隔在他们中间。

我有点不敢靠过去。我对身边的唐宛如说："宛如，关键的时刻你可要保护我！"

唐宛如再一次抚住胸口："林萧！对方可是男的！"

我有点不耐烦地吼她："那你就和他决一雌雄！"

唐宛如对着我的耳朵嘶吼回来："老娘决不决，都是雌的！"

我抬起眼睛看着站在逆光处的席城，这是我在这么多年后，第一次看见他。记忆里他还是高中学生，而现在站在面前的，却是一个年轻的男人了。被水洗得发旧的牛仔裤，上身是一件白色的T恤。说实话，如果不是知道他是一个多么不要脸的人渣的话，我觉得他挺吸引人的。就像那些摇滚明星一样，他身上弥漫着一种又危险又让人着迷的气质，感觉像一把非常锋利精致却极度危险的武士刀。讲不清楚究竟是一种什么东西，但是就让人觉得很迷恋他。

他的眼睛不知道是因为光线还是什么而半眯着，嘴角扬起一半。他的头发被风吹得乱糟糟的，像极了那种黑白照片里的英伦摇滚歌手。

他用手把头发拢到后面，张开口笑眯眯地对顾里说："你怎么那么贱啊？我和南湘怎么样关你屁事啊？你以为我是来找你的啊？"

南湘走过去一耳光打到他脸上："你再骂顾里试试看！"

席城有点不屑地揉着他的脸，把头转向一边，不再说话。

南湘走到顾里面前，不知道说什么。刚要开口，顾里就冷冰冰地说："南湘，有一天你被他弄死了，也别打电话来让我给你收尸。"说完转过身走了，留下低着头的南湘。

我尴尬地站在那里，不知道说什么，我和唐宛如也转身走了。

正午剧烈的太阳把我的眼睛刺得发痛，我在包里找了半天，没有找到墨镜。

南湘看着面前的席城。他的侧脸一半暴露在正午的光线下另一半浸没在黑暗里，高高的鼻梁在脸上投下狭长的阴影。他的眉尾处有一块小小的疤痕，那是高中的时候有一次南湘从围墙上摔下来，席城去接她，被她的项链划伤的。那个时候席城满脸的血，把南湘吓哭了。他把血擦干净，笑着揉南湘的头发，"哭什么啦，这点血没事的。"

南湘看着面前沉默不语的他，心里像撒了一把咖啡末。

她想了一会儿，走过去拉了拉他的T恤下摆，席城回过头来，低头看着面前眼圈发红的南湘，然后伸开手把她抱向自己的胸膛。

南湘贴着他厚实的胸口，T恤下是他有力的心跳声。她闭上眼睛，平静地说："席城，你以后再也别来找我了。我永远都不想见你了。"

过了一会儿，南湘觉得像是下起了雨，后背上掉下了几颗雨点来。温热的，浸湿了她的后背。

南湘看着席城的背影消失在校门外滚滚的人流里。

他沉默的影子在剧烈的光线下漆黑一片。

她想，这是最后一次，看见他了。

她打开手上的那个袋子，这是席城刚刚给她的，里面是一袋糖炒栗子。初中的时候南湘特别爱吃。

"好像有点冷了。不想吃了就丢掉吧。"

他行走在巨大的逆光阴影里。宽阔的肩膀像是可以撑开头顶夏日辽远的蓝天。

她走到垃圾桶前，轻轻地把纸袋丢了进去。

她把少女所有的青春岁月都给了他。

像是在自己生命的锦缎上，裁剪下最美好的一段岁月，然后亲手缝进他生命里。她少女的无数个第一次。第一次牵手，第一次拥抱，第一次接吻，第一次被人打了耳光，第一次怀孕，第一次离家出走。这些事情都和他的生命轨迹重叠到一起。

酸胀的青春，叛逆的岁月，发酵成一碗青绿色的草汁，倒进心脏里。

在过去了这么多的岁月之后，依然刺痛她，但是也温暖她。他的背影像是相框里的黑白照片，如同一棵沉默的树。

她咬咬牙告诉自己，在未来漫长的生命里，这是最后一次，看见他了。

她走了一会儿，像是累了一样，在路边的草地边上坐下来，把脸埋进膝盖里。过了一会儿，她干脆朝旁边倒下去，静静地侧躺在草地上，像是安睡了一样，阳光照着湿润的脸颊，有种滚烫的温暖。胸腔抽动着，却没有发出一点声音来。

剧烈的光线下，路人来来往往。他们冷漠的眼睛只看得见前方的道路。他们麻木地用手机打着电话。他们完全不在乎路边一个倒在草地里的少女。

白光四下流淌，逐渐炎热起来的空旷街道像是一部黑白默片。

无限膨胀开来的寂静。

消失了所有声音的、蜷缩抽动着的小小身影。

——我多想和他在一起。

——我多想和他像从前一样，在一起。

我一整个下午都心绪不宁。也许是南湘的事情影响了我，我长时间地沉浸在一种对爱情的巨大失望里。整整一个下午，我都趴在教室的课桌上，把脸贴着桌面，噼里啪啦地发着短信。简溪的短信一条一条地冲进我的手机，我也不知道自己说了多少，反正到最后不得不把收件箱清空一次，信息多到满。

快要下课的时候，我发消息给简溪："我下课了。回寝室再给你发吧。"

我直起身子收拾书包，手机响起来，是简溪的短信。

"你终于下课了，我在外面脚都快站麻了。"

我猛地回过头去，然后看见了站在窗外，戴着一顶白色的薄毛线帽子，对我招手微笑的简溪。

他的脸被窗外的阳光照得一片金黄色，像油画里那些年轻的贵族一样好看。他把白衬衣的袖子卷了起来，露出修长的小臂，显得特别干净利落，iPod耳机线软软地搭在他的胸口上。

我看着这样在窗外等候了我一个下午的、和我发消息的简溪，突然忍不住大哭起来。

我承认我把简溪吓住了。他匆忙地从教室后门跑进来，也没管刚刚下课的学生和老师都没离开教室。他走到我的桌子面前，轻轻一跳，坐到桌子上，伸出手捏了捏我的脸，问我："林同学，你怎么啦？"

我说："林同学心情持续低落，需要温暖。"

简溪拍了拍胸口，说："我简神医行走江湖多年，包治百病……"

我看着他滑稽的样子，忍不住笑了。他也跟着我笑，呵呵的，露出一排整齐的白牙齿，像在播放高露洁的广告一样。

我前面的几个女生一直在回头，窃窃私语地议论着他。

我也已经习惯了。从初中到高中一直到大学，他就像一块大磁铁一样一直吸引着各种妖蛾子往他身上扑。我曾经非常吃醋地说不知道他身上有什么味道，值得她们这样前仆后继的。简溪低头想了想，认真地回答说："我觉得是男性荷尔蒙的味道。我看书上说，那类似一种薄荷的香味，可以吸引异性。"

我开始收拾我的书和笔记本，简溪突然把他的提包拿过来，"给你看个东西。"然后掏出一个八音盒。

"你从我寝室偷的啊？"

"林萧你真是什么嘴里吐不出什么啊。我刚路过你们学校门口的那个小店看见的。你寝室床头不是放着一个一样的么。我就想，我也买一个，放我的床头。"他笑呵呵地拧着发条，过了会儿，"叮叮咚咚"的钢琴声就传了出来。

我望着他安静而美好的侧脸，再也忍不住了。我趴到他的大腿上，又开始嗡嗡地哭。八音盒里的悠扬的音乐让我觉得自己像是浪漫爱情电影里的女主角。他拍拍我的头，说："你还真会挑地方啊，你这哭完别人肯定觉得我撒尿滴到裤子上了。"

我猛地直起身子，结果撞到了简溪的下巴，他龇牙咧嘴地怪叫。

他揉着下巴对我说："林萧，我发现你最近对我这个地方很感兴趣啊。"他斜着嘴角，有点得意，看上去就像老套八点档电视剧里的调戏良家妇女的公子哥。

"屁！"我轻蔑地回答。

"没事呀，我给你看，不收你钱。"简溪摊开手，把两条长腿伸开，很大方的样子。我有点没忍住，往他牛仔裤的拉链那个地方瞄了一下。瞄完之后我就有点后悔，因为抬起头就看见简溪"啧啧啧啧"一副"林萧原来你也有今天"的样子。

我竭尽毕生力气，对他翻了一个巨大的白眼，尽管翻完之后觉得有点头晕。

我和简溪从学校走出来，朝学校宿舍区马路对面的新开的商业广场走去。

简溪还是像在冬天时一样，把我的手握着，插到他的牛仔裤口袋里。不过放进去了之后他认真地对我说："林萧，警告你，大街上不准乱摸。"

我用力地在他的口袋里朝他大腿上掐了下去。他痛得大叫一声。

但他的那一声"啊"实在是太过微妙，介于痛苦和享受中间，很难让人分辨，并且很容易让人遐想。我周围的几个女生回过头来，正好看见他弯着腰用一种难以形容的表情皱着眉毛"啊"着……而我的手正插在他前面的牛仔裤口袋里……

我有种直接冲到马路中间躺下来两腿一蹬的感觉。

简溪把帽子往下死命地拉，想要遮住他的脸。

我们在广场里挑了一家新开的全聚德烤鸭店。

整个吃饭的过程里，我都在对简溪讲述南湘和席城的事情。途中简溪一边听我讲述，一边不断地用薄饼卷好烤鸭肉片，塞进我的嘴里。我想可能是他怕我饿着，或者是实在受不了我的婆妈想要用食物制止我。我觉得两者都有。

讲到动情处，我忍不住又微微红了眼睛。我问简溪："如果哪天真把你惹毛了，你会动手打我吗？"

简溪听了一脸鄙视地看着我："得了吧，去年你和顾里在我生日的时候用蜡烛把我的头发烧了，我当时没给你好脸色看，你一个星期没有理我。我要是敢打你，指不定你和顾里怎么对付我，按你和顾里的手段，我能留个全尸就算家里祖坟埋进龙脉里了。我就是天生被你欺负的命，"顿了顿，他低下头笑了笑，像是自言自语地说，"不过也挺好。"

我听了别提多感动了，站起来朝他探过身子，抱着他的脸在他嘴上重重地亲了一下。亲完后，我擦擦嘴，说："鸭子的味道。"

简溪也探过身子来亲我，亲完后，他说："鸡的味道。"

我抬起腿用力地在桌子下面朝他踢过去，结果踢到了桌子腿，痛得我龇牙咧嘴的。

吃完饭简溪说去看电影。我一想明天早上反正也没有课，就去了。他排队买票的时候，我给南湘和顾里都发了信息，结果谁都没有回我。

电影是《功夫之王》，李连杰和成龙的对打让我提心吊胆。里面的李冰冰真是太帅了，我从小就崇拜白发魔女。有好几次惊险的时刻，我都忍不住抬起手抚住自己的胸口，但是立刻就觉得自己太像唐宛如，于是赶紧把手放下来。

中途简溪的电话响了好多次，他拿出来看了看屏幕，就挂断了。连续好多次之后，他就关了机。我问他是否要紧，要不要去外面打。他摇摇头，说没事，学校排球队的，烦。

看完电影出来，我去上厕所，简溪在路边的长椅上等我。

我回来的时候，看见他在低着头发短信，好像写了很多字的样子。我站在远处看了一会儿，刚要叫他，就看见他把手机再次关机了，然后放进口袋里。

我朝他走过去。

我们一路散步回宿舍，在宿舍楼下拥抱了一会儿才分开。

他搂着我的肩膀，说："周末你来我家吃饭吧。好久没一起过周末了。"

我刚点头，突然想起周末公司有一个重要的SHOW，于是猛摇头："这周末我不能请假，下周末吧。"

简溪低低地叹了口气，把挎包往肩上一挂，说："好吧，那我先走了。"

昏黄的路灯下，简溪的身影看上去有点孤单。

长长的道路上只有他一个人。

他的影子被拉得又瘦又长。

我花了很大的力气，才忍住没有叫他的名字。

中间他回过头看了我两三次，我对他笑着挥挥手，反正隔了很远，他看不见我在哭。他也对我挥挥手，夜色里他温柔的声音从远方传来，"你快上楼吧。"

我回到房间，客厅漆黑一片，我小声地推开自己房间的门。没有灯，窗外的灯光漏进来，隐约可以看见南湘躺在床上。她听见我的声音坐了起来。"你回来啦。"她的嗓子哑哑的。

我转身去客厅倒了一杯热水，回来在她身边坐下，把热水递给她。

她轻轻地靠着我的肩膀，长头发垂在我的大腿上。我伸出手在她脸上擦了擦，湿漉漉的温热。

周六的早上，简溪还在蒙头大睡的时候，突然听到自己房间的门被打开了。他第一反应是"林萧？"随即觉得自己真没出息像一个恋爱中的高中生一样。于是他继续蒙在被子里，说："妈，我今天没事，我要多睡一会，你先……"

还没说完，被子就被人一把掀掉了。

简溪抬起头，揉了揉眼，面前是衣冠楚楚的顾源。"简溪，快起来了，出门逛逛。"

简溪又躺下，闭着眼睛继续睡，"你就是想看我穿内裤的样子是吧，直接说嘛，别害羞。"

顾源被简溪激了一下，来了兴致："你再睡我就保证你内裤都没得穿。"

简溪四平八稳一动不动。

顾源走过去在他身边趴下来，贴着他的耳朵小声说了句什么，简溪刷地一下翻身起来，三秒钟就穿上了牛仔裤。然后顶着一个爆炸头，非常鄙视地看着瘫在床上笑得七荤八素的顾源。

十五分钟之后，简溪一边打呵欠，一边被顾源拖进了他家那辆奥迪A8L里。

顾源对司机说："恒隆。"

简溪低声说："败家子。"

顾源斜眼瞪他："我没看错的话你身上这件白T恤是Kenzo的吧。"

简溪说："我五折买的。"

顾源哼了一声："一折也是Kenzo。"

周六的上午，上海人满为患。仅存的可以避难的地方就是类似恒隆、波特曼或者世茂皇家酒店这种地方，以价格来过滤人群。

和其他的商场相比，恒隆无论什么时候，都冷清得像要倒闭一样。顾源和顾里都喜欢这种气氛，特别是顾里，她非常不喜欢人多的地方。就算是吃火锅，她也会挑一家私房菜火锅店，尽管这些高级餐厅的味道让我和南湘作呕——唐宛如是永远吃不出味道来的，对她来说，东西只分为"可食用"与"不可食用"两种。但是她也会抱怨："我操，这盘子里的菜也太少了吧？给耗子吃都不够！"

顾源在Dior Homme店里看中了挂在最外面的那件礼服。不过让人意外的是，店员小姐脸上露出了难色。她小声地对他们说这件礼服早上已经被人预定了。

顾源的脸有点阴沉下来。他说："那可以电话对方，让他转给我么？"

店员小姐有点呼吸困难，抬起头望向简溪，希望寻找到帮助。不过简溪也摊摊手，一副"我也没办法"的样子。

正僵着，门口一阵高跟鞋"咔嗒咔嗒"的声音。一个穿着黑色连衣裙的女生走了进来，取下刚刚顾源看中的那件礼服，然后径直走到里面让另外一个男店员包起来。

顾源来了兴致，走到那个女的面前，对她说："美女，帮男朋友买的啊？可以让给我吗？拜托啦。"他露出一张标准的贵族帅哥脸，企图使用美色。

女孩子转过头来，是一张非常精致而好看的脸，睫毛刷得又浓又密，黑色的烟熏妆让她的眼睛看起来格外动人。她看了看顾源，笑了："小弟弟，别搞得像拍台湾偶像剧一样啊，这套把戏留着去表演给你学校的小妹妹们看吧，一定吃香。姐姐这儿忙呢，乖。"

顾源的表情像吞了个鸡蛋一样。

她提好店员包好的礼服袋，转身离开了。身后店员恭敬地说："Kitty小姐，代问宫洺先生好。"

顾源和简溪的脸色同时变得特别难看。

Kitty把礼服小心地平放进黑色轿车宽大的后备厢里，拉开门坐了进去。她翻开手上的工作记录，看了看，然后对司机说："现在送我去外滩16号，我去拿鞋子。之后送我去香格里拉，在那里把晚宴的菜单拿回来之后，去新天地，然后你再把我送回会展中心的彩排现场。务必十二点半之前把我送回去。"

司机在前面轻蔑地说："小姐，你以为我开的是飞机啊。"

Kitty拿出手机发短信，头都没有抬，非常无所谓地对他说："随便你，反正送不到的话我就会被fire，但是在我被fire之前，我应该会争取让你也被fire。"

司机一脚油门刷地蹿了出去。

任何事物的好坏标准，都是建立在对比之上的。

相比较我现在的状况，我真的觉得Kitty的工作轻松很多。因为我从早上开始就一直待在彩排现场手忙脚乱，感觉整个人像是踩着高跷般的弹簧一样跳来跳去。

明天的一场秀是美国一档设计师真人秀的前4名的设计作品展示，有大量的媒体和厂商参加。《M.E》作为承办方，几乎调动了所有的工作人员。宽阔的秀场里，无论是T型台，还是周围的座椅、走廊上，到处挤满了要么穿着内裤，要么穿着价值连城的高级成衣走来走去的男女模特们。

而我忙着采集每个人的身材尺寸，核对服装的修改细节，调整衣服的大小，并且安排他们的午餐。从早上8点钟踏进大门开始一直到现在，我都没有找到机会上一趟厕所。整个上午我绊倒椅子三次，从T台上摔下来一次，踩到女模特的拖地裙摆两次（说实话，那个裙摆几乎需要四个结婚的花童才可以展开来），用大头针扎到一个男模的屁股一次（被他大声地吼了一句"shit"），打翻一杯水在一件西装上一次……所以，当我看见和那些模特同样化着烟熏妆的Kttiy走进来的时候，简直像是看见了救星，我一把抓着她的手，都快哭了。

接着一整个下午，我和Kitty在会场忙着各种事情。有一次还在厕所听见Kitty在隔间打电话的声音："我不管你用什么方法，你死活都要把那个雕塑从门口扛进来，门没那么大？你把门砸了也要扛进来！保安不让你砸门？那你直接砸他啊，客气什么！"

听得我都尿不出来了。

那些模特们对Kitty也格外地亲热，对于英文不好的我来说，几乎和其中那些金发碧眼的妖孽们（又瘦又高又漂亮，脸还那么小，不是妖孽是什么？怎么不去死！）没有任何的交集。所以在看见Kitty在用英文流畅地和他们交流的时候，特别是她和一个法国男模简单地用法语对话了两句之后，我有种想要下跪参拜她的感觉。

终于在下午五点多的时候，我们的任务差不多告一段落。剩下的部分就交给秀导了。秀导是一个台湾女人，个子高高瘦瘦的，却剪了一个板刷头，以前应该也是个模特。我和Kitty坐在场边休息，耳边是那个女人对着T台上那些模特的怒吼："我要的是'严肃、高贵'的表情，不是'我妈昨天查出有肺癌'的表情！还有你！说你呢，那个穿胸罩的！你脸上那是什么妆？那简直就是一堆屎，你去洗干净了再过来！"

整个现场一副忙碌而又和乐融融的景象。（……）

我看着身边的Kitty，黑色的连身裙、精致的妆容，看上去和她身边这个灰头土脸、穿着牛仔裤和白色套头衫的我完全不是一个世界的人。说实话，我从心里羡慕她。虽然我也希望自己出现在别人面前时永远都是精致的、专业的，但是，每当我想到早上需要提前一个小时起床挑衣服、化妆，就什么力气都没有了。"算了算了，牛仔裤和大T恤也不错。"我总是这样安慰自己。

记得我曾经问过Kitty，为什么她和宫洺总是穿着黑色的、看上去又严肃又冷漠的衣服。Kitty的回答是："当你在商业谈判或者沟通的场合，你所需要的气质就是严肃、理智和一点点的冷酷。而黑色的衣服，就是以这种不尽人情的特点，赋予或者增强你的这种气质。当这样冷酷而理性的你，稍微表现出一点点的温和或者让步的时候，对方都会觉得你做出了非常大的妥协。反之，当你穿得浪漫如同粉红的少女，又或者大红大绿像要去过除夕的话，对方绝对不愿意把时间浪费在你身上。以前有一个厂商的企划部经理，约宫洺谈事情，结果对方穿得像一个刚刚毕业的大学少女，满身的蕾丝花边和一双破球鞋，宫洺坐下来，喝了一口咖啡，什么话都没说，就站起来走了。"

说完这些，Kitty回过头对我说："我并不是歧视你的穿着，但还是建议你如果在工作，就尽量得着装稳重些。别怕黑色显得人老，你看宫洺那张脸，就算把他丢到墨水里去，他那张苍白的脸还是嫩得像20岁的人。"

我觉得Kitty说得太对了，因为当时我看着一身黑色的她，觉得她真是个大好人。因为她并没有歧视我。

我还没有从回忆里抽身出来，就被Kitty的电话声打断了思路。她对着手机用一种让人听了恨不得把鞋子扔到她脸上去的声音说："我看了你交给我的背板设计，没有创意，也没有细节，更别谈任何表现厂商品牌诉求的地方了，没有任何的商业价值。我丢到大街上，也没有人会对它多看一眼，更别说捡回家去。我实在是非常地失望，也很困惑你以前那些作品到底是怎么做出来的。你重新做吧。"

说完她挂了电话。我感觉一阵森然的冷气从背上爬起来。我觉得"她是个好人"这个定论，我有点下得太早了。

她刚喝了一口水，又把电话拿了起来："我说的是重做。不是修改，是重做。你现在设计上的任何一个元素，我都不想要再看到了。重做。Bye。"

我看着她气定神闲的脸，胃都快绞起来了。

她拿着笔在彩排流程上圈圈画画，远处有人叫她的名字。

我和Kitty同时抬起头来，看见一个花枝招展的女人朝我们走过来，如果不是因为她的身高不到1米6的话，她的穿着会让我觉得是个模特。

Kitty和她寒暄了一阵，这个女的就走了。

我问Kitty说："你朋友啊？"

Kitty说："宫洺的助手。"我刚要"啊"的一声，她就补充道："之前的。"

"她和我是同时成为宫洺的助手的，不过两个月后她就被fire了。因为她竟然在宫洺的办公室里吃瓜子。我用了一晚上的时间跪在宫洺的长毛地毯上把那些瓜子壳全部捡起来。但是第二天，当宫洺赤着脚在地毯上踩来踩去的时候，还是有一片坚硬的瓜子壳，深深地扎进了宫洺的脚掌心里。"

"然后她现在就在会展中心工作？"我问Kitty。

"对啊。"Kitty抬起眼看了看我，接着说，"你是不是觉得在这里工作也挺不错的啊？"

我发现自己的任何小想法都瞒不过她，只能点点头。

Kitty冷笑一声，说："你在外面，对别人说是在《M.E》上班，就算你是扫厕所的，别人也会对你立正敬礼。但你说你在会展中心上班，就算你是会展中心主任，别人也觉得你是扫厕所的。"

我有点佩服Kitty的比喻能力。她应该去写书，那样安妮宝贝之流的，就只剩下回家一边哭一边带孩子的份儿了。

一直到晚上12点，我才拖着麻袋一样的身子，回到家。

我把闹钟设定成早上5点半。定完之后，我发出了一声悲惨的嚎叫。

任何事物的好坏标准，都是建立在对比之上的。

当我觉得周六是人类的忙碌极限之后，我才发现，如果和周日发布会当天相比，周六简直就是一个躺在沙滩上看小说喝冰茶的悠闲假期。

整个上午我的耳朵都在嗡嗡作响。并且一大早宫洺就到场了。

他穿着昨天Kitty帮他取回来的黑色礼服，脖子上一条黑色的蚕丝方巾。他刚刚从化妆室出来，整张脸立体得像是被放在阴影里。说实话我第一次看见他化完妆的样子，有点像我在杜莎夫人蜡像馆里看见的那些精致的假人……

宫洺走过我身边的时候，看了看目瞪口呆的我，说："你是不是很闲？"

我赶紧逃得远远的。

后台到处都是模特在走来走去，我好不容易找到Kitty，她正在修改宫洺的发言稿。她仔细核对了两遍之后，就用一张淡灰色的特种纸打印了出来，然后折好放了包里。

我问她有没有什么事情可以帮忙，她看了看我，说："你跟我来，多得很。"

整个过程我都是一种缺氧的状态。

身边戴着各种对讲机的人走来走去，英文、中文、法文、上海话、台湾腔彼此交错。我听得都快耳鸣了。

但是，在快要三点的时候，我才真正感觉到了什么是抓狂。因为三点半正式开始的秀，现在还有一个房间的模特没有拿到衣服。而昨天晚上连夜送去修改的服装，正堵在来的路上。

我在房间里坐立不安，身边是十几个化着夸张妆容、头发梳得像刚刚在头上引爆了一颗原子弹一样的模特们，他们现在只穿着内裤内衣，光着身子，所有眼睛都齐刷刷地看着我。我实在承受不了这种压力。其中一个很活泼的英国年轻男孩子，对着焦躁不安的我说："Hey, relax. What's your problem？"

我看着他的眼睛，认真地说："I am looking for a gun to shoot myself."

在离开场还有十五分钟的时候，我哆嗦着告诉了Kitty关于一屋子模特没有衣服穿的问题。Kitty看着我，对我说："林萧，如果杀人不犯法，我现在一定枪杀你。"

"就算犯法，也请你现在枪杀我吧！"我都快哭了。

Kitty抓起她的手机，对我说："你去后台我的包里拿演讲稿，在我包的内夹层里，然后在宫洺上台之前给他就行，我去把衣服从高架上弄到会场里来。"

我问："能弄来么？刚司机和我说现在堵成一片。"

Kitty像一个女特务一样踩着高跟鞋飞快地跑了出去，"交给我，没问题。"

时间一秒一秒过去，我看着宫洺在和其他的高层们交谈，微笑着，不时摆出完美的姿势被记者们捕捉。我都不敢去告诉他现在有一车衣服被困在高架上。

人群开始渐渐入座了。在隆重的音乐声里，宫洺缓缓地站起来，我把演讲稿递给他，然后躲在门口，不停地朝外面张望Kitty的身影。我已经打了无数个电话，她的手机都没人接。我甚至做好了等下就直接自尽的准备。

当所有人开始鼓掌的时候，我看见披头散发的Kitty冲了进来。她满头的汗水，黑色的头发贴在脸上，眼妆晕开一大块。我从来没看见过她这么狼狈的样子。

"我操那个司机，贱人，死活不肯帮忙。要我一个弱女子自己把那么两大袋衣服扛过来！"

我看着她，实在不知道该说什么来表达我此刻内心翻涌的情绪，看她的样子，实在不能和"弱女子"扯上关系，而是像个消防队员。

"哭什么啊！你把稿子给宫洺了没？有什么问题没？"

我擦了眼泪，赶紧摇头。

我看见Kitty长舒了一口气。

我和她悄悄走到助手区域。看着舞台上被聚光灯笼罩的宫洺。Kitty在我耳边小声说："宫洺化妆后真好看。"我猛点头。

但是，我们两个同时发现，宫洺摊开稿子之后，并没有开始致辞，而是转过头来，一动不动地看着我和Kitty两个人。我心中猛然升起一股异常强烈的不好的预感。

Kitty猛然抓着我的手，我甚至感觉到她在发抖。"出什么事了？"她紧张地问我。但是我完全不知道。

我抬起头看宫洺，我从来没看见过他的表情那么森然，像是刚刚从冰柜里拿出来的锋利的冰块一样，飕飕地冒着寒雾。

他一动不动地看着我们两个，眉毛在头顶的灯光下投射出狭长的阴影，把双眼完全掩藏在了黑暗里。时间分秒流逝，空气像是从某一个洞口刷刷地被吸进去。我连自己的心跳都听不见了。

台下闪光灯一片乱闪。

我因为太过恐惧，什么声音都听不见了，四周死一样的寂静。整个会场像是慢镜头中的无声电影。

我和Kitty都不知道，当宫洺摊开他手上的发言稿的时候，纸上一片空白。
——除了一行大号字，加粗打印出来的：
Kitty is a bitch!

小时代1.0

折纸时代

Tiny Times Season.01 Chapter.08

Dirty secrets make friends.

那种紧张而让人窒息的气氛，随着宫洺转过头去不再看向我和Kitty而消散。我和她两个人不约而同地悄悄松了口气。

宫洺低沉而优雅的声音，通过话筒和那套顶级的音响设备，扩散在布置得非常具有工业设计感的秀场里。说实话，我一直不太能接受这么强烈的后工业设计，头顶暴露的管道、黑色的水泥地面、锋利的直线条装饰，感觉像是一个阴暗的屠宰场。

宫洺轻松地用着各种优雅而又得体的措辞，不时配上他那美好得接近虚假的笑容（说实话，他的牙齿白得像是陶瓷的，我真的觉得他把所有牙齿都换成了烤瓷，但是我鼓不起勇气问Kitty，更不敢问他——这和自杀差不多），感觉他几乎就是夏洛蒂·勃朗特小说里浪漫的欧洲古典男主角，随时都像是牵着一匹白马一样气宇轩昂。而且他在念完中文发言之后，又简短地致了几句英文辞。我回过头去望向Kitty，我实在太佩服她写的发言稿了，极其优雅——虽然英文部分我并没有完全听懂……

但是我并没有看到预想中Kitty满脸得意或者如释重负的表情。

她满脸苍白地望着我，嘴唇都有点发紫了，像是要休克过去的样子。我不由得伸出手抓住她的胳膊："你怎么了？不要吓我。"

Kitty不知道是因为愤怒还是恐惧，她咬牙切齿地问我："这稿子是你递给宫洺的么？"

我点点头："怎么了？"

Kitty说："他刚刚念的，没有一句是我写的。"

我一下子呼吸不过来，感觉要休克的人应该是我。

在一片掌声中，我和Kitty面如死灰地站在角落里，眼睁睁地看着宫洺顶着一张冰山一样的脸朝我们走过来，那感觉比中学的时候看见贞子从电视机里爬出来更可怕。

宫洺走到我们面前，拿着手里的稿子扬了扬，对我说："Thanks for your help."然后转过身把那张纸啪的一声摔到Kitty的身上："我要的是演讲稿，不是你的自我介绍。"

说完宫洺转身走了。

我转过脸去，看见Kitty手上摊开的那张纸的时候，我觉得我的脖子像被人掐住了一样。那句加粗加黑的"Kitty is a bitch"像是一把匕首朝我的太阳穴一下子捅过来。

"这是你给宫洺的？"Kitty转过头来望着我，她眼睛里的眼泪快要漫出来了，不过脸上还是没有什么表情。

我站在原地，不知道该说什么。

Kitty没有看我，也没再说任何一句话。她从我身边无声无息地走过去。走到门外的宫洺面前，她把那张纸递给了宫洺，然后说了些什么。

我隔得太远，听不见。只是我从宫洺转过头看我的眼神里读不出任何的讯息。他的目光是理智的、冷漠的，带着别人永远不敢靠近的居高临下感。他的眼睛像是隔着冬天厚重而寒冷的雾气，遥远地藏在一片白茫茫的世界里。而Kitty站在他的旁边，她也回过头来看向我。他们都穿着黑色的礼服，身后的那辆黑色凯迪拉克把他们两个衬托得像时尚杂志上的模特。

我站在离他们遥远的地方，脚上踩着宫洺送给我的那双高跟鞋。

这是我人生里第一次穿高跟鞋。

他看了我一会儿，然后转身拉开车门。Kitty也坐了进去，车子就开走了。

我茫然地站在会场里，不知道该做什么。

口袋里的手机响了，是Kitty的短信。

"你等会儿把东西收拾一下，也可以走了。"

我赶紧回了消息，说："好的。"

合上手机的时候，眼泪啪地掉了下来。

转身走回后台的时候，我看见面前站着的女人非常眼熟。我想了一下，记起来了，是昨天Kitty对我提过的、宫洺的前助手。她微笑着对我打招呼："你是宫洺的新助手吧，刚看见你和Kitty在一起。我是Doris。"

我有点尴尬地笑了笑。因为谁都可以看得到我刚刚哭完的一张脸。

Doris看着我，叹了口气。她对我说："是不是搞砸了？"

我点点头，告诉了她演讲稿弄错的事情。但是我没告诉她那张纸上的那句脏话，只是大略地说了下演讲稿搞错了的经过。其实我也想不明白，Kitty的包放在我们《M.E》内部工作人员的区域，又是我亲自拿出来的，都没有开封过，怎么会弄错。

她看了看我，欲言又止。我虽然很好奇她这样的表情，但是也没追问。过了会儿，她有点同情地看了看我，低声说："你怎么斗得过Kitty。当初我就是这么被她赶出《M.E》的。她在宫洺的地毯上撒了一整地的瓜子壳，然后假惺惺地捡了一夜。"

我一瞬间抓紧了裙角。

她看着我，轻轻地叹了口气，然后拍了拍我的肩膀离开了。她走的时候对我说："这个圈子不适合你。这个圈子里发光的那些人，都是踩着尸体和刀尖往前冲的，他们没有痛觉，没有愧疚，甚至没有灵魂地一步一步朝巅峰疯狂地跑。你受不了的。"

时装作品发布会很成功。人们在一片夹杂着各种语言的讨论声祝贺声寒暄声里纷纷散场。我盘腿坐在空旷的T台边上，高跟鞋脱下来放在了一边。头顶是黄色的大灯，地面是满地的彩纸屑，还有各种扯出来铺在地上的电线。

周围一个人都没有，安静得有些可怕。

我回忆着脑海里Kitty精致妆容的脸，她被粉底修饰得完美无瑕的肌肤和烟熏的眼妆，她永远得体的穿着和优雅的谈吐。我很难想像她在宫洺的地毯上撒下一把瓜子壳的样子，或者在包里放进一张写着自己是一个婊子的打印稿。

我发现自己像是一个幼稚园的小孩子，站在一群戴着面具的巫师堆里。

我摸出电话，发了一条消息给简溪："我好难过。我想辞职了。"过了会儿，又把这条短信转发给了顾里。

隔了会儿，电话在空旷的房间里震动起来（工作的时候，我们所有人都被要求一定要用静音震动状态）。翻开电话，是顾里的来电。我接起来，刚说了声"喂"，眼泪就忍不住掉了下来。

我发了个消息给Kitty，说："我想辞职。"过了三秒钟，Kitty的短信回了过来，只有简单的两个英文字母：OK。

我看着屏幕发了一会儿呆。简溪还是没有回我的消息，我就起身准备走了。走到门口遇见Doris，她拍拍我的肩膀，和我说了再见。

我走出黑暗的展厅，窗外是南京西路逼人的奢华气息。无数高级轿车从面前开过去。那些从橱窗里发射出来的物质光芒，几乎要刺瞎人的眼睛。这是上海最顶级的地段，也是上海最冷漠的区域。这里的人们内心都怀着剧烈的嫉妒和仇恨，这些浓烈而扎实的恨，是上帝扔在这个上海顶级区域里的一枚枚炸弹，没有人能够幸免，所有人都在持续不断的轰隆声里，血肉横飞，魂飞魄散。

Doris走回自己的办公室，坐下来，拉开自己的抽屉，从里面拿出一份灰色的特种纸，打开，看了看里面优雅而精美的致辞，笑了笑，随手放进了碎纸机里，然后按动按钮。

咔嚓咔嚓。无数碎屑掉进下面的桶中。

我回到公司的时候，已经快要晚上8点了。我脚步沉重地走出电梯门，内心却有一种"终于解脱了"的感觉。也许从一开始，我就根本没有走进过这个光芒万丈却又锋利无比的世界。我始终都是一个看客，观望着他们在水晶宫殿里的疯狂表演。

我走进《M.E》大门的时候，Kitty刚好从茶水间走出来。她手上拿着一杯冒着热气的咖啡。她喝了一口，在我还没有开口说话的时候，对我说："在你辞职之前，我有必要让你弄清楚几件事情。"

在Kitty的指导下，我拿过Doris的电话号码，拨通了之后，一字一句按照Kitty教的对着按下免提通话键的电话机和Doris说话。在声泪俱下地表演完我已经辞职的戏码之后，我按照Kitty的指导，轻描淡写地对着Doris抱怨："你说Kitty怎么能下得了狠手，在演讲稿上那样骂自己呢？"果然，Doris的回答和Kitty预料的一模一样："因为Kitty她本身就是个婊子，她肯定自己都认为自己是bitch！"我马上接过话头："哎？我没告诉你演讲稿里写了什么啊，你怎么知道？"

果然，电话机里，对方像是突然被枪杀了一样，没有了声音。过了会儿，她就把电话直接挂断了。

我抬起头，看见Kitty平静地喝咖啡的样子，仿佛一切她早就知道。

我有点羞愧，恨不得把自己塞进碎纸机里然后按下按钮。

我刚要开口，Kitty挥了挥手，制止了我的"忏悔陈词"。她说："好了，你回去吧。我没有和宫洺说你要辞职的事情，所以你也不用担心。我还要忙呢，要是不对他解释清楚我的'自我介绍'事件，搞不好需要辞职的人是我。"

她转过身，没有再理我，开始在电脑上忙了起来。

我朝宫洺办公室的方向望了望，他在办公室里光着脚走来走去。不知道在想什么。

我小声地说了句"拜拜"，然后悄悄离开了《M.E》。

我从心里相信Kitty不会害我。这和善良或者手段没有关系，纯粹是智商问题。我觉得对于我这种智商的人，Kitty根本不需要亲自动手，如果有一天我威胁到她的存在，她要搞定我简直是几分钟的事情——而且我觉得，以她的修行和道行，我永远没有能够威胁到她的一天。我们从来就不在一个重量级上。我的级别只够让我去威胁威胁唐宛如。

当电脑上顾里的MSN突然跳出一个窗口，并且还连续发了三个振动过来的时候，她正在床上半躺着，一边在脸上实验着一种新买的美白面膜（每一张的价格差不多够我和南湘猛吃一顿——欣慰的是这个价钱只够在学校的食堂猛吃一顿），一边以平均两秒钟一页的速度哗啦哗啦地翻着6月号的《VOGUE》。

顾里瞄了一眼窗口，走过去，看了看，然后点了对方发过来的视频邀请。几秒钟连接之后，一声惊天动地的叫声从电脑里传出来："Hey! Lily! I am coming back from New York! See you soon honey!"顾里看着窗口里那个金黄头发、眉目深邃的男孩子，弯下的腰一动不动，再也直不起来。过了会儿，她的面膜"啪"的一声从脸上掉下来，砸在键盘上。

顾里一脚把她妈房间的门踹开，她妈正在看韩国催泪剧，被这一下子搞得从小沙发上噌的一声跳起来，跟当年爬火车的铁道游击队一样矫健，同时嘴里尖叫着："哎哟要死啊你小棺材！"

顾里面若寒霜地看着她妈，足足有三分钟，如果眼神可以杀人的话，她妈早就已经天地人鬼畜妖魔不知道轮回多少遍了。

她妈看见顾里这个样子，捂住了胸口（看上去有点像唐宛如），小声地问："你是不是怀孕了？"

顾里咬牙切齿，一字一顿地说："我宁愿怀孕！"停了停，她面若寒霜地说："Neil从美国回来了。"

然后顾里她妈"哐当"一下从沙发上摔了下来。

本来打算周一早上再回学校的顾里，二话不说，连夜迅速换了身衣服，提上她的LV包包，然后打电话给她们家的司机，迅速地出门逃回学校去了。她一定要在Neil从美国回到上海之前躲到学校里去，让他找不到她。她一分钟都不愿意待在家里——毕竟Neil现在人还在美国，就算他能搞到机器猫的任意门，也要收拾一会儿行李吧。

顾里一阵旋风一样冲进寝室，把她的包往沙发上一扔的时候，我和南湘正在看电视里播放的肥皂剧，我们被她吓了一跳。

我和南湘从顾里的脸色上判断，应该是出租车司机没有给她发票或者是她没有订到哪家餐厅的位子。这对她来说都是很严重的事情。

顾里看着我和南湘，一字一顿地说："Neil回上海了。"

"真的？"我和南湘迅速从沙发上雀跃起来，满脸放光，但是马上就意识到了我们这种无比期待的反应很容易被顾里当场射杀。所以，我们马上抚住了胸口（……），异口同声地："那真是太糟糕了呀！"

如果说全世界还有人能够治得住顾里的话，那么就一定是Neil了。这个仅仅比顾里小半年，从小和她一起长大的表弟，在顾里的整个童年时代，是一个天使的象征。

混血儿特有的俊美面容，和顾里旗鼓相当甚至更胜一筹的家世，以及无时无刻不萦绕身边的"姐姐，姐姐"的甜蜜呼唤，都让顾里对他倾注了无数的爱。结果，当这个天使开始进入初中，经过荷尔蒙剧烈增长的青春期之后，天使小朋友顺利成为恶魔小祖宗，而顾里，则顺利升级成为帮他处理烂摊子的保姆。

比如在初中的时候，Neil同时和四个女生谈恋爱，结果最后穿帮了，他躲到顾里家死活不出去，那四个女生在顾里当时住的小区里闹了整整一天，而Neil心安理得地倒在她家沙发上看DVD——如果换到现在，只要第一声开骂，估计就被顶级物业小区的保安套上麻袋拖走了吧。

比如在初三毕业考高中的时候，考试前一天Neil喝醉了，一大早打电话给顾里，让顾里去接他，"我也不知道这里是哪儿，我在路边上，身上没有钱，手机快没电了，姐姐快救我呀，我还要考试呢！！"——最后顾里和他两个人在英文考试已经开始十三分钟之后，才进了考场，前面的听力全部错过。而更让顾里生气的地方在于Neil的英文除了听力部分，接近满分——当然，他在家和他的美国爸爸都是用英文对话的。

比如在高一的时候，他又一不小心把一个女生的肚子搞大了。顾里和我两个人哆嗦着带那个女生去堕胎。我们吓得要死，战战兢兢，结果隔天那个女的不怕死地和Neil两个人游泳去了。

比如大一开学第一天，在没有拿到驾照的情况下，Neil企图把一辆敞篷跑车开进大学里，在门口和保安大吵特吵，从而一战成名。

这些，都是Neil成长史上的冰山一角。

但是，Neil对身边的女孩子却非常非常地绅士。我和南湘作为顾里的朋友，受到不少的好处。他每次都会体贴地为我们埋单，会经常送我们小礼物，会为我们出头打架，和我们一起走路时会走在靠马路的一边，会帮我们买咖啡……这些也是他绅士风度的冰山一角。

并且，每次看着他那张混血儿的脸，我和南湘都会走神老半天，《指环王》风靡的时候，每次在电影院看见精灵王子出场，我们都手舞足蹈欢呼"Neil! Neil"，有好几次顾里忍不住丢下我们扬长而去。

并且，在生活品质和嚣张高调方面，如果Neil是祖师爷的话，顾里就是刚入门的茶水小弟。在我们都还不知道LV是什么东西的时候，Neil就拿着他爸爸从美国带回来的LV钱包在学校里买可乐了。Nike运动鞋出现在Neil脚上的时候，我们都还不知道Nike代表着什么，那个时候顾里穿着上海产的小皮鞋觉得自己很了不起。顾里和我们还在吃着和路雪的时候，Neil已经提着放着干冰冒着冷气的哈根达斯纸袋来上课了，并且慷慨地分给我们。顾里和我们在刚开张的某家生意火爆的夜店门口苦苦哀求店员放我们进去的时候，Neil已经学会把五张一百的钞票摔在门童的胸口上，然后带着我们几个大摇大摆地走进去。

我和南湘享受着这样的福利，但是顾里却因此而抓狂。

这种状态一直持续到大一结束，Neil去美国念书才得到改善。但是在一年的时间里，几乎全学校的人都知道了Neil。他的中文名字和英文名字听上去挺像，而且活生生就是他的人生写照，他叫：黎傲。

第一天上课的时候自我介绍，他用不标准的中文说："我叫黎傲。"班导师听成了李敖，以为他在开玩笑，就说"我还叫巴金呢"，结果Neil睁着他那双深邃的长睫毛覆盖的眼睛，天真地说："巴金你好。"——我们都非常理解，这个从小看英文书长大的人不知道巴金，但是班导师震怒了。

但是，顾里这个刀子嘴豆腐心的女人，在Neil刚刚到美国两天之后，就耐不住慈母般的天性，每天打越洋电话过去嘘寒问暖，结果被Neil撒娇般的抱怨和哭诉搞得心神不宁，"姐姐，我在这边都没有亲人"，"姐姐，同学都不理我"，"姐姐，这边东西超难吃的"……结果，第二个星期，顾里就买了一张机票飞了过去。但是，她到达的时候，看见Neil同学正在和两个金发碧眼的漂亮洋妞勾肩搭背，商量着去看电影的事情。顾里恨不得拿出西瓜刀砍死他！Neil无比开心地伸出长长的胳膊揽着顾里的肩膀，根本不管她冷得可以冻成冰的脸色。

　　——你不是说非常无聊非常痛苦吗？

　　——是啊！！每天都要念书，fucking boring!

　　——……

　　大二期间Neil短暂地回来过一次，但是他一到顾里家，知道顾里家的保姆叫Lucy的时候，就开始没心没肺地背诵初中英文书的课文："Lucy and Lily are best friends."……因为顾里的英文名字就叫Lily……

　　所以，我和南湘都非常能够理解顾里的恐惧。

　　但是，我们依然夜不能寐地激动着，期待着Neil帅哥从美国空降上海。

　　我和南湘怀着热烈期待的心情，顾里怀着死亡倒计时的心情，唐宛如怀着少女情怀总是诗的心情（……），度过了三天的时间。

　　周三的时候，我收到Kitty的短信，大概内容是讲周末的时候，去催一下崇光的稿子。我才突然意识到，我并没有把崇光上次要我转达宫洺的事情告诉宫洺或者Kitty。因为我打心眼儿里觉得那简直是一件天方夜谭——特别是在我知道了以前崇光对付Kitty催稿时种种匪夷所思的手段之后，我觉得胃癌简直太像是他能找出来的借口了！

　　我翻了翻课表，发现下午没有课，于是我决定出发去再顾一次崇光的茅庐，刘备算什么，三顾而已，老娘为了拿到稿子，三百顾也OK！必要的时候甚至可以牺牲色相……只要简溪不介意！（当我这样说的时候，顾里幽幽地对我说：但是崇光可能会介意。）

　　当我打起崇光的手机时，非常符合我的预料，关机。

　　不过也没有关系，和尚可以跑，庙却没法挪！老娘知道你住在苏州河边上！你有本事把一整栋塔式的酒店公寓给我搬到别的地方去！

　　我按照上一次的地址去了崇光的家，站在门口整理了一下仪容，准备用Kitty般职业的态度和他周旋，我已经做好了打持久战的准备（老娘甚至在包里带了干粮和水）。结果，我按了两下门铃之后，门就开了。

我抬起头，拿出练习已久的微笑，但是我的目光刚刚抬起来，整个笑容就僵死在脸上。我有点想把自己的头放进洗衣机里，倒上洗衣粉一阵猛转！

因为门的后面，宫洺一只手扶着门框，一只手拿着一只刚刚削好的苹果，冷冰冰地问我："你来干吗？"

我一时不知道怎么回答，却听见从浴室里传来哗啦啦的水声，以及崇光磁性的声音："宫洺，谁在外面？"

我两眼一黑，脑海里的想法是："不要管我，让我就此长眠吧。"

我满脸涨红，脑子里迅速升腾起高中时代看见顾源、简溪时的一系列豆腐渣联想。宫洺把眉毛一皱，像是猜到了我在想什么，面无表情地说："你乱七八糟的漫画看多了吧。"说完他转身把苹果放到桌子上的玻璃盘子里，然后提上他的那个红色的Gucci包，从我身边走过去，说："我要走了。"

说完，他径直走进电梯里。

我傻站在门口，不知道是该进去还是转身离开。这个时候有人拍了拍我的肩膀，我回过头，从头发到胸口都水淋淋的崇光笑眯眯地站在我的面前，全身上下只在腰上围着一条白色毛巾，他抬了抬眉毛："哟，你把宫洺吓跑啦？"

我感到有点虚弱。他一边拿过一条新的白毛巾擦头发，一边对我说："进来啊。"然后转身朝房间里走进去了，路过桌子的时候顺手把宫洺削好的苹果拿过来咬了一口。之后顺手扯下了腰上的白毛巾……

我伸手扶住了门框……我承认我的心跳漏了好多拍……

崇光的房间和我上次来的时候相比，简直像是一个妖孽突然偷吃了仙丹，修成正果。之前满地的脏衣服（虽然都是名牌）、满地的可乐罐、四处散落的书和DVD碟片，还有各种时尚杂志、电动手柄……而现在，干净得像是五星级酒店的套房一样。

"你房间被打劫了吧？"我难以接受眼前的事实。

"你不是看到宫洺刚刚出去吗？他怎么可能忍受我房间的状态。"崇光擦着头发，对我翻白眼。

我猛吸了一口气："你是说？！你是说宫洺帮你收拾的房间？！"我内心又开始起

伏了。

崇光鄙视地看了我一眼："你做梦吧……他来我家之前，会叫他家的用人提前三个小时来把我家彻底打扫一遍，之后他才进来。否则，你打死他，他也不愿意踏进我家一步。他就是个洁癖变态。"

我一阵点头，内心非常认同他对宫洺的定位，甚至忍不住想要伸手和他相握。

但是，我也不会忘记此行的目的，我不会因为在某个程度上和他达成统一阵线，就敌我不分。

我迅速地摊出底牌：你把专栏给老娘交出来！

之后整整两个小时，我和他都在进行漫长的拉锯战。我也更加清晰地知道了胃癌是他彻底欺骗我的幌子，他冰箱里都是冰激凌和辛辣的菜，胃癌个鬼！并且还知道了他之前用糖尿病和胆结石分别欺骗过Kitty和另外一个编辑。但是他却觉得"这没什么"，还理直气壮地对我说："哟，你是没去催过郭敬明的稿子，你要去催他试试看，之前我认识的一个编辑曾经对我说郭敬明告诉她已经写好了，但是他正在登机，下飞机就发给她。结果，她打了一个星期的电话，连续十几次，无论昼夜晨昏，郭敬明永远在登机……和郭敬明比，我简直就是个勤劳模范嘛！"

我听得牙痒痒，这些大牌作家都应该被拖去浸猪笼！崇光顽劣地看着我，瘦瘦的身子肌肉线条倒是挺好看。我默默吞了下口水，然后迅速在心里默念了好几句"阿弥陀佛"，并且把简溪的模样在脑子里迅速放大供奉起来。

在争论的最后，我获得暂时性的胜利。因为他答应我继续写下去，但是什么时候交稿就不知道了，因为他忙着玩他刚到手的XBOX360——他是《光环》系列的狂热玩家，而且这台天杀的游戏机是宫洺送他的——宫洺你就不能别在这儿帮倒忙吗？

我含着愤恨和不甘离开了崇光的家。

走到楼下，我听见有人喊我，回过身抬起头，崇光在楼上窗口，伸出一只胳膊，胳膊上夹着一个黑乎乎的东西："你的包~林萧同学，你要不要啊？"

"当然要！"我冲楼上吼。

"哦！"于是崇光手一松，把包给我丢了下来……

……十八楼，他就把包丢了下来……

我黑色的包坠落在一堆阔叶矮绿灌木丛里……我抬起头，咬牙切齿。崇光胳膊支在窗台上，两只手托着他那张杂志上经常看到的标准的英俊脸孔，一脸天真无邪："你说你要的呀。"

我二话不说，转身就走了。

上车的时候，我才突然想起来：宫洺怎么会在他家？

崇光从阳台上缩回身子，自顾自地笑了笑。他把宫洺带过来的食物放到冰箱里，然后继续窝在电视机前打游戏。

他刚坐下来，就觉得胃里一阵难受。

他冲到厕所里，弯下腰，冲着马桶哇地吐出一口黑血。

腥臭的、黏糊的、半凝固的血液混杂在马桶的底部。

崇光伸出手按了冲水。

他拿过手机，拨了个号码。

"喂，刘医生，我崇光啦。你不是叫我如果发生吐血症状就给你打电话吗？"崇光顿了顿，说："所以我现在打啦。"

他拿过一张纸巾擦掉嘴角的血，在电话里苦笑了几声。

他在床边坐下来，安静地听那边的人讲话，不时地点点头，"嗯"几声。过了会儿，他眼圈红红的，喉咙含混地说："可是我不想死……"

电视机上是华丽的游戏画面，无数的战士拿着枪支冲锋陷阵。

他揉了揉眼眶，吸了下鼻子，沙哑地小声重复着："可是我不想死啊。"

躺在床上可以看见雪白的天花板。

再加上雪白的床单。就可以幻想自己是在一个雪白的世界。

我们所熟悉的雪白的世界，有医院或者天堂。

崇光躺在床上，一动不动。他拿起电话想了想，还是没有拨打宫洺的电话。

"他不知道也好。"他这样想着，翻身起来拿起手柄，"死前至少要过关啊！"他睁着红红的眼睛，盘腿坐在地板上。

公交车开到离学校还有五站路的时候，南湘打我的电话。我接起来，就听见电话里春潮涌动的声音。隔着电话我都知道她现在一定像一条喝了雄黄酒的蛇一样，扭得火树银花的。

"林萧！Neil在学校啊！他到了！你快点快点回来啊！"她在电话里感觉都快休克了。

电话里，南湘告诉了我中午Neil把一辆敞篷的奔驰直接开到女生宿舍楼下（不用说，肯定又是搞定了门卫），整栋楼女人的内分泌都被他搞得失调了——当然除了顾里。顾里拖着沉重的身躯，用一副人之将死的表情迎接了Neil一个大力的拥抱，整栋楼的女人们在那一瞬间都屏住了呼吸。之后，南湘也获得了一个胸膛弥漫着Dolce&Gabbana香水的拥抱。

我也迅速地在公车上热血沸腾了起来。

不过五分钟之后，公车就堵在了马路中间，一动不动。

我在食堂里找到南湘的时候，天色已晚，大势已去。

她老远就冲我挥手。我一坐下来，她就立刻开始和我分享Neil的各种讯息。其中自然也包括"又长高了"、"帅得没道理啊"、"他的眼睛哦，就是一汪湖"、"金融系的那个系花看见他话都不会说了"、"他身上的香味太迷人了"……

我和南湘正聊得热火朝天，并没有发现顾源板着冷冰冰的一张脸坐在了我们对面。等我和南湘发现他的时候，他已经瞪了我们足足五分钟了。

我和南湘尴尬地转过身对他打招呼。

自从他和顾里搞成那副局面之后，我和南湘面对他的时候都有点尴尬。平心而论，我们和顾源本身就是非常好的朋友，但是，绝对没有和顾里的关系铁，顾里几乎是我们的亲人了。所以，在这种时候，我和南湘在感情上还是更偏向顾里。

——无论他们谁对谁错。我和南湘两个疯子都是典型的帮亲不帮理。

顾源把一杯水往桌子上重重地一放，满脸不高兴地冲我们说："我今天下午看见顾里了。和一个男的搂搂抱抱走在校园里！成什么样子！"

我和南湘迅速交换了一个眼神，我们都知道那个男的一定是Neil，但是我和南湘都不准备告诉他。说实话，看着一向和顾里几乎一个模子印出来的、机器人一样冷静的顾源发火，实在是一件赏心悦目的事情。我和南湘在许愿时，经常会有一个愿望是"希望有生之年可以看见顾里情绪激动失控的状态"。当然，这是比看见顾源失控要困难得多的事情。

顾源继续阴着一张脸："我们那么多年的感情，就算现在在闹矛盾，她竟然一转眼就可以被一个男人抱着四处招摇！如果她做得出来，我也可以！"

南湘眼睛一眯："顾源，我不太能想像你被一个男人抱着四处招摇，你真的可以吗？"

顾源一口水呛在喉咙里。

我有点不忍心南湘再捉弄他，于是告诉他那是顾里的弟弟Neil，刚从纽约回来。

顾源脸上马上释然了，但是转瞬又装出冷静的样子："随便是她弟弟还是哥哥，关我什么事情。"

南湘又来了兴趣，说："就是啊，太不应该了！顾里等下就过来，我们一起批评她！"

顾源脸色尴尬，站起来："我先走了。要上课。"

我和南湘笑得肚子疼。

其实我们都不太担心他和顾里，毕竟那么多年的感情。只是目前两个倔脾气都在耗着，哪天耗不动了，自然又抱在一起了。

他们俩实在是太般配了，就像计算机和Windows操作系统一样般配，他们都不能在一起的话，微软就该倒闭了。

我和南湘刚刚吃两口饭，顾里就来了。不过Neil没在她的身边。

我和南湘完全没把她放在眼里，焦急地问："Neil呢？他人呢？他不吃饭吗？"

顾里翻了个很大的白眼："他被他妈妈抓去吃饭了……约你们吃饭的人是我，是我！你们这两个水性杨花的！"

我和南湘没有掩盖住自己巨大的失望。

吃饭的时候，顾里非常无力地和我们分享了她今天一下午陪Neil的痛苦经历。多少年过去之后，她依然是他的保姆。他在学校散了一会儿步，就招惹了三个不同系的女孩子，顾里都得认真地抓着她们的手，告诉她们："他是纽约的，马上要回去。"才让她们消散，其中一个甚至还回了顾里一句："那不重要。"顾里恨不得一耳光甩过去。

再然后，明明学校后门就两步路，他非要开车，结果倒车的时候就把路边的灯撞坏了。顾里只能又打起精神来安抚学校的保安，并且从包里掏出钱来赔偿……

顾里趴在桌子上，虚脱了。

但是我和南湘都听得很羡慕。就算是做保姆，能够整天跟着这样一个金头发咖啡色眼珠的混血帅哥游手好闲吃喝玩乐……不羡鸳鸯不羡仙呐！

正说着，顾里电话响了。她拿过屏幕看了看，愣住了，过了会儿，有气无力地说："又是Neil！"她接起电话，一边站起来一边往外面走，不耐烦地说着"你又怎么了"，走出食堂去了。

顾里拿着电话走到外面，站在食堂后面的一块草坪空地上。她的脸色很难看，惨白惨白的。她对着电话说："你疯了吗？你打电话给我干什么？"

她低着头，听着电话，过了会儿，说："你要多少？"

又过了会儿，她说："那你用短信把账户发到我的手机上。我叫人划给你。"

说完，顾里挂上了电话。

她站在夜色里，远处有一些正在陆续走进食堂的学生。他们穿着普通寻常的衣服，离她名牌环绕的世界那么遥远。但是在这个时候，她突然好希望自己是他们其中的一个，最最平凡的一个。远离自己的世界，远离自己的、像是一个旋涡般的世界。

她的手机"嘀嘀"地响起来。她看了看短信，是一串银行账号。然后她拨通了她爸爸公司的一个助理叫做阿Chen的电话。

"喂，阿Chen，我是顾里。我等下转发一个银行账号和姓名给你，你帮我往这个账号里打五千块钱进去好吗？回头我私人给你……好的，谢谢。"

顾里挂掉了电话。她继续拨了另外一个号码，响了两声之后接起来："我已经叫人把钱划过去了。还有，我告诉你，这是最后一次，最后一次！你不要再用这个事情威胁我。我告诉你，如果你敢让林萧或者南湘知道任何关于那件事情的一星半点，我做鬼也不会放过你。我要死，也一定拉着你一起死！"

顾里挂掉电话，然后找到刚刚收到的银行账号，发给了阿Chen。

顾里又编辑了一条短信过去：

"划五千到这个账号上。工商银行的。收款人姓名：席城。"

顾里回来的时候，无比疲惫。"Neil找我逛街。我可没力气了。"她趴在桌子上，筋疲力尽地说。

我和南湘闪动着星星眼，满脸写满了"羡慕"二字："我们有力气！"顾里闭上眼睛，不再理睬我们两个花痴。

桌子下面她紧握手机的手指骨节发白，过了一会儿，她的手开始颤抖起来。

之后的两天，我和南湘如愿地见到了Neil。并且他还带我们四处兜风，胡吃海喝，并且和我们在CLOUD 9花天酒地。我们趴在金茂高层的落地窗上，看着脚下模型一样的上海，在酒精的作用下哈哈大笑。感觉又回到了高中时他带着我们四处胡闹的岁月。那个时候我们经常喝醉在大街上，Neil一边跑一边脱衣服给我们看，他的身材真好，在昏黄的路灯下泛出微微古铜色的性感。有一次他还把牛仔裤脱了下来，顾里恨不得要戳瞎自己的眼睛。又或者我们会突然翻墙到五星级酒店的游泳池里跳水，最后被保安关起来，直到让Neil的爸爸来领我们回去——保安在看见Neil爸爸的时候，都吓得不敢说话，其实他们从看见Neil爸爸开着黑色牌照的车子进酒店的时候，就已经立正敬礼了。

经过筋疲力尽的两天之后，周六，我再也搞不动了，窝在家里。我向Kitty请了我有史以来的第一次病假，瘫在床上，等待着身体恢复元气。

不过，Neil超人是不会休息的。所以，顾里同学被他拉出去了，手机短信一直在不断报告他们的方位。一个小时之前他们在浦东一家高级餐厅里用手吃法国菜（当然受到周围人的白眼以及侍从的礼貌性规劝），一个小时之后顾里打电话告诉我他们在锦江乐园，电话里她一边和我说话，一边死命地大叫："我不要坐那个东西！我不要坐！！"

当我披着一条毯子起来吃饭的时候，顾里发短信给我，说他们在新天地，Neil没有带钱，用她的卡刷了一只七万四千块的腕表……我有点吃不下去了。

当Neil买下那只腕表之后，他好像稍微有一点消停的意思。

于是他拉着顾里在新天地的露天咖啡座里，两个人点了饮料休息，他一会儿用英文，一会儿用中文和她聊天，顾里都快被搞疯了。

正当顾里觉得自己身体里的保险丝快要烧断的时候，她看见了简溪。她像是当初旧社会的农民看见毛主席一样看见了救星，她站起来，也顾不得自己平时优雅的形象了，大声冲着简溪的背影喊。

简溪回过头来，看见顾里，他先是下意识地打招呼，然后脸色马上尴尬了起来，在他局促的表情旁边，林泉安静地站在他的左面，简溪肩膀上挂着她的红色的女式挎包。

简溪站在原地，有点不知道该怎么面对顾里。他看着对面的顾里脸色渐渐阴沉下来，眼睛里是一种他无法解读的目光，混合着费解、恐惧、仇恨、惊讶……种种复杂的情绪渗透进她的表情和肢体语言。她身边的那个金头发的男生，很眼熟的样子，也和顾里一样的表情。但简溪有点想不起他是谁。

他们四个人站在新天地的广场上，一动不动。周围灯光流淌，穿着高贵的人群匆忙地在他们身边行走。其中掺杂着很多来观光的外地游客。他们头顶巨大的屏幕上，是刚刚上映的电影宣传片，剧情精彩，高潮迭起。

他们各自的想法和目光，像是深深海底的交错急流，寒暖冲撞。

唯独简溪身边的林泉，安静地微笑起来。

而此时，离新天地不远的淮海路上，宫洺正站在落地窗前。他把额头贴在窗户玻璃上发呆。

周围的人都下班了，唯独他和Kitty还在公司。

敲门声打断了他。

他回过头，看见面色凝重的Kitty站在他的面前。

他很少看见Kitty这么紧张的样子，他走过去，低下头问她："怎么了？"

Kitty努力地控制着自己的情绪，尽量显得镇定和专业，因为宫洺的习惯是就算是火警，你也要镇定地提醒他。

Kitty拿出一份文件，说："这个是我无意中从公司内部网络里找到的……我不知道该怎么说……"

宫洺接过来，他低下头看了几页。迅速地抬起头来，抓着Kitty的肩膀，声音里是从来没有出现过的恐惧："这个文件是……真的？"

Kitty闭上眼睛，点点头，她的身体轻轻颤抖着，像是快要站不稳了。

宫洺退了几步，坐下来。接着他拿起了电话，响了几声，电话接起来，他说："我是宫洺。你现在来我公司，我要给你看个东西。"

"这么晚了，看什么？"对方懒洋洋的声音。

"你过来了我告诉你，如果这个是真的，爸妈都完蛋了。"

"谁爸妈？"

"我爸爸，和你妈妈。他们下半辈子，都完蛋了……"宫洺的声音轻微地发着抖。

"你在公司不要走。我马上过去。"电话那边，崇光迅速翻身起床，随便穿了双鞋子就冲下了楼。

电话响起来的时候，我都几乎已经要睡着了，虽然我知道才晚上9点。

我接起来，顾里的声音像是三天没吃饭一样虚弱，我调侃她："你不至于吧？逛个街搞得像被殴打了一样。"她根本没有听我在说什么，或者说，她现在的智商根本听不懂我在说什么，隔着电话，我也能听见她慌张而又恐惧的声音，语无伦次地说："林萧！你到新天地找我！快点来……你快点来新天地找我……来新天地……"

"我都睡了……"

"你快点过来！！"不知道是我的错觉还是什么，我觉得顾里在电话那边哭——这简直是不可能发生的事情。

我也有点紧张了起来，于是我一边从被子里爬起来，一边夹着电话说："好，那你在那里等我，我马上过去。你不要动哦。"

我衣服也没换，穿着睡衣，穿了双拖鞋，下楼打车。出门的时候我妈还一个劲问我这么晚了去哪儿，我头也没回地说去找顾里，然后就冲下楼去了。

一路上，顾里平均五分钟就给我打一个电话问我到了没有，说实话，我被这么反常的顾里搞得毛骨悚然。我内心漫延出一些恐惧，像是冰冷而黏稠的液体渗透进我的心脏……我根本不知道发生了什么事情，让一向如同冰川一样的顾里如此惊慌。我问Neil和她在一起吗，她说在，这让我稍微安了点心。

到达新天地的时候，我迅速在路边的星巴克买了一杯咖啡，我要把睡意赶走，免得等一下面对着惊慌失措的顾里打出呵欠来——日后我一定会被她追杀的，我太了解她了。

我拿着纸杯外卖咖啡朝I.T店那边跑，一路上的外国人和锦衣夜行的浓妆女人，都纷纷打量着我这个穿着睡衣和拖鞋的女人——没有被警察带走，真是我的运气。

我在大屏幕下面找到顾里和Neil，他们两个看上去糟透了。

我可以理解顾里看上去像是见了鬼一样的表情——虽然我不知道发生了什么事，但是我看见蹲在一边的Neil也脸色发白，没有血色，心里就一下子慌了。

我说话也跟着哆嗦，我一小步一小步地走近顾里，不知道为什么，我有点不敢走近她——可能是她披散着头发、抱着肩膀哆嗦的样子吓到我了。

坐在台阶上的顾里抬起头看向我，她的脸色像死人一样白，嘴唇也一点血色也没有。她站起来，抓着我的手，几次想要说话，都没有说出来。

我被她搞得快窒息了，一种像是冰刀一样的恐惧插进我的心脏里。我抓着她的手，说："无论发生什么事情，你告诉我，你告诉我，顾里。"

"她还活着……"顾里哆嗦着嘴唇，"那个女人还活着，她和简溪在一起……"

我看着面前陷入巨大恐惧的顾里，完全听不懂她在说什么。我抬起头看Neil，他发抖地站在边上，肩膀收紧，双眼里都是恐惧。

我脑子里匆忙闪现过一些画面——我知道一定是一件我们都知道的事情。但是有什么事情会让我和顾里还有Neil三个人都那么恐惧呢？我百思不得其解。

然后，突然的，像是一道闪电一样，我被击中了。

心脏上像是瞬间破土而出一棵疯狂生长的巨大食人花，在几秒钟的时间内就用它肥硕的枝叶遮盖了所有的光线，巨大的黑暗里，无数带刺的藤蔓缠绕攫紧我的喉咙……

我僵硬地转动着脖子，听见咔嚓的声音，整个头皮和后背都在发麻，像是身后有一个鬼魂在扑向我。我望向顾里，我知道此刻我的脸色和她一样死白，Neil也是一样。

——那是唯一发生在我们三个人身上的秘密，我们死守着谁都没说，连和我最亲近的南湘，都没有告诉过。这么多年以来，我们像是埋葬尸体一样掘地三丈，把这个秘密埋进记忆里。

而现在，它破土而出了，张开巨大的食人花盘血淋淋地对着我和顾里。

我站不稳，手上的咖啡翻倒下来，淋在我和顾里的裙子上，我们彼此失去魂魄般对望着，没有反应，一动不动。

顾里抓着我的手越来越紧，像要掐进我的血肉里。她的声音听起来像鬼在哭：

"高中时，我们把她逼得跳楼自杀的那个女的……她还活着……"

小时代1.0

折纸时代

Tiny Times Season.01 Chapter.09

Dirty secrets make friends.

你可以通过各种各样的渠道去了解上海——这个在中国巨大的版图上最最耀眼的城市之一。或者，去掉"之一"。

你可以选择翻看各种时尚杂志上那些"Only in Shanghai"的商品，或者可以在家里握着遥控器，紧盯着SMG旗下的各个落地卫星频道，就算不是主动追逐，也会被各种电影、电视里不断出现的外滩金黄色的灿烂光河以及陆家嘴让人窒息的摩天楼群强行占领视线。

但是，你永远都没办法彻底了解"当下的"上海。当你刚刚站稳脚跟，它已经"轰"的一声像艘航母一样飞速地驶向远方。当月刊和半月刊都不能满足于上海的速度时，《上海一周》、《上海星期三》，甚至*Shanghai Daily*就开始摇旗呐喊招摇过街，无数的照片和版面，向人们展示着当下的上海都在发生些什么。

你很可能两三个月没有上街，就发现人民广场突然耸立起一座超过浦西曾经的最高建筑恒隆的新地标"世茂"。并且人民广场中央绿地的下面变成了一个八条地铁线交错的地下迷宫。

而新天地边上，也突然崛起两座有着白色蜂巢外观的准七星酒店，它以平均每日超过四百美元的房价将上海其他一百九十美元日均价的五星酒店远远甩在了身后，而它的管理运营者，是Jumeirah——这个单词出现的时候往往会有一个前缀作为注释：迪拜集团。

又或者，当你还在沾沾自喜向别人传递着"上海第一高楼已经不是金茂而是环球金融中心了哦"的信息时，也许，你应该去翻阅一下最新的房地产杂志，世界第一的Shanghai Center已经确定了龙型方案，并将迅速地矗立在寸土寸金的陆家嘴，和金茂、环球三足鼎立。

外滩源和南外滩开始翻天覆地，整个外滩将变成之前的四倍。外滩源的洛克菲勒中心，让苏州河周围的地价，活生生翻了两倍。

而唯一不会变化的，是浦东陆家嘴金融城里每天拿着咖啡走进摩天大楼里的正装精英们。他们在证券市场挥舞着手势，或者在电话、电脑上用语言或者文字，分秒间决定着数千亿资金的流向。而浦西恒隆广场LV和Hemers的店员永远都冰冷着一张脸，直到橱窗外的街边停下一辆劳斯莱斯幻影，他们才会弯腰屈身，用最恭敬的姿态在戴着白手套的司机打开车门的同时，拉开仿佛千斤重的厚厚玻璃店门。

而这中间，隔着一条宽阔的黄浦江。它把如此截然不同的两个世界，分割得泾渭分明。江上的游轮里，永远都是吵吵嚷嚷的各地游客，他们惊喜地举着相机拍下如此突兀对峙的江面两岸。

所以，我也可以非常平静地面对眼前的情况：我现在坐在学校图书馆下的咖啡厅里，和顾里、Neil一起悠闲地喝着拿铁。尽管十几个小时之前，顾里和我在新天地的广场上失魂落魄地望着对方，并且我用一杯二十几块的星巴克毁了顾里四千多块的Miu Miu小礼服裙子。

而我亲爱的顾里，十几个小时之前还狼狈地坐在地上，满脸苍白，直到被Neil送上开来接她的车时都还在发抖；而现在，她摆着一脸酷睿2的欠揍表情坐在我对面，用她新买的OQO上网看财经新闻——如果不知道OQO的话，那么，简单说来，那是一台和《最小说》差不多大小的电脑，但是性能却比我寝室那台重达3.7公斤的笔记本优秀很多。当我看见她轻轻地推上滑盖设计的键盘，再把它轻轻地丢进她刚刚换的LV水印印花袋里时，我内心非常冲动地想要把没喝完的咖啡带回寝室，然后泼在那台笨重得像是286的笔记本上！事实上，我也曾经怀疑过正因为以前我干过类似这样的事情（不是咖啡就是奶茶），才导致它变得越来越286。

当然，顺便还想把我在茂名路上买的那个包扔下阳台。

Neil看着气定神闲的顾里，歪着头想了会儿，然后挑着一边眉毛，看上去像电影里的英国纨绔贵族般地问："那么，你的意思是说，这件类似恐怖片的匪夷所思的事件现在转变成了第三者插足的狗血闹剧？"

顾里点点头，"You got the point."

我面前的这个外国人在说中文而这个中国人却在说英文，我在想我是不是应该搞一句火星文出来讲一讲才可以赢过他们。

但无论如何，知道了出现在简溪身边的那个女人并不是当初在高中时被我们逼得跳楼的林汀，而是她的孪生妹妹林泉之后，我内心的恐惧瞬间烟消云散了。但是，在心里的某个角落，却依然残留着一小块玻璃碎渣一样的东西，它微微刺痛了我的心，让我隐隐觉得这似乎并不是一件值得高兴的事情。

不过顾里的安慰非常有用，"你们家简溪历来就招人喜欢，这次也没什么不同，只是众多喜欢简溪的荡妇中的一个。当年她的姐姐得不到简溪，那么现在她也得不到。"

我看着面前冷静而漂亮的顾里，如果我是法海，就会毫不犹豫地用紫金钵朝她的脸上砸过去。于是我瞪大了眼睛对她说："你说得太对了！我爱你！"

"Don't love her,she is mine!" Neil夸张地伸出手把顾里揽在怀里。

"You don't own Lily, you just own Lucy." 顾里伸出一只手推开嬉皮笑脸粘过来的这个金发小崽子。

"Who's Lucy?" Neil显然很疑惑。

"She is my nanny." 顾里轻轻甩开Neil的手，结果Neil手上那块昨天刚刚买的手表，咣当一声敲在茶几上。

我尖叫一声捂住了胸口。然后当我意识到自己极其神似唐宛如时，又迅速地把手放下来闭紧了嘴。

走出咖啡馆的门，顾里转身走上图书馆巨大的台阶。她要去查2007年的一本写有外滩放弃金融中心而转型为顶级商业区规划的《当月时经》。而Neil小跑两步，开他的跑车去了。他现在正式成为顾里的贴身司机——或者说顾里再一次顺利地变成了他的贴身保姆，自从他上个星期开着跑车在学校里四处轰着油门，在各大教学楼之间穿梭了几趟之后，学校论坛上充满了无数个"Neil is back"的巨大标题。当然，还有很多花痴的女人把之前偷拍到的Neil的照片贴了出来，那个帖子顺利地变成了精华，两天之后，被置顶了……

Neil把车停在我面前，招手问我要去哪儿，他可以送我。我迅速地摆摆手，拒绝了这个非常诱人的邀请。因为我还不想吃饭的时候在食堂里被疯狂的女人用菜汤泼脸——大二的时候我就曾经看过这样的场景，并且她们争夺的那个男人，用南湘的话来说就是"长得像一个茜色的消防栓"。南湘的国画非常漂亮，所以，她非常娴熟地使用着"茜色"这样只在国画颜色名里会使用到的生僻字眼。

Neil扬长而去，留下我走在学校宽阔的水泥道上。说实话，学校有点太过奢侈，这条通往各大教学楼和图书馆的大道修得简直可以和外滩的八车道相媲美。我孤零零地走在上面，觉得分外萧条。

我想起了很多高中的事情，冲动的、荒唐的、让人无地自容的各种事情，当然也包括其中最最荒唐的我和顾里把别人逼得跳楼的事。我抬手腕看了看表，现在离吃午饭还有一个多小时的时间，我内心积压了很多很多的话，想要对别人发泄。可是，我又不能和南湘说，当然，我从来没有考虑过唐宛如。我非常清楚如果告诉唐宛如的话，那就等于直接把我的秘密写成一张大字报贴到学校门口去。

我感觉肚子里装了太多的东西，快要爆炸了，于是在路边的黑铁雕花椅子上坐了下来，手撑着腰，像个孕妇一样晒太阳。

我抬起头，在阳光下眯起眼睛，有那么一瞬间我觉得周围空无一人，偌大的校园安静极了，甚至可以听见风吹动茂密的梧桐树叶的沙沙声，像是有一整座沙漠从我头顶卷动过去。只有渺小的我，孤单一人地坐在强烈的阳光下。

空气里是盛夏时浓郁的树木香味。

多悲伤的时刻啊。我在心里感伤起来。

在这样孤单的瞬间，我第一次没有想起简溪。我把包放在自己的膝盖上，安静地发呆。我挺喜欢这种把自己放空，然后一动不动地坐在并不毒辣的初夏阳光里。

在高中时代，我和顾里几乎形影不离。我念文科，顾里念理科，我们两个分别是学校年级里的文理科第一名。学校的（男）老师们恨不得把我们捧在手掌心里舔来舔去。当然，面容妖艳气质高贵的顾里会被舔得更多，而我则以小家碧玉的气质独树一帜。所以，我们，准确来说，是顾里，在学校里嚣张跋扈，恨不得上下楼梯都横着走。

所以，我们两个轻而易举地拿下了学校最惹风骚的两个校草——顾源和简溪。不过，下手之前，我们两个并没有什么信心，当然，这里指的并不是学校其他那些柴火妞，她们不是我们的对手，两耳光就可以直接撂倒。我们担心的是他们彼此。他们在学校里的种种诡异行径，在某种程度上来说，可以气死梁山伯和祝英台。

当我和简溪、顾里和顾源终于在一起之后，我和顾里心中的石头才终于落了地，"你们两个原来并没有在一起哦。"——说完这句话，简溪两天没有理我。

于是，在这样的情况下，发生了我和顾里学生时代最最荒唐恐怖的一件事情。

那天快要放学的时候，我收到隔壁班传给我的纸条，上面一个匿名的人要我到天台上去，说有事情要和我"彻底解决"。我一听到"彻底解决"这几个字，就果断地拉上了顾里，全世界都知道，她最擅长的就是这个了。任何事情，她都可以三下五除二，迅速彻底解决。并且我也很怕是我的仰慕者准备在天台向我告白，如果告白不成功就把生米煮成熟饭。顾里觉得我的担忧很有道理，她摸摸我的脸，无限疼爱地说："是的，搞不好真的有人好你这口，你知道，人的品位有时候真的说不准。"

我看着顾里，很想朝她吐口水，小时候每次打架打不过她的时候我就这么干，不过这次没有——和简溪开始交往之后，我变得越来越贤良淑德。我觉得顾里讲话永远这么艺术，可以把一句羞辱人的话说得如此婉转动听。她真该去美国当政客，或者去电视购物频道卖那些镶水钻的手表，声嘶力竭痛哭流涕像死了亲娘一样哭诉"这个价格我们是赔本在卖呀"。

我和顾里怀着半不耐烦半刺激的心情上了天台之后，却发现等待我们的并不是一个洋溢着青春荷尔蒙的男人，而是一个女人。一个女人和我解决个什么劲？理所当然地，我和顾里瞬间变得不耐烦起来。而在这个女人告诉我们她的目的之后，我和顾里就更加不耐烦了。

那个女人用激动的声音表达了她对简溪的疯狂迷恋，并且发表了她的种种看法，来证明我和简溪非常不配，然后又大言不惭地要求我离开简溪好给她一个机会。这个时候，顾里终于忍不住了。

"你以为现在是怎样？有摄像机在对着你拍么？你在演琼瑶剧啊？"顾里最受不了这种戏码。她讨厌所有生活中dramatic的人，那种人随时都觉得自己像是电影大屏幕上的人一样，伤春悲秋小题大做，恨不得全世界都跟着她一起痛哭流涕，寻死觅活。"你喜欢简溪就自己去追，跑来找林萧干什么？你脑子被马踢散了吧！"

显然，对方被顾里冷嘲热讽的语气和一看就不是善类的脸给镇住了，于是她的眼眶迅速地含起了热泪。

顾里转过头，翻着白眼对我说："我要射杀她。"

我觉得很烦，拉拉顾里的衣服，叫她走了，不要和这个女的浪费时间。虽然我遇到过很多喜欢简溪的女孩子来和我说各种各样的话，传纸条的、发短信的，很多我还拿给简溪看。但是，当面这样纠缠，让我觉得特别没劲。

我和顾里转身下楼之前，被她叫住了。

"……你如果不和简溪分手……我就从这里跳下去……"

那一瞬间，顾里被彻底地激怒了。

虽然事后，顾里非常后悔当时的那些"你跳啊你！你等个屁啊"、"你死了林萧又不会哭，甚至简溪都不会哭"、"我是女人我真为你羞耻，你怎么不去死啊"之类的话。但是当时，我和顾里都觉得她实在是太失败了。特别是顾里，她实在不能忍受一个人的人生竟然因为感情这样的事情而跳楼自杀。对她来说，这是一笔非常冒险并且绝对毫无收益的愚蠢投资决策。

当我们撂下狠话，丢下全身颤抖的她走下天台的时候，我们并没有预料到她会真的跳下去。所以，当顾里和我刚刚在楼梯上碰见来学校找我们的Neil，还没来得及回答他的"你们去天台干吗啊"的问题时，就看见一团模糊的影子从Neil身后的走廊外坠落下去。然后就是一声令人头皮发麻的沉闷声响，以及刺破耳膜的女生的尖叫。

我的大脑在那一瞬间突然空白了，三秒钟之后，我像个木头人一样被同样脸色发白的顾里迅速地拖到走廊上，被她强行按着脑袋，探出身子往楼下看。"林萧，不要动，不要说话，装作和周围所有人同样吃惊的样子趴在这里看，我们和周围的人一样，不知道发生了什么……听明白了没？"

我转动着僵硬的头，看着顾里苍白得像是鬼一样的脸，想点点头，却完全做不了动作。我眼睛里只有那摊触目惊心的血，还有一团我不敢去想是什么的灰白色的东西，我的大脑甚至自动忽略了血泊上趴在那里的人。

当救护车的声音消失在学校外面的时候，我和顾里在放学后空无一人的教室里，缩在座位上靠着墙壁。

Neil坐在我们面前，他很惊恐。隔了很久，他碰了碰顾里，"姐，你和林萧做了什么？"

那个傍晚的顾里，没有回答Neil的问题。她始终抱着腿坐在椅子上。

直到巨大的黑暗把整个教室笼罩。

我们三个在寂静的黑暗里，慢慢地开始发抖起来。

那个跳楼的女的，就是林汀。

而现在，顾里通过各种各样的方法，查到了简溪学校的那个女的，是林汀的孪生妹妹，叫做林泉。

而这一场闹剧，在隔了多年之后，再一次爆发了。

它让我们的生活变得更加戏剧化。"孪生妹妹出卖肉体为姐复仇"、"当年情敌借尸还魂寻觅仇家"，我们的生活可以变成这样的标题，出现在《知音》杂志的封面上。

所以，了解到这一切之后，我们三个人显然都松了一口气，于是懒洋洋地坐在图书馆下面的咖啡馆里喝咖啡。对于顾里而言，林泉的存在完全不是问题，她并不害怕第三者，相反，她觉得那是一种对爱情的挑战，并且，她清楚地知道自己会赢得每一次战争的胜利，把鲜红的胜利旗帜插在对方倒下的尸体上。她害怕的仅仅是鬼，仅仅是"操，老娘还以为当年她跳楼死了现在来找我"。

但是，放下心中的巨石之后，我内心却隐隐地觉得不安。我并不能准确地说出哪里不对，这也不是第一次遇见有人和我竞争简溪，相反，我见得太多了。和顾里一样，我到目前为止，都是常胜将军。但是，却有一种隐约的直觉，让我觉得像是光脚走在一片长满水草的浅水湖泊里，不知道哪一步，就会突然沉进深水潭里去，被冷水灌进喉咙，被水草缠住脚腕，拉向黑暗的水底。

这样的直觉，就是所有蹩脚的爱情剧里所称呼的"爱情第六感"。

我在长椅上大概坐了一个小时，像个坐在庄园里的老妇人一样度过这样安静的午间时光。陆陆续续地，周围的学生开始多起来，他们下课走出教学楼，前往食堂或者其他更高级一点的餐厅吃饭。

我摸出手机，约好了南湘和顾源，出于人道主义，又叫上了唐宛如。

我到达餐厅三楼的包间时（顾源死活不肯在挤满人的餐厅一楼吃饭，他说他不想在吃饭的时候，周围有一群人围着他，发出巨大的喝汤的声音），顾源已经到了。他穿着一件Hugo Boss的窄身棉T恤，下面是一条灰色的短裤，露出修长而又肌肉紧实的腿，正在翻菜单。我看着他们男生浓密的腿毛觉得真是羞涩，脑海里又翻涌出之前趴在简溪大腿上的场景，如果没有唐宛如最后那声惊世骇俗的尖叫的话，那真是一个perfect moment。我甚至觉得如果没有唐宛如的打扰，我很可能就迈出了人生最重要的一步，从此告别顾里口中那个极其不文雅的称号，"雏妹"，这听上去像是参加残奥会的运动员，我对此极不乐意。

我和顾源打好招呼，刚坐下来两分钟，南湘就提着巨大的画箱，抱着两个颜料板冲了进来，她像是虚脱一样瘫倒在桌子上，拿起杯子猛喝了一口。顾源抬起头，刚要张口，南湘就伸出手制止了他："你给我闭嘴。我知道你除了'油漆工'之外还有很多可以羞辱我的词汇，但是，你给我闭嘴！"南湘知道，在毒舌方面，顾源和顾里是一个级别的。

顾源耸了耸肩膀，无所谓地低下头去，继续研究手上的菜单。

我冲着南湘抬了抬眉毛，她冲我神秘地点了点头。我们都心领神会地笑了。

以我和她多年的默契，她当然可以从我简单的抬眉毛动作中解读出"你约好顾里了么"这样的讯息。

同样，我也绝对可以凭借她轻轻的点头而知道"放心，我搞定了"。

我和南湘期待着顾里的到来。

但两分钟后推开门的，除了我们期待的顾里之外，还额外带来了一份惊喜，Neil不知道什么时候换了一件紧身的背心，结实的胸肌显得格外诱人，看上去就像Dolce&Gabbana平面广告上的那些模特。他拉开椅子坐下来，目光看见对面低头看菜单的顾源，歪头想了想，恍然大悟的样子："Hey, I know you, you are my sister's boyfriend!"

"Ex!"顾里拉开椅子，异常镇定地坐下，"Boyfriend."

顾源抬起头，伸出手："Neil, nice to meet you."

我和南湘都忍不住翻白眼，迅速交换了一下眼神，又凭借彼此的默契迅速地用脑电波交换了对话：

"装个屁啊，死撑什么！"

"就是！以为自己是超女啊！假惺惺地抱头痛哭，惺惺相惜，背地里恨不得掐死对方。"

顾里迅速地拿过菜单点了几样菜，然后把菜单递给我们，非常地具有顾氏风范。她和顾源都是一样的，去餐厅的时候，永远只点自己的菜，拒绝让别人给自己点菜，并且也绝对不会帮别人点菜。几分钟前，顾源完成了同样的动作。

Neil饶有趣味地打量着顾源，好像对他很感兴趣，过了会儿，他碰碰顾源的肩膀，说："喂，你怎么和我姐姐分手啦？"

顾里在顾源开口之前，就接过话来："他妈妈觉得他现在需要一个保姆，而不是一个女朋友。因为在他妈妈眼里，他还只是一个没有断奶的婴儿，一切都要听妈妈的，乖孩子。"

顾源抬起头望着顾里："我不需要一个保姆来喂我奶，也不需要她来打我的屁股告诉我我做错了什么。我二十三岁，没有你想的那么幼稚。"

顾里像是没听见一样，低头若无其事地看自己的手机。顾源盯了她一会儿，皱着眉头把脸转开。

Neil把双手往后脑勺一放，"I wanna have a nanny! It sounds so exciting what the nanny does!"

"I can be your nanny!" 我和南湘异口同声。

"小贱人。"顾里在旁边喝水，冲我们鄙视地讥笑。

"荡妇！"我和南湘奋起还击。

"淫娃。"顾里翻个白眼，非常镇定。

"娼妓！"我和南湘不甘示弱。

"婊子。"顾里格外从容。

"……"我和南湘一时找不到词语败下阵来，顾里露出一张算盘一样得意的脸，让人想要朝她吐口水。

"骚货。"对面喝水的顾源突然冷静地说了一句，顾里显然措手不及，她张大了口，无言以对。

"哦耶！"我和南湘欢呼起来。顾源从对面抬起头，耸了耸肩膀，一脸仿佛他不知道发生了什么的无辜表情。

取得阶段性的胜利之后，我和南湘开始分享今天发生的趣事。当然，我只挑了一些鸡毛蒜皮的事情和她说，当然不能和她分享"几年前我和顾里把一个女人逼得跳了楼，而现在这个人的孪生妹妹在勾引我的老公"，这简直就是我妈昨天晚上看的连续剧嘛。只是当我聊到最近和简溪联系变少的时候，对面的顾源有点欲言又止。虽然我觉得有些奇怪，但他没说，我也没追问。

而相对来说，南湘和我分享的故事就精彩很多。她们刚刚结束的油画课上，是画一个年轻貌美的裸男，不过裸男并没有全裸，而是穿着白色的紧身内裤。但问题在于，那个变态的眼镜老师竟然要求她们把模特的那个部位用"想像"画出来。结果，南湘刚要说"这非常不专业"，还没开口，那个变态老师就说："哟，害羞啊？没看过那个东西啊？"

南湘用一种类似《葫芦娃》里蛇精的声音模仿着那个老师的对话，然后格外愤怒地说："靠，老娘什么没看过，老娘当年连儿子都快生出来了。"

屋里的男生迅速红了脸。

我在内心悠悠地感叹了一下，同样一句话，由南湘这样的美女说出来，就那么地让人浮想联翩、面红耳赤，而如果换成唐宛如来讲的话……

正想着，包间的门突然被轰的一声撞开，我不用回头，也知道是唐宛如来了。除了她之外，能弄出这种动静的也就只有推土机了。

她像是一朵巨大饱满的积雨云一样，沉默而又缓慢地飘到座位上，幽幽的，像一个鬼。

她的怪异行径迅速引起顾里的好奇。"你又被打了？"顾里关切地问。

唐宛如完全没有理睬顾里，她两眼红肿，确实像是刚被人在眼睛上揍了两拳一样。她轻轻地扶着自己的额头，幽怨地说："太伤感了，我刚看了一本非常伤感的小说。"

"什么名字？"南湘听见"小说"二字，格外敏感，就像顾里听见"财务报表"时的反应一样。

"我初中时写的日记。"唐宛如惆怅地叹了一口气。

我轻轻地拍了拍呼吸急促的顾里，安慰她："不要动手。"

"林萧，"唐宛如抬起头，抓住我的手，"你可以把这个日记拿给宫洺看么，我觉得完全可以发表在《M.E》上。"

"唐宛如你太残忍了！"南湘痛心疾首地看着可怜的我。

"谁的青春不残忍呢，青春都是一首残忍的华丽诗篇。"唐宛如幽怨地说。

"如果林萧要辞职的话，或许可以借你的日记用一下，当做辞呈，直接拿给宫洺。"顾里用余光斜眼看唐宛如。

唐宛如歪着头，似乎在消化顾里说的话。顾里看着她疑惑的表情，有点后悔自己说话太过艺术，超越了唐宛如的智商，没有起到直接羞辱的效果。

果然，唐宛如摇了摇头，放弃了企图理解顾里的话的打算。她转过头，对南湘说："或者，你觉得我应该投稿到其他什么杂志社？"

"投到《最小说》去，一定可以发表。"南湘亲切地握着她的手，"他们有个栏目叫'作文教室'。"

"真的吗？"唐宛如显得特别激动。

"哟，还看《最小说》啊，五年前你就吹灭了十七根蜡烛了吧！"顾里没有忘记刚刚的战败，迅速还击了南湘。

"那你对郭敬明就不了解了，喜欢那个妖孽的，从十四岁到四十岁都大有人在。"南湘满不在乎。

"我确实不了解，"顾里无所谓地摊了摊手，"我对他唯一的了解就是有一次我在Dior看中一件男式礼服衬衣，结果店员说不卖，说郭敬明已经订了，是为他预留的，之后就再也没有进过那一款了。那个贱人。"

"你干吗要买男式衬衣？"唐宛如从悲伤中抬起头来，脸上是认真的疑惑。

顾里脸色铁青，我看她眼睛里的火几乎可以把唐宛如烧成灰，而对面的顾源也有点尴尬，低头翻杂志。谁都知道顾里买男式衬衣是送给顾源的，大家都心知肚明地默默低头，唯独唐宛如，可以不怕死地问出来。

气氛瞬间尴尬起来，南湘清了清喉咙，准备用玩笑缓和气氛。她像是八点档连续剧里的人一样极其做作地"哈哈哈"假笑几声后，说："顾里，你也别羞辱我看十七岁少女的杂志，我还没羞辱你看四十岁老女人才看的《当月时经》呢。哈哈哈……"刚笑了两声，笑容就僵死在脸上。

对面顾源抬起头，冰冷着一张脸，他手上正摊开着一本《当月时经》。

我抬起手掩面。

而这个时候，服务生送菜过来了。

唐宛如非常响亮地逮着人家问："这是鸡吧？"但是她的语气太过肯定，活生生把那个问号念成了句号的口气。

年轻的服务生迅速地面红耳赤结结巴巴差点盘子都拿不稳……

我们周围的人不约而同地把脸转向了窗外。我们并不认识她。她应该是过来拼桌的。

我们刚刚开始吃饭没多久，顾里和顾源的电话都响了起来。于是，我们共同观看了两个机器人，用一模一样的程式设计表演了一出整齐划一的舞台剧。

"OK."，"没有问题"，"我十分钟后到"。

两个人在同样的时间说了三句一模一样的话，简直让人怀疑他们是约好了的。

"我要到学院去一下，院长找我。"顾里用餐巾擦了擦嘴，起身拉开椅子。

"我也是。"顾源慢悠悠地站起来，伸手拿过旁边他的Gucci的白色大包。那个包大得我简直怀疑他装了一辆自行车进去。

Neil埋头吃饭，同时从口袋里掏出车钥匙，"走过去要超过十分钟了吧，开我的车去咯。"顾里想了想也对，转过身想要伸出手去接钥匙，结果，Neil轻轻地把钥匙朝顾源一扔。

顾里当然也不是吃素的。车刚停在经济学院门口，她就迅速打开车门扬长而去，留下顾源脸色发黑地去找停车位。总有一个人需要扮演司机，而这个人，往往拿着关键的"钥匙"。

顾源把车停好，匆忙赶到九楼的办公室的时候，院长亲切地问候了他："哟，小伙子怎么动作比小姑娘还慢啊。呵呵。"顾源尴尬地点点头表示抱歉，同时咬牙切齿地瞪了顾里一眼。

院长扬了扬手中的资料，说："《当月时经》的主编、著名的经济学家赖光信来我们学院做讲座的消息你们知道的了，我想让你们推荐下我们学院里比较适合的人选，来对他做一个面对面的谈话访问。"

"我可以做这个。"顾源和顾里异口同声，并且，都同样是一张极其冷静的脸——像极了Windows的自带蓝色桌面。

院长显然被难住了，他想了一想，凭借着经济学院院长的智慧，做出了伟大的决定："我们就抽签好了。"

顾源和顾里两个人同时轻轻地翻了个白眼。

"院长，您不觉得用抽签的形式太不专业了么……"顾里摆出一副白素贞的样子。

但很明显，院长沉浸在制作纸条的乐趣里面无法自拔。顾源在旁边拿着一个纸杯喝水，饶有趣味地看着顾里。他当然知道，如果顾里因为抽签的关系没有得到这次机会，那一定会让她抓狂到回去殴打唐宛如的地步。顾里的脸迅速黑了起来。

"既然这样，"顾里迅速换了一张脸，就像川剧里唱戏的一样，"院长，虽然我觉得赖光信一定乐于和年轻漂亮的女孩子掏心掏肺，毕竟，哪个男人愿意对另一个男人倾诉内心呢？但是，我觉得还是让顾源同学去吧，也许赖先生并不喜欢和漂亮的女孩子聊天。不过，也请顾源帮我个忙，访问的时候，一定要问一下他关于他们杂志刚刚发表的专题上强调上海比北京更有优势成为顶级的国际金融中心，但是他们要如何解释北京拥有的强大的信息不对称优势呢？在上海没办法获取'第三套报表'和仅仅拥有证券三大功能中最次要的交易平台功能的情况下，上海也没有完全的优势吧？并且，他们杂志在2006年强调外滩金融中心的地位，和目前上海政府对外滩改造成顶级奢侈品消费区的定位完全背道而驰，对于这样的结果是杂志社的判断失误还是政府另有打算？这真的是我的个人问题。哦，by the way，我这里有《当月时经》从2004年到2008年的剪报整理和笔记，如果顾源需要，我都可以提供给他。"

顾里像是《新闻联播》的播报员看着摄影机镜头下面的提字器一样，流畅地完成了自己的演讲，然后幽幽地起身倒了一杯水，表情优雅地喝了起来。

院长抬起头看了看顾里，笑了笑说："来，顾里，你抽一个。"

顾里随意地抽出了一根院长手里的纸条。

"长的短的？"院长问。

"短的。"顾里胸有成竹地回答。

"短的好，短的去采访。就这么定啦。"院长眯起眼睛，笑得像是一头慈祥的骆驼。

顾源坐在一边，胸闷。

走出学院大楼的时候，顾源恶狠狠地对顾里说："你学你的会计，和我们金融系凑什么热闹。"

顾里径直走到车子边上，回过头来，对顾源说："非常不幸的是，我在四年里面修完了双学士，更不幸的是，我的另外一个专业是国际金融学，最最不幸的是，其中金融地理学科，我的成绩是A++。"她顿了顿，说："过来开车啊，你愣什么愣。"

顾源黑着脸，拉开车门坐进去，恶狠狠地说："2004年到2005年的剪报都是我帮你剪的！"

顾里回答他："送我去学校后门。"

顾源显然被她的镇定打败了，他深吸了一口气，"Bitch!"

"Whore!"顾里从包里摸出墨镜戴上，冷静地还击。

顾源一脚猛踩油门，在车子飞蹿出去的同时，顾里的头嘭的一声撞到后座椅的靠背上。

然而几天之后，当赖光信正式出现在我们学校的时候，顾里同学却完全丧失了她的理智和冷静。她在等待上台访问的候场时间里坐立不安，走来走去，反复上厕所，不停喝水，一会儿抓我的手，一会儿扯南湘的头发，就差没有脱了衣服倒立在茶几上尖叫了。在上场前的最后一分钟，我和南湘真的担心以她现在的状况，等下搞不好真的会在台上大小便失禁，或者把内衣扯下来蒙住自己的眼睛。于是南湘上前，一把握住她的手，语重心长地说："顾里，西方最伟大的经济史学家威尔说过，'当你在刀尖上看见远处的黎明，那是你羽化前的一次斯坦克里式跳跃！'所以！勇敢地去吧！"

顾里激动地回过头来，两眼放光："南湘！你说得太好了！艺术家就是不一样！"说完，她万分激动地冲上了台。不知道为什么，我总觉得她在说"艺术家就是不一样"的时候格外鄙夷地瞥了我一眼。

我酸溜溜地望着洋洋得意的南湘，问她："威尔是谁？什么是斯坦克里式跳跃？"

"我怎么知道。随口说说而已，她不是就爱听这种么。"南湘冲我翻了个白眼。

我被激怒了，于是迅速地在人群里找到唐宛如，朝她走了过去。

访问非常成功，整个学院那群对数字有强迫症的疯子们掌声雷动。当然，其中包括我、南湘和唐宛如三个鱼目混珠的，我们三个对这场一个字都没听懂的演讲报以了雷鸣般的掌声，表情极其虚伪，但看起来特真诚。

访问结束后，赖光信亲切地握着顾里的手，表达了他的无限欣赏，同时也对顾里发出了"来我们杂志社"的邀请。

顾里端庄地微笑着，"我一定认真考虑。不过之前给你们杂志社写过稿子，但那个编辑却因为给我算错了稿费而迁怒在我头上，从此都不再发我的稿子了，让我有点受挫呢。"

"哦？我回去查一下。放心，以后你的稿子来了不用审也可以发。"赖光信笑得像一个慈祥的长辈。

我和南湘远远地看着这一切，南湘翘起兰花指，指着顾里："她就是一只蝎子。"

"没错。"我认真地表示了认同。

"她是螳螂。"突然从我们身后冒出来的顾源冷冰冰地说，"总是把雄性螳螂吃下肚子。"显然，他还对自己丢掉了这个访问的机会记恨在心。

不过我和南湘都会心一笑，谁都可以看得出他眼里熊熊燃烧的爱的火焰。我们都很高兴可以看见他们俩重新回到当初热恋期时"打是亲骂是爱羞辱是关怀"的阶段。

"我走了。"顾源冲我们摆摆手。

"去哪儿啊你，等下一起吃饭咯。"我挽留他。

"和Neil约了打网球，这个崽子竟然说我不是他的对手。我好歹是我们学校的前四名。"顾源挥着手，飞快地消失在人群里。

"让他来和我打羽毛球呀！"一直躲在我们身后，被无数经济术语搞得头昏脑涨的唐宛如终于找到了自信。

而接下来的时间里，我们的所有生活重心，都被一个叫做"期末考试"的东西所取代。

学校的咖啡卖得特别好。学校附近甚至有咖啡店开起了二十四小时营业的外送业务。

无论是走到厕所、客厅，还是学校的图书馆，鼻子里永远都是浓郁的咖啡味道，只是廉价和高级的区别而已。当然，最高级的香味是在顾里的房间里。但是，比起我们的手忙脚乱，她依然执行着她雷打不动的日程表：依然在固定的时间做瑜伽，依然早上6点起来吃早餐，依然花大量的时间看财经杂志和财经频道，依然每天神不知鬼不觉地化完一套看起来可以直接去拍杂志封面的妆——当然，如果我能每门科目都保持着A++的不败战绩，我现在也可以跷着二郎腿坐在沙发上贴面膜咬黄瓜。但问题是，我并没有。

我和南湘每天晚上都在头上扎一个冲天的马尾，然后绑上一条白头巾（就差没写"必胜"了），坐在台灯下咬牙切齿地看书。用顾里的话来说，就是"我丝毫不怀疑你们两个随时都会抽一把日本刀出来剖腹自尽，唯一有一点点疑惑就是你们会把刀藏在哪儿"。而唐宛如，她就是一个彻底的破罐子，摔都不用摔。我每天纠缠在古往今来国内国外的死去多年尸骨已寒的作家里面，背诵他们的生平传记和伟大著作，背到后来恨不得把雨果从坟里挖出来和他同归于尽。而南湘，每天都是油漆工的打扮回来，最后甚至搬运了一大堆泥土到客厅里做雕塑，顾里彻底被惹毛了。还好南湘迅速完成了她的作品并运出了寝室，否则我丝毫不怀疑顾里会把她从窗台上推出去。

理所当然，我也停止了《M.E》的实习工作。等待期末考试结束后的暑假，开始全日制的上班实习。不知道为什么，我突然觉得自己离宫洺、Kitty和崇光他们格外遥远。他们像是活在另外一个光芒万丈的世界里，我不小心进去游览了一阵子，而现在又回到原来的世界，像是梦一样。有多次我梦见自己忘记了帮宫洺买咖啡，取错了他干洗的衣服，把一杯蛋白粉打翻在他的地毯上，醒来后发现只是一场梦，却不知道是应该庆幸还是应该失落。

我的手机再也没有响起过《M.E》的人打给我的电话，也没有来自他们那个疯狂世界的短信。我常常想起当初手机震动个不停的周末，那个时候我总是要在身上带好三块电池板。

端午的时候，我悄悄地买了点粽子，准备送到宫洺家去。我压根儿送不起什么贵重的礼物。能够让他留在身边使用的东西，差不多是以我月薪的两到三倍来计算的。

去之前，我悄悄打了他家里的电话，确定没有人在家之后，才提着粽子出发。我准备悄悄地放到他的冰箱里，然后神不知鬼不觉地"不留下一片云彩"。

但是，当我用备用钥匙打开宫洺公寓大门的时候，透过他家墙上那面巨大的镜子，看见了卧室里正在换衣服的、一个只穿着内裤的男性裸体。他宽阔的肩膀下面是紧实的小腹，再下面是我拒绝描述的东西。

而且，这个人是崇光。

我受到了惊吓。

我虚弱地爬去厨房，打开冰箱把那些可怜的小粽子放了进去。我回过头的时候双脚一软，看见崇光已经从衣帽间里拿了一件宫洺的白T恤换上了。我无力地抚着胸口，"宫洺有洁癖，他会杀了你的。"

崇光轻蔑地扯了扯嘴角冷笑一声："他敢。"

说完他把脸凑到我的面前，装出一副很凶狠的样子说："你刚刚偷窥我换衣服。"

"我没有！"我迅速举起双手发誓，但是立刻发现自己的姿势就像一只板鸭。

我迅速逃离了宫洺的公寓，"逃之夭夭"就是用来形容我的。而且，和上次一样，在逃出去之后，我才反应过来，为什么端午节崇光会独自在宫洺家。

但是，我在公寓的大堂，却看见了永远都不指望可以看见的宫洺。

他穿着一条D&G的运动短裤，一件半袖的棉制带兜帽的灰色套头衫，头上还扎着一个白色的头带。看上去活脱脱就是一个粉嫩的毛头小子大学生。

而更要命的，是他手上提着刚刚从超市买来的各种蔬菜和肉。他看见我，面无表情地扬了扬手里的袋子，"我在家做饭，你要来吃么？"

宫洺穿运动装？宫洺去超市？宫洺要做菜？芙蓉姐姐嫁给了Jude Law？外星人攻打地球了？

"不了！！"我飞快地一边冲出了大堂，一边在内心里用海豚音尖叫着。我此刻满脑子都是巨大的粉红色的感叹号，这个世界太过疯狂了。

走了几分钟，我的心情渐渐平静下来。但是，我非常急切地想要和别人分享这种激动。南湘是最佳人选，但是她却在学校，太远。

我看了看，正好在淮海路上，离Neil家华府天地非常近。于是我打了Neil的电话，约他到新天地喝一杯咖啡。他在电话里爽快地答应了，从他的Rich-Gate里出来找我——顶级楼盘就是不一样，连英文名字都取得如此赤裸直白。不过能住进这个Rich-Gate的人不多，每平方米十二万的单价和平均面积四百平方米的大户豪宅，几乎拦截掉了整个上海99.9%的人。曾经有一次和顾里一起去Neil家的时候，我就被电梯门一打开就是他家的客厅，给结实地震撼了一下。

但让我惊讶的事情是，十分钟后，坐在我咖啡座对面的，却是两个人，Neil和顾源。

"你们两个怎么也搞在一起？"我再一次地激动了。

"我没有搞他。"Neil的中文并不好，他过分理解那个"搞"字了。我有点呼吸不过来。

"我去他家打PS3。"顾源翻着小半个白眼，"而且，你那个'也'字是什么意思？是在抱怨我之前和你们家简溪一直'搞'在一起是吧？"

"你们男人！都废了！"我恶狠狠地瞪他们两个。

"呵呵，你和南湘、顾里、唐宛如，你们手拉手去厕所，晚上只穿着内衣挤在一床被子里聊天，互相梳头发……你们比我们厉害多了。我和简溪至少还没挤在一个被子里过吧……"顾源说到最后一句的时候，歪起头想了一想，似乎不太确定地语气弱了下来。

"啊！你们有过！我就知道！"我像只被人踩了尾巴的猫一样，全身的毛都立了起来。

"So what？"顾源挑衅地看着我。

我被噎得无语，恨顾里不在我身边，否则就凭你顾源，那还不是乖乖等着被羞辱死。

我坐下来，不再答理他，默默地喝着咖啡。

过了一会儿，顾源像是若无其事地对我说："你最近没去看简溪吧，有空去看看他。"

我"哦"了一声之后，觉得气氛有一点微妙，隐约觉得顾源那张镇定轻松的脸上藏着不肯对我说的秘密。我甚至有错觉他和Neil还悄悄地交换了一下眼神，感觉像是Neil也知道的样子。

我当下决定了，"我等下就去简溪的学校。"

"嗯，我们也马上回学校去了。"顾源喝着咖啡，点点头。

当我到了简溪学校，七拐八弯地找到他寝室的时候，他却没在。他的室友告诉我他在学校画室。我谢过了他的同学，转身开始再一次询问去画室的路。

终于站在美术教室窗外的时候，我看见教室里孤零零的简溪。

他坐在地上，面前摊着一张巨大的排球比赛的宣传海报，他用画笔涂抹着。过了会儿就坐在一边休息。

教室的光线黄黄的，让人心里发暖。简溪的后背宽阔而结实，在白色T恤的衬托下，洋溢着青春男生特有的力量和吸引力。我趴在窗台上，幻想着是我趴在他的后背上。想起之前他在我教室外面等了我一个下午的事情，于是我也决定耍点甜蜜的小花招。

我在窗外打了一条"你在干吗呢"的消息给他，发送完毕之后，他丢在旁边地上的手机就响起来。他看了看，露出了好看的笑容，开始回短信。

我在窗外甜蜜地等待着。但是，在简溪还没有发完消息的时候，教室的门突然打开了。我揉了揉自己的眼睛，还是清晰地看见长得和林汀一模一样的那个女人（我知道她就是林泉），提着两杯咖啡，轻轻地走进去。她在简溪身边坐下来，把咖啡递给他，轻声地说着："当心，有一点烫的。"简溪笑着接了过来，抬起手揉了揉林泉的头发。

就像是曾经无数次揉我的头发那样，那双温暖的、骨节修长的手，散发着年轻好闻的类似阳光味道的手。

我的心突然像是高空弹跳一般地坠下去。

而简溪刚刚打完发送给我的消息，让我的手机突然响了起来。

嘀嘀的声音，让教室里面的简溪和林泉，同时转过头来看向我。

在目光对上我的瞬间，简溪匆忙地站了起来。

我慌张地逃离了这个异常尴尬的局面，甚至不知道自己的大脑里在想些什么。身后是简溪追过来的声音。他走过来拉住我，低着头，没有看我。他的手紧紧地抓着我的胳膊。我只能看见他垂在眼睛前面的刘海，却看不见那双一直温柔地看着我眯起来微笑的眼睛。

我抬起手摸摸他的头发，心里几乎想要呐喊般地告诉他，这个女的是当年我和顾里搞死的林汀的妹妹，你不要让她接近你。可是我却一个字都说不出来。

简溪站在我的面前，什么话都没有说。他一直低着头，身上的白色T恤在傍晚的空气里散发出干净的洗涤香味来。

我在他开口之前，抱住了他。我对他说："没有关系，不用解释的。"

然后我转身快步地跑开了，留下身后眼眶红红的简溪。

但是，当我出了校门，拿起手机看到刚刚简溪在教室里发给我的讯息的时候，才明白他为什么会那样沉默地站在我的面前。

他的短信显示在我的手机屏幕上：

"我一个人在寝室看书呢。想你。"

夏天的夜晚很快降临了。

四下里迅速地黑成一片。我坐在回学校的公车的最后一排，无声无息地往下掉眼泪。我甚至没有哭出声音，肩膀也没有颤抖，就像一个没有关紧的水龙头一样，滴答滴答。周围的人都不敢靠近我，觉得我是一个疯子。

走回寝室的时候，我顺便去了男生宿舍。我想找顾源。

我觉得顾源一定知道些什么。那是简溪告诉了他，而没有告诉我的。

当我失魂落魄地走向顾源寝室的时候，我在半路停了下来。在那一瞬间，我丢掉了自己残留的最后一股魂魄。

我看见Neil伸手放在顾源脑后，把他拉向自己，他们的嘴唇咬在一起。

但是我的大脑却拒绝接受这些讯息，我难以反应出，他们是在接吻。

当他们两个分开的时候，顾源有点站不稳的样子往后退了退，他低下头，过了一会儿抬起头来望着Neil，皱着眉头，满脸悲伤地低声问他："顾里怎么办？"

而隔着他们十米开外距离的我，在听到这句话之后，转身悄悄地离开了。

我把他们两个留在了我的身后，就像我刚刚把简溪留在了我的身后一样。

我根本不知道该怎么面对他们。

上海像是突然变成了一个我从来没有见过的巨大洞穴，无数的黑暗气流刷刷地朝地底深渊里卷去，我在洞穴边上摇摇欲坠。

瞬间从水泥地面下破土而出的那些疯狂的黑色荆棘，哗啦啦地摇摆着，随风蹿上天空。

长满尖刺的黑色丛林，一瞬间牢牢地包裹住了整个上海。

然后，肆无忌惮的吞噬开始了。

我打开宿舍的门，顾里刚好从她的房间出来。
我盯着她的脸，完全不知道该怎么开口对她说刚刚一个小时内发生的事情。
我像是被人突然抽空了大脑，甚至下意识地想要去睡觉，然后醒来一切都只是梦。
顾里看着脸色苍白的我，抓着我的胳膊，她问我："你怎么了？"
我什么都没说，只是平静地看着她，眼睛里滚滚地流出眼泪来。她被我吓住了。
我轻轻地把她抓着我的手放下，摇了摇头，回到自己的房间，把门锁起来。
南湘不在，整个房间里是一片黑压压的死寂。
我把自己埋在被子里，不停地流眼泪。

顾里站在客厅里，完全不知道发生了什么。
她站在自己房间门口，客厅里没有灯，林萧的房间也没有灯，没有一点声音。
她静静地站在黑暗里。
过了一会儿，她推开自己房间的门，压低声音说："你快点走吧。"
席城从她的房间里走出来，看了看她，然后沉默地轻轻关上门，离开了寝室。

三天之后，上海开始了一场大规模的降雨。
气象预报里说，这是最近几年夏季里，最大规模的一次降雨。
无数磅礴的大雨击打在摩天大楼的玻璃外墙上，整个城市像是被大水包围的遗迹一
样，灰蒙蒙一片。
所有的心跳变得慢慢微弱起来。

大雨结束之后，一场罕见的冰雹，在六月里，席卷了浦东。乒乓球般大小的冰球，
从天空上飞速而剧烈地砸了下来。

TINY TIMES

小时代1.0

折纸时代

Tiny Times Season.01 Chapter.10

Dirty secrets make friends.

上海在八月进入了一年里最酷热的时节。

四下泛滥的白光几乎要把所有的水泥地面烤得冒烟，走在路上，耳朵里都是地面裂开来的声音，像一口沸腾作响的油锅。

所有的绿化带在剧烈的垂直阳光下，萎缩成病恹恹的一小块。曾经在上海市政府口中无比自豪的"镶嵌在城市中心的绿宝石"，现在完全就是一块干枯萎缩的海苔。就算每天早晨中午晚上都有不怕晒的清洁工浇水，但是它们依然一副要死不活的样子。

那些暴晒在日光下的清洁工人，看着眼前比自己还要舒服的植物，目光里是恨不得它们全部晒死的怨毒，其实我们也可以认为，那些植物的枯死，也许正是因为承受了如此多的怨念。

浦东所有的摩天大楼，像是约好了似的一齐反射刺眼的白光，如同无数座激光发射器一样，把整个陆家嘴金融区摧毁成一片炼狱一样的熔炉。

生活不太富裕的人们，穿梭在冷气强劲的地面之下，地铁四通八达地把他们送往上海的各个地方，然后再从百货公司的地铁口里钻进大厦，通过空中连廊或者地下通道，走向一座又一座写字楼。

他们穿行在冷气建筑起来的狭窄管道里，顽强地顶着恶劣的生存环境，征服着这个贪婪的城市。又或者说，其实是被这个贪婪的城市继续榨取着最后一滴生命的汁液。我们称之为"劳动力聚集"。

而稍微高级一点的白领们浑身涂满了厚厚的防晒霜，戴着巨大的墨镜，以几乎要撞上去的姿态，抢夺着来往的TAXI。可能她们内心也曾经幻想过，自己戴上这样瞎子一样的大黑超之后，别人也许会觉得她们是维多利亚。但是她们忽略了，维多利亚永远不会像这样在马路上疯狂地和另外一个穿12厘米高跟鞋的女人抢出租车，戴着遮住半张脸的墨镜而在大街上来回晃动的，除了她们，也就只剩下些拄着拐杖的瞎子。

而那些金字塔顶端的贵族，坐着奔驰S600L或者凯迪拉克SLS穿行在任何他们想要踏足的地方。他们把冷气开得足了又足，哪怕是在全球油价疯狂飙升的今天，他们也恨不得把自己的车子笼罩上一层寒霜，这样他们可以轻蔑地透过车窗玻璃，用眼角的余光打量着这个城市里生活在他们脚下的庞大人群。

而那些金字塔底部的人，每天都在自我安慰地期望油价暴涨或者房价大跌，让富人们的财富缩水，让穷人们称霸这个世界。虽然他们内心也非常明白，无论油价疯狂地飙升成什么样子，用不起油的，也只会是那些开着奇瑞QQ的小白领们，而那些开着劳斯莱斯的司机，依然肆无忌惮地轰着油门，肆无忌惮地把冷气开到最大。

这些肥皂泡般泛滥着彩虹光的白日梦，每天都笼罩在这个城市的上空，成为最美好也最肮脏的海市蜃楼。

恒隆背后刚刚开盘的高端酒店服务公寓的外墙上，耀武扬威地贴着"世界在这，你在哪里"的巨大标语，以此挑衅所有的年轻贵族。

在全国房价疯狂缩水的今天，上海的核心区域肆无忌惮地疯狂涨价，并且日益飞扬跋扈。静安紫苑六万多一平米的露台房和翠湖天地的新天地湖景千万豪宅，像是炸弹一样，频繁地轰炸着人们心理对物质的承受底线。

天空里巨大的海市蜃楼。

夜晚沉睡的大陆，无数肮脏的秘密和扭曲的欲望，从潮湿的地面破土而出，它们把湿淋淋的黑色触手甩向天空，抓紧后，用力把天幕拉垮。

我闭上眼睛，眼泪流在脸颊上，被开得很足的冷气吹得像要冻成冰。

对面的南湘把被子蒙在头上，但我还是可以看见她被子里每隔一段时间就亮起来的手机光线。我知道她还在发短信，只是没什么力气再去过问别人的事情。

我觉得自己就是一堆发臭了的，腐烂了的，猪大肠。

我躺在床上，想就这样什么也不管，然后腐烂成一摊水，也不错。

学校图书馆下面的咖啡厅，在气温日益难以抵挡的夏季，遭到了前所未有的拥挤危机。学校巨大食堂里的冷气显然不足以应付庞大人群产生的热浪，以及玻璃窗外直白的光线，所以，无数学生纷纷把目光转向了学校里各种提供冷气的场所。这家在学校图书馆下面的、我们最喜欢光顾的咖啡厅也不例外，每天人满为患，门口排着长队，里面挤满了人，完全失去了它应有的高贵和懒散气质，并且很多人只点五块钱一杯的最便宜的奶茶，便瘫坐在沙发里消耗掉一个下午。

于是，这个周一的时候，这家咖啡厅把所有饮料的价格提高了一倍，并且取消了所有廉价的饮料供应，最便宜的饮料变成了三十二块的冰拿铁——这种超越星巴克的价格迅速过滤了大批拥挤来此乘凉的人群。为此，老板娘深深地握住了顾里的手，并且承诺她和我们另外三个女生：无论我们什么时候来都可以有位子，不用等排位。

当然，这也是因为上周，不堪忍受一直以来我们聚集的窝点突然变成了超级市场的顾里同学，笑眯眯地递上了一份关于"致贵CAFÉ关于夏季特殊时节的几点建议"的打印纸给老板娘的缘故。里面的内容包括"大量的廉价消费力群体占据了本来具有高端消费能力人群的消费时段，并且造成了CAFÉ品牌质感的下降，慵懒和精致的诉求被急速扩张的人群所打破"，以及"大幅提高价格，并不会导致高端消费群体的流失，反倒让他们更加忠于这个消费环境，以满足他们企图与低端消费群体隔离开来的虚荣心理，同时，高价格所带来的巨大利润空间，弥补了商品销量下降带来的损失，并且降低了员工的工作强度，在利益不下降的情况下，对CAFÉ的夏季特殊时段的经营效果有建设性的参考意义"。

看着顾里在她的笔记本电脑上飞快地舞动着水晶指甲，以写论文的形式来写这个给学校咖啡厅老板娘的建议书时，我和南湘一致认为，这个女人，是整个上海城区里，某一个族群中最登峰造极的人。这个族群叫做"神经病"。

所以，一周之后，顾里幽幽地坐在咖啡厅清静而慵懒的环境里，瘫倒在沙发上。她用一种花木兰刚刚砍死了对方军队的五个猛男大将胜利凯旋的眼神，极其蔑视地看着我和南湘。而旁边的老板娘笑开了花。

唯独唐宛如忧心忡忡，过了会儿她悄悄地走到吧台后面，握着老板娘的手，非常感慨："哎，你最近日子肯定不好过吧，顾客这么少，你看你这脸苍老得像一条丝瓜瓢……"

而现在，坐在这样冷清却赚得盆满钵满的咖啡厅里的，是穿着白色修身T恤的简溪，T恤领口的两条红绿装饰非常简约。前段时间和顾源一起新办的健身卡，让他的胸膛显得结实了很多，宽阔的肩膀把他那张本来过分清秀的脸，修饰得稍微野性了些。落地窗外不断走过去的大一女生，一个一个、一群一群地忍不住往里面偷看他。简溪穿着卡其色的短裤，其中几个彪悍的女人甚至在窗外讨论起了"不知道弯腰下去能不能看到他裤子走光，我看他裤腿蛮宽的，又短"、"他腿超结实的啊，又长"、"我丢一把钥匙你假装去捡咯，看他内裤"……

简溪从《外滩画报》里抬起头，冲着窗外几个还没脱离高中生气质的大一女生礼貌地笑了笑，白色的牙齿就像是电视里模特们的招牌一样。

果然，外面的一群女生尖叫着跑走了。可以肯定的是，她们晚上一定会梦见自己和简溪上床。

　　简溪刚刚翻了两页报纸，顾源就在他身边坐了下来。简溪看着面前浑身是汗、腾腾地往外冒着热气的顾源，皱紧了眉头，"你离我远点啊，有够臭的啊你。"

　　顾源拿过简溪面前的柠檬水，猛喝了几大口，不耐烦地说："你得了吧，谁不知道本少爷的汗是香的，多少女人迷恋啊。"简溪在报纸后面翻了个白眼，懒得再理他。顾源刚刚剪了个清爽的头发，本来打理打理，就是时尚杂志上最近极其流行的young boy造型，结果现在被他用毛巾擦干了之后像一堆乱草一样顶在头上，要不是还剩下一张迷人的脸，那他和修楼房的农民工没什么区别。

　　"你来找林萧啊？"顾源一边回头对老板娘打了个招呼，一边问简溪。

　　"嗯是啊，"简溪点点头，叹了口气，"我电话里不是把那天晚上的事情告诉你了么。"

　　顾源没答话，无所谓地耸耸肩膀，"反正你自己想清楚，我是外人我也不知道你们两个到底怎么回事。"

　　"嗯。"简溪狭长的眼睛笼罩在眉毛投下的阴影里。

　　顾源拿过老板娘装好的两杯外带冰咖啡，站起身对简溪说："我不陪你啦，反正等下林萧也到了。我得去接Neil，他到门口了，我约了他打网球。"

　　简溪回过头看看门外停着的那辆奔驰小跑，斜了斜眉毛，问："他的车啊？"

　　顾源点点头。

　　简溪咧着一边的嘴角坏笑："哟，怪不得也不陪我了，有了新欢了啊。这个Neil是谁啊，顾源少爷还要亲自去接。"

　　顾源抬腿用力踢了简溪的沙发一下，说："新欢个屁。是顾里的弟弟，刚从美国回来。"

　　简溪歪着头想了下，"哦，那个混血的金发小崽子？我记得当初特闹腾啊，搞得顾里快疯了。"

　　顾源点了点头，脸上是无可奈何的、带着一点点宠溺的苦笑表情："现在也一点都不省油。"

　　"等下再联系，"他拉开门走了出去，坐上车之后对简溪比画了一个"祝你好运"的手势，满脸幸灾乐祸的表情。

　　我在咖啡厅的转角，深呼吸了大概三分钟之后，才推门走了进去。

　　坐在沙发上的简溪看到我就站了起来。他看上去还是高高瘦瘦的，尽管贴身的T恤让肌肉看起来结实了很多。他的眉毛微微地皱在一起，冲我挥手。暖黄色的灯光把他笼罩进一片日暮般的氛围里。

　　我朝他走过去，在他身边坐下来。

　　他望着我，也不说话，眼睛里像是起了雾一样，看不清楚。后来我看见了，是一层薄薄的泪水。他的眼睛在光线下像是被大雨冲刷过一样发亮。

　　他刚要张口的时候，我就轻轻地扑向他的肩膀上，用力抱紧他的后背。我闻着他头发里干净的香味，对他说："不用和我解释。我知道，你们只是在一起画社团的海报，仅此而已，你们没有发生过什么。而且你发那条短信给我，也是为了不让我有不必要的担心而已，你了解我是个小心眼的人。所以，不用解释。"

　　简溪把我从他肩膀上推起来，看着我，过了一会儿，他的眼眶迅速地红了起来，他把头埋进我的头发，胸膛里发出了几声很轻很轻几乎快要听不见的呜咽。他说："林萧，我是个混蛋。对不起，从今以后，我再也不会让你生气了，而且，我和她真的没关系。"他的眼泪顺着耳朵流进我的脖子里，滚烫的，像是火种一样。他在我耳边说："我爱你。"

　　在所有人的眼里，我们都像是童话里最完美的男女主角，争吵、误会，然后再次相爱地拥抱在一起，所有的他人都是我们爱情交响乐里微不足道的插曲。在浪漫的灯光下，被这样英俊而温柔的人拥抱着，听着他低沉的声音对自己说"我爱你"，用他滚烫的眼泪化成装点自己的钻石。

　　这是所有偶像剧里一定会奏响主题曲的恋爱章节。

　　只是，如果此刻的简溪把头抬起来，他一定会看见我脸上满满的、像要泛滥出来的恶毒。内心里阴暗而扭曲的荆棘，肆无忌惮地从我身体里生长出来，就像我黑色的长头发一样把简溪密密麻麻地包裹缠绕着，无数带吸盘的触手、滴血的锋利的牙齿、剧毒的汁液，从我身上源源不断地流出来。

　　毁掉他。彻底地摧毁他。让他死。让他生不如死。让他变成一摊在烈日下发臭的黏液。

　　这样的想法，这样阴暗而恶毒的想法，从我眼睛里流露出来，像是破土而出的钢针一样暴露在空气中。

我拥抱着简溪年轻而充满雄性魅力的身体，心里这样疯狂而又冷静地想着。

他拿过放在旁边沙发上的白色背包，拉开拉链，从里面拿出厚厚的三本精装书。"呐，你一直在找的那套《巴黎20世纪先锋文艺理论》，我买到啦。我在网上没找到，后来那天在福州路上的三联，看见他们架子上还有最后一套，就买下来了。"

他的笑容让他看上去像是一只忠厚老实的、懒洋洋的金毛猎犬。我有段时间称呼他为"大狗狗"，虽然顾里恶心得要死，声称"你再当着我的面这么叫简溪，我就把你的头发放到风扇里面去绞"，但是简溪却笑眯眯地每叫必应。有时候他心情好，还会皱起鼻子学金毛过来伸出舌头舔我的脸。

我看着面前温柔微笑的简溪，和他放在大腿上沉甸甸的一堆书，心里是满满的挥之不去的"你怎么不去死，你应该去死"的想法。

从咖啡馆出来，我们一起去学校的游泳馆游泳。

不出所料，所有的女孩子都在看他。他刚买的那一条泳裤有点小，所以更加加剧了视觉上的荷尔蒙效果。他从水里突然冒出头来，把坐在游泳池边上的我拉到水里，他从背后抱着我，像之前一样，用脸温柔地蹭我的耳朵。周围无数女生的眼睛里都是愤怒的火焰，但我多少年来早就看惯了。

从高中开始，每次我们去游泳，游泳馆里的男人们都在看南湘，女人们都在看顾源和简溪。简溪比较老实，一般都穿宽松一点的四角沙滩裤。而顾源那个闷骚男，一直都穿紧身的三角泳裤，唐宛如每次都会一边尖叫着"顾源你干脆把裤子脱了算了，你这样穿了等于没穿"一边目不转睛地盯着顾源的腹肌和腹肌以下的区域来回扫描。

我坐在游泳池边上发呆。

远处简溪在小卖部买可乐。他等待的时候回过头来，看了看在泳池边发呆的我，好看地笑了笑。

我看着他的脸，心里想，这样的脸，不应该存在在这个世界上，应该埋进土里，发臭，发黑，烂成被蛆虫吞噬的腐肉。

吃过晚饭后，简溪送我回家。路上他一直牵着我的手。

虽然天气依然闷热无比，但是他的手却是干燥温暖的，透着一股清新的年轻感。我抬起头看着他的侧脸，他几乎算是我生命里接触过的、最干净和美好的男孩子了。就连精致得如同假人的宫洺，在我心里都比不上他。他有力的拥抱，宽阔的胸膛，和接吻时口腔里清香的炽热气息。

他看着我走上了宿舍楼，才背着包转身一个人走回去。

路灯把他的背影拖长在地面上，看上去特别孤单和安静。

我看着他越来越小的背影，心里想，他应该一出校门，就被车子撞死。这样美好得如同肥皂泡一样的人，不应该存在在这个世界上。

我低头打开自己的手机，把下午见简溪之前收到的那条来自陌生号码的彩信又看了一遍。

那张照片上，简溪闭着眼睛，满脸温柔的沉醉。

而他对面的林泉，脸红的样子也特别让人心疼。

他们安静地在接吻，就如同我们刚刚的亲吻一样。

巨大的月亮把白天蒸发起来的欲望照得透彻，银白色的月光把一切丑恶的东西都粉刷成象牙白。

芬香花瓣下面是腐烂化脓的伤口。

而此时的唐宛如，却在看着月亮发慌。

学校体育馆更衣室的大门不知被谁锁上了，整个馆里叫天天不应，叫地地不灵。她的手机放在运动包里，运动包在体育馆门口的置物柜里。

唐宛如困在漆黑一片的更衣室里，脑子里爆炸出无数恐怖片的场景，被死人纠缠、被灵魂附体、被咒怨拖进镜子里，以及被强奸。

——当然，这样的想法经常会出现在唐宛如的脑子里，而每次当她说起"他不会强奸我吧"或者"这条弄堂那么黑，我一个人万一被强奸了"的时候，顾里都不屑地回答她"你想得美"。

唐宛如捂着胸口，当她小心地回过头的时候，突然看见背后半空里飘浮着一个披头散发低着头的女人，她的身体只有一张绿色的脸。

唐宛如在足足一分钟无法呼吸之后，终于用尽丹田的所有力量，发出撕心裂肺的一声尖叫。

在她的尖叫还持续飘荡在空中的时候，门突然被撞开了，一个非常熟悉的声音在黑暗里响起来："发生什么了？唐宛如你没事吧？"

当唐宛如看清楚黑暗中那个挺拔的身影是卫海的时候，她瞬间就把刚才杀猪一样的癫狂号叫转变成了银铃般的娇喘，并且摁住了胸口，把双腿扭曲成日本小女生的卡哇伊姿势，如同林黛玉一样小声说："那个角落有个女鬼，好吓人，人家被吓到了呢！"

卫海对突然变化的唐宛如有点不适应，像是突然被人冲脸上揍了一拳。他还在考虑如何应答，角落里的"女鬼"突然说话了："放什么屁啊！你们全家都是女鬼！我的手表是夜光的，我想看一下时间而已！"

卫海转过头去看了看，是校队的另外一个预备队员。

"你也困在这里了啊？"他问。

那个女的点点头，同时极其恶心地看了唐宛如一眼。

卫海回过头，唐宛如依然保持着那种正常人在任何非正常情况下，也没办法摆出来的一种诡异的姿势，感觉像是玛丽莲·梦露——的二姑妈——喝醉了酒之后——做出了一个Hip-Hop的倒立地板动作。

"我受到了惊吓。"唐宛如娇弱地说。

一整个晚上，唐宛如内心反复叨念着的只有一句话："电视里不是经常演孤男寡女被困密室，干柴烈火一点就着吗？那他妈的墙角那个女鬼算什么？算什么？！"但她完全忽略了就算没有墙角那个女鬼，要把卫海点着，也得花些工夫。一来对于作为干柴的卫海来说，这个有妇之夫已经被裹上了一层防火涂料，并且涂料里面搞不好还是一根铁；二来是作为烈火的一方，唐宛如有点太过饥渴，别说烈火了，开一个火葬场都足够了，哪根干柴看见了不立马撒丫子拼老命地跑。

于是一整个晚上三个人就默默地窝在更衣室的公共休息室里。

尽管中途唐宛如不断小心翼翼地在黑暗中朝沙发上卫海的那个方向小心地挪动，但是每次一靠近，卫海就礼貌地往旁边让一让，"啊对不起，我往旁边去点。你躺下来睡吧。"卫海炽热的气息在黑暗里，像是紧贴着唐宛如的皮肤一样。

唐宛如觉得心脏都快要从胸口跳出来了。男生皮肤上沐浴后的炽烈气息，让她彻底扭曲了。

第二天早上唐宛如醒过来的时候，她睁开眼，第一眼看见的是对面沙发上那个睡得嘴巴大张、口水流在沙发上的女鬼，之后才莫名其妙地发现自己的头正枕在卫海的大腿上，而卫海坐着，背靠着沙发的靠背。唐宛如仰望上去，卫海熟睡的脸在早晨的光线里，像一个甜美的大儿童。

但是，在唐宛如稍稍转动了一下脖子之后，她脑海里关于"大儿童"的少女梦幻，就咣当一声破碎了。

"那是什么玩意儿啊！！！！"

第二次的尖叫，再一次地响彻了云霄。

在这声尖叫之后，事态朝着难以控制的局面演变下去。

惊醒过来的卫海和那个女的，都惊恐万分。

随即卫海在唐宛如的指责里，瞬间羞红了脸。唐宛如像一只上蹿下跳的海狸鼠一样，指着卫海运动短裤的裤裆，尖叫着："那是什么！那是什么！"

卫海弯下腰，结巴着，不知道该怎么解释，断续地从牙缝里一个字一个字地往外挤："……这个，是男生……早上都会有的……生理现象……我没那个……我不是……那个意思……"

唐宛如瞬间像是被遥控器按了暂停一样，在空中定格成了一个奇妙的姿势，她歪着头想了半天，然后一下子愤怒了："你的意思是我没有吸引力？你在羞辱我！"

卫海猛吸一口气，他都快哭了。

早上醒来的时候，已经是9点多了。

我走到客厅，发现只有顾里一个人在沙发上喝咖啡。早晨的阳光照在她刚刚染成深酒红色的头发上，那层如同葡萄酒般的光芒，让她像是油画里的那些贵妇——如果她手上拿的不是咖啡杯而是红酒杯的话，那就更像了。

"南湘昨晚一晚上没有回来。"我在沙发上坐下，蹭到顾里身边去，缩成一团。

"唐宛如昨天晚上也没回来。"顾里头也不抬，继续看她的财经报纸，"她们俩不会是开房去了吧？"

"你的想象力足够让中国所有的小说家都去死。你应该去写一本小说。"我虚弱地回答。

"我只能写出一本账簿。"

我把脚蜷缩起来，把头埋进顾里的肩膀，头发散下来搭在她的锁骨上。我动了动胳膊，用手肘轻轻撞了一下她，"顾里。"

"怎么了？"她放下报纸，低头看向我。

我从口袋里摸出手机，翻出那张照片，然后把手机递给了她。

我的眼泪在停了一个晚上之后，再一次滚了出来。顾里看着手机没有说话，过了半晌，她伸出手紧紧地抱着我。

"夏天就快要过去了吧。"她在安静的客厅里，突然小声地说了一句。说完，她用手指轻轻地擦去了我脸上的眼泪。

窗户上因为冷气的关系，凝结了一层白色的雾气。

看上去，感觉窗外像是下了雪的冬天一样，一片空虚的苍白色。

我和顾里躺着没有动，直到门铃响了第三次。顾里不耐烦地问"谁啊"，而门外没有回答。顾里轻轻扶起我，然后起身去开门。

迟迟不见顾里回来，我就疑惑地走向大门口，结果看见了站在门外的席城，他头上都是血。胸口的白T恤上，也是血。

他抬起头，用一种冷漠到让人恐惧的眼光看着顾里，问她："南湘呢，你让她出来。"

卫海走回寝室的路上，一直沮丧地低着头。他心里极其懊恼，因为被女生看见那样的自己，实在是太羞愧的一件事情。甚至是自己的女朋友，都还没到达这一层关系。他在管理员打开休息室大门之后的第一时间，就赶紧逃走了。他实在受不了在那样的环境里多待一分钟。

他走到学校宿舍门口，看见顾源穿着运动短裤和衣服，背着网球包下楼。顾源把网球包丢在门口那辆奔驰跑车的后座上，车上是一个戴着墨镜的的金发外国人，看上去像是十八岁的贝克汉姆。

顾源冲着卫海打了声招呼，卫海回报他一个苦笑，然后冲他摆了摆手，"你先去打球吧，回来告诉你我昨天有多倒霉。"

车上的Neil也冲卫海说了声"Bye-bye"之后，就脚踩油门走了。

卫海回过头去，发现车后座上两个一模一样的网球包。虽然不能确切地叫出名字，但是那确实是在顾源的时尚杂志上看见过的只能在香港买到的限量网球包。

"败家子们啊。"卫海苦笑了下，转身上楼去了。

刚走到寝室门口，看见坐在地上的自己的女朋友。"遥遥，你干吗坐地上，快起来。"卫海心疼地去拉她。

童遥站起来，红着眼睛，问他："我听人说你和那个叫唐宛如的，在更衣室里乱搞了一晚上，是吗？"

席城站在门口，顾里也站在门口，对峙着。席城身上那股森然的气势，让我觉得站立不稳。他往前一步，把脸凑近顾里的脸，伸出手指着顾里的鼻子，咬牙切齿地说："我告诉你，姓顾的，你不要再管我和南湘的事情，我他妈受够你了。识趣的，就让南湘出来。"

顾里完全没有表情，她冷冷地看着席城，抬起手拂开他指着自己的手："我告诉你席城，你给我有多远滚多远，你害南湘还不够是吗？你看看自己现在的德行！"

我站在他们两个背后，忍不住哆嗦起来。我甚至在想万一席城动起手来，我们两个打一个是否有胜算。如果唐宛如在就好了，我甚至敢冲上去直接甩席城一个耳光，只要有唐宛如撑腰，再来仨男的都不是对手。

正当我在考虑怎么隔开他们两个、不要引燃战局的时候，席城轻蔑地伸出手捏起顾里的下巴，然后用力地甩向一边，顾里的头哐当一声撞到门上。

他说："操，你他妈在这里跩个屁啊，装他妈圣女是吧？当初躺在老子身子下面大声叫着让我操你的那副贱样子，我他妈真应该拿DV拍下来，放给你看看！"

我的大脑像是突然过电一样，瞬间一片空白。

我甚至没有能够在当下，听懂那句对白是什么意思，尽管脑海里已经爆炸性地出现了那些肮脏的画面。我只是茫然地看着坐在地上捂着脸的顾里，她一动不动，头发垂下来遮住了脸，我完全看不见她现在的表情。

烈日下突然的一阵心绞痛让顾源丢下球拍坐到球场边上的阴凉处。

Neil走过来，在他边上坐下，"怎么了？"

顾源揉了揉额头，"我也不知道，可能中暑了吧。"他轻轻地笑了笑，苍白的脸看起来像纸面上的模特。

顾源闭上眼睛，他自己也不知道刚才突如其来的那股胸腔里的刺痛是因为什么。就像是遥远的地平线处，有一枚炸弹引爆了，而那枚炸弹和自己的心脏中间，连着一根长长的导线。在爆炸之后的几秒，那种粉碎性的毁灭传递到自己的心脏深处。

遥远的，模糊的，一声巨响。

鼻子里是一股淡淡的香味，顾源睁开眼睛，面前是Neil递过来的Hermes白色毛巾。

他接过来擦肩膀上的汗水，刚擦了一下，就笑着朝Neil砸过去，"你用过的还给我用，上面都是你的汗水，恶不恶心啊！"

Neil抬起手接住砸过来的毛巾，斜着嘴，"不用算了。"

顾源看着太阳下挺拔的Neil，阳光照在他高高的鼻梁上，看起来就像好莱坞电影里那些年轻的纨绔贵族。他的喉结上下滚动了一下，说："你准备……什么时候告诉顾里？"

Neil摇摇头，"我也没想好……你说呢？"

顾源把头转过去，眼睛陷入一片黑暗的阴影里，"别问我。"

寝室里是一片死一样的寂静。

席城冲进来，没有找到南湘之后，什么也没说就走了。

寝室里剩下我和顾里。

我坐在沙发上，看着靠在门口、坐在地上一动不动的顾里，不知道她在想些什么。她的背影看上去很平静，像是睡着了一样。我有点不敢走近她。我像是看见了自己从来不曾了解到的顾里，那个隐藏在强势而冷静的计算机外表下的人，有着人类最基本的欲望和丑恶。

也不知道过了多久，当我慢慢恢复力气，走到顾里身边蹲下来的时候，我看见了她的脸。平静的、没有扭曲的、没有眼泪的一张脸。只是嘴唇被牙齿咬破后流下的一行淡淡的血迹，依然残留在她的嘴角。

她慢慢地把视线转到我的脸上，对我说："林萧，你什么都别问我，可以吗？"

我从来没有看见过这样脆弱的顾里，像是暴风雨里飘零的一片落叶。我揽过她的肩膀，眼泪滑下来。"好，我不问。"

我们两个像是八点档电视剧里矫情的姐妹花一样哭成了一团，然后又互相把狼狈的彼此从地上扶起来。我把她脸上的眼泪擦干净，她也重新帮我扎好了头发。她又渐渐地恢复成了那个不可一世的小公主。我看着面前重新发光的顾里，感觉身体里的力量也慢慢地回来了。我们彼此约好，让这个秘密像当初林汀跳楼的那件事情一样，永远烂在我们肚子里。既然当初我们曾经在同一个战线上彼此手拉手冲锋陷阵，那么多年后的现在，我也同样可以为了顾里而死守这个秘密。

那个时候，我才终于发现，自己一直以来都依赖着顾里而存活，像是藤蔓植物攀爬在巨大的树木上面，把触手和吸盘牢牢地抓紧她。

如果有一天顾里轰然倒下，我也不复存在了吧。

我看着面前重新出现的顾里，精致的妆容，一件Comme des Garcons的小白裙子让她像一朵刚刚开放的山茶花，而我身上的那件Only连衣裙，让我显得像是街边插在塑料桶里贩卖的塑料花……并且还有点褪色……

我们手拉手出门准备吃饭，出门的时候，顾里已经恢复了她的死德行，拉着我非要和我分享她昨天在财经杂志上刚刚看完的关于奢侈品牌扩张的核心覆盖理论。我刚刚听了个开头，就以"给我闭嘴吧你"温柔地打断了她。

而在我们离开之后，空荡荡的寝室里，洗手间的门轻轻地打开了。

唐宛如失魂落魄地走出来。

她完全不能相信自己刚刚听见了些什么，只感觉自己像是处在一群彼此撕扯吞噬的怪物里面。她坐在沙发上一动不动。过了会儿，她颤抖着拿起了手机。

之后的几天，我也做了一个重大的决定——我决定重新原谅简溪。

无论他和林泉到底是什么关系，也无论他是否和林泉接吻了，我都觉得没有关系。因为我总是不断地回想起顾里红肿着眼睛对我说"每个人都有一次被原谅的权利"的样子。而且，我每天都会梦见这些年和简溪一起走过来的日子，他温柔的、永恒的、近乎覆盖性的爱。手机里他的照片依然停留在高中时清新的模样，像一个刚刚走上T台的小模特，稚嫩，同时又英气勃发。

在某一个傍晚，我和他走在他们学校的操场看台上。我抱住了他，对他说了之前内心对他的怨恨，和那些阴暗的龌龊的想法。

他哭了。

他抱着我，对我说他都知道的，早就知道了。在每一次我看向他的目光里，他都可以感受到怨恨，感受到绝望，感受到我扭曲了的心。但他也一直都没有说。他想，他可以用漫长的一生，来包裹住我的伤口。

他红了一圈的眼眶，像是动画片里的狸猫。后来他低下头和我接吻。

依然是漫长的窒息的清香。来自他的体魄。

随后的几天里，我们被一年一度的重大防空警报所持续困扰——顾里的生日到了。

每一年的这个时候，所有的人都处于一种焦虑而惊恐的情绪里，唐宛如除外。因为她在几次三番遭到顾里的打击和讥笑之后，已经不再为顾里的生日礼物费心了，她的应对政策，就是让我和南湘烦心，每次都给我们一个预算，然后让我和南湘帮她挑选礼物。说实话，她这招简直太阴毒了，我宁愿去越南拆地雷，也不想干这个事情。

而顾里每天雷打不动的事情，就是拿着手机，对着她在Moleskin笔记本上写下来的那些条条款款，一字一句地和所有人核对。

"每位客人的鹅肝是三盎司！我想问一下你准备十盎司是企图用来饲养什么？"

"我觉得餐桌上还是不要摆白色的蜡烛台和镜框了，这毕竟不是一个葬礼，你觉得呢？"

"如果你们坚持用红色的餐巾和金色的刀叉，那么用完餐之后麻烦你们再帮我准备一个洞房。"

"为什么你们连这么简单的事情都搞不定呢？什么？我是你们餐厅有史以来最恐怖的客人？那不可能，这么说实在太没根据了，所有人都知道，我极其地平易近人并且通情达理，我和你们说，长得像我这么漂亮的女生，能做到这样的没几个。"

"妈，看在白娘子和财神爷的份上，你可不可以不要穿那件几乎要把整个乳房都甩在外面的礼服出席我的生日？我都怀疑你吃饭的时候需要把胸部搁在餐桌的盘子上，你不觉得那样看起来像是一道主菜么？小烤乳猪或者鲜木瓜什么的……"

"爸爸，如果你当天不赶回来参加我的生日，我就会把你书房里的雪茄，全部剪成一厘米一截的玩意儿。开玩笑？哦不，我是认真的。你什么时候见过我开玩笑了？"

"Lucy，礼服上会有狗毛这个事情，我可以理解，但问题在于，我家根本就没有狗，那我礼服上的狗毛是怎么回事？什么……嗨，别搞笑了，你去做《X档案》的编剧算了，里面都是这样匪夷所思的剧情，外星人偷了隔壁邻居的围裙，然后留下一堆狗毛。真的。"

"Neil，你如果再敢送我芍药花的话……你当然有送过我芍药花！而且，你还在卡片上写了'你就像一棵芍药'，你知道为此唐宛如成功翻身了多少次吗？"

这样的状态一直持续着，我觉得这样下去，总有一天，全上海的高级餐厅，都会在每年8月18号这一天，纷纷关门避风头，而且顾里的名字应该会在所有餐厅的顾客名单上被……打一把叉或者划掉，恶毒一点的应该会打一个黑色的方框框起来……

而当我们几个坐在食堂里喝着黑米粥的时候，顾里总算是出现了多少天以来少有的安静。难得的是顾源也在，也挺安静。这多少就显得有些诡异了，让人觉得有种超自然的神秘感……

更难得的是许久没有露面的南湘，神出鬼没般坐在我的边上，鬼祟地问："你有没有觉得周围一下子安静了起来？我明天准备去看看医生，我听觉应该下降了……"

当然，换来的是顾里的白眼和讥讽："你哪里不下降，你瘦得都快成生鱼片了，你胸口那两颗玩意儿迟早咣当一声掉下来。"

南湘低下头，默默地喝粥，小声问我："唐宛如呢？唐宛如呢？我需要她。"

正说着，唐宛如从远处飞快地飘了过来，以前是一朵硕大的积雨云，现在像一颗粉红色的棉花糖，跳跃着，跳跃着，跳跃着……扑通一声落在我们餐桌上。

我们纷纷放下了手里的粥，突然感觉饱了。

正当我们准备起立，纷纷找借口作鸟兽散的时候，我们看见唐宛如身后站了一个幽怨的女人，她脸色发黑，感觉像是背后灵。我、南湘、顾里，三个人同时抬起手，指着唐宛如的背后。

凭着多年的默契，唐宛如迅速心领神会："哎呀，你们也看出我变漂亮了呀，别这样说，我只是有女人味了些。"

顾里二话没说拉开椅子站起来走了。

刚走两步，就听见唐宛如杀猪一样地尖叫了起来，这和她刚刚所说的"女人味"简直差了三个时区。

站在背后的那个女人，抓起唐宛如的头发，双眼发红地大声说："唐宛如，你是不是和我男朋友乱搞在了一起？"

我和南湘扑通一声坐回椅子，南湘扶着额头（更主要的是为了遮住脸），有气无力地说："帮她们找一个话筒吧，整个餐厅的人都在竖起耳朵听，看他们脖子伸得太辛苦了。"

我完全没有理睬南湘，正专心地在包里翻出墨镜准备戴上。

而弄清楚了对方的男朋友是卫海之后，这场骂战迅速地升级了，比Windows的操作系统升级得都要快。

只是听着那个女的口里从"不要脸"迅速升级为"贱货，烂B，娼妇"之后，我们再也受不了了。顾里走过去扯开那个女的，斜着眼睛问："你自我介绍完了没？"然后甩开她，过去拉着像是小鹿般惊恐的唐宛如离开了。

刚走了两步，顾里像是背后长了眼睛一样，往旁边一闪，一碗黑米粥擦着她的耳朵飞过去。

顾里回过头，冷笑了下，然后转身轻轻拿起隔壁看傻了的男生桌上那碗硕大的番茄蛋汤，一抬手哗啦啦泼到那个女的身上。"你看准点呀，"顾里笑了笑，"像这样。"

走出食堂的大门之后，顾里突然回过头对顾源说："对了，我生日party，你带上你的那个好朋友卫海一起哦，我邀请他。"

我和南湘默默地跟在背后，像两个小跟班。我们互相交换了一下眼神，彼此达成了共识："得罪谁，都不要得罪顾里，否则怎么死的都不知道。"

之后我和南湘去学校的图书馆，在听到卫海要参加生日会后的唐宛如迅速恢复了粉红色棉花糖的模样，跳跃着，跳跃着，跳跃着（……）朝体育馆跑去了，落日把她粉红色少女情怀的身影倒映在跑道上，看上去像是绿巨人浩克在夕阳下幸福地奔跑着。

顾源挥了挥手，"我和Neil约了游泳，你要去吗？"

顾里赶紧摇头："请带着那个小祖宗离我越远越好。"顾源犹豫了一下，还是没说什么，转身走了。

顾里一个人朝寝室走去。半路上，电话响起来。

她停下来看着手机，过了很久，才把电话接起来。她把呼吸调整得波澜不惊："席城，我告诉你，就算我和你上过床，但是你也不用指望用这个来威胁我。你可以告诉我身边的朋友，没有关系。但是如果你伤害了我和我的生活，那么你一定也会用十倍的代价来偿还。"

顾里轻轻地挂断了电话，然后踩着高跟鞋走了回去。

她并不知道，刚刚就在她背后三步远的地方，是追过来想要问她事情的顾源。

落日下顾源的身影停留在学校宽阔的道路上。两边的梧桐在傍晚的大风里，被吹得呜呜作响。

新天地的这家法国餐厅，一直以来就以昂贵的价格和嚣张的服务态度著称。他们坚持的理念就是"顾客都是错的"。

不过这个理念在顾里面前显然受到了挑战。我相信在宫洺或者Kitty面前，也一样会受到挑战。说白了，也就是逮着软柿子捏，在这一群养尊处优的人面前，他们眼睛都不敢抬起来。

我和唐宛如理所当然地变成了接待（……）。本来难逃这个厄运的还有南湘，只是不知道这个天杀的突然消失到哪儿去了。十五分钟前，她还在电话里惨叫着"上海的交通怎么不去死啊"，而现在就音讯全无了。以我对她的了解，她在抱怨堵车的时候，应该是还在家里的沙发上赖着没有起来。

顾里的生日会极其隆重，在某个方面来说，等于顾家的一场商界晚宴。我们这些私人朋友，被安排在一个单独的VIP Room里。整个晚上，顾里像一只幽蓝色的天鹅一样，穿梭在厚厚的羊毛地毯上。她的那双鞋跟细得像锥子一样的高跟鞋，走过哪儿，哪儿就是一排窟窿，我看见身边的服务生都快哭了。

当然，看见穿着低胸小礼服裙的唐宛如，我也快哭了。她肆无忌惮地抓着胸部扯来扯去，说："我总觉得我的奶没放对位置。"我眼睛快要脱窗的时候，她又非常严肃地补了一句："没贴乳贴不要紧吧？你说乳头会不小心弄出来么？"我看着她，心里有一种天高任鸟飞的豁达感……

直到晚餐开始的时候，南湘都还没有赶到。顾里叫大家先吃，不用等了。

席间，我尽量少吃。因为我实在被桌子上几百把刀叉给难住了，面前的餐桌看起来就像是一个黑灯瞎火的手术台。我真的觉得自己不是在吃饭，而是在抢修三峡水库的大型发电机。我恍惚觉得服务生等下就会换一副电钻上来对我们说"请慢用"。反倒是唐宛如，非常自然而亲切地去招呼服务生，抓着人家的围裙说："给我拿双筷子过来。"

我保证我清晰地听见了顾里咬碎一颗牡蛎的声音。

上到第二道主菜的时候，南湘鬼鬼祟祟地把门推开了一个小缝，朝里张望着。她先是伸进了一条腿，然后探进了头，看着正在切牛排的顾里，小心翼翼地说："在我进来之前……顾里，有话好说，你先把刀放下。"

南湘在我身边的空位子坐下来，我抬头想要问她怎么会迟到这么久，难道她觉得顾里是台湾偶像剧里娇弱的女主角吗？

我还没来得及开口，南湘劈头盖脸给我一句："你不闭嘴老娘就直接把你的喉咙割开。"

"好好好！我吃饭！"我紧张地说，"不要激动，先把刀放下……"

唐宛如一边嚼着牛排，一边亲热地招呼着南湘："哎呀南湘，怎么迟到这么久呀，大家都在等你。"

我看见顾里拿刀的动作生硬地停了下来。南湘扶住额头，虚弱地说："大家先把刀放下……"

　　我、南湘、顾里交换了很多次的眼神，在整个吃饭的过程中无数次地想要把唐宛如捅死，虽然吃饭的刀叉不一定能伤害到她的壮硕肌肉，但是我们也极度想要尝试。包括她突然说起"哎呀顾里你记得你当年生日的时候Neil送你芍药吗，说你像芍药"的时候，我们抬起头，从Neil的目光里，我们读懂了他也加入了我们的阵营。而在她伤心欲绝地说完"哎呀，去年的这个时候，顾里和顾源还在一起呢，真可惜"。之后，在喝汤的顾源，也放下调羹，拿起了刀。

　　然而，我们都没有预料到当晚的高潮，其实并不是诞生在唐宛如身上——如果是，也就好了。当我们在计划着怎么把唐宛如从这个房间弄出去的时候，房间的门被推开了。一个气质高贵、穿着黑色礼服的女人，看上去三十多的样子，优雅地走了进来。
　　顾里摆出那张计算机的脸，标准地微笑着："Hi，Mia！"
　　而对面的Neil，冷冷地说："Get out!"
　　Mia一点也没有生气，微笑着说："I just wanna say happy birthday to Lily. Sure I'll get out after that."
　　Neil放下刀叉，用餐巾擦了擦嘴："I don't wanna be rude, but will you! please! f**k off! Right now!"
　　顾里把餐巾朝Neil扔过去，她的脸涨得通红："Don't be such an asshole！"
　　Neil没有回答，压抑着自己的怒气。
　　不过Mia迅速地为大家解围："He is not an asshole. He just likes it."
　　那一瞬间，整个房间鸦雀无声。除了唐宛如，我们所有的人几乎都听懂了这句暗示。大家的动作都停留在刚刚切菜的样子。谁都没有说话，甚至包括唐宛如，她并没有听懂，但也被整个恐怖的气场震得不敢说话。
　　对于这样的场景，显然Mia早就料到了。所以她理所当然地"惊讶"地说："Oh my god, Neil, you haven't tell Lily that you are gay，do you?"
　　在看见Neil和顾里苍白的脸色之后，Mia心满意足地说："I'd better go now."说完她转身拉开门出去了，留下一屋子死气沉沉的人。
　　"Why you let me know this from Mia but not you? Why you didn't tell me!"顾里显然被刺激到了，她胸口剧烈地起伏着。Neil朝椅子后背一靠，冷笑着："When? Where? At

your party, in front of all the people? Yes, that is really really not weird at all!"

我和南湘都不敢说话，我们没有预想到事态会变得这么难堪。简溪在我身边，从桌子下面悄悄握住我的手。

我刚想说点什么来转换这个尴尬的气氛，Neil接着说："You wanna know more? OK, I really want to share my life with you that I am……"

"Shut up！"我冲Neil大声地吼了一句，"你放过你姐姐吧！"我几乎可以肯定Neil等下脱口而出的就是"I am seeing your ex-boyfriend now"。

所有人都被我的声音惊呆了。说实话，我自己也没有想到会弄成这样的局面。只是当我抬起头看向顾里的时候，她冷冰冰的眼神看着我，像在质问一个犯人一样："林萧，你早就知道了？"

我不敢说话，我没有办法在这样的情况下去告诉她我看见了顾源和Neil接吻。我伸过手去抓住她，"顾里，我是不想让你伤心，我本来想……"

"你省省吧，有这个力气不如先管好你的简溪别和另外的女人乱搞。"顾里甩开我的手。

桌子下面，握着我另外那只手的简溪，突然松开了手。他平静地望着桌上奢侈的菜肴，水晶灯的光芒映照在他的眼睛里。

高级的定制礼服，男人们闪亮的鳄鱼皮鞋，闪烁着高贵颜色的红酒杯在裙角鬓影中穿梭着。英文和中文互相交换着，在空气里回响。彼此的恭维、谄媚、讽刺、勾心斗角，在房间外面的大厅里交错上演。

而没有人知道，房间里面，是世界末日般绝望的气氛。

我坐在座位上，悄悄地流着眼泪。顾里若无其事地继续吃东西。所有的人都沉默着，不知道怎么面对这个已经支离破碎的局面。

而这个时候，房间的门突然打开了，"哟，大家都在啊。"穿着牛仔裤的席城，笑嘻嘻地走了进来，慢慢地在南湘身边坐下。

顾里的眼睛里，是闪烁的匕首一样的怨毒。

当我们都认为，人生已经出现坏得不能再坏的局面的时候，上帝总有办法超越我们的想像，把一切弄得更加腐烂。我们这群人，从小一起分享着彼此的秘密、喜悦、悲伤、痛苦。

就像今天一样，我们欢聚在一起，众星捧月般地围绕着顾里，在她生日这样欢乐的时刻，一同见证她人生最阴暗的肮脏——从此她走向阴冷的深渊，被黑暗吞噬得尸骨无存。

南湘咳嗽了两下，拿起红酒杯，打破了极其难堪的尴尬。

"我们欢聚在一起，为我们从小到大的好朋友顾里，庆祝她的生日。我从小像是被恶心和黑暗的怨灵所光顾，经历很多很多绝望的时刻。而带给我最多黑暗和伤害的，就是坐在我身边的这位席城。"

说完，她站起来走向顾里，站在她的身边："无论别人认为顾里有多么冷酷、不尽人情。但是我知道，她的内心是滚烫的，所以，她才会那样奋不顾身地想要拯救我——或者说想要分担我的痛苦，甚至顶替我的痛苦，所以，她也和我一样，和席城上床了。"

南湘低下头，看着面如死灰的顾里，笑了笑："而且，最讽刺的是，今天在场的人，都知道了这个事情，大家都觉得我并不知晓。可是你们错了啊，我们如此情谊深厚的姐妹，怎么会不知道呢？所以今天，我要敬我的好姐妹，祝贺她，分享我的悲惨人生，我也发自内心地祝愿她，从今以后，和我的人生一样，变成沼泽地里腐烂的淤泥。"

说完，南湘把手上的红酒，从顾里精致的头发上淋了下去。那些红色的液体，哗啦啦顺着顾里的礼服裙往下流。

倒完那杯酒之后，南湘把杯子用力地砸到席城头上，然后轻轻地拉开门，走了。

席城擦了擦额头流下来的一点血，无所谓地笑着，也起身走了。

整个过程里，我闭着眼睛，全身颤抖，被前所未有的巨大恐惧紧紧地攥住了。

谁都不知道人群是在什么时候散去的。

顾里看着空荡荡的房间，和站在自己面前的顾源。她想要说话，却发现连张开口的力气都没有，全身像被阴魂纠缠着，不能动弹。

顾源温柔地拿着纸巾，动作缓慢地，轻柔地，擦着她脸上的红酒。眼泪从他深邃的眼眶里滚落出来，滴在他平静地微笑着的脸上。"我多想把你擦干净啊。"他喉咙里的声音，如同浑浊的江水。

Neil找到顾源是在外滩的江边上。顾源望着江对面自己的家发呆，背影在上海的深夜里显得淡薄，像是一片灰色的影子，快要被风吹散了。

Neil走过去，站在他的旁边，说："Sorry. I didn't mean to get you into this."

顾源笑了笑，"不关你的事啊。"

他提起脚边那个巨大的白色纸袋，对Neil说："你知道吗，之前我把我曾经送给顾里的所有礼物，扔进了江里，后来我重新买齐了这些，准备今天重新给她。我想要和她重新开始。"

说完，他抬起手，第二次把所有的东西扔了下去。

"这应该是最后一次了。"

顾里站在太平湖边上，从新天地出来之后，她像个行尸走肉一样，不知道怎么就走到了这里。她歪着头，靠着湖边的树，瘫坐在地上。礼服裙子拖在地上，脏兮兮的，头发湿淋淋的全是红酒。

她手边的手机，在地上震动了起来。顾里看了看来电，是爸爸。

她接起来，"喂，爸爸。"对方却没有了声音。她等了一会儿依然还是没有人说话，便挂断了电话。应该是刚下飞机吧，信号不好，等下会打来的。

而顾里并没有预料到的，是当这些手机的讯号把她的声音转化成电磁波、传递到城市的另外一边的时候，她父亲的手机掉在车子的后座上，没有人应答。

一分钟之前，她父亲打通了她的手机，想要告诉她他刚下飞机，正在赶过去的路上。电话通了，还没来得及说话，车子前面的大型货车上，捆绑着那些钢管的链条，突然散了开来。无数胳膊粗细的钢管从车上滚下，叮叮当当地上下跳动在高架的路面上。

他还没有来得及看清楚，一根钢管就穿破车窗，从他的眼睛里插了进去，贯穿了他的头颅，白色的脑浆滴在车子内部的高级真皮上面。

过了一会儿，救护车飞快地开了过来，高架上一片闪动的警灯和救护灯。

医院的救护车呼啸在公路上，转动不停的刺眼的车顶灯和刺耳的喇叭像是锋利的剪刀，剪破上海夜晚的寂静。

救护车上的年轻女护士望着担架上的男人，他英挺的眉毛，深邃的五官。护士眼睛红得像兔子一样，忍不住哭起来。"我看过他很多的书，这么年轻，为什么要让他死。"

医院走廊的大门被撞开。担架被护士们推着进来。

宫洺跑过去，抱起担架床上的崇光，像要把他融进身体里一样，用力地抱进自己的胸膛。

"别死。别死啊。"

周围的护士沉默地站着，看着这两张平时在杂志和电视上看过无数次的美貌的脸。

一张平静、甚至带着淡淡的微笑。

另外一张，依然是冷漠的，没有表情的。只是眼泪一颗一颗地掉下来，落在这张假人般精致的脸上。

我和简溪缓慢地走在回家的路上。

我牵着简溪的手，停下来，用尽自己全部的力气抱紧他。我没有力气了。我甚至不敢去回想刚刚发生的一切。

我简直不敢去想像顾里之后的日子。我什么都做不了，除了在这里，贪婪而又自私地享受着简溪给我的不求回报的恋爱时光。

那一刻，我像是在战火里生存下来的幸存者，觉得自己是最幸福的人。

但是，如果我可以穿越时间，去看看将来，我一定不会这样想。

我并不知道，这个在我身边牵着我的手的男人，正在带着我，和我一起，一步一步走向万劫不复。

南外滩的夜色里，一个巨大的广告牌伫立在黄浦江边上。月光冰冷地笼罩着上面的广告词：

上海滩最后的梦想。

TINY TIMES

小时代1.0

折纸时代

Tiny Times Season.01 Chapter.11

Dirty secrets make friends.

离地面一米的地方，浮动着黏稠而浓厚的白色雾气，像是有生命般地流动着。草地泛出一种让人感觉阴森的湿漉漉的墨绿。庞大的寂静里，只有一种类似水滴的声音，把气氛衬托得毛骨悚然。

当崇光再次睁开眼睛时，出现在自己视野里的，就是这样的景色。

窗帘拉开到两边，巨大的玻璃窗外，一个巨大的湖面，纹丝不动，像一面黑蓝色的镜子。高大的树木倒映在里面，像倒插着的刺。

有那么一瞬间他觉得自己死了，直到回过头来，看见头顶悬挂的点滴瓶。

自己应该是在上海最顶尖的医院里，这个医院以昂贵的医疗费用和奢侈的环境而闻名整个上海，特别是那一圈坐落在湖边的独立病房。说白了，那是十几栋湖景别墅，有钱人用烧纸币的速度，享受着治疗甚至仅仅是疗养，那些穿金戴银的老女人住进来仅仅是为了打肉毒杆菌或者做面部拉皮手术，并不是不常见。

崇光转过头，看见坐在边上的宫洺，冷漠的眼神，一脸苍白的色泽，死气沉沉地盯着自己，他的嘴唇薄得像一条锋利的线，一动不动。

崇光稍微把身体抬了起来，靠在床头，清了清黏稠的喉咙，有点沙哑地说："如果别人路过我们的窗口，看见你这张惨白的脸，会觉得得病的人是你吧。"看宫洺没有反应，于是自我解嘲地"哈哈"干笑了两声。

宫洺面无表情地扬了扬手里的医生诊断书，问他："什么时候的事情？"

崇光无所谓地撇撇嘴，"蛮久了，反正差不多快死了吧，我想。"

宫洺站起来，走出了病房，看也不再看他一眼。"那你怎么不直接死啊。"宫洺把门关上，丢下一句冷冰冰的话来。

崇光转头看了看他留在茶几上剥好的橘子，抿了下嘴唇，抬起手擦掉流出来的眼泪，笑了笑，低声说："滚你妈的。"

他拿起橘子吃了两瓣之后，抬起手用力地砸到了墙上。雪白的墙壁上一摊黄色的汁液。

走出病房之后，宫洺拿出手机打电话给Kitty，电话响了一声就被迅速地接了起来——每一次都是这样，《M.E》所有的人都怀疑无论是睡觉还是洗澡甚至和男人做爱的时候，Kitty都应该把手机抓在手里，以便她可以随时随地在电话响起一声之后像一台答录机一样地说出"你好，我是宫先生的助手"。事实上，她那水火不惊的生硬也确实经常被人当做答录机。

宫洺穿过几个抱着病历夹偷偷瞄他的护士之后，转身走出医院的大门，迎面是巨大而冰冷的湖面。他站在夜晚空旷的湖边上，对电话说："召开新闻发布会，公布崇光胃癌晚期的消息。同时让选题部明天开会，我需要启动关于他得胃癌的相关项目。"

电话那边一片寂静，只剩下缓慢的呼吸声。

宫洺挂掉电话之前，补了一句："在死之前，他应该营造出更大的价值。"

他转过身朝湖对岸的大门走去。

戴白手套的司机一直等在黑色轿车边上，宫洺径直走过轿车，没有停下来，他挥挥手，"你先回去，我走路就行。"

当轿车消失在公路尽头的时候，宫洺停了下来。

他慢慢地弯下腰，过了会儿，开始大口大口地喘气。

头顶巨大的黄色月亮，把流动着的光芒，均匀地涂抹在黑暗的茂密树林里。

刚刚登陆不久的台风从头顶卷过，像是掀起一阵海浪，朝遥远的天边轰鸣而去。巨大的声潮，带走心脏跳动的杂音，留给黑夜下的世界一片光滑的寂静。

我、简溪以及唐宛如慌乱地朝医院走去，说实话，在接到顾里电话的时候，我有点不敢相信自己的耳朵，酝酿了一肚子关于安慰她的话，在她父亲突然去世这个噩耗面前，显得极其滑稽可笑。

快要走到医院门口的时候，隔着浓厚的夜色，我像是看见了宫洺。虽然不能肯定前面那个坐在空旷马路中间的背影就一定是他，但那件后背刺有法国马车图案的衬衣，在夜色里微微地显露出来，那是我帮他在Hermes预订了三个月才拿到的、从法国运来的手工衬衣。

我看了会儿，觉得自己应该是发疯：如果宫洺现在会突然莫名其妙地大老远跑到这个位于深山里的顶级医院门口，坐在大马路上装深沉的话，那么唐宛如就一定能够热泪盈眶地站在诺贝尔文学奖的颁奖礼堂上，激动地感谢着CCTV和MTV。

简溪拖过我的手，拉着我朝医院里面走。唐宛如虚弱地跟在我们的身后，像一个飘忽的硕大幽灵。

走廊的大理石极其奢侈。

我们沉默地走在一盏接一盏的灯光下。简溪的眼睛笼罩在一片狭长的阴影里，看不出他在想什么。我抓着他的手悄悄地用力握了握，然而他没有回过头来，只是回应性地、更用力地抓紧了我的手。我们彼此都像是快要溺死的人一样，抓紧了最后生存的希望。说实话，我和他，都被刚刚席卷了我们这一群人的那场风暴给冲垮了。如果我们是幸存者，那么，我们同样也遍体鳞伤。

离南湘把红酒优雅地从顾里头上淋下去仅仅过去了几个小时，但我却觉得像是过去了十几年。我甚至觉得自己的心跳声都缓慢了很多，苍老得像是没有力气继续支撑我破败的生命。

走廊的尽头，顾里看起来和平时没什么两样。她淡薄而清寡的眼神，和平时羞辱唐宛如的时候并没有任何区别。她抬起手刷刷地签名，看起来像在签一份文件。当我走近的时候，看清了她刚刚签完的是家属的死亡确认书。蓝色的打印表格上，她爸爸的照片看起来依然精神矍铄。记得上个月，我才在顾里家见过他，他甚至还优雅而得体地和我讨论了关于英国作家Doris Lessing——最新一届诺贝尔文学奖获得者的文字风格，他说他最喜欢她的那部《暴力的孩子们》。他喝着咖啡，平易近人地和我讨论着在商业社会一文不值的严肃文学，一点都不像那个经常出现在上海财经杂志上的风云人物。而现在，他躺在离我十几米外的冰冷的尸体冷冻柜里。

我走过去，伸开双手，顾里也轻轻地回抱了我，甚至抬起手在我的后背拍了拍，像是在安慰我的样子。她和我分开，然后朝我身后的简溪和唐宛如点了点头，甚至还得体地微笑了一下。

我们坐在走廊里的时候，她拿着手机在打电话，和律师讨论着她爸爸是否有留下遗嘱、遗嘱的执行和她父亲相关的资产。她的声音听不出情绪，是啊，她永远都是那个样子。无论发生了什么，都像是有一圈十厘米厚的真空地带牢牢地包裹在她周围，与我们这些悲欢离合的人隔离着，看起来完美无瑕。

我们三个坐在一起，远远地看着她。

那一刻，我觉得她离我那么遥远，我们像是被关在两个不同的玻璃实验室里，听不见彼此的声音，也无从知道对方的想法。我发现这么多年过去，我像是从来都没有了解过顾里。四个小时之前，当那些红酒从她精致的脸上淌下去的时候，我甚至觉得那是一张精心雕刻出来的面具，没有感觉，也没有情绪，一动不动地僵硬微笑着，这也使得我在眼泪冲出眼眶的同时，不知道自己是在同情南湘，还是在同情顾里——又或者，只是在为我们友谊的这场葬礼，落下矫情的眼泪。

过了一会儿，顾里妈妈从另外一个房间里走出来，她依然穿着刚刚party上的小礼服，脖子上那一大串珠宝项链重重地下垂着，看上去像是要把她的脖子扯到地面上去一样。她慢慢地走到顾里面前，顾里也抬起头望着她母亲，两个人迅速地红起了眼眶。我被这样沉默的场景冲击到了感官，在医院冰冷的光线下，看起来就像是一幕悲伤的电影。在我眼泪刚刚涌起的时候，顾里的母亲抬起手，抡圆了胳膊用力地甩了顾里一个耳光。

在我还没有反应过来的时候，身边的唐宛如已经尖叫了起来，而简溪两大步冲过去，挡在了摔坐在地上的顾里前面，抓住了发疯一样扑过来的顾里妈。

"你逼你爸死命要参加你的生日会！你逼啊！你活活逼死了他！他不赶着回来，根本就不会心急火燎地开上高架去！现在他躺在那里，你开心了？你得意了？"

顾里站起来，把刚刚被打散的头发拢好，对她妈说："你再用力甩我两个耳光好了，这样爸爸就可以活过来，多好！来啊，用力打！"

顾里妈被简溪抓着，不动了，看上去像一个憔悴的老太婆，往日雍容华贵的形象被眼圈上扩散的黑色眼影和晕开的睫毛膏冲垮成了碎片。她的皱纹突然全部翻涌在脸上。

顾里冷笑了一声："你除了哭，除了闹，除了打我，除了把你的眼泪和鼻涕抹在我爸僵硬苍白的尸体上，你还能干点什么吗？你五十岁了，不是十五岁，你一辈子都活在迪斯尼游乐园里么？"说完她转身走了，看都没再看她妈一眼。

我和简溪、唐宛如走在顾里后面，她一个人冷静而沉默地在前面快步地走，穿着还没来得及换下来的幽蓝色的礼服长裙，提着裙子的一角，像是一个赶去参加演讲的女议员一样沉着冷静。我们都不知道该如何安慰她——她看上去完全不需要安慰。我看着她走在黑暗里的背影，像是观望着遥远地平线上一面小小的被风吹痛的湖。

我知道这其实来源于我骨子里悲伤的文艺气息，总是爱将生活中不如意的事情渲染放大得像是雨果笔下那个沐浴在灰色细雨里的巴黎。实际上，我清楚地知道，她的背影看上去非常完美，高跟鞋踩在湖边的黄色亚麻石上像是电报机一样"嗒嗒嗒"响。

快要走到出口的时候，顾里身子一歪，扑通一声砸进了湖里。她一动不动地往下沉，像是一具人体模型。在我和唐宛如张开了口喉咙里却发不出一丝声音的时候，简溪一猛子朝湖里扎了下去。

简溪把顾里抱到岸边的时候，我像是疯子一样地哭着跑过去踢她，"你他妈的吓死我了啊你！"骂完我蹲下来抱着她，死命地哭。唐宛如走过来，坐在我们边上，跟着我一起哭得很响。

靠在我肩膀上的顾里，一动不动地望着天，两只眼睛像水球上被戳破的洞，汩汩地往外淌水，眼泪在脸上，和那些冰冷的湖水混合在一起。

而当我完全沉浸在这样发泄般的分崩离析中时，湖的对岸，那排高级病房里，崇光站在巨大的落地窗前，看着湖对岸哭得伤心欲绝的我们。

他的双眼像是冬天蓄满水的黑色湖泊。湖边一圈放肆燃烧的红色枫林。

他举起手，对着湖边的人们挥了挥，但是，我们却没有看见。

后来，崇光告诉我，当时他觉得自己像是被隔绝在某一个孤单的世界里，万籁俱寂，自己的声音消失在宇宙的某一个洞穴里。

大家都没有看见他。

也许明天醒来，他就消失了，爱过他的人，再也找不到他。

在我扶起顾里，准备送她回家的时候，我听见湖对面那排独立VIP病房里，有人在喊我的名字。我起先觉得应该是错觉，因为我不可能认识什么人，可以高贵到住在那一排每日平均护理费七百元的高级病房里。

简溪拍拍我的肩膀，我回过头去，他的脸上依然湿淋淋的，头发上的水顺着脸颊两边流下来，他一边擦着自己脸上的水，一边指了指湖的对面，对我说："有人叫你。"

我抬起头，对面落地窗前的人影有些眼熟，直到对方喊起来："我是崇光。"

世界像是被谁的大手用力地捏变了形，湖泊大海，山脉森林，一瞬间都挤压到了一起。

听见洪水四处泛滥的声音，也可以听见森林折断的咔嚓咔嚓声。

我走进崇光病房的时候，他正站在落地窗面前打电话。他抬起头看看推门进来的我，脸上微笑着，热情地招呼我进去。

他挂了电话，转身跳到床上，抱了个枕头在怀里，欢天喜地地对我说："刚刚是Kitty的电话。没想到会看到你哦，你怎么在这里啊？朋友生病了？"

我本来消沉的心情，被他这么一问，就更加地消沉。

我坐到崇光床边的凳子上，擦了擦掉下来的眼泪，开始讲顾里的事情。其实我也不知道要从何讲起，我胡乱讲着顾里的生日，顾里的父亲出了车祸，我的男朋友有了别的女孩子，我的好朋友南湘泼了我另外一个好朋友顾里一身的红酒，因为她和她的男朋友上了床。我像一个喝醉酒的人一样，说话乱七八糟，还间或停下来小声地哭两声。整个过程里，崇光特别地耐心，睁着他好看而迷人的大眼睛望着我，像一个年轻的神父在听着面前人的告解般安静而又温柔。其实我也不知道为什么会对他讲起这些，讲起自己身边最近发生的一团乱麻般的生活。可能是他身上有一种让人忍不住亲近的气质，或者一种让人信任的吸引力——尽管大多数时候，我都会把他和"不靠谱"三个字画上等号，特别是每个月催他稿子的时候。

当我哭哭啼啼地讲完这一切，才突然想起来问他为什么也在这里。

崇光把抱着的枕头拿起来，放到脑袋后面，轻轻地笑着，半眯起眼睛对我说："胃癌啊，我记得我和你说过的吧？"

我从哭泣里抬起头，不可思议地看着他。

像走在路上突然被不认识的人甩了个耳光一样目瞪口呆。

我看着面前的崇光，英俊的脸、年轻的身体、浓黑的眉毛，看起来像古代那些风流倜傥的书生秀才。就算拿着挂在他床头的病例，我也难以相信发生在他身上的事情。

他苦笑了下，没有说什么，从旁边的包里翻出白色iPod，对我招招手，说："来，我给你听首歌。"

我趴在崇光的床边上，戴上耳机，他就往旁边挪了挪，拍拍身边的位置，说："到床上来吧。"我刚想要骂他"不知羞耻，陌生男女怎么能共躺一张床"的时候，看见他特别真诚的脸，没有任何猥亵的表情，像一朵洁白的云。我突然为自己的这些想法感到很羞愧。

我窝在崇光白色的病床上，耳朵里是他现在正在播放的那首歌。简单缓慢的旋律，只有简单的吉他伴奏，一个温暖而有些沙哑的女声，唱着古英文写成的歌词。身边是崇光身上年轻男孩子的香味，不像是宫洺身上那种经过法国香薰师们精心调配的各种香水味。虽然每次经过宫洺身边的时候，都会有一瞬间灵魂出窍而忘记了自己要说什么。但崇光身上的，更像是我在高中时代站在球场边上时，闻到的那些年轻男孩子身上传来的朝气蓬勃的味道。

夏天里茂盛的树木清香。

晒在阳光下的白色被单，暖烘烘的香味。

当我想到身边这样一个年轻的生命就快要消失不见的时候，眼泪忍不住流了下来。高级病房的床垫和被子，甚至比我家里的还要高级。我陷在软绵绵的白色里面，听着悲伤的音乐，呼吸着周围充满消毒水味道的残酷空气，依偎着身边这个我并不了解却感觉格外贴近的男孩子，哭个不停。他的手轻轻地在我们共同盖着的被子上随着音乐打拍子，手指修长而又干净，就像是轻轻地敲打在我的心房上。

而当我完全沉浸在这样的悲伤中时，我并不知道，窗外的简溪，正在黑暗里，默默地看着我和崇光。他的双手插在裤子的口袋里，在湖的对面，沉默地望着我。

崇光在我旁边，他的眼睛直直地盯着面前的那面空白的墙。他用低沉的声音说："林萧，你一定要告诉宫洺，我的葬礼要用这首歌做背景音乐。"

"宫洺？"我转过头，望向崇光。

"嗯。"崇光点点头，转过来，用他红红的眼睛看着我，说："他是我哥哥。"

我不知道自己怎么走出崇光病房的。

在去看崇光之前，顾里和唐宛如已经先走了，简溪说他在外面等我。而现在，我找不到他。

我摸出手机打他的电话，听到"您拨打的电话已关机"。

我一个人走在凌晨的大街上，身边是不断被风卷起来的报纸。它们都是下午才刚刚面世的晚报，不过，满脸倦容的白领们在三分钟内阅读完之后，就把它们随手扔在了大街上。

现在我觉得自己也像一份被扔掉的报纸。

在这个晚上之前，无论发生多么沮丧或者悲痛的事情，比如我奶奶脑溢血抢救无效，死在了去医院的路上，或者电脑又中了该死的病毒，我都可以肆无忌惮地找到可以依赖的人，冲他们发泄我的怒气，或者我的悲哀。比如简溪，比如顾里，比如南湘，哪怕是唐宛如，都可以用她自身的力量，让我感觉到"其实我也不是很惨，看看她……"。而现在，我不敢找他们任何一个人。

或者说，我觉得自己失去了他们。

像是一个恐怖的怪兽突然袭击了上海，它张开口，把简溪、顾里、南湘，一个个吞进了它黑暗的肚子里，把我一个人孤零零地丢在了大街上。我甚至想要对它呐喊："你为什么不连我一起吃了！"

而当我正在想着要不要去顾里家陪她度过这个难熬的晚上的时候，我的手机响了，我以为是简溪，结果翻开手机，看见顾源的名字显示在屏幕上。

我挂了手机之后，抬起手，用尽丹田的力量朝一辆正在企图飞速冲过我身边的出租车大吼了一声。

在我坐进车里，告诉了司机去浦东，以及顾源家那个不需要地址，只需要报出名字，全上海所有司机就都知道在哪儿的小区之后，司机回过头来，说："姑娘，你刚刚吓死我了，我以为你要冲过来撞死在我的车上，哦哟，帮帮忙哦！"

我看着司机如释重负的脸，一句"我刚刚确实有点想"没有说出口，忍住了。

电话里顾源说他父母都不在家，问我可不可以过去找他，他有些事想和我谈谈。

被小区门口的保安足足盘问了十分钟之后，我终于进了那个大门。

我站在顾源家门口按门铃，过了一会儿，门打开了，我抬起头，一动不动，过了一分钟后，我依然难以压抑自己的心情，想要撞死在大门上。

门后面是穿着运动短裤赤裸着上身的Neil，笑眯眯地冲我打招呼，"林萧，顾源在洗澡，快进来。"

尽管在两个多月之前，我在崇光家遭遇了几乎一模一样的场景，但当时，我看见衣冠楚楚的冰山宫洺和（几乎）赤身裸体的崇光，脑海里翻腾的是无尽的喜悦和刺激（……好了，我知道，这个不是重点……），但是现在，我胸口里堆满了愤怒，除了愤怒，还是愤怒。

我气呼呼地冲进顾源家，冲着Neil吼："厨房在哪儿？我要去开煤气和你们两个贱人同归于尽！"

Neil伸出手指向我身后，"走到底左转。"

被Neil无所谓的态度惹毛了之后，我冲向了厨房，不过并没有打开煤气，也不是想要找把刀砍死他们两个，毕竟，我还不想把自己的命搭进去。我设想过无数次自己的死法，就算不是在白发苍苍的简溪和满堂儿孙的注视下安详地死去，至少也不能和两个gay同归于尽在这座浦东怪胎们聚集的高级公寓里。

砍人这种事情，有唐宛如一个人就够了。

我只是想要喝口水，经过了一天的折腾，我已经眩晕了。

而当我冲进厨房的门的时候，眩晕的人不是我。

浑身赤裸的顾源在看见我的时候吼了一声"Jesus Christ"之后连滚带爬地摔进了浴室里。我拿着水杯，半分钟也没有回过神来，难以相信自己有这么好的运气。那一瞬间，我把自己的愤怒抛到了脑后，当然，更加忘记了去厨房原本是要干什么。我终于明白为什么之前告诉简溪，唐宛如对他的评价是"很饱满"之后，简溪会不屑地说"那她应该去看看顾源"。

在经过了三杯咖啡、一杯红酒、两杯香槟（……）之后，我心里所有的疑惑和愤怒都扔到了黄浦江对面。我和Neil勾肩搭背，甚至喝茫了之后顺势倒在了他结实而修长的大腿上，尽管他只穿着贴身短裤。这个从蒙在鼓里到拨云见日的过程，对我来说就像是一场彻底的解脱，感觉之前一直卡在脖子里的那把刀，终于咣当一声落了地。

Neil和顾源所谓的暧昧，后来也被证实了是我的恶趣味在作怪。事实是，那天Neil对顾源透露了自己是gay之后，顾源完全当他在开玩笑，确实，Neil从小到大都是以离经叛道闯祸作孽著称的。所以，Neil在第三次询问了顾源"你真的不信"之后，直接把顾源抓了过来，把舌头伸进了他嘴里。

这就是我看见的那惊世骇俗的一幕。

至于那句被我听到的"顾里怎么办"，完全是顾源对顾里的一片浓郁爱情，他怕顾里知道这个消息会发疯，所以首要担心的是顾里。他实在吃不准这个女人会搞出什么动静来。

顾源在对我解释的过程中，每隔三秒钟，就会怨恨地瞪我一眼，如果目光可以射出毒针来的话，我半个小时之前就已经是一个仙人掌了。

听完整个故事之后，我深深地松了一口气，同时也深深地失望了。其实在我饱受震撼的内心深处，早就酝酿起一种癫狂的期待。好了，现在没了，一场白日梦。我都可以听见内心粉红色泡泡破灭时"啪"的声音。

Neil拍拍我的肩膀，安慰我："好啦，你别失望了。或者我能和简溪也说不定，到时候你可以天天欣赏。"

我心中迅速燃起熊熊的怒火，却在看见他那张充满邪气的英俊面孔之后，又无奈地消失了。我承认自己的灵魂又被勾走了，他的长相本来就够迷死任何雌性动物，何况又是该死的金发混血。

所以，当下我不顾Neil歇斯底里的反对，把他直接定位为我的好姐妹。虽然他有着极其阳刚的外表和举止，但这并不影响我放心大胆地躺到他毛茸茸的大腿上。

甚至在又干掉了一整瓶香槟之后，我更加得寸进尺地躺到了顾源大腿上，半醉半醒地哭诉着，对他们两个讲着几个小女人之间的恩怨情仇。

顾源拍拍我的额头，俯身低下头来，对我说："I am not gay."

我瞬间一个鲤鱼打挺坐起来，酒全部醒了。

至于Neil的矛盾，那显然不是一天两天可以解决的。对于家里只有独子的他来说，这就像是一颗放在他家保险箱里的定时炸弹，现在亲爱的Mia，他的年轻继母引爆了它，Neil的父亲James像是被人拔掉了牙（或者说是割掉了命根子比较准确）的狮子一样，震怒了。

"你没有看见刚刚我从餐厅出来时我爸爸的脸，他几乎要冲到外面去把他的劳斯莱斯开过来轧死我。"

"那你怎么办？"我捂着通红的脸，心怀鬼胎地假装喝醉，顺势再次躺到Neil结实的大腿上去。既然知道了他是gay，那么这样的福利当然能用则用，我相信简溪一定不会怪我……

"我只希望明天回家的时候，他不要待在家里——说真的，我一点都不怀疑他的书房里放着枪，并且他肯定有一大把子弹，足够把我射得空穴来风。"

我忧心忡忡地望着同样忧心忡忡的Neil，突然觉得他和唐宛如有点神似。我被这个想法吓到了，于是赶紧起来又喝了一杯。

Neil看我和顾源都沉默了，于是他问我们："空穴来风是怎么使用的么？"

我和顾源都点点头，"是的。"

之后顾源问起关于顾里和席城的事情。我摇头，说我也不清楚。事实上，我确实不清楚。虽然我知道那件事情发生了，但是如何发生、什么时候发生的，我却一点都不知道。甚至在我的内心里，一直都不愿意承认那件事情发生过。

如果不是刚刚过去的几个小时里，我们的生活几乎分崩离析，我肯定会一直对自己催眠，以便迅速忘记这个事情，再也不要想起来——就像当年我和顾里在林汀跳楼之后的做法一样。

之后顾源也没有再问我，他起身在客厅里放了一张唱片，是他喜欢的大提琴。

我们三个东倒西歪地躺在他家巨大的落地窗边上的法国沙发上，望着江对面繁华的上海，星星点点的灯光，像一团熄灭的火堆里残余的红星。

有那么一个瞬间，我觉得我们的生活也像是这样，只剩下一堆灰烬，和几颗挣扎着的火点。

我抬起头，擦掉从眼里滚出来的眼泪。它们在我脸上留下的泪痕，迅速地被滚烫的体温蒸发掉了。

我们一直聊到快要天亮才结束。我望着身边放着的一大堆空酒瓶，非常地担忧。不知道万一酒精中毒，送去医院之后，医生能不能从我血管里流淌的酒精中找到我的血液，以确定我的血型。

顾源已经换了睡衣睡裤，转身走进他的卧室去了。他一边走，一边对我说："林萧，你去睡我爸妈的房间。Neil和我睡。"

我瞬间从沙发上弹起来，抗议道："为什么我要去睡你父母的房间，而让Neil和你睡？"

顾源回过头来，一动不动地望着我，像在看一个神经病一样，而我非常理直气壮地回望他。他朝我翻着白眼，一字一句地咬牙对我说："Neil、和、我、睡！"然后不再理我，转身走进他房间去了。

我冲着他的背影叫嚣："你到底是不是gay！"

Neil并排站在我身边，摇了摇头，说："I am not sure."说完，他脱掉衣服满脸笑容地朝顾源房间走去，我留在原地目瞪口呆。

五分钟后，我从顾源父母房间的床上翻身而起，以唐宛如一样的姿态，撞开了顾源房间的大门，面前的场景让我惊呆了（但同时也在我的预料之中！）：

他们两个躺在同一个枕头上，说着悄悄话，Neil的手还放在脑后，看起来和某些电影里上完床之后懒洋洋的男人没什么区别，而顾源，他靠在Neil耳朵边上说悄悄话的样子，实在是太过色情！

　　我伸出手指着他们，一阵"啧啧啧啧啧"之后，愤怒地说："顾源，你这样简直就是小鸟，哦不，大鸟依人！"

　　顾源皱着眉头，琢磨了一番我说的话之后，鄙视地说："你什么时候开始和唐宛如一样色情了？"

　　Neil双手抱在脑后，对我说："林萧，你能少看点那些乱七八糟的漫画么？"

　　我抚住了胸口，深呼吸一声之后，说："我不能容忍悲剧再一次地发生，所以，我要睡你们中间！"

　　顾源和Neil同时往两边翻身一转，于是床中间就空出了一大块。我不得不感叹，顾源的床真是大，足够容纳下我和两个长手长脚的男人。

　　我压抑着内心的兴奋——说实话，我难以相信自己会在几个小时之内，先是和崇光这个全国无数年轻女生迷恋的偶像作家一起窝在他的被子里听音乐，现在又再一次地同时和两个帅哥同床共枕，我在心里有点害怕是不是把将来的运气全部消耗完了，这和信用卡透支是一个道理。我真担心自己的下半生只能永远和唐宛如睡一张床……

　　但我还是舍生取义地跳上床去躺了下来，在躺下的同时，我听见背对着我的顾源说："Come on, you just wanna sleep with Neil! Say it!"

　　我当然不会被他击垮，我是在顾里的羞辱下成长起来的，尽管他一针见血地揭露了我邪恶的内心。我反唇相讥："No. I just wanna sleep with you."

　　顾源翻身过来一只手跨过我，正对牢我的脸，他还没有说话我就尖叫了起来，Neil从旁边伸了一只手过来，捂住我的嘴巴，对顾源淫笑着，说："Go ahead!"

　　我扯过旁边白色的枕头，死命地摇旗投降。"我错了！！！！"我在Neil的手掌下，瓮声瓮气地说。

　　躺下来之后，我开始询问起Neil的情史，当然，是发自内心地想要了解。当我质问他为什么之前在高中的时候会搞得一个女生怀孕，我和顾里还带那个女生去打胎这件事情的时候，Neil翻过来，撑着半个身子对我说："那个女人太贱了。她其实是和别的男人搞上了，那个男人不管她，她就跑来和我说孩子是我的。她看我的样子肯定觉得我单纯，以为我什么都不懂，事实上，she just sucked my d**k……"

　　"No No No No No No No! No details please!!"我捂着耳朵尖叫起来，那个"d**k"的单词依然无限环绕回荡在我的耳膜里面，我的眼睛都快充血了。无数的画面爆炸在我的脑海里，而这个半裸的男人还正躺在我边上。

"Good night!"我一把扯过被子蒙住头，迅速结束了这段对话。

"OK，sweet dream!"Neil在我边上耸耸肩膀，躺倒睡了。

"Wet dream."背对我的顾源，并没有忘记讽刺我。

躺下去十分钟后，我再一次翻身起来，显然，顾源被我惹毛了。他翻身起来抓着我的手，恶狠狠地说："你信不信我把你扔进黄浦江里去，我家离江岸不远！"

我理直气壮地告诉他："我忘记了我直接从顾里生日party上过来的，脸上还没卸妆！不卸妆睡觉是会老五年的！顾源，你有卸妆液么？"我认真地询问他。

他翻着白眼回答我："I am not gay."

我低头想了想，觉得他说得很有道理，于是转过身去问Neil："你有么？"

于是我成功地在惹毛顾源之后，又惹毛了Neil。

"I am not that gay!"Neil拿枕头朝我当头压下来。

一夜混乱的梦。

仿佛又回到了我们四个女孩子打打闹闹，然后在同一张床上挤着睡去的日子。尽管半夜里被顾源和Neil不雅观和不规矩的睡姿弄醒过很多次……但我明白"要享受快乐，就一定要先承受痛苦"（……），所以，我并没有抱怨……

而当我睁开眼睛的时候，身边早就没人了。我翻身下床，在经过卧室里的那面镜子时瞄了一眼自己，差点尖叫起来，我看起来就像一个鬼。

我在厕所里拿顾源的Lancôme男式洁面乳胡乱洗了把脸，然后走出房间。

顾源和Neil已经坐在餐桌上吃早餐了。一个在看财经报纸，一个在翻时尚杂志。多么幸福的一对啊。我翻着白眼走过去，重重地坐下来表示我的愤怒。

顾源起身去餐厅里拿出一份早餐来，不过我对盘子里那个蛋黄都还全是液体的煎蛋完全没有胃口，尽管它的蛋白周围煎出了恰到好处的一圈金黄色。还有那几个全麦的黑面包，我也觉得那不像是正常的食物。对我来说，早餐就应该是家门口那个老刘生煎，要么就是被顾里称呼为"垃圾食物"、死也不会吃的KFC。

顾源一边喝着咖啡，一边对我说："我等下去看顾里。"

"你不生她的气了？我是说，你知道，席城那件事情……"我有点不知道该怎么表达。

顾源摇摇头，他说："经过了昨天之后，我发现顾里在我心里已经像是家人一样了。我爱她。无论她发生什么事情，我都想陪在她身边。就算她坐牢，我也会去强奸唐宛如，然后进监狱去陪她。"

我特别感动，我从来没有听过一个男人，特别是如此理智的计算机型男人说出这么动人的情话来。于是我一把抓住他的手，激动地说："我想顾里听到了一定特别开心！当然，唐宛如也会特别开心！"

顾源抄起他手上的报纸朝我重重地打下来，一点都没有客气。如果那个报纸换成别的东西的话，不用刀或者木棍，就算是一本杂志，我也得当场毙命。

我撑着被敲得眩晕的头，在餐桌前喝着咖啡，期待着清醒过来。我正望着顾源家窗外的无敌江景时，他家的门开了，一阵高跟鞋的声音走进餐厅。我吓了一跳，差点把咖啡洒出来。我从顾里口中就听过顾源他妈叶传萍的心狠手辣和高级段数，不过，走进来的人，年轻得有点过分了。虽然我可以理解叶传萍保养有方，但是也不至于年轻到可以穿着小吊带背心扎着两个蓬松卷曲的辫子并且还穿着一双粉红色的鞋子吧……

正当我犹豫的时候，旁边的Neil从时尚杂志里抬起头，望了望走进来的人，然后问顾源："What's that?"

走进来的女人扬了扬手里的袋子，说："It's breakfast."

"No no. I know it's breakfast，"Neil眯着眼，扬了扬下巴，"I mean, you."

顾源抬起头，望了望Neil，说："你和你姐，真是一个模子刻出来的。"

我忍不住在桌子下面悄悄鼓掌，不愧是gay与生俱来的刻薄与智慧。

顾源继续看回报纸，也没抬头，只是淡淡地说："这是袁艺。"

"Your new nanny?"Neil耸耸肩，不再答理，继续看杂志去了。

我看了看站在门口的袁艺，都快哭了。

当简溪睁开眼睛的时候，他被照进大堂里的光线刺得发痛。

他从短小的布艺沙发上爬起来，伸了伸僵硬酸痛的手脚，站了起来。他掏出手机看了看，发现早就没电了。他起身，准备走。

刚走出大堂的门，就看见迎面提着水壶的守门的大伯。

"哟，小伙子，在楼下等了一晚上啊？林萧还没回来么？"

"嗯，是啊，昨晚等的时候，在沙发上睡着了，呵呵不好意思啊。我先走了，回去洗澡。"

他把衬衣下摆重新扎进裤子里，然后拨了拨头上乱糟糟的头发，走了出去。他转出小区的大门，走进了KFC。

早上刚开店没多久，人还不是很多，简溪要了几样东西，打好包，正要推门往外面走。

——他就是在这样的情况下，遇见了回家路过楼下KFC忍不住想要吃早餐的我。

我端着盘子到座位上坐下来，买了两碗我们都爱吃的皮蛋瘦肉粥，又买了两杯廉价咖啡……虽然刚刚在顾源家喝的咖啡足够买十杯这样的咖啡，不过，我和简溪并不介意。我们幸福且知足地生活在我们的小康水平上。

"你怎么会在这里啊？"我一边喝着粥，一边问他。

"早上来找你啊，正想买了早餐上楼去找你。"简溪笑眯眯地，在对面温柔地看我。他轻轻地撕开奶精的小盒子，倒进我的咖啡里，然后又帮我加糖。我看着他温柔的样子，忍不住想要去亲他。"你呢，昨天晚上什么时候回去的啊？我看你在医院里待那么久，就先走了。"

"我啊，"我想了想，要解释起来实在太复杂，于是干脆说，"我在医院待了一会儿就回家了。刚下楼准备来吃早餐，就遇见了你。"

简溪点点头，笑容特别温暖，像那种最舒服最柔软的丝绒一样。

我低下头，刚好看见自己身上还没有换下来的礼服，一瞬间有点紧张，但是我看了看对面的简溪，他一点也没有怀疑的样子，于是又彻底放下心来。一直都是这样，简溪信任我，他从来就不会怀疑我说的任何话。无论我说什么，多么不合逻辑，他都会笑呵呵地点头。所以我一点都不紧张。

但同时，我也并没有发现，简溪身上穿的同样也是昨天宴会上的礼服衬衣。

如果生命是无数场蹩脚的连续剧，那么现在所有的观众，一定都会看着我们两个穿着正装的人坐在KFC里，彼此心怀鬼胎，各自表演。所有人都心知肚明，唯独我自以为聪明绝顶。

我傻乎乎地看着面前自己的男朋友，享受着早晨温暖明亮的光线，享受着浓浓的咖啡香味和我喜欢的皮蛋瘦肉粥；享受着他对我的呵护，享受着他英俊的容貌引起的周围高中女生的窃窃私语，享受着他帮我搅拌好奶精和糖的咖啡；享受着他递过纸巾来，宠溺地笑着，替我擦掉嘴边的食物痕迹。

　　我得意洋洋地生活在自以为幸福无比的境遇里，以高高在上的心态怜悯着周围所有不幸的朋友，我觉得自己幸运极了，幸福透了。

　　早晨九点多的阳光，照在简溪软软的刘海上，他抬起纯真的眼睛，对我说："林萧，我来找你，是想对你说……"

　　"说什么啊？"我笑眯眯地望着他，"说你一夜不见我就如隔三秋是吧？"

　　简溪看着我，愣了愣，然后开怀大笑，说："是啊，我的宝贝。"

　　我把腿从桌子下面伸过去，轻轻地碰着他的腿，也跟着他哈哈大笑起来。

　　我觉得自己特别幸福。

TINY TIMES

小时代1.0

折纸时代

Tiny Times Season.01 Chapter.12

Dirty secrets make friends.

2008年的上海，有三个最死气沉沉，阴森森的地方。

第一个，龙华火葬场。每天都有无数的尸体被搬运进这里，其中一些尸体，有浩浩荡荡的队伍集体为它哭泣，而另一些，只得到一两个满脸不耐烦的亲属陪同，并且还听到"老不死的终于死了"这样的最后赠礼。

第二个，华夏公墓。无数的骨灰被装进标价不同的骨灰坛里，然后分别葬在同样标价不同的各种位置。有些位置独门独院、依山傍水，可以眺望到佘山风景区的美景，和那些花了几千万买佘山别墅的人一样的待遇，那些埋葬在这里的骨灰本人，肯定会在心里笑开了花：老子生前买不起佘山豪宅，至少死后可以享受这些山山水水花花草草。而有些骨灰则不那么幸运了，勉强地拥挤在一面墙壁上，占据其中密密麻麻如同蜂窝般的小洞中的一个。有孝心的后辈们前来烧香的时候，一阵好找，找到后来快要骂娘了，仅有的一点孝心被不耐烦消耗干净。"他妈的一个骨灰放得跟国家宝藏一样，找个屁啊！"于是把带来的菊花随手一甩，扬长而去。

而第三个，就在静安区的一个高级公寓小区里。这里笼罩着的阴森日益翻云覆雨，几乎快要赶超前面两个了。

顾里妈死气沉沉地坐在客厅里，头顶笼罩着一层黑云。

整个客厅的灯都打开着，看起来金碧辉煌的样子，像是一座奢华无比的，坟。

她的眼睛死死地盯着客厅墙上挂着的一幅法国中世纪的油画，表情像是在画里看见了一个鬼，又像是看见限量版的Hermes铂金包被另外一个贵妇买走了。

三天前顾延盛把它从拍卖行买回来，那个时候，顾延盛气宇轩昂地坐在一群穿着高级定制西服的男人中间，身边坐着珠光宝气的她，和气质高贵花季妙龄的顾里——尽管顾里一直低头用OQO在MSN上和林萧讨论"你晚上要是敢迟到的话，我就把你的脊椎一节一节地折叠起来"，"然后塞进唐宛如的背包里"，"与她换下来的被汗水打湿的胸罩一起"。

而三天之后，顾延盛被一根手腕粗细的钢筋插穿了头盖骨，现在直挺挺地躺在冰冷的停尸间里。

顾里飞快地翻动着刚刚从律师手中送过来的文件，不时拿起手边的咖啡喝上一小口。她的脸上虽然没有妆，但是看起来依然是平静的，甚至带着少女独特的粉红色，像一朵夜晚里盛开的新鲜玫瑰。她从十九岁就开始使用顶级保养品，并且每天都喝一小管

Fancl胶原蛋白——价格等于别人的两顿饭。所以她的脸，看上去就像杂志上那些晶莹剔透的妆容模特一样。当我们抨击她早早就开始使用这样顶尖的保养品、以后四十岁就没得用了的时候，她气定神闲地告诉我们，她对世界的科技非常有信心，既然菲尔普斯可以在游泳池里连续八次气死其他国家的选手，博尔特也可以玩儿似的在鸟巢打破人类百米的世界纪录，那么，当她四十岁的时候，一定会有比现在更加高科技的东西可以使用。她用她那张一条细纹都没有的脸，一动不动地盯着我和南湘的时候，我们就被彻底地征服了。她就是一只实验室里取得突破性成功的，白耗子。

而现在，她像是任何一个翻看着财经杂志的夜晚一样，表情冷漠而炽热。

顾里妈披着浴袍，慢慢从沙发起身，哆嗦着走过来，然后一把用力抓起顾里的头发，像一只被刀插进了喉咙的猪一样歇斯底里地尖叫起来："你这么快就有心情在这里研究遗嘱！逼死了你爸啊，你这个婊子养的！"

顾里的头被扯得仰起来，眼睛像是死人一样往上翻着，她的脸前所未有地丑陋。她看着面前疯子一样的自己的母亲，眼睛里是满满的平静和怨毒："是啊，婊子，你养我这么大不容易。"

顾里妈愣了愣，然后放肆地大笑着，幸灾乐祸地说："你先看你爸留给你的遗书吧！不过你说得多对啊，你妈就是一个彻底的婊子！我恨不得她也被一根钢筋给插个稀巴烂！"

顾里和她母亲之间的这场战役，终于打响了标志性的第一枪。

又或者说，顾延盛二十多年前就随手埋下的炸弹，终于滴滴答答地完成了所有的倒计时，现在终于轰隆一声，炸翻了地壳。

血肉横飞只是开始而已。

魂飞魄散才是真正的好戏。

当然，我们都知道，我们热爱生活中这样刺激而又跌宕的drama。

连续数十场的暴雨。

每天早上都是电闪雷鸣。

巨大的闪电和雷声，像是长着尖利长指甲的手，硬生生撕扯着每一个人的耳膜。每一声爆炸性的雷声，都像是黑暗里突然甩过来的一个重重的耳光。

徐家汇地铁里积满了水，市政部门派出大量的人力参加排水工程。整个上海的低处和地下通道，被暴雨肆意席卷着。四处卷动的昏黄水流上面漂浮着各种各样的廉价传单，"五分钟让你年轻十岁，只需一百九十九块"，又或者"十万元让你征服上海，成为上海人"，等等等等。它们用这样甜美而又虚伪的谎言，支撑着漂泊在上海的一群又一群失败的人，给了他们继续活在上海这个罪恶却又美丽的城市里的勇气。

没有暴雨的时候，高温持续笼罩着上海。疯狂运转的空调密密麻麻地充斥整个城市，冷气、网络、巨额资本、热钱、疯狂起伏的楼市和新一轮白热化的企业吞并，无休无止地在这个城市上演着。

第十三场暴雨之后，这个夏天，终于过去了。

陆家嘴中心奢侈的最后一块绿地，被围了起来，草地上迅速地挖掘出一个巨大的地基，周围两米高的工地墙上写着"上海中心"四个大字。它宣告着一个时代的终结，不是久远的东方明珠时代，更不是金茂大厦的时代，而是把刚刚称雄上海的环球金融中心时代，彻底地变为了历史。

上海中心即将在未来，成为亚洲新的天际线高度。那些手中摇晃着小旗子的导游，正指着这个巨大的基地，绘声绘色地对各路前来观光的游客们描绘着这座未来的"垂直城市"。游客们眯着眼睛，在空中假想着未来壮丽而诡异的摩天大楼，不停地啧啧啧啧啧。

而九月过去，环球金融中心顶层的观光天阁，以"头顶脚下都是悬空的蓝天"这样的super high view为利器，征服了所有对高度有变态追求的金字塔顶端的人。他们看着自己脚下的东方明珠和金茂大厦，满意地喝下一百七十二块钱一杯的咖啡。

就像现在的顾里，她坐在靠窗的位子，孤独地，看着窗外。

过了一会儿，两个穿着黑色正装的人朝她走过来，她礼貌地站起身，整了整身上那件黑色的Giorgio Armani裙子，微笑地伸出了手："你好，我是顾里。"

对方那个同样穿着黑色连衣裙的女孩子伸出手，非常优雅地握过来："很高兴见到你，我是Kitty。这是我的老板，宫洺。"

Neil在电梯里死死按住那个关门的按钮已经两分钟了，直到电梯发出滴滴滴的警告，他才松开了手。于是电梯门叮的一声打开了。他家气派的客厅出现在电梯前。

　　他深呼吸了两下，咬着牙低头窜出了电梯，快速地穿过客厅朝自己的房间走。不过，出乎他意料的是，家里空无一人，他本来已经做好了一走进家里就被父亲James迎头丢来一只古董花瓶的准备了，但现在，万籁俱寂，于是他停下了脚步。抬起头的时候，才发现家里并不是一个人都没有。

　　Mia坐在客厅的大沙发上，手上拿着一杯咖啡。一边喝，一边微笑着看着他。

　　他皱了皱眉头，没说什么，然后低头朝自己的房间走。

　　刚走两步，Mia叫住了他："你的行李在这里，已经打包好了。之前你不是一直说想要搬出去住么，James觉得你也不小了，说实话，美国的孩子如果到你这么大还住在家里，那是非常耻辱的一件事情。何况，昨天发生的事情……我想现在是一个非常适合，也非常必要的时机。"

　　Neil回过头去，看见两只巨大的行李箱放在门口。

　　他愣了愣，然后笑了，对着Mia说："I think you have got everything that you want."

　　Mia回应他以一个更加灿烂的笑容："Not yet."

　　他们两个彼此温暖地微笑着，像一对彼此深爱的母子。

　　"You want some coffee?" Mia拿起咖啡壶，帮Neil倒了一杯。

　　"Oh, please save the poison for yourself, pretty witch!" Neil提着箱子朝门外走，"Say hello to your mirror for me!"

　　"Sure, my Snow White!" Mia呵呵地笑着，"You're so queenly, aren't you?"

　　Neil用力地摔上了门，走了两步之后转身一脚，重重地踹在那扇价值十九万的雕花古典木门上。

　　顾源看见Neil提着巨大的行李箱从Rich-Gate里面怒气冲冲地走出来的时候，他缓慢地摇下车窗，刚要开口，就被Neil直接甩了一句"Oh, shut up"在脸上。

　　Neil坐进车里，把手指捏得咔嚓咔嚓响。

　　"这下你准备去哪儿？"顾源笑眯眯地看着面前这个看上去快要爆炸的混血小崽子。

　　"鬼知道，或者我应该去柬埔寨或者伊拉克什么的，去拉掉拉环然后把自己引爆了。"Neil斜眼看着幸灾乐祸的顾源。

　　Kitty坐下来之后，自然地笑了笑，然后指着他们三个的纯黑色衣服，开玩笑说：

"希望我们的会面不是意味着一个葬礼。"

"她爸爸刚刚去世，你省去那些无聊的玩笑吧。"宫洺冷冰冰地说完之后，坐下，换了个舒服的姿势。

"对不起。"Kitty迅速地低下头小声说，不过显然不是对顾里，而是对宫洺。

顾里看着宫洺，直到对方抬起眼睛看回她，才微笑了一下，然后说："让我把一切以简单明了的方式来说，那就是：我不愿意我父亲的——现在是我的——公司，以这样的方式，和这样的溢价，被《M.E》收购。"

"我非常理解你的心情，"宫洺一边指着Menu把自己想要喝的咖啡告诉Kitty，一边对顾里说，"我唯一想要纠正的一点是，收购盛古公司，也就是你父亲的、现在是你的公司的集团，并不是我们《M.E》。第一，我们并没有那么强势的资本；第二，我本人其实并没有这个兴趣。收购你们的，是Constanly集团。我今天并不是《M.E》的主编，而仅仅是Constanly的代表。"

宫洺点完咖啡之后，饶有兴趣地看着顾里苍白的脸色，他似乎非常满意现在的结果。他一边慢条斯理地把Menu递回给服务生，一边不急不慢地、用一种优雅的速度和音量对顾里说："我想作为你们学校最优秀的金融学院学生，你应该非常了解Constanly——这个三年前突然进入中国的美国集团，它们有一个外号，我相信应该在你们课本的案例分析里出现过，叫做'吞并巨鳄'，在大三《资本市场》教材的第十二章。"

他喝了一口服务生递过来的咖啡，然后冷冰冰地对他说："More sugar, please."

说完他回过头来，面对着顾里："我说我非常理解你的心情，你肯定也非常清楚，是因为两年前归属于Constanly的《M.E》，之前也经过了十四个月的漫长抵抗，最终依然没有改变被吞并的结果。任何的抵抗在压倒性的资金和高层丝毫不动摇的决策下，都是徒劳的，除非你手里握着盛古公司超过51%的股份——当然，你和我都知道，你并没有，这也是我们今天会坐在这里的原因。"

"Good luck, dear Lily." 宫洺那张纸一样的脸，第一次出现了表情，一张漂亮而充满邪气的俊美笑脸。只是这张笑脸下面有一行小字作为注解：邪恶并且幸灾乐祸，志在必得同时胸有成竹——这和猫用自己漂亮的前爪不断捉弄挣扎的老鼠时的表情一模一样，冷漠的、居高临下的压倒性对峙。

顾里看着眼前的宫洺，第一次觉得，无论是在学校叱咤风云的自己，抑或是一直在林萧口里听说的女超人一样的Kitty，在宫洺面前，都像是刚刚睡醒的猫咪，在冲着一只半眯着眼睛一动不动的雄狮，露出自己锋利的小爪子。

身边的落地窗外，是遥远的地平线，和擦过头顶滚动的絮状白云。

顾里坚持着付完账单之后镇定地离开了——至少表面上非常地镇定，不动声色，甚至还虚伪地表达了对《M.E》的喜欢，尽管她之前对这本过分文艺的杂志极尽冷嘲热讽之能事。好歹她也算是一条白素贞。

"I like your Prada." 顾里走之前微笑着，对着宫洺那身全黑色、一点也看不出logo的西服发出了带有目的性的赞美。

"I like your Armani, too." 宫洺礼貌地回礼。

宫洺坐在座位上，继续悠闲地喝他的咖啡。Kitty掏出包里的记事本翻动着，check着今天剩下的行程安排。

宫洺望着脚下那条闪亮的银线一般的黄浦江，轻轻地笑了笑——分不清是在笑还是在讽刺——他说："不知道宫勋是否明白，他看上的这个集团，最有价值的并不是他们拥有的那片森林和造纸以及印刷产品线，他们最有价值的其实是刚刚坐在我对面的这个穿着Armani的女人，她的父亲才刚刚去世。她是一个完美的working machine。"

而当这个夏天过去的时候，我们终于结束了学校的所有课程，时间一下子变得充裕起来。对于顾里来说，她用差不多三年的时间就完成了两个学位的所有学分，当然，也赢得学院所有老师的交口称赞。她最后一次回到学校处理实习和学科结业的相关手续时，所有的老师都围绕着她，赞不绝口，像是在拍卖会上点评着自己最拿得出手的珍藏品。而顾里，站在一群经济学博士硕士中间，矜持而含蓄地微笑着，看上去就像一只刚刚赢得选美比赛的长颈火鸡，表情让人很想要丢一只鞋子到她脸上去。

而我因为只需要完成一个学位，所以也只用了三年就搞定了所有的课程。剩下的一年，是所有大四学生都非常忙碌的实习期。不过对于我来说，已经不需要再以每分钟发送一封E-mail的速度投递自己的简历了——暑假结束之后，我就立刻重新变成那个一听见手机铃声就会迅速尖叫起来的女助理。飞檐走壁，挑战极限，刚刚穿着向公司借的小礼服出席一个高级楼盘巨型的答谢鸡尾酒会之后，马上披头散发地冲到一个莫名其妙的小巷子里，蹲在油烟弥漫的炉灶旁边，等待着买一份宫洺莫名其妙从杂志上看到的上海特色小吃。

我总是在想，如果蔡依林是特务J的话，我就是特务L。按照网络上的戏称，她是特务鸡，我就是特务狼。（我忍住了没有称呼自己为特务龙，尽管我特别想，但是看看Kitty，我还是算了吧，她可以算特务king了。况且特务K和特务L，听上去特别让人感觉我们是一个组合：特务恐龙。）

至于顾里，她根本不需要实习。她爸爸突然留下整个盛古集团旗下一共四个公司给她，一百七十二个员工的眼睛牢牢地盯在她的身上。"我每次想到那一百七十二双诡异的眼睛，心跳就二话不说直接冲上一百二，我真是谢谢他们这一大家子。"顾里一边噼里啪啦地发着短消息，一边对我说。

顾里父亲的遗嘱让顾里妈妈在律师事务所闹了整整两个礼拜。原因是他几乎把所有的财产都留给了顾里，只给妻子留下了他们在静安区的那套顶级公寓。顾延盛名下50%的公司股份，有25%直接留给了顾里，只有5%留给自己的妻子林衣兰——剩下的20%不翼而飞。

无论林衣兰在律师事务所上蹿下跳，还是在门口静坐，抑或是顾里动用了各种人事关系和暗中调查，都没办法查明这20%股份的继承人是谁。

但这并不是遗书里最精彩的大秘密。

所谓的虎女无犬父，顾延盛的人生显然比顾里更加精彩，遗书的最后，顾延盛轻描淡写地告诉顾里，她的生母并不是林衣兰。

当顾里告诉我这一切的时候，我和她正在房产中介所里找房子。

她戴着一副巨大的Prada墨镜，看起来像一个非常时尚的瞎子。

"我觉得我的人生变成了一场鼻涕横流的恶心韩剧——你知道，而且是那种湖南卫视反复播放的好几年前已经在网上流行烂了的白烂剧情。OK，先是我的男朋友因为家庭需要企业婚姻而和我分手，再来我和我最好的朋友的男朋友上了床，接下来我的弟弟突然告诉我他是gay，然后我的生日会上我最好的朋友用一杯红酒毁了我的礼服，并且，谢谢上帝，我的生日变成了我父亲的忌日，然后我父亲留给我一个被Constanly集团盯上了的即将被收购的公司，并且，我妈还不是我的亲妈……哪一个矫情的作家会写出这样的小说来？"顾里回过头望向我，用她被墨镜遮住之后剩下的三分之一的小脸。

"琼瑶。"我喝着手上的外卖冰拿铁，认真地回答她。

"你能提稍微近代一点的作家么，'琼瑶'两个字听上去就像《discovery》里某种恐龙化石的名字。而且你让我感觉自己像那个没智商的只知道戴着一个巨大的牡丹花帽子踩着高跷跳来跳去的小鸭子。"顾里在墨镜背后翻了个白眼，我隔着镜片也能看见。

"那就只剩下郭敬明了，"我摊了摊手，"而且赵薇演的是小燕子不是小鸭子，我谢谢你了。"

顾里想了想，说："那还是琼瑶吧。郭敬明的主角哪个不是死了的，他的心理一定极其阴暗变态，他的童年一定充满了阴影和扭曲。"

"我听过你讽刺的作家名字足够从陆家嘴一直排队排到奉贤的海滩上去。拜托，你心里就没有一个稍微觉得顺眼的作家么？"作为一名中文系的人来说，我被激怒了。

"Jude Law."她想了想，回答道。

"He's not a writer at all!"我愤怒地想要用冰拿铁泼在她的Chanel山茶花小裙子上。我下定了决心，下次当她讨论起经济学家的时候，我一定要告诉她我最崇拜的经济学家是杨二车娜姆！

不过她再也没答理我，转身投入热火朝天的寻找合适房子的战役里去。我非常可怜接待我们的中介经理，因为每次当他企图告诉顾里最近上海房地产行情的时候，顾里的表现就像是《第一地产》里的播音员，无论任何新闻或者资讯，她都可以滔滔不绝地脱口而出。看这个中介经理的表情，像是吞下了一块怀表，并且卡在了喉咙里。

有了顾里就没我什么事情了，所以我乐得坐在椅子上翻杂志——顾里包里的《当月时经》。说实话，她走哪儿都带着。有一次我们已经出门上车开出去十分钟了，她依然面不改色地让司机开回了家，只为去拿忘记放在包里的《当月时经》。"我宁愿不穿内裤出门，也不愿意把它留在家里。"顾里非常认真地告诉我们，表情极其严肃。

我正在看杂志里那条关于"金融艺术"的定义，上面说，所谓的金融，就是一笔巨大的钱，在不同的人手里转来转去，最终消失的一门艺术。正在暗自琢磨这些经济学家都挺有文笔的时候，我的电话响了，接起来，Neil那个小崽子的声音出现在手机里。说实话，自从知道他喜欢的是男生之后，他对我的吸引力瞬间消失了——但是，我对他的幻想，却瞬间飙升到某种白热化的程度。以至于每次接到他的电话，我都会以一种春天里的野猫似的声音鬼祟地问他："你在干吗？身边有帅哥吗？"我在高中和简溪开始谈恋爱之后消失的恶趣味，现在迅速地苏醒壮大了起来，唯一可惜的是，不能和顾里分享了。我很难满脸春心荡漾地对她说"你猜，你弟弟现在和哪个男人搞在一起"——虽然以前我们每天都在干这样的事情，实验对象从简溪到顾源，一直到大学的卫海。

电话里，Neil用一种像是明天就是圣诞节一样的欢快声音，对我说："Oops，我爸把我赶出家了哦！准确地说，是我的继母，我现在宛如童话故事里被恶毒的皇后逼迫的可怜人儿！"我拿着电话，像中风一样嘴角抽搐了起来，受不了Neil那不伦不类的恶心中文，"OK, OK! Snow White!"我不耐烦地挂掉了电话。

于是，五分钟后，顾里扶着额头，心力交瘁地对那个地产中介说："我要换租一个大的房子，或者是villa。"

因为有了生母养母这个肥皂剧一样的事件，顾里和她妈之间的关系变得极其微妙和紧张。在之前的一个月里，她们还都沉浸在顾延盛死亡的悲痛中。所以，每当林衣兰歇斯底里地点燃战火，顾里就会奋起应战，战局最后一定会走向这样固定的结局：

"你给我滚出去！这个房子是你父亲留给我的！"林衣兰歇斯底里。

"可以啊。但希望有一天你不要因为没有钱而来求我替你养老，那5%的股份不知道够你买多少个Hermes的包包。你省着点花。"顾里反唇相讥。

林衣兰目瞪口呆，显然她没有考虑过Hermes的问题。这可难住了她。顾里得意地翻着白眼，然后闭上眼睛按摩脸上的穴位。生气使人衰老，她当然了解这个。而且保留好足够的精力，保持最佳的状态，才可以随时迎战敌人。

这也是林衣兰多年的言传身教。每当她要一大清早杀进名牌店里抢限量商品时，她一定会提前一天晚上在家进行全身按摩，养精蓄锐。"直接把那些老女人撩翻在台阶上！哼，跟老娘抢！"

Lucy依然在旁边哼着歌曲擦地，她多少年来已经习惯了这样的战争。她觉得这是一种音乐旋律。

所以，顾里经过仔细考虑之后，决定搬出来。虽然舍弃了家里那个巨大的衣柜和Lucy精心的伺候让她觉得肉疼，但是仔细想一想，就算父亲没有死，自己大四毕业，也一定会搬出去的，只是早晚的问题而已。

并且，顾里盛情地邀请我和她同住。因为她知道我实习的时候也需要租房子，毕竟不能一直住在宿舍里面。她邀请我和她继续维持了三年多的大学同居时代。我受宠若惊，亲切地握住了她的手。

顾里也非常激动地握着我的手，温暖而又深情地对我说："That's great! You're my new Lucy!"

我忍住了往她脸上泼咖啡的冲动，因为知道她一定会拿硫酸泼回来。此事可大可小。

当然，我还有亲切的同居密友，Neil。我现在和他的感情突飞猛进。我觉得照这样下去，很快，我们就可以同躺在一个浴缸里，享受着粉红色的泡泡浴，一边互相梳头发，一边彼此聊着我们都是"诗"的少女心事。

——当然，在我和Neil分享以上这段感悟的时候，他用精准的中文回击了我："你确实够'湿'。"

顾里并没有打算收我和Neil的房租，但是她给我们定下了一系列必须遵守的约定。针对Neil的核心条款，就是禁止他带男性或者女性，以及任何有生命的东西回家乱搞。而针对我而言，简单地概括起来，就是"You are my new Lucy and I love you"。

经过一晚上的深思熟虑，我虽然对和Neil这样的性感尤物同居充满了期待（我已经拿出简溪的照片做过了忏悔），但是，我也不愿意做new Lucy。于是隔天之后，我盛情地邀请唐宛如加入我们的行列，在对她倾诉了大学同一个屋檐下产生的情谊，并且表达了我对延续这种同居情谊的憧憬之后，她激动地握住了我的手。

于是我拉着她走到顾里面前，激动地介绍："Lily, this is your new Lucy!"

顾里厌恶地上下打量着她："She is not Lucy." 在结束了长达十秒钟的白眼之后，她补充道："She is just an ox!"

唐宛如晴天霹雳地在沙发上坐下来，抬起手摁住了胸口，显然，这个打击超出了她的预期。她趴在我的肩头，娇弱地哭诉着，说她情愿被顾里称呼为cow，也不愿意被称呼为ox。

我看着唐宛如，表情非常焦虑。看来她并没有意识到，一个女孩子被形容为一头奶牛，并不比一头公牛要好多少。我在想如何告诉她这一点，才显得比较得体。

"至少cow有巨大的胸部！"唐宛如趴在我肩头抱怨。

那一刻，我恍然大悟，突然意识到这么多年来我一直误会了她，她其实是有智慧的。

当唐宛如和顾里彼此你一句我一句地互相羞辱着离开寝室之后，我一个人留了下来。

我坐在空空的寝室里发呆。

　　我望着自己的房间，里面很多东西都已经搬走了，只留下南湘的东西。自从上次顾里生日party结束之后，我就没怎么见到她，也不知道她最近在忙些什么。她除了回寝室睡觉之外，几乎和我没什么交集，有时候甚至不回来睡觉。我很多次想要靠近她，找她好好坐下来谈一下。但是她的电话要么没人接，要么就是隔了很多个小时，才回一条简短的消息，"我在画画。"或者"今天太忙了。"

　　我知道她是在躲我，更主要的是在躲顾里。

　　其实我很理解南湘的心情。因为就算是作为非当事人的我，也很不想和顾里谈到关于席城的那件破事儿。唯一一次提到相关的事情，是在顾里父亲的葬礼上，我们小声地谈到南湘，于是顾里本来已经哭红的眼睛更加红了起来。

　　她和我坐在墓地的草坪上，靠着我的肩膀，我们两个都没有说话，只是很平静地看着远处。唐宛如虚弱地哭倒在墓碑前，仿佛坟墓里埋着的是她的生父。她摁着胸口的样子冲淡了顾里的很多悲伤，甚至让顾里在牧师念悼词的时候笑出了声——为此，顾里她妈恶狠狠地瞪了顾里一眼，表情像是有人用咖啡泼在了她的LV包包上。

　　顾里对我说她最对不起的人就是南湘。她完全可以理解那天南湘的愤怒，觉得无论南湘对自己做出什么样的事情来，都是她应得的报应。只是她希望南湘可以原谅她，让她有弥补和偿还的机会。我只是静静地听她讲，也没有问她为什么会发生那样可以用"不可思议"来形容的事情。我不敢——或者说从根本上，我不想。我害怕再一次感受到那种从地壳深处翻涌上来的黑暗气息，那种会把人吞噬般的绝望感。它让人怀疑一切，怀疑生活里的每一个人，像撒下一把密密麻麻的虱子一样，把无数肮脏的秘密撒进我们的头发里——说真的，我再也不想感受到那样的情绪了。

　　我走进房间，躺在南湘的枕头上。上面还有她留下的几根长头发，和她洗发水的香味。这么多年我和她一直都用同样的洗发水，但是我的头发毛毛糙糙的，她的头发却又直又亮。她就是一个天生的美人坯子。

　　我轻轻地闭上眼睛，眼泪流进她的枕头里。

　　恍惚间，我再一次觉得像是回到了大三刚刚开始的那个冬天。我、南湘、顾里、唐宛如，挤在南湘的床上，顾里把她昂贵的天鹅绒棉被从隔壁房间拖过来，我们四个钻进去裹在一起。床对面的桌子上，咖啡壶里咕噜咕噜地往外冒香味，顾里把她从家里带来的咖啡粉一股脑儿倒了进去。旁边的笔记本电脑连在小音箱上，正在放着我们都喜欢的Coldplay。我和南湘在被子里，用脚指头去夹唐宛如，听她娇喘着说"吓死人家了呀"，然后看顾里翻出巨大的白眼和紧接着的鬼斧神工的羞辱。

窗外是轻飘飘的小雪。我们把空调开得很足，顾里一边抱怨这样非常不环保并且长期待在空调的环境里皱纹会变多，一边拿着空调遥控器死命往上升温度，"他妈的要冷死我了呀"。

窗户上结满了冰花，房间里缓慢地回荡着各种声音。南湘轻轻翻书的声音，唐宛如说梦话的声音，我和顾里小声说悄悄话的声音。Coldplay的歌曲。咖啡壶的咕噜声。

整个天地笼罩在一片轻盈的白色光芒里。岁月轻轻地发出一小点亮光来。

在回忆的最后，我终于忍不住"哇"的一声哭出来。我紧紧地抓着枕头，胸口里充满了巨大的、一种叫做"物是人非"的痛苦。

我躺在床上，像是被人用巨大的锤子砸扁了。

我们的生命存在于这样小小的、拥挤的、温暖的时代之中。

庞大的背景音乐，悠扬地回荡在整个上海，为这个繁华的时代点缀着金边。还有更多我们并不知道的时间，我们未曾看见的场所，这个时代并未停止转动。它用一种最冷酷和理智的方式，让每个人的生命平行前进。

广袤的蓝天之下，南湘坐在空旷的学校操场上。大四的学生几乎全部离开了校园。新的一年里，很多新鲜的面孔涌进了这个奢华的大学校园，他们像是高中生一样忙碌地看书、做题、去图书馆占位子，这样的状态会一直持续到他们开始第一场恋爱，或者第一次have sex。南湘拿着手机，翻着里面的照片，很多各种各样的、四个女生挤眉弄眼的场景。唐宛如永远摆出少女的可爱笑容，自己和林萧永远在做鬼脸，顾里一直都是那张别人欠她钱的表情。她一边翻，一边掉眼泪。夕阳的光线像是被风吹散一般迅速消失，正如同再也回不去的美好年华。那感觉，像是一个时代最后的剧终。

而繁华的淮海路上，高层的写字楼里，宫洺和Kitty正坐在视频会议桌前面，屏幕上一个五官锐利冷漠的中年男人在说完"总之，你想办法，我要拿到盛古集团"之后，就关闭了视频电话。宫洺悄悄地吞回那句还没来得及说出口的"知道了，爸爸"。整个过程里，Kitty动也不敢动，屏幕上是自己早就在照片上看过无数次的宫勋。这个男人的事迹在她大学的商学院里，像是传说一般地流传着。而她望着自己面前这个平日里总是锋利得像一把匕首的上司，他第一次在眼睛里流露出的那种期待和柔软，如同自己的小侄子拿着他刚画好的蜡笔画，跑过来拉着自己的衣摆，希望得到表扬一般的表情。

而旋律流转的另外的场所，席城坐在一条繁华的马路边上。他长长的腿无辜地伸展在前面，英俊的面容上有很多天没刮的胡碴。路过的外国老女人被他落拓的摇滚歌手气质吸引来和他搭讪的时候，他露出好看的笑容："I can f**k you but it's not free." 当那些女人厌恶地离开时，他揉揉发红的眼睛，低下头流出了第一滴眼泪。他像是一枚难看的补丁，缝在上海物欲横流的精致街头。

长满法国梧桐的校园里，简溪低着头，不敢看站在自己面前哽咽着的林泉。"再一个月好吗？求求你了，就一个月。"林泉抓着简溪的衬衣衣角，小声地说。简溪没有回答，他抬起头来，面前林泉悲伤的脸，像是一杯苦涩的温热饮料，流进自己的心里。他抬起手，抓起林泉捏住自己衬衣的手，轻轻地推开了。林泉蹲下来，眼泪一颗一颗地打在水泥地上。简溪在地上坐下，他长长的腿环绕在林泉娇小的身躯两边。他坐着，没有说话。过了很久，他朝她挪过去一点，然后伸出手抱紧她，"好。你别哭了。"

夜晚降临，崇光躺在医院的病床上。他抬起头，透过明亮的玻璃，望向外面湖泊上巨大的黄色月亮。他的脸，在月光下显得更加消瘦，枕头上是几缕刚刚掉下来的头发。他翻出手机，打了一条短信："嘿，小助理，最近也不联系我，不催我的专栏啦？"过了一会儿，他又把这些字删掉，然后合上手机。他翻过身，望着自己面前的Kitty，说："你可以把我的游戏机带到医院么？"Kitty压抑着自己的情绪，望着他红了一圈的眼眶，平静地微笑着说："OK." 然后转身出门去打电话。她抬起头擦了擦眼睛里的泪水，想着到底应该怎么告诉崇光，宫洺希望他可以用他即将消失的生命来完成一场《M.E》上漂亮的表演，赢得巨大的商业价值。她人生里第一次，对自己一直坚持的价值观，和一直崇拜的宫洺，产生了怀疑。她靠在医院走廊的墙上，望着惨白色的灯光出神。我们得到什么，我们失去什么。我们失去的那些东西，最后换来了什么。

而在上海最繁华的市中心，顶级酒店公寓的玻璃窗下，宫洺的电脑屏幕一直亮着。Google的界面上，他频繁地搜索着所有关于"胃癌"的关键词。咖啡冒出的热气，把他的眼睛熏得湿漉漉的。最后他趴在键盘上睡着了。梦里，小孩子模样的崇光，翻身跳上自己的床，抓着自己的胳膊把自己从睡梦中摇醒。他在月光下的脸，带着委屈和恐惧，用力地抓着自己的胳膊，说："哥，妈她打我，她把我的玩具汽车丢进了游泳池里。"那个晚上，宫洺悄悄地走进庭院，他趴在水池边上，费力地伸出胳膊，把玩具汽车从水里捞了起来，他举着湿淋淋的汽车，转身对楼上趴在窗口的崇光兴奋地挥舞着，两个人在月光下捂着嘴，偷偷地笑。

时代的洪流把每一个人的生命都折叠成薄薄的一枚底片。

以眼泪显影，以痛苦定格。岁月的飓风卷起黄沙，把记忆埋葬成再也无法寻觅的丝路。

持续不断的壮阔岁月，化成优美的组曲，渲染着悲壮的痛苦，和酸涩的喜悦。

在搬进新家之前，顾里还要面对一个最最重要的事情，那就是去父亲的公司就职。作为继任父亲的执行董事和总经理，她需要组织第一次全公司的股东大会。

在这之前，顾里很少去父亲的公司。说实话，别说去父亲的公司了，顾里在家里能见到父亲的时间都不多。所以，走进父亲曾经的办公室时，她并没有电视剧里表现的那种触景生情、伤感落泪，只是迅速地告诉助理需要换掉的东西和需要增加的东西。她飞快地报出了一系列的品牌和地址，然后转身走进会议厅里去了。留下第一次见面的助理，如同遭到雷劈一般地呆立在原地，手中的记事本上，只来得及写下顾里口中报出的前两样东西。

在助手转身出门之前，顾里叫住她，补充道："对了，除了那些东西之外，我还需要一个新的，助手。"

顾里对着目瞪口呆的助理，挥了挥手，"你可以出去了。对，出去。"

会议室里挤满了人，顾里都不认识，唯一认识的一个，是自己的母亲。作为持有盛古集团5%股份的股东，她如同一个贵妇一样坐在会议桌前面，穿得像一个欧洲中世纪的古董花瓶。而其他的人，全部都是黑色西装加领带，顾里觉得他们穿得和之前出席自己父亲葬礼时没有任何区别，像一种高级的讽刺。

顾里也没有和她妈打招呼，只是低调地在她母亲身边坐下来，而没有选择会议桌的首席位置——她不想显得过分高调。她轻轻别过头去，对母亲说："等一下，我不指望你会帮我，但是，看在上帝和我刚刚被烧成了灰的父亲也就是你老公的份上，你能不说话就不要说话，否则，很容易搞得你今后的日子，别说Hermes了，连一个LV都再也买不起。"说完这句话，顾里就坐直了身子，没再理林衣兰。这番话显然非常奏效，林衣兰表情非常地忧虑。她甚至从桌子下面伸手过来握住了顾里的手，悄声而严肃地说："我支持你！"顾里刚想翻看一下面前的公司基本资料文件，旁边一个男人在环顾了会议室一圈之后，轻轻拍了拍她的肩膀，说："去楼下帮我买一杯咖啡上来，拿铁。"她还没来得及回答，对面一个男的也开口说话了，他没有从面前的文件里抬起头来，只是带着一种理所当然的态度盯着他手里的文件说："我也要一杯，不要加糖。"感觉像是在叫手上的文件下楼去买一杯咖啡。

顾里在目瞪口呆了三秒钟之后，觉得这非常有意思，于是她站起来，轻轻地咳嗽了一下，说："好的。我这就去，不过我想说的是，在我没有回来之前，抱歉要让各位等待了，因为我不想错过这次会议上公司的任何决定。事实上，没有我在，也不能产生任何有效的决定。忘记自我介绍了，我是顾延盛的女儿，顾里，也就是你们新的执行董事和总经理。我回来之后，也请两位自我介绍一下你们各自的职位和部门，我想对公司尽快了解起来。"

说完，顾里拉开会议室的大门，走出去了。

剩下一屋子头上冒汗的西装男人，和那两个满脸苍白的咖啡爱好者。其中一个说："I lose my job, right?"

顾里在父亲的办公室坐了十分钟，调整了一下情绪之后，端着助理从楼下送上来的咖啡走进会议室。她微笑而得体地把两杯咖啡分别放到了那两个男人面前。刚要开口说话，就看见了坐在会议桌首席位置上的两个新面孔。

"你好，Lily，我们又见面了。"Kitty化着精致的妆容，像一个漂亮的陶瓷娃娃。

顾里僵硬地把头转过去，就看见了宫洺那张桀骜不驯却异常英俊的脸，他一身灰色的Gucci窄版西装，领口是最新一季fashion show上标志性的贵族羽毛别针。

宫洺轻轻翻开手上的文件，没有抬头，自顾自地用一种小声的音调开始说起话来，他的声音不高，但是所有人都像是被一种恐惧抓着喉咙，催眠般地仔细听着他的每一个字。不可否认的是，他的声音优美而柔和，像是年轻的神父在念着美好的赞美诗篇——当然，他宣读的内容和赞美诗没有任何相似之处，如果一定要下一个定义的话，可以形容为"地狱邀请函"。

"目前，Constanly集团收购了盛古33%的股份，一部分来源于外界的持有，一部分来源于今天与会的一些高层管理人员，我作为Constanly集团的代表，出席今天的会议，并且在会上，希望完成对今天在座剩下部分高管手中9%的股份的收购。届时，Constanly集团对盛古的控制将达到42%。据我了解，前主席顾延盛先生留给女儿及妻子的股份分别为25%和5%，也就是说，总和只有30%，在另外20%股权至今并未明确的情况下，我希望由持有绝大多数盛古集团股份的Constanly集团代表，也就是我，来主持今天的会议。如果没有问题的话，我们可以开始了吗？"

当宫洺不急不慢地说完这一段话之后，他才轻轻地从文件里抬起目光，缓慢地从每个人的脸上一一掠过，最后停留在顾里极力掩饰惊慌的脸上。

半眯着眼睛的雄狮，懒洋洋地打出了第一个呵欠。

TINY TIMES

小时代1.0

折纸时代

Tiny Times Season.01 Chapter.13

Dirty secrets make friends.

在上海的市中心，找到一套让自己满意的公寓，是一件非常困难的事情，其难度并不亚于找到一个可以结婚的好男人。

而要在上海市中心的中心静安区找到一套让自己满意的公寓，则是一件更加困难的事情，其难度类似于找到一个可以结婚的好男人，并且他婚后不会出轨，或者出柜。

这是所有上海人公认的定律。

而我们的顾里小姐，她人生存在意义的其中一条，就是把这些公认的定律踩在脚下——当然，尽管有的时候她这样做，看上去并不是那么完美……

比如，她陪我上中国古代文学的选修课时，非要和老师纠缠纳兰性德到底是男的还是女的，她的理由就是"你看这个名字，又纳，又兰的，怎么可能是个男的"。争论到最后，她在铁一般的事实面前败下阵来，但依然翻着白眼拼死挽回面子："那他就一定是gay！"在老师气得吹胡子瞪眼睛、就差直接晕过去时，顾里在他胸口又补上了致命的一枪：她把纳兰性德的名字，念成了"纳兰德行"。我一边揉着太阳穴，一边自我催眠：这是她的一时口误，她不是唐宛如，她不是唐宛如……

当然，这都是题外话了。

顾里同学轻描淡写地就在南静安的别墅区里，找到了一栋楼上楼下一共六间房，外加两个卫生间一个客厅一个餐厅一个储藏室的欧式别墅。当顾里小姐领着我上下一圈逛下来之后，我一直在拍自己的头，难以相信自己就要住在这样一个地方了。干净的小阳台，上层尖顶的阁楼，干净的木质地板，纯白色的欧式古典门框和梁柱。并且，最重要的是，我们就在恒隆的正对面，仅仅隔着一条南京西路，推开窗就可以看见LV放在外墙玻璃橱窗里的最新款的包包——当然，我只需要走进顾里的房间就可以看见了，anyway，这简直太让人振奋了！

"请给我一个耳光，我觉得自己是在做梦。"我摁着胸口。

顾里听到后二话没说，迅速地一边撩袖子一边朝我走过来。

"请不要这样！"我摁住胸口的手迅速拿起来捂住了脸。

第二天早上，我和简溪两个人拖着我的四个巨大无比的箱子筋疲力尽地到达新家门口时，遇见了扶着胸口激动得无法说话的唐宛如。走近她的时候，我听见她喃喃自语："哦我的天哪，我觉得自己像一个公主。"于是我轻轻拍了拍她的肩膀，温柔而又善意地打断了她："Hey, wake up！"

　　她的激动在转过头看见我之后就迅速地被愤怒取代了："凭什么你有四个箱子的行李而我只有一个包！"她指了指自己背上的那个包，然后又指着我和简溪脚边的四个大箱子。

　　我走过去握着她的手，安慰她："亲爱的，你要知道，如果我有你这么强壮，我也一定会只装一个背包就扛过来了，问题是，一个包太大，我扛不动。话说回来，你背后背的这个玩意儿算什么？要不说它是一个包的话，从远处看过来还以为你扛着一口锅炉……"

　　正说着，一辆硕大的货车近乎癫狂地在门口刹车停下，顾里的高跟鞋咔嗒咔嗒地响了起来。她穿着一件灰色的连衣裙样式的毛衣和一双灰色的麂皮高跟短靴，手上拎着一个小小的Prada包。而身后的货车后门轰然打开了，一整车厢的箱子，车上下来一群穿着白色制服的搬运工人，跟在她的身后……我身后的唐宛如发出了一声难以形容的惨叫……

　　顾里经过我的身边，看了看简溪和我身边的四个箱子，用一种混合着鄙视和怜悯，但稍许还是带有那么一丝同情的声音诚恳地对我说："林萧，说真的，如果有一天我把Lucy从家里赶出去，她的东西都会比你的多……"然后，她"啧啧啧啧啧"地，完全不顾我和简溪想要杀死她的眼神，朝大门走去。

　　路过唐宛如的时候，她瞄了瞄唐宛如背上可怜的唯一一包行李，然后又上下打量了起来，反复了十秒钟后，镇定而平静地说了一声"你好"（……），就目不斜视地走去打开大门。唐宛如目瞪口呆，她转过头来望向我和简溪的时候，我们都投以同情的目光，说实话，她有勇气坚持活到现在，不容易。

　　顾里一边对那些搬运工人说着"白色的箱子放进储藏室，暂时不要打开；黄色的纸箱放在客厅里，把里面的东西拿出来；绿色的纸箱里都是衣服，放到我的卧室就行了"，一边对着我和唐宛如不断地进行着身体和心灵的双重羞辱：

　　"哦林萧，别，真的，别，我觉得那个玩意儿不吉利，看上去就很诡异，相信我，别放在这里。"（事实上，这个时候我正准备把简溪送我的那只小丑鱼公仔放在客厅的沙发靠背上……）或者"唐宛如，你的这个碗也太大了！你用来吃什么的？"（事实上，唐宛如刚刚拿出她的洗脚盆准备放到厕所里去……当然，我可以原谅顾里，因为她的人生里没有看见过洗脚盆长什么样。）以及"林萧，这条内裤是简溪的吧，怎么在你箱子里？什么？你屁股什么时候这么大了？而且哪家天杀的品牌竟然把女性内裤做成Boxer款式？缺德！"（我肆无忌惮疯狂地当着一屋子沉默不语的搬运工冲她怒吼："那明明是三角的！"）当然，最后的高潮爆发在了唐宛如身上，我觉得自己实在太幸运了，"唐宛如，这个到底是你的胸罩还是什么？看起来怎么像一件T恤？"我听见厨房里一声轰然倒地的声音。

　　整个过程里，我、简溪以及唐宛如都头晕目眩，耳朵里萦绕着的都是顾里幽幽（一刀）的声音，嗡嗡嗡嗡的。看在上帝的份上，有那么几个瞬间，我真的想冲过去和她共赴黄泉来生再会。

　　当我和简溪瘫倒在沙发上，唐宛如麻木而崩溃地坐在地板上不知所措的时候，顾里轻飘飘地走到了客厅中间，她看上去棒极了。在指挥着所有的人把车上那十一个大大小小的箱子全部弄了进来并且把里面的东西拿出来摆放妥当之后，她的头发依然一丝不乱，小裙子依然服服帖帖地裹着她纤瘦的模特身板，甚至连小麂皮短靴上，都没有一点灰尘；而与之相比，我们三个简直就是刚刚从山西挖完煤回家的矿工。我从沙发上挪去抱住简溪的头，小可怜，我看他都快哭了。

　　她看着我们三个，心疼地摇了摇头，然后拿起电话："Lucy，第二车的司机快到门口的时候给我打电话。同时，你可以让第三车的司机出发了。"

　　简溪在我旁边一头昏死过去。

　　而唐宛如披头散发地站了起来，两眼空洞地四处游窜："有酒么？"

　　顾里认真地说："亲爱的，酒精行么？你受伤了？真难得，我记得上次林萧掉了一把刀在你脚背上都没事儿呀。别吓我，真的。"

　　唐宛如回过头来，面如死灰地问我："有砒霜么？"

　　整场闹剧一直从上午持续到了太阳落山。中午过后，我和简溪终于受不了了。我们躲进了房间里，躺在床上，假想自己已经逝世。

　　但是，顾里折腾出来的动静实在太大，我感觉自己像是睡在铁轨边上一样，轰隆轰隆。我靠，我实在受不了了，闭着眼睛吼："顾里，你如果要拆墙的话，提前告诉我！"

　　门外传来顾里银铃般的笑声："亲爱的，你又说笑了，刚刚是唐宛如在上楼梯呢。呵呵呵呵呵呵……"

我一头栽进枕头里，两腿一蹬。

在栽倒的同时我瞄到了简溪，他早就甜蜜地进入了梦乡，嘴角还有一个甜甜的笑容，当然，耳朵里也有两砣巨大的棉花……

我躺在简溪怀里醒过来的时候，他也早就醒了，他撑着一边的胳膊，正低下头看我。我抬起头在他温暖的嘴唇上与他进行了一个持续十秒钟的吻，然后满脸潮红地伸了个懒腰坐起来。

坐起来之后，我才发觉周围气氛的诡异，整个房子里实在太安静了，我转头瞄了瞄窗外，看起来差不多是傍晚的光线。我问简溪她们折腾完了没，简溪摇摇头，指了指自己的耳朵，哦，他的棉花还没拿下来。

我拉着他，一起走出房间，当我们走进客厅的时候，我揉了揉眼睛，觉得自己没有睡醒，像是产生了幻觉。

离我轰然栽倒在床上只过去了几个小时而已，但是出现在我面前的，却是焕然一新的豪华客厅。

而这个豪华的客厅里，此刻正坐着三个光鲜亮丽的帅哥美女，和一个不知道是什么的玩意儿，我眯起眼睛仔细看了很久，终于认出来了，是头上裹着毛巾正在做面膜的唐宛如。

只是我并不能理解她的心态，要知道，坐在这样三个人中间，裹着毛巾做面膜，需要多么巨大的勇气和多么迟钝的羞耻心。

当然，他们三个是我们这群人中间的巅峰：

坐在沙发靠窗位置的顾里，此刻正拿着她的Hermes茶杯，喝着瑞典红茶，手边正在翻最新一期的《VOGUE》。红茶冒出来的热气缓缓浮动在她的脸上，让她的脸看起来又柔和，又动人。我注视着她头上别的一个小钻石发卡，那是她生日之前，拖着我去恒隆Cartier捣腾回来的一个玩意儿。

坐在她边上的是穿着Gucci小西装的顾源，他靠坐在顾里的旁边，手搭在她的肩膀上，不时地轻轻揉几下，他们两个的头发都丝毫不乱，衣着光鲜，顾源的Dior领带夹和顾里的Chanel胸花，看起来非常般配，就像他们两个一样般配。这对天杀的应该拖去挖煤的小两口。

而坐在沙发靠近门的位置的，是金发的混血小崽子Neil，他正在拆开一个Hermes的橙色巨大纸袋，从里面拿出他刚买的毛巾、杯子、拖鞋、睡衣、盘子……他转过头来对我和简溪说："当我知道新找的房子就在恒隆对面的时候，我就懒得搬家了。"我听见简溪倒吸一口冷气的声音。

而坐在他们对面的，就是穿着一件粉红色皱巴巴睡衣的唐宛如，她头上裹着一条巨大的绿色毛巾，脚上穿着一双嫩黄色的毛拖鞋，幽蓝色的睡裤从睡衣下面露出来。她顶着湿淋淋的面膜，嘴唇动也不动地对我打招呼："林萧，你起来啦。"我僵硬地点点头，忍住了没有告诉她，她现在看起来非常像一座刚刚出土的唐三彩。

我看着眼前和顾里家豪华客厅没什么区别的摆设，虚弱地问："我什么时候睡过去的？"

顾里喝着红茶，头也没抬地对我说："1997年。"

"你睡到2010世博会都还不醒的话，我们就准备把你送到博物馆去用玻璃柜子装起来，呈现给各路国际友人。"顾源摸摸顾里的头发，温柔而又善良地补充道。

简溪走过来搂着我，摸摸我的头，怜惜地对我说："算了算了，我们两个不是对手……"

我有点郁闷地在沙发上坐下来，才发现他们并不是在简单地喝茶而已，他们面前的玻璃茶几上，放着各种各样的财务报表、项目企划、投资曲线、公司人事档案……如果不是他们几个慢悠悠的像是在巴黎下午三点喝下午茶的状态的话，我简直要认为是在开会了。

"你们丢这么多东西在这里，我还以为你们在开会呢。"我揉着自己的太阳穴，把目光从那一堆我看都不想看的东西上移开。

"我们确实是在开会啊。"顾里抬起头，非常认真地看着我。

"……那你们在讨论什么？成立一个'我们最尖酸刻薄'公司么？"我拿过茶几上的一个Hermes杯子，自顾自地倒了顾里的红茶喝。虽然做的时候非常自然而坦荡，但是我心里时刻提防着顾里殴打我。

"我们在讨论，如何才可以保住顾里家的公司，不被别人以目前这种不合理的溢价收购。"顾源斜靠在沙发上看我。

"而且是被你的那个长了一张看上去就很想放进微波炉加热一下的脸的老板——宫洺——收购，那也意味着盛古集团差不多变成了《M.E》的后勤部队，或者食堂。"

Neil一边端详着一个白色的看起来像是毛巾扣的东西，一边补充说明。

"而我们讨论到现在，还没有任何实质性的进展，因为，我那个伟大的爸爸，把公司20%的股份，给了一个莫名其妙的人，这个人名叫'死也找不出来'先生，或者'鬼知道是谁'小姐。"顾里翻着白眼，喝红茶。

"我有点头晕。"我瘫倒在沙发上，被他们三个快速而又流畅的对话给搞懵了。

"我早就头晕了。我坐在这里一个钟头，压根没有听懂他们说的这些中文。我觉得自己应该是英国人。"唐宛如像一座唐三彩一样站起来，揉着太阳穴，焦虑地离开了客厅，去浴室洗她的面膜了。

而事实是，在我昏睡的过程里，顾里、顾源、Neil，完全没有闲着。

顾里抓着Neil，说："小崽子，我知道你在美国是学法律的，在这场战斗里，你要做我的律师。"

Neil："谢谢你了姐姐，我可以介绍一个专门学商业领域法律的人给你，你就放过我吧。你和顾源如果要进行婚前财产公证，我倒是可以给你提供免费的法律支持。"

顾里："是哦，这就是我们姐弟多年的价值吧，能给我的婚前财产公证提供免费的法律咨询，却在我的公司被别人盯上了之后，一脚踢给一个鬼知道是什么来头的陌生律师。为什么你就不能回馈一下我多年来对你的爱……或者爱恨呢？"

Neil："Lily！我和专业律师的区别就在于我在这方面非常非常地业余，我仅有的关于企业合并方面的法律知识，也来自美国的课本和美国的商业环境。而专业的律师，他们靠这个可以在上海买房子，买车子，送小孩子念大学，并且继续让他们的小孩子成为新一代尖酸刻薄牙尖嘴利的律师，OK？对方收拾我就像蜘蛛侠收拾一个刚学会在地上爬的小婴儿一样。"Neil摊了摊手，说："I still love you Lily."

顾里歪着脑袋想了下，说："好吧。不过，那你至少可以处理一下关于我父亲遗产的问题吧？你考出律师执照了没……哦那太好了，你能搞清楚我爸爸的遗产里那些错综复杂的乱麻一样的东西么？"

Neil敲着脑袋，痛苦地点头。

顾里显然非常满意，但她迅速地补充道："刚刚你说的免费为我作婚前财产公证的offer依然有效吧？"

Neil看了看身边满脸黑云的顾源，更加头痛地点了点头："依然有效……"

顾里搞定了Neil之后，把头转过来，面对顾源……

"OK." 顾源没等顾里开口，举起手投降。

在顾源这个国际金融系高材生看来，这是一场再简单不过的并购案：Constanly集团觉得盛古公司有发展的潜力，并且从某一方面来说，盛古拥有的森林资源、纸张资源和印刷资源，可以为Constanly扩张进军出版和传媒市场，提供坚实的后盾——比如《M.E》一直以来居高不下的印刷和纸张成本。并且，盛古在顾延盛突然去世的当下，人心惶惶，这个时候强势地进行收购，那些和顾姓家族没有关系的人，当然愿意跑掉自己手上的股份，乐得拿一笔巨大的现金走人。毕竟谁都不认为顾里这样的黄毛丫头，可以让盛古比之前还要赚钱。与其看着自己的财富缩水，不如迅速转手。

但这些道理顾里都懂，"我拿过的奖学金不比你少。"

在这件事情上，顾里没办法完全站在客观的角度，去思考问题。从某个意义上讲，盛古集团在发展的最初，完全就是他们的家族企业。只是到了后期，才有了越来越多的合伙人，不断地扩张，发展壮大。但本质上，顾里完全把这个公司，看成是他们顾家的一部分。所以，今天的这个局面，在她的脑子里，不是"一家公司收购另一家公司"那么简单，而是"一家公司收购了我的家"。

所以，顾里被顾源惹毛了，她从沙发上站起来，吸了口气，尽量让自己的声音显得平稳而不带情绪："听着，顾源，我邀请你过来，认真地坐下，和你，和我弟弟Neil一起来讨论的这个事情，是'如何才可以避免被Constanly收购'，而不是让你来讨论'我们为什么不让Constanly收购呢'，我说清楚了么？"

"清楚了。"顾源朝Neil耸了耸肩膀。显然，刚刚同顾里和好的他，并不想再一次引发世界大战。

"OK." 顾里坐下来，恢复了那张计算机般的脸，"那我们应该怎么做？"

顾源深吸了一口气，显然，他头痛了。Neil冲他点点头，一副"这下你知道痛苦了吧"的样子，对他说："Hey man, join the club."

"要么，你可以用更高的价格，在宫洺之前，去完成对公司高层持股人的股份收购，如果在价格优先，甚至是打平的基础上的话，我相信公司所有的人，都会愿意给你这个顺水人情。"顾源一边翻茶几上的资料，一边对顾里说。

"多么精彩绝伦的一个主意啊，我怎么就没想到呢。不过亲爱的，在进行这个'他买你也买呀'的智慧计划之前，我只提一个小小的、非常非常微小的细节问题，那就是，我们去哪儿搞到那笔钱，去和Constanly进行这场'看谁比较暴发户'的比赛呢？哦对了，不好意思，我还有一个更加微不足道的小小疑问，我们怎么知道宫洺准备用什么价格去收购呢？漫天开价么？被人笑话吧！"顾里从说话开始就翻出了白眼，一直到说完最后一个字，她的眼珠子才放下来。

顾源板着脸，胸腔猛地深吸一口气，转过头对Neil说："你如果有天想要动手打你姐的话，I am on your side。"

"你们两个不要太嚣张，也不看看你们对面坐着的是谁，说到动手，嘁，就你们俩。"顾里瞄了眼唐三彩--般的唐宛如，笃定地讥笑他们。

"或者！或者！！"顾里脸上讽刺的笑容突然一扫而光，换上像是看见了巴菲特本人的表情一般激动起来，她眉飞色舞地在空气里比画着，"我可以把盛古集团的财务报表重新制作，把盛古的市值往上虚高出十倍来，这样Constanly在收购的时候，会发现他的预期出现了巨大的问题。相信我，我绝对可以把财务报表弄成一个艺术品！"顾里说完之后，往后一躺，靠在沙发上，等待着顾源和Neil的赞美。

"Oh!!~~~Oh!!" Neil直接模仿着顾里的动作和语气，像是看见了裸体的贝克汉姆一样，眉飞色舞地回答她："或者我可以直接领你去松江女子监狱旅游，参观一下那边的美丽景色，顺便住个十年八年，have a good holiday！"

顾里激动的表情一瞬间死在脸上。"I hate you, Neil." 她眯着眼睛一脸怨恨。

"Me too." Neil低下头研究他的Hermes杯子。

"就算你已经快要渴死了，我也不建议你抓着一瓶硫酸就喝下去。你虚报出的这十倍市值，就算成功阻止了Constanly集团的收购，那么你从哪儿弄钱来向其他股东交代？"顾源不知不觉已经坐到Neil那边去了。

沙发上明显分成了两派的阵营。

顾里一边，两个帅哥一边。

沉默了十分钟之后，顾里再一次地眉飞色舞了。这一次，她不再激动，而是换上她一贯的又贱又优雅的表情，慢悠悠地说："或者，或者，我们可以找到一个宫洺内部的人，问清楚他计划给盛古高层们的offer，然后，我们再以同样的价格，迅速出手，把游散在外的股份收购回来。因为毕竟现在除了宫洺手上的，和我们家里掌握的股份之外，游散的股份不会很大，所以，这笔钱也不会很多，我们可以用我和我妈的股份作为抵押，向银行申请贷款，然后一次性搞定。"顾里说到这，停下来喝了一口红茶，甩了一个胸有成竹的眼神给对面的两个帅哥："How about that？"

顾源迅速心领会神，眉飞色舞地加入了顾里的阵营，并且，还假惺惺地装作疑惑地问："哎呀，我们要上哪儿去找一个像Kitty一样了解宫洺，平时都能接触到宫洺的人呢？"

顾里就像是在和他说相声一样，更加得意地说："哎呀，我觉得这个人就在我们家里。"

她的话刚刚说完，之前一直在对面几乎呈假死状态的唐宛如突然惊醒过来："顾里，你没搞错吧？你说的不会是我吧？你要我去对付宫洺？"她说话的时候捂着胸口，脸上是一种介于淫笑和痛哭之间的表情，不知道她是害怕还是兴奋——但至少看起来，更像是后者。

顾里优雅地摆了摆手："Honey，当然不是说你，哪天等我想要杀他的时候，再来找你。"

唐宛如愣住了，显然没有听懂。

顾源和Neil都于心不忍地捂住了脸。

正当顾里得意的时候，Neil突然想起什么，抬头对她说："哦对了，那20%下落不明的股份，万一在宫洺手里呢？那怎么办？"

顾里翻着白眼说："是啊，那就真是太糟糕了哦，我父亲的情人、我的生母，竟然是宫洺，这可怎么办好哟！"

Neil明显被噎住了，过了半晌，他说："I hate you."

"Me too." 顾里靠在沙发上伸懒腰。

于是也就有了我坐下来之后，迅速面对的一场让我精神错乱的遭遇。

先是顾里轻飘飘地挪到我身边坐下，拿起茶壶帮我倒了满满一杯红茶，然后幽幽地在我耳边吹气："林萧，我觉得你的皮肤越来越好了，吹弹可破。而且，你身上有一种香味……"我抬起头打断了她眼神迷离的抒情："顾小里，你男人在那边，你戴好眼镜再乱摸好不好。"说完，我一把把她手上的红茶抢了过来。

顾里翻着白眼败下阵来，之后紧接着换了Neil，他走过来在我身边坐下，一把搂住我的肩膀："晚上我们一起睡吧，好多心事和你聊，好姐姐。"说完还用他深邃的混血儿眼睛电我（我清晰地听见了身后简溪的那声"我靠"）。我深情地回应他："今晚如果简溪不住这里的话，我就和你促膝长谈，共剪西窗烛。"

Neil回过头望向顾里："她最后一句什么意思？什么西窗烛？是你们的暗语么？那表示是拒绝还是同意了？"

顾源不耐烦地一把把他扯走，坐到我身边，还没等他深情款款地开口，我就直接打断了他。他身后的顾里和Neil同时发出一声讥笑。顾源一张脸上写满了"挫败"二字。

我站起来，叉着腰（后来我才意识到这个动作非常不雅观，但是当简溪在我身后发出一声叹息的时候，我并没有意识到这一点），斜眼看他们三个："说吧，你们要什么？除了我的肉体，我都给你们。"

顾里幽幽地飘过来，握着我的手，对我说："林萧，事情呢，其实也很简单……"

三分钟后，我哭丧着一张脸，看着面前三个衣冠楚楚的大尾巴狼，对他们说："我给你们肉体行么？"

"你要不愿意的话，"顾里笑眯眯地说，"我就告诉老师你那篇欧洲古典文学赏析的论文是我帮你从上一届毕业生手上买来的，而且，我还要杀了唐宛如。"

一晚上的噩梦。

梦里我被三只黄鼠狼拖到小山坡后面的洞穴里，开始它们仨轮流赞美我的身材、我的脸蛋、我的秀发，当我洋洋得意的时候，它们仨轮流把我奸污了。

它们三个还拍下了我的裸照，威胁我让我去偷隔壁邻居家的柴火，并且要挟我如果不去的话，他们就要咬死我养的宠物，那只叫"如如"的鹌鹑。不过，咬死如如我倒不是太伤心，我担心的是裸照流传了出去，那我的脸往哪儿搁。

于是，一整晚，我都非常惆怅。

第二天早上，我顶着一夜噩梦造成的黑眼圈坐在餐桌前面，和他们一起吃早餐。

我看着面前恩爱的顾里顾源，你喂我一口燕麦面包，我喂你一口牛奶，隔夜的饭都快涌到喉咙口了。我在桌子下面踢了踢顾里，问她："你们两个，怎么和好的？之前弄得天翻地覆的，你恨不得把我拖进压路机下面，我恨不得把你从金茂顶上推下去，现在搞得跟安徒生童话似的。"

顾里冲我鬼祟地笑："林萧，你想知道为什么？因为顾源他答应……"

顾里还没说完，顾源就直接捂住了她的嘴："Oh, shut up!"不过被捂住嘴的顾里，依然眉飞色舞地用眼神和眉毛暗示着我。

"哦你！！！顾源，你不会是答应了～～～～"我双手捂住了脸尖叫着。

"Oh, shut up bitches!" 顾源脸都快黑了。

但我的幸灾乐祸只持续了一两分钟，就被忧愁取代了。

我在想着几个小时之后，自己会不会被《M.E》的保安当场射杀。

"如果我下班后还没有回来，也没有给你打电话的话，记得看我的抽屉，里面有我的遗嘱，上面写得很清楚：如果我死了，凶手是顾里。PS.我爱简溪。"我在出门之前咬牙切齿地对他们说。

我一边咬着面包一边开门的时候，恶狠狠地对着餐桌上的他们几个说："再见！黄鼠狼！"

顾里顾源和Neil都没抬起头，没有人回应我，过了会儿，顾里头也不抬地对唐宛如说："林萧叫你呢。"

唐宛如抬起头，一张受到惊吓的脸。

我彻底地被挫败了，摔门咆哮而去。

这种情绪一直到我上了出租车都还没有消失，那司机对我说："姐姐，你不是要打劫我吧？"

这种忧心忡忡的情绪一直到我帮宫洺搅拌他从日本新带回来的一种诡异的绿颜色的咖啡时，都还没有消散。我觉得自己胸口里一直有一只白耗子挠来挠去，当然，这只白耗子姓顾，并且穿着Gucci的小靴子，它尖牙利爪的，我心都累了。

我哆嗦着端着咖啡，精神恍惚而又焦躁地推开宫洺办公室的大门，结果里面一张陌生的从来没有见过的英俊笑脸，抬起头来对我说："早啊。"

我连声说着对不起走错了，关门出来。我的神经已经错乱到了走错房间的地步，这样下去肯定不行，估计再折腾一会儿，我就会直接冲到宫洺面前，让他帮我把桌子擦一下了。

我关门后转身离开，结果一抬头就看见对面的Kitty疑惑地看着我，我回过头，清楚地看见门上写的"宫洺"两个字。

我受到了惊吓。

当我再一次哆嗦着推开门的时候，办公桌后依然是那张英俊美好得如同幻觉的笑脸，宫洺咧起嘴角，露出一排像是拍广告一般的整齐白牙齿，对我灿烂地微笑着，嘴角上还有一个小小的酒窝。他狭长的眼睛半眯起来，长长的睫毛上洒着窗外金色的阳光，用一种听上去像是秋天傍晚的阳光般暖洋洋的声音对我说："你今天看起来气色很好啊。"

我放下咖啡，一声不吭地转身出去了。

我一边揉着太阳穴，一边问Kitty："你有药么？我病得不轻。"

Kitty起身站起来，拿着一叠文件进去找宫洺。路过我办公桌的时候，丢了一瓶药给我，我拿起来看了看，维他命C。我谢谢她。

宫洺看见走进来的Kitty，满脸抱怨的脸色。

"我真的必须这么做么？奉承我的助理？'你今天看起来气色很好啊'，Thank God！我看起来比肯德基里卖鸡腿的店员都要和蔼可亲。"当宫洺再一次地模拟完自己刚刚那种温暖夕阳般的语调之后，他忍不住着实恶心了一下，"我胃酸都要涌上来了。"

"您辛苦了！"Kitty一脸沉痛，弯腰双手递上一杯黑色的汁水，"这是您叫我准备的胃药。"

宫洺用只剩下眼白的不屑目光，接过来，皱着眉头喝了下去。

"您继续加油。"Kitty继续弯腰低头。

宫洺把喝光的空杯子随手丢在办公桌上，深吸了一口气，翻了个白眼，朝外面走，拉开门之前，他在胸口上画了个十字。

于是，接下来的一整天里，这个世界彻底地癫狂错乱了。

第一次，宫洺从他的办公桌旁起身走出来，看了看我，甜甜地笑着，他一只手插在裤子口袋里，一只手拿着咖啡杯，又温暖又英俊，他对我说："累了就休息一会儿哦。我房间的长沙发你可以用。"他浓黑的眉毛像两把小匕首一样，英气挺拔。

第二次，宫洺在出来看完Kitty给他的关于下个月他的工作通告安排之后，拍拍我的肩膀，然后放了一杯咖啡在我面前，"我从日本带回来的，听说是那边特有的风味。你试试看。"我抬起头看见他的酒窝，镶嵌在他那张精致得没有瑕疵的脸上。

……

当第七次他走出来，问我要不要一起吃晚饭的时候，我再也受不了了。我扶着额头，对宫洺说："宫先生，你要我做什么，说吧，我一定做到。"

而当我说完这句话之后，这个世界一瞬间恢复了正常。

宫洺那张脸迅速地覆盖上了一层北极的冰盖，冷飕飕地转身对Kitty说："我的任务完成了，接下来你告诉她。"然后头也不回地走进了他的办公室。三秒钟后，他拉开门，皱着眉头痛苦地对Kitty说："再冲一杯胃药给我。"

而十分钟之后，我坐在自己的座位上，盯着面前的剪刀发呆。我现在面临着两个选择：一个是替宫洺打进顾里那个小团队的内部，做一个反间谍；而另一个，就是拿这把剪刀插进喉咙里。

下了班之后，《M.E》的人陆续走了，我坐在桌子面前，一边收拾东西，一边绝望地想到底应该如何了断。吃安眠药太不靠谱，万一被救回来，还要折腾第二次。跳楼死得不美形，支离破碎的，我活得这么失败，死至少要全尸！割脉不行，我看见血要呕，死在一堆呕吐物里更加不美形，而且还臭。开煤气很容易把顾里和Neil以及唐宛如一起弄死，我不想去了下面，还要被几条黄鼠狼强暴。

想到最后，我仍然很绝望，我想只能回去求助唐宛如了，看她能不能手起刀落，在我的脖子大动脉上一记强有力的手刀劈下来，我直接两腿儿一蹬。

在我把手机丢进包包里、拉开椅子准备离开的时候，我看见穿着一件薄薄的灰色连身长风衣外套的崇光走进了办公室，他消瘦的脸上，像是笼罩着一层黑压压的乌云。

我非常惊讶怎么会在这里看见他，说实话，之前每个月，我们都恨不得掘地三尺，可以把他挖出来，而今天守株居然待了兔，实在让我难以接受。不过，在经历了白天的癫狂世界之后，我已经看破了红尘，觉得发生任何事情都不会奇怪。就算是崇光现在走过来给我一张喜帖，说他就快要和唐宛如结婚了，我也不会惊讶。

但是，我显然过分高估了自己的心理承受能力。

崇光黑着一张脸，走到我的面前，问："宫洺呢？"

我抬起手，指了指宫洺的办公室。

崇光抓起我桌子上厚厚的一叠书和打印样稿，然后朝宫洺的办公室走去，他越走越快，走到门口的时候抬起脚一脚踹开了大门，在我吓得尖叫起来的同时，他用力把手上的一大叠打印纸张和书本，朝宫洺身上重重地砸去。"你他妈就不是人！操！"

漫天飞舞的哗啦啦的纸。

眼前的办公室，像慢镜头下一个飘满了纸钱的白色葬礼。

Kitty站在一边，不知道该说什么，她小心翼翼地挪了两步，想要拉住崇光，结果崇光转过身，扯着她的衣领把她扔出了门，"滚！"

我看着面前惊恐得快要崩溃的Kitty，整个大脑在这个瞬间停顿了。

办公室里的崇光转过身，一脚把门踹得重重地关起来。

我和Kitty被隔绝在宫洺的办公室之外，我们都吓得手足无措，墙的对面安静得像一座坟墓，但是，我们都知道，随时都会有一声震天的爆炸，让所有人血肉横飞。

我抓着Kitty的手，忍不住全身开始发起抖来。

顾里把车停在弄堂口之后，走进来找了好久，才找到了南湘的家。

说实话，自从一年半以前南湘搬家到这里之后，她就没有来过。因为几乎每天都在学校见面，所以从来没有机会去南湘家。

但这样说也不准确。其实从心里来说，顾里和林萧比较亲。对南湘，她一直都是抱着一种欣赏和怜惜的心情，为她巨大的才华而赞叹，但同时也为她伤痕累累的生活而叹息。

在那场混乱不堪的生日会之后，南湘就消失不见了。顾里等了很久，终于决定在今天来她家找她。

顾里推了推南湘家的门，发现开着。她犹豫了一会儿，终于走了进去。

光线暗得不得了，她转身在墙壁上找了很久，最后找到了一根拉线，她拉亮了灯。

灯光照亮了一大半屋子。墙角的那张床，一半还是沉浸在阴影里。

顾里等眼睛适应了光线之后，才发现床上躺着一个人，一动不动。

她试图叫醒她，"南湘？南湘？"

叫了两三声之后，那个人还是没有动。顾里心里升起一阵冰凉的麻痹感，她想要走过去，但是脚下却怎么也迈不动。

当顾里颤抖着走到床前时，她突然尖叫起来，往后倒退的身体撞翻了桌子，上面的茶碗翻倒下来。顾里坐在地上，然后翻身朝边上开始呕吐。

床上的阴影里，那个人一动不动地睁着眼睛，盯着自己。

我哆嗦地捧着一杯热水，满脸发白，不用照镜子，也知道自己现在像一个鬼一样。因为很简单，我对面的Kitty，活生生地就像一面镜子，只需要看她有多糟糕，就知道自己有多糟糕，哦不，是比她更糟糕。

我和Kitty待在公司的茶水间里，蜷缩在小沙发上，彼此对望，不敢出去。谁都不知道现在到底怎么样了，很可能我们走出门，外面到处都是陨石坑。

听Kitty给我讲完宫洺的企划之后，我半天发不出声音来。

在宫洺的计划里，崇光的癌症是一个宝藏，而针对这个宝藏，他进行了一系列的挖掘计划。从召开新闻发布会开始，接着在《M.E》上连载死亡倒计时的日记，和癌症慈善基金组织联合举行慈善拍卖，最后将《死亡日记》出版成书，这将是崇光最后的著作。

我一边听着Kitty口里的这些计划，一边心里急速地往下坠落，像是北极的地面突然裂出一条深不见底的缝隙，朝着最深的寒冷黑暗直线下坠。尽管我知道，作为一个商人，宫洺的计划非常具有价值和品牌意义，但是在内心里，某种失落和悲伤却紧紧地抓住了我，这种情绪最后变成了冰冷刺骨的恐惧，像冰渣一样塞满了我的心脏。我像是失去了知觉一样，连自己滚落了两颗眼泪也不知道，直到Kitty抬起手帮我擦掉。

我闭上眼睛，完全感受不到离我只有十几米之外的宫洺。其实很多时候，我都在想，也许他从来没有存在在这个世界上过。他没有情感，没有弱点，没有朋友，而崇光是我唯一知道的他的家人。我感觉不到他。他像一个巨大而寒冷的黑洞。

但是我可以感受到离我十几米之外的崇光，他像不远处黑暗中一团微弱的火，可怜地燃烧着，快要熄灭了。火苗忽高忽低，看上去就像是他悲痛的呼吸一样。

庞大而缓慢的黑暗宇宙里，呼呼的风声，全都是他悲哀的哭泣。

直到顾里停止呕吐，摸出手机想要打电话报警的时候，床上的人才突然说话了。

顾里一直被恐惧抓紧的心脏突然放了开来，忍不住想要骂人。她走过去，看清楚了，躺在床上的是南湘的妈妈。

"你找南湘啊，"她妈死气沉沉地，脸上没有表情，阴森森地对顾里说，"她不在。"

顾里转身走了。

在走到门口的时候，她被叫住了。

南湘的妈妈从床上缓慢而艰难地坐起来，她瘦得像骷髅一样的脸在阴影里看起来一丝血色都没有。她问顾里："你有钱么？我两天没有吃饭了……"

顾里打开自己的钱包，抽了一叠一百块放在桌子上，转身走了。

她踩着高跟鞋飞快地走出了昏暗的弄堂。

走到车子边上的时候，她从车里拿出一瓶依云矿泉水，含了一大口，漱了很久之后，吐到路边上。

顾里也不清楚，胸腔和口腔里这么浓烈的血腥味是来自哪里。

她揉了揉自己的额头，拉开车门坐进去，走了。

我背着包走出公司写字楼的时候，看见了坐在路边黑色雕花铁椅上的崇光。他把外套上的帽子翻起来，盖住自己的头，否则周围路过认出他找他签名的人，很快就可以把楼下变成一个小型书迷见面会。

我走过去，站在他的面前。

太阳不知道什么时候已经彻底消失了，留了一抹凄凉的红色挣扎在天际线上。

我张开手，抱着他的头，把他拉向我的怀抱。当我靠近他的时候，我才听见了他喉咙里低低的，缓慢而又持续的哭泣声。

他漆黑的头发遮住了年轻偶像的面容，也遮住了他对这个世界巨大的失望。

在离我们三个路灯距离远的街角，简溪提着帮我买的我爱吃的苹果。他站在路灯下，看着我和崇光。

过了会儿，他把手上的那袋苹果丢进了身边的垃圾箱里。

他慢慢地转身走了。

路灯跳动了几下，像是快要熄灭的样子，但是几秒钟后，又恢复了正常。

一整条大街灯火通明，繁华得让人觉得很幸福。

你知道吗，我们的生活，就是这样的，一场又一场，永远无休无止的闹剧。

有一天，我们总会在最后的爆炸声里，灰飞烟灭。

TINY TIMES

小时代1.0
折纸时代
Tiny Times Season.01 Chapter.14

Dirty secrets make friends.

当顾里翻着白眼再一次地对门外叫着"next"的时候，她意识到，今天一整个上午，她说出的尖酸刻薄的话，比整个大学时期对唐宛如说的加起来，乘以二，然后再平方，都还要多。

她实在弄不明白，为什么在这个全球人口数量排名第十位的巨大城市里，就找不到一个稍微正常一点的助理呢？

在整个上午面试的人里面，有在顾里问到她对冲泡咖啡了解多少的时候直接尖着嗓门回答"哎哟，我妈说了，那玩意儿致癌"的怪胎；也有刚坐下来，第一句话就是"你这把椅子该换了吧？它比电梯门口的那个垃圾桶还要硬"的络腮胡男人；也有指着打印机对顾里说"我对空调不是很有研究"的研究生；也有牵着一条贵宾犬来面试的、穿得像刚刚从碎纸机里爬出来的一个"九〇后"的非主流，她的眼线画得像要从眼眶里飞出来一般巨大粗壮，并且浑身缀满了各种长短不一、粗细不均的蕾丝，脚上还有一双日本十年前流行的脏兮兮的长袜套，她嚼着口香糖，指着自己脚边的那只贵宾狗，问顾里："我能带着妖娆上班？你知道，它就如同我的生命~~"顾里看着她张开了口合不拢嘴，难以置信来面试的人会说出这样的话，"我简直不能相信！你竟然给一只公狗取名叫'妖娆'！"当然，还有在顾里无声的杀人目光中，自顾自地在掉根针都能听见的办公室里，寂静地翩翩起舞了七分钟的舞蹈学院的美男子，他的名字叫Karen（……）。

而其他稍微正常一点的人，坐下来，第一个问题就是："月薪可以超过两万么？你知道，我刚从花旗银行跳槽出来。"或者"我的脚不太好，公司会给我配车么？"顾里微笑着回答他们："哦，并不，我想你误会了，我们并没有在招聘执行董事。"

中途休息的时候，她打电话给我，把上午面试时怪胎们的诡异行径在电话里惟妙惟肖地给我模拟了一遍，我一边听，一边对她说："亲爱的，你赶紧去面试电影学院表演专业，你太适合了，你可以在李安的《色戒》里，把梁朝伟和汤唯的角色一起演了。真的。"

"我警告你少给我说风凉话，凭什么宫洺随随便便就可以找到你这样的助理，你也就算了，他竟然可以找到Kitty！"

"顾里！你那句'你也就算了'是什么意思？！"我愤怒地挂掉了电话。

而当顾里焦头烂额的时候，她看到了下一个应聘者的资料，反复看了几遍之后，有点不可置信地按下电话，让外面的人进来。

门轻轻地被推开了，进来的人礼貌却又不显得过分奉承地点了点头，微笑，然后带上门，镇定地走到桌子前站好，对顾里说："你好，我是来应聘助理的蓝诀。"

在整个面试的过程里，顾里对他的好感度飞速地上升着。当然，这和他那张长得像王力宏一样英俊的脸有着重要的关系，英挺的眉眼看起来就像是CK牛仔裤广告上的年轻帅哥。但是，顾里当然不是如此浅薄的人，她知道面试如此重要的事情，不能以貌取人，所以，她又看了看他身上那套剪裁精湛的西装，才确定了下来。（……）

"OK，到目前为止，我非常地满意，"顾里站起来，礼貌地微笑着，"让我问最后一个问题，为什么你不待在你父亲的集团里做一个小少爷，而要来做一个助理呢？"

"上司不可过分关心下属的私人生活。"蓝诀诡谲地眨了眨眼。

"You are great." 顾里大吃一惊之后，又喜出望外。

而和顾里的喜出望外完全不同的是，我经历了极其疲惫的一天，拖着沉重的身体，回到了家。

整个白天的时间里，我听着宫洺和Kitty计划着如何进行崇光的新闻发布会，如何推进每一项的进度，如何邀请嘉宾，如何控制预算和赢利。

我站在旁边看着他们的脸，感受不到他们身上一丝一毫的人情味。

只是在我中途走神的时候，他们两个会从一堆文件里抬起头，看向我。Kitty是复杂的眼神，而宫洺是空洞的眼神。我努力让自己的眼眶不要发红，努力让自己的呼吸均匀。我把他们说的一条一条都记在纸上，然后去电脑上敲打出来。

做着这些事情的时候，我恍惚而又悲哀地想着，崇光应该埋头睡在医院的白色被子里，蒙着头，没有悲喜地沉睡着。

打开门的时候，我看见了坐在餐桌上的顾里、Neil、唐宛如，还有顾源。他们几个热情地和我打招呼，叫我过去吃饭。

我勉强挤出一丝笑容，说实话，可能比哭还要难看。

我坐到餐桌上，拿起筷子，在盘子里拨来拨去的，却没有吃一口。

"你没事吧？"唐宛如看着我，一边大口大口地往嘴里夹菜。

"我没事。"我虚弱地说。

"如果你这张脸叫没事的话，那我和顾里看起来就像是刚刚被人通知比尔·盖茨把他所有的财富都留给了我们两个。"顾源看了看我，耸耸肩膀。

"OK。是我的不对，"顾里放下筷子，"我不该把简溪送给你的那只小丑鱼公仔丢进储藏室里，但是亲爱的，真的，那玩意儿不吉利。"

"当然不是因为这个，"我扶着额头，觉得有点发热，"我只是……什么？！你把它丢到了储藏室里？我谢谢你顾里！"我的嗓门突然高了八度。

"OK。我确定你没事。"顾源转身盛饭去了。

过了会儿，一碗新鲜的米饭就放到了我的面前，不过给我的人是简溪，而不是顾源。

我很惊讶："你也在这儿啊？"

简溪笑眯眯地点点头。然后坐下来和我们一起吃饭。

我极力掩饰着自己内心的失落和悲哀，嘻嘻哈哈地和他们一起吃完了晚餐。中途和顾里联手顺利地逼得唐宛如尖叫起来，并且也和Neil合作，气白了顾里的脸。

我没事。

只是吃饭的途中，脑海里不断出现崇光那张消瘦的脸，还有他用帽子盖住头，坐在马路边上的样子。

吃完晚饭，我和简溪窝在沙发上看电视。

顾里起身，说她要出去一下。我问她去哪儿，她说要回家找一下父亲留下的东西。Neil让她看一看，能不能找到任何与遗嘱，或者失踪的那20%股份相关的事情。

她穿上一件黑色的小外套之后，提着新买的包包就和顾源一起出门了。顾源把他的小跑车开了过来，送顾里回她以前的家。

Neil一直在书房里翻东西，好像在找一张唱片。我没有问他，不过他看起来好像也不是心情很好的样子。我本来想问，但是我自己糟糕得像一团屎，根本没有能力去管别人，只能让事情越来越糟。

顾里出门没有多久，外面就下起了雨。巨大的雷声像爆炸在离头顶三米距离的手榴弹一样，让人耳鸣头晕。

我靠在简溪的肩膀上，问他今天要不要回去，不回去可以留在这里住。

简溪把手伸过来，将我搂紧，说："不回去了。我陪你。"

电视上播放着无聊的综艺节目，一个男人绑着双手，用嘴从盘子里直接吃意大利面，看得我快要窒息了。我拿着遥控器无聊地换台，中间突然换到一个介绍癌症肿瘤的科教节目，我的手抖了一下。

简溪站起来，说："我先去洗澡了。"

我点点头，然后拿起手机给顾里发消息，问她有没有带伞。她很快回了消息，说顾源会再送她回来，没事。

我闭着眼睛躺在沙发上，过了一会儿就听见Neil房间里响起了音乐声，是一首男声的俄罗斯民谣。很轻很轻的沙哑声音，在吉他的伴奏下飘满了整个房间。我像是看见很多很多戴着厚厚皮毛帽子的俄罗斯人，走在暮色降临的大雪街道上。他们低着头，谁也不认识谁，匆忙地赶路。

周围还有马车，有高大的光秃秃的白桦林。大雪充斥着整个城市，一片让人心碎的白色。

进入十月之后，气温也迅速地在下降。

上海没有秋天。往往是夏天一过去，下几场大雨，然后整个城市就开始飕飕地冒寒气。冬天迅速地在地上打几个滚，于是一切都变成冷冰冰的样子。

隔着玻璃往外望的时候，我都在怀疑凌晨的时候地面会不会结冰。

窗外的雨带来的寒气，从打开的窗户里涌进来。我走到窗户边上，把窗子关起来，然后缩在窗台上，把脸贴着玻璃往外面看。那些黄色的街灯，隔着水淋淋的玻璃，像是弄脏的油彩。

我想念南湘。

她整整两个月都没有联系我了。她像是突然就离开我的生命，在我漫长的二十几年里，第一次这么彻底地消失了。

很多的时候，我们的人生，就像是电影里配乐的叙事片段。镜头从我们身上一个一个地切过去，然后转了一圈，又切回来。没有对白，没有台词，我们沉默地出现在这些被音乐覆盖着的镜头里。

我们在同一个时间里，在同一段哀伤的配乐之下，各自生活在这个小小的星球上。

这样悲伤的我们。

音乐从我们每一个人的身上流淌过去，就像是雨水覆盖在我们的岁月之上。

在那些如同流水一样起伏的音乐中，简溪站在浴室里，靠着墙没有动，手上拿着哗啦啦正在往外冲水的莲蓬头，水沿着地面迅速地流进下水道。热气腾腾的雾气中，他的眼圈通红，他抬起手擦掉脸上的水。

而房间里的Neil，从衣柜里翻出一件厚厚的带着毛领子的白色羽绒服。
他把它裹在身上，然后站在镜子前。
他身后的音箱里，那个唱歌的男人又开始唱起下一首悲伤的歌曲。
他一动不动地站在镜子前，像一个毛茸茸的大笨熊。
他的眼睛里，涌出了两行滚烫的眼泪。
"I miss you." Neil望着镜子里那个毛茸茸的自己，满眼都是通红的血丝，"I miss you."

大雨均匀地飘洒在整个日渐寒冷的上海。
深夜的街头，很多人穿起了长外套。打着伞的人冷漠地行走在路灯的光明下，然后慢慢地走进黑暗里。
顾源把车停在顾里家的楼下。车上放着音乐，是《我们的日子》里的电影插曲。里面有一段钢琴独奏，他特别喜欢。
密密麻麻的雨飘落在挡风玻璃上，雨刷孤单地来来回回，在安静的夜里，发出单调的声音来。
他抬起头望着顾里家亮起的一盏黄色灯光，突然觉得很孤单。他想上去拥抱顾里。把那个强势的她，冷漠的她，拥抱在自己温暖的怀抱里。

雨点在湖面上打出一个又一个涟漪。
辽阔的黑色湖面，有几团路灯的光晕倒映在上面，像童话电影里湖底发出亮光的珍珠。
崇光坐在地板上，身上披着医院白色的被子。他靠着落地窗的玻璃，看外面连绵不断的雨丝被风吹成长线，斜斜地交错在寂寞的天地里。
身后的电视机上，屏幕花花地亮着，画面停留在游戏的结束画面，巨大的红色

"GAME OVER"闪来闪去。

他把脸埋进被子里。

顾里在门口把鞋子上的水甩干净了之后，才打开家里的门。

客厅里没有亮灯，只有餐厅里亮着。

顾里把包和钥匙放在沙发上，走进去，然后看见长长的餐桌上，母亲一个人坐在其中一端。桌子上摆满了菜肴，从这头摆到了那头。她穿着旧的睡衣，盘着头发，脸上没有任何妆，简简单单地坐在餐桌的尽头，看见顾里的时候，她抬起了头。

隔着长长的餐桌，无数的餐盘，她们安静地彼此对视。

微弱的灯光透过窗户，照出一小团密密麻麻往下坠落的雨点。

顾里走过去，拉开她旁边的那张凳子，坐了下来。

林衣兰的眼圈红了。她放下刀叉，抬起手捂住了脸，最终还是忍不住小声地哭了起来。

顾里拿起桌子上早就冷掉了的菜，起身走进厨房，把每一盘菜都加热了之后，重新端回来。

她拿起刀叉，和林衣兰一起开始吃晚餐。

宫洺在家里，往他黑色的LV旅行包里塞衣服、杂志、书、CD。

他走下楼，坐进他的黑色奔驰里。

他穿过冷雨里寂寞的上海夜晚，穿过医院的大门。

他下车后没有打伞，沉默地走在连绵的细雨里，在医院护士们的窃窃私语下，穿过医院的走廊，走到崇光的房间。

他推开门的时候，崇光把头从被子里抬起来。

他放下包，把里面带给崇光的衣服，一件一件地拿出来，挂在衣柜里。把杂志和书，放到床头柜边上。然后把几张新的游戏光碟，放到了电视机的旁边。

崇光红着眼睛，看着沉默不语的宫洺。

"哥哥。"崇光坐在地上，用沙哑的声音叫他。

宫洺转过身来，通红的眼眶里，闪动的眼泪，像是窗外湖面黄色的光晕。

他放下手里的杂志，走到崇光身边，在地板上坐下来。

崇光把被子分一些给他，他裹进去，伸过手揽过自己的弟弟。

他黑色西装上，湿淋淋的，是外面寒冷的大雨。

南湘一只手撑在厕所的洗手池边上，一只手拧开水龙头，把刚刚自己呕吐出来的一堆烂泥一样的东西冲进下水道。

她抬起头，看着镜子里披头散发、醉醺醺的自己。

厕所里有一小块窗户，可以看见外面的雨。

可是厕所外震天响的电子舞曲，淹没了所有的雨声。

她翻开自己手机的屏幕，背景上四个女生的面容，那么年轻，那么美好。

她用水洗了一把脸，看着镜子里湿淋淋的自己，哽咽起来。

顾源站在车边上，撑着伞，等着从楼上走下来的顾里。

顾里小跑几步，从门厅的屋檐下走到顾源的伞里。她抬起头，捧着顾源的脸，把眼泪吻在他的脸上。他用没有撑伞的那只手，用力地把她抱紧在自己的胸膛。

伞外是一整片庞然而又安静的雨水。

一整个小小的宇宙里。

有一个小小的时代。

当我洗好澡，走出来坐在客厅擦头发的时候，Neil已经从他的房间里出来了。当然，我并不知道他之前刚刚在房间里哭过。

我只看到他和简溪在玩国际象棋。而唐宛如在沙发上盘着腿，应该是在做瑜伽，当然也有可能是在睡觉，因为还在念书的时候，很多次早上我冲进顾里的房间，都能看见唐宛如在床上以一个苏氏螺旋水母螺的姿势熟睡。

我坐在Neil旁边观战，Neil趁简溪思考的时候，凑到我耳朵边上说："Your boyfriend is so cute."

"Stay away from him！"我把毛巾抽打在他头上。

"You should tell him that."Neil坏笑着。

正当我想要叫醒唐宛如、让她帮我打Neil的时候，顾源、顾里回来了，他们把湿淋淋的伞收拢的时候，我看见了站在他们背后的顾里妈，林衣兰。

Neil一声"呜呼~~"欢叫着，朝顾里妈奔过去，然后直接扑向她怀里。他从小就和林衣兰很亲，几乎把她当成自己的亲妈。不过，他毕竟已经不再是五岁时那个可爱的金发小天使了，现在一米八几的个头，直接扑过去，于是林衣兰尖叫了起来。

说实话，我第一次发现，顾里妈和唐宛如，是那么地神似。

顾里翻着白眼，走过来坐在我身边。她一把扯过我的毛巾擦头发，边擦边对我说："我妈也搬过来住。她住那间空房间。"

我刚想说话，她一巴掌挡住我的脸，"闭嘴。"

"你怎么知道我要说什么？"我怒了。

顾里轻蔑地看着我，然后把脸转过去，再也没理我。她那副表情，骄傲地向我传递着我的人生永远都逃不出她的手掌心的信息。

我们的同居气氛因为有了顾里妈的加入，变得有点像一个巨大的家族聚会。

顾源去厨房泡了一大壶伯爵奶茶出来，我们围坐在沙发上，分享着热气腾腾的奶茶——当然，是装在Hermes的茶杯里。

我和简溪恩爱地窝在一起，顾源和顾里亲密地靠在一起，顾里妈宠溺地让Neil躺在她的大腿上。而唐宛如，像一条蜈蚣一样盘踞或者说倒挂在沙发的靠背上，我们都知道，她是新世纪里的独立女性。

顾里妈看着顾里和顾源恩爱的样子，非常感动，她一边喝奶茶，一边对我们说："顾里，你还记得你小时候吗，拿我的白色流苏披肩，裹在头上做婚纱，幻想自己是新娘子，然后非要缠着你爸爸，说要结婚，那个时候的你……"不过还没等顾里妈说完，顾里就打断了她。

"哦不，不，不，妈，不，你记错了，"顾里躺在顾源怀抱里，半眯着眼睛，以一种很舒服的声音说，"裹着披肩扮新娘的，那是Neil。"

林衣兰眼睛往上翻了翻："……好像确实是Neil。"

我和简溪缓慢地点头，沉思着。

"Finally we get the answer after so many years!" 顾里伸出双手，做作地用指尖鼓掌。

"Finally you make me hate you." Neil抓过身边的垫子，朝顾里扔过去，顾里躲也不躲，当垫子快要砸到她脸上的时候，顾源伸出手，准确地接住了。

好像先前的悲伤被温暖渐渐冲淡，窗外的雨也渐渐地小了。剩下一些水珠，留在玻璃上。

顾里妈把茶杯收拾好，然后我们就要各自回房间睡觉了。

我们最后面对的一个问题是：是按照老规矩，顾里和我睡，简溪和顾源睡；还是顾源和顾里睡，简溪和我睡。

顾里低头沉思了一会儿，理直气壮地问我们："难道我们只有这两个选择么？"

我、顾源、简溪："不然呢？！"

最后的决定，是我和简溪睡，顾源和顾里睡。

在发生了之前顾源和Neil的误会之后，我和顾里都显得非常谨慎。

无论今天晚上是否发生什么，那也只是把某些一定会发生的事情提早了而已。而如果让简溪和顾源睡，那搞不好就让某些不会发生的事情发生了。

我和顾里阐述完我们的观点之后，被顾源和简溪黑着脸拖进了各自的房间。

我和简溪拥抱着躺在床上。

他的气息离我很近很近。应该是从来没有这么近过。我在他身体的清香味里，脸变得越来越烫，而在一个接近一分钟的亲吻之后，我的脸就快要烧起来了。如果这个时候丢一个鸡蛋在我的脸上，两分钟后一个金灿灿的煎蛋就出现了。

简溪口腔里的味道非常地清新干净，他之前刷好了牙，但又不是刚刚才刷，所以并不是那种充满薄荷牙膏味的亲吻。而是来自他体魄的荷尔蒙味道。

而最最致命的是，我虽然穿着睡衣，但简溪除了内裤，什么都没穿。因为他和顾源一样，都没有睡衣放在我们这里。我的脸靠在他宽阔的胸膛上，他结实有力的心跳在我的耳边清晰得就像张艺谋电影里的战鼓一样。

在我的大脑已经开始疯狂地想一些乱七八糟的画面的时候，简溪在我的耳边，用灼热的呼吸对我说："林萧，要不要我们……"

OK。我彻底眩晕了。

我知道总会有这样的一天。

如果用文艺一点的腔调来说的话，就是我们从毛毛虫化成蝴蝶（好吧，太恶心了……），又或者，更直白一点，我们会从小女孩，变成女人。

从高中和简溪交往第一天开始，我就确定，陪我经历这个人生里最重要过程的人，一定会是简溪。

我躺着，仰望着俯视着我的简溪的脸，慢慢地把眼睛闭起来。

"嘿嘿，"黑暗里，简溪笑着，温热的呼吸拂在我的脸上，"别紧张呀，小童子军。"

"你不也是童子军么，你说我。"我硬装作非常"见过世面"的样子。

"哈哈，我当然不是。"简溪笑着还击我，我刚想抬起手掐他，手举到一半，就停在了空气里。黑暗中，我虽然看不清楚他的表情，但是，可以很清晰地感觉到，他的身体慢慢地僵硬起来。

我们两个人彼此沉默着。

黑暗里那些疯狂生长的荆棘，再一次地破土而出了。

"你刚刚说的那句，是什么意思。"我躺在他的怀抱下面，问他。

他没有回答我。

他在黑暗里沉默着，没有回答我。

床头那盏黄色的灯亮着，灯光下，简溪赤裸着上身，靠坐在床头。光线下，他的身体呈现出一种性感的古铜色，肌肉的阴影透露着一种原始的欲望。

我缩在靠近门口的带扶手单人沙发上，冷冷地看着他。

他低着头，没有看我。

我和他从高中的时候开始交往，那时我们都是完全没有性经历的学生。而现在，他和我说他不是处男。也就是说，他在和我交往的岁月里，至少有一次，出轨了。

也许就是在我被公司骂的时候，也许是我生病的时候，也许是我坐在窗前写日记记录我对他的爱的时候，也许是我抱着顾里安慰她的时候……这些时候，我的简溪，也许正在别人床上，赤裸裸地和别的女人纠缠在一起，以他干净而性感的年轻身体，和对方一起，黏腻的、滚烫的，彼此融化胶着在一起爆炸。

我看着坐在床上性感而又英俊的简溪，没有任何的欲望。之前心中那种黑暗而又阴毒的想法，慢慢地苏醒过来。

简溪走下床，朝我走过来，他还没有靠近我，我就举起手，指着他，说："你别过来。我闻到你身上的味道，快吐了。"

简溪停下来，不动了。

心脏里，某一个地方碎了一个小洞，于是，黑色黏稠的液体汩汩地流了出来，像是黑色沥青一样包裹住我的心房。虽然脸上还挂着两行泪珠，但是，我知道，自己的心脏正在变得坚硬起来，百毒不侵。

简溪张了张口，像要说什么，最后还是咽了回去。

我冷笑着看着他："你想说什么，你说啊，你说出来啊！"

简溪看着我的样子，有点发怒了，他压低声音说："你就很干净对吧？你那天晚上和那个叫什么崇光的作家，待了一个晚上没有回家，第二天骗我的事情，又怎么说呢？你知道么，林萧，我在你楼下等了你一个晚上。"

我听着简溪讲完这番话，什么都说不出来。更准确一点，是我什么都不想说了。我站起来，慢慢地走到他的面前，冷静地抬起手，指着房间的门："你给我滚。"

简溪转身穿好衣服裤子，头也不回地拉开门走了。

我站在房间里，不知道站了多久，直到双脚都发麻了，才在床边上坐下来。

我不知道自己应该大哭一场，还是大叫一场，我有点像个疯婆子一样，不知道该干什么。

我像是被人催眠一样，鬼使神差地走到隔壁Neil的房间门口，敲他的门。

过了会儿，头发乱蓬蓬的Neil打开门，他看了我一会儿，然后又探出头看了看我空荡荡的房间，然后说："进来，我陪你聊天。"

我和Neil窝在同一床被子里。

我靠在他的肩膀上。他的肌肉比简溪要结实，他比简溪帅，比简溪更充满雄性魅力。但是，我靠着他，却觉得前所未有的宁静。

他一边拍着我的头，一边对我讲，今天是他男朋友一周年的忌日。他以为在他死后可以忘记他，但是没办法，所以他从美国逃了回来。

"你知道在他死后的那段时间里，我在美国，只要路过曾经和他一起经过的任何地方，都会变得像一个矫情的女人一样落泪。很多次我喝醉了在大街上哭，最后醒过来都是在警察局里。So dramatic，right？"

"Yes, you're the queen of American." 我一边哭，一边嘲笑他。

他歪过脑袋碰了碰我的头，黑暗里，我们两个都呵呵地笑着，又或者是在哭。

这个灾难的一天，因为有了Neil，而变得没有那么难过了。他又重新开始放晚上吃饭后他放的那首歌，他说他男朋友着迷一样地喜欢俄罗斯的音乐。他们认识的第二年，就一起去了俄罗斯。Neil拿出一张照片给我看，他和他男朋友的合影，他们站在红场上，周围都是雪。"他有一双迷人的眼睛，像蓝宝石一样。"我指着照片对Neil说。Neil的眼睛红了起来，他翻身下床，穿起那件白色的羽绒服，对我说："这件衣服是他的。他死的时候留在我家的东西。"

我躺在床上，看着毛茸茸圆滚滚的Neil。看了一会儿，我翻身起来，冲去储藏室里，把顾里扔在那里的小丑鱼公仔找了出来。

我抱着这个公仔，和圆滚滚的Neil，彼此对望着。

早上吃饭的时候，我的心情非常非常地低落。

但是，和我作为对比的顾里，在我的对面，和顾源两个人眉飞色舞的，脸像一个红苹果一样。

"You two had sex." Neil一边喝咖啡翻报纸，一边总结陈词。

顾里没有回答，但是用她微微上扬的得意嘴角，直接在我们面前写了个巨大的"Yes"。

"林萧，你呢，来，分享一下。"顾里坐到我的身边来。

我没有说话，低着头吃面包。

Neil咳嗽了几声，想要转移这个尴尬的气氛。

但是明显，顾里的智商现在只有唐宛如那么低。她用胳膊撞撞我，翻着白眼用不耐烦的口气对我说："林萧，你现在是不是有一种人生很充实的感觉？哦不，应该是被充实了的感觉？"顾里又聪明又精致的一张脸，看起来就像刚刚睡醒的唐宛如一样。

我没有理她，继续吃我的面包。Neil在桌子底下，想要踢顾里，结果踢到了我，我拿眼睛死命地给了他一个仇恨的目光。

"你知道你有时候特别没劲吗？你永远不愿意和我们分享你的生活。"顾里看我没答理她，于是自作聪明地下了个结论。

我把面包朝桌子上重重地一甩，然后拉开椅子站起来，套上外套往外面走。我理都不想理她。

结果顾里被我惹毛了，她肯定从来都没有想过有一天，一直以来都像个小宠物一样生活在她身边的我，会扑过来咬她一口。她在我身后用不高不低，刚好够我听见的声音说："神经病。"

　　我转身走回来，擦掉眼睛里的泪水，对她说："是啊，我神经病。你想分享神经病的生活么？我告诉你啊，昨天晚上在你们甜蜜的时候，我男朋友丢下我走了，因为我发现他在和我之前，就已经和别人上过床了。哦还有，你猜怎么着，他还怀疑我也和别人上了床！"

　　顾里坐在餐桌上，没有说话。她有点狼狈，显然这是她没有预料到的。我看着她的样子，心里飞快膨胀起一种混合着报复和宣泄的快感，就像一个泄洪闸门被打开了的水库，无法遏止地往外倾泻出巨大的洪水。

　　我用通红的眼睛，盯着目瞪口呆的顾里尖着嗓门吼："如何？满意了？开心了吗？顾里，我不知道你是不是从来没有意识到，你的人生里什么都有，你却觉得这是天经地义的，你的人生对别人来说，就是一场用来衬托我们有多失败的标本！你难道不会在你那颗坚硬的心脏里，哪怕产生一丁点的罪恶感么？你知道有时候我看见你洋洋得意的样子，都为你感到羞耻！"

　　低着头没有说话的顾里，"噌"的一声从椅子上站起来，她把咖啡杯往桌子上重重地一砸，咖啡全部洒在桌面上："我什么都有是吧？是啊，我什么都有，我爸爸现在躺在棺材里，他现在是一堆灰！而我妈，我压根儿就不知道我妈是谁，她在做什么，她现在是活着还是死了！而我从小到大以为是我妈的人，一个月以前，还抓着我的头发骂我是婊子养的。而我最好的朋友之一在把一杯酒淋在我头上之后就消失不见了。而现在，你，在三十秒钟之前我依然认为是我最好的朋友的人，站在我的面前，告诉我她为我感到羞耻！看啊，这就是我的人生！Perfect！"

　　我冷笑着，朝她吼回去："You deserve this!"

　　顾里用一种可怜的眼神看着我，说："林萧，你知道么，你和简溪，你们才是活该彼此折磨！"

　　顾源和Neil，他们沉默地坐在餐桌旁边，显然，这是一场他们都没有料到的战争。

　　我摔门出去之后，刚走出别墅区的大门，就蹲在地上，"哇"地哭出声来。

　　我拎着包，漫无目的地在上海街头走着，失魂落魄的。

　　现在才早晨7点多钟，满大街都是赶着上班的人。无数匆忙的行人把我撞来撞去东倒西歪，但我一点脾气都没有，我想应该是在刚刚全部发泄干净了。

　　我本来以为，昨天晚上就是我人生最深渊最寒冷的低谷，但显然，我太过乐观。我没想到生活可以在那么腐烂的情况下，还有办法继续变得更加腐烂。

而当我发现自己不知不觉中已经走到了简溪家附近的时候，身体里突然像沸腾起几千几万个锅炉一样。

我拼命地朝简溪家跑去。我也不知道想干什么，我没有想要挽回他，也没有想要失去他；我不想要去扇他耳光，也不想要去拥抱他。

我满脑子只有一个想法，我想站在他的面前，我想看干净的他，温柔的他，在他面前放肆地大哭一场，然后就灰溜溜地离开。

我按响简溪家的门铃，过了很久，他才来打开门。

他两只眼睛又红又肿，看着站在门口的我，一句话也没说。

他只是低着头，看着地面。

我站在他的面前，时间一分一秒流失。

这和我想的不一样。

这和我想的完全不一样。

我想像里的简溪，或者说我熟悉的简溪，无论发生什么事情，无论我闯出多么离谱的祸，无论我闹脾气时说出多么伤害他的话，他永远都会笑眯眯地、温柔地张开双手拥抱我。他永远都是一棵时刻可以让我依靠的，散发芳香的树木。他永远都敞开他宽阔的胸膛，等待我。

但我面前的简溪，低着头，手扶着门，没有让我进去，也没有关门让我走。

那种下坠的恐慌感再一次在心头弥漫起来。

我抬起眼睛朝他房间里看了下，明白了一切。

他房间的门口放着两双拖鞋。

我一边哭，一边踢开门，推开他，冲进他的房间，他的房间里什么人都没有，我像个疯子一样地拉开他的衣柜，拉开他阳台的门，没有，什么都没有。

我失魂落魄地回到客厅里，简溪沉默地站在门口，什么都没说。

我为自己感到羞耻。我想我肯定是疯了。我走过去，从背后抱着他，非常非常地用力，像是不用尽全身力气，他就会立刻从这个世界消失，然后再也找不到了一样。

他慢慢地抬起手，放在我的手上。

他的手特别温暖，把我的手完全覆盖了起来。过了几秒钟，他用力地把我的手从他腰上掰了下来。

"林萧，我想静一静，你先回去。我们都冷静一下。"他的声音嘶哑得像喉咙里含着沙子。

我茫然地放开他，点点头，然后转身朝外面走。

他站在门口，没有关门，看着我站在电梯门口，电梯一直在上升，他没有说话，只是静静地，像是在等待着我的离开。

那一刻，我整个人像是被丢在了一场浓烈的酸雨下面，千疮百孔。我想要张开口，对他说我爱你，刚想要说话，电梯"叮"的一声打开了。

电梯里面的人，我认识，她的名字叫林泉。

她身上穿着简溪的衬衣，穿着拖鞋，手上提着刚刚从楼下买回来的早餐，热气腾腾的。

是简溪喜欢吃的小笼包。

我们三个站在走廊里，像三把出鞘的匕首，彼此对峙着。

或许应该说，我这把匕首上，湿淋淋的全部都是剧烈的毒液。

我笑了笑，转过头看了看低着头娇小可人的林泉，然后又回过头去看看穿着睡衣的简溪，我对他说："简溪，等你们结婚了，无论过去多久的时间，都不要寄请帖给我，因为我永远都不会原谅你，我会在你们的喜帖上，正反两面都写满诅咒你们的话！"

我转身走进电梯，扯着林泉的衬衣往外面推出去，"滚去你男人那里！"

电梯门关起来的最后瞬间，我面前的画面，是林泉软弱地靠在简溪的胸口上。

而简溪，红着眼睛，情绪激动地望着我。他好像哽咽着对我喊了句什么，但是电梯门轰然关闭了。

我什么都没有听见。

电梯载着我往下坠。

我也不知道下沉了多久，好像无穷无尽地往下坠落着。

我坐在电梯的地上，眼泪刷刷地往外滚。

电梯到达底楼时门打开了，我抬起头，看见顾里站在我的面前。她眼睛红红的，走过来朝我伸出手。

她把我带出去，塞进了她的车里。

　　我好像是从那个时候，就昏睡了过去。后来发生了什么，都不太清楚。

　　我终于在内心里发现，只要有顾里在身边，我就敢放心大胆地睡过去，无论身处什么地方。

　　我知道，她一定会守护我。

　　在昏睡的过程里，我的手机一直振动着，但我并不知道。

　　我同样不知道，在我快要崩溃的这段时间里，手机上显示了十七个崇光的未接来电。

　　我想过不了多久，上海就会慢慢进入冬天了吧。

　　我真心地期待着一场大雪，持续不断的大雪，把这个城市，重新变得干净，变得纯白，变得空空荡荡，变得什么都没有。

　　最好是像电影《后天》里一样，整个城市都变成巨大的冰原。

　　大家一起活活埋葬在水晶般闪耀的冰块里，千年万年，青春常驻，永垂不朽。

小时代1.0

折纸时代

Tiny Times Season.01 Chapter.15

Dirty secrets make friends.

　　当11月逐渐来临的时候，我们一群人，团聚在我们租的别墅里，庆祝顾里妈的生日。

　　当我们所有人都围坐在餐桌前和乐融融地准备开始晚餐的时候，顾里妈偷偷摸摸地溜进厨房，把蛋糕上插的五十一根细蜡烛，迅速而矫健地拔掉了两根丢进垃圾桶。她看着剩下的四十九根蜡烛，非常地满意。

　　顾源做了一桌子的菜，除了顾里之外，我们每一个人都表示了由衷的惊讶和赞叹。而顾里，就算闭着眼睛，都可以想像得出她脸上那副贱兮兮的表情，掩饰不住的得意，却又要装作非常不在乎的样子。Neil跑过来和我坐在一起，拒绝坐她旁边。

　　唐宛如送了顾里妈一件小外套，林衣兰特别开心，她在晚餐上激动地说："你知道，我一直穿丝绸和羊毛，从来没有感受过人造化纤织物的质感，我一定要试一下！"

　　不知不觉，我们已经在这栋漂亮干净、看上去简直像一栋国家保护建筑一样的别墅里，度过了非常非常多的日子。

　　我们每天都待在一起，分享着彼此的喜悦和快乐，当然，也总会定时地分享彼此的痛苦（准确点说是把自己的痛苦转嫁给对方），或者往彼此身上泼咖啡，然后再抱在一起哭哭啼啼地说我爱你。

　　我和Neil分享了彼此的亲吻（……），当然这是打牌输了之后的惩罚。

　　当我们咬牙切齿地皱着眉头，分享着彼此的口水时，唐宛如在旁边用粉红少女的姿态跺着脚，非常不乐意："这明明就是奖励嘛！"

　　当我们分开之后，Neil深情款款地对我说："I love you, my sister." 我也动容地回应他："I love you,too, my princess！" Neil站起来头也不回地走进了房间。我很疑惑，转头问顾里："我说错什么了吗？"顾里两只手上涂满了刚买的新的指甲油，正像一只螃蟹一样伸展着自己，她把两只手摆出百老汇那帮跳Jazz的舞者一样的姿势，对我说："亲爱的，你没有错，你说的很好，我觉得你应该去写一本书，叫《生命中那些尖酸和刻薄的事情》。"

　　我拍拍张牙舞爪的顾里，不好意思地说："你过奖了。你说的那本书我已经看完了，我特喜欢那个作者，叫做顾里的，这女人肯定有非常非常多的生活体验，一看就是经历了沧桑的老女人。"唐宛如依然在我们身边揉太阳穴，显然，她还是听不懂我们在说什么。

而正在翻报纸的顾源，漫不经心地对我们说："我想去看赖声川的话剧《women说相声》。"

我和顾里停下来，严肃地看着他。他缓慢地从报纸后面伸出一只手，乖乖做了一个"我错了"的手势。

当然，顾里和她妈，也分享了一个衣柜。这听起来像是"我国自2003年10月1日起同泰国实现一百八十八种蔬菜和水果零关税"后达成的又一个重要的协议。

尽管之前她们两个用青出于蓝而胜于蓝的演说家口才，彼此说服了整整一周，依然没有达成任何结果。

顾里泪眼婆娑地握着她妈的手，说："妈，我生命里的任何东西都可以和你分享，除了我的衣柜。"

说完之后，她瞄了瞄旁边正用"Hey, I am here"的眼光恶狠狠地盯着自己的顾源，说："你瞪我干什么！"

最后，在她实在不能忍受林衣兰把各种晚礼服挂在客厅里之后，她悲痛欲绝地打开了自己的衣柜。

当然，她并没有忘记和别人分享她的痛苦，于是她在打开衣柜的时候，朝里面大声地喊："Come on Neil, it's time to come out of the closet! "（暗示Neil出柜。）

我和Neil、唐宛如、顾里，也会在我们都休息的周末下午，像大学时代一样围坐在一起，一边分享身边人丢脸的事情，一边交换彼此最新发明的尖酸刻薄的话，同时品尝顾里从厨房倒腾出的高级咖啡。我们聊着聊着，就会想起南湘，虽然她再也没有和我们联系过，但是，我们都很想念她。

唐宛如经常泪眼婆娑地说："我真怀念以前我们四个女孩子的生活。"

顾里总是非常温柔地抱着她的肩膀，一边用眼角的余光瞟着Neil，一边安慰她说："别难过，我们现在依然是四个'女孩子'的生活啊。"

唐宛如依然没有听懂，满脸都是问号。她疑惑的脸显得特别纯真可爱，像我梦里养的宠物，如如，如果你们还记得的话——对，就是那只鹌鹑，如如。

当然，顾源三天两头地往我们这里跑，到后来，他理所当然地在这里放了他的一套睡衣，几条新内裤，他的飞利浦音速振动牙刷，他的LV毛巾，他的Dolce&Gabbana沐浴露。

Neil作为这里租客中唯一的男性——至少护照上是这样写的——他与顾源就分享得更多了，多到令人发指的地步。

我和唐宛如都经常听见顾里用不耐烦的声音对他们两个叫嚣（有时候是他们正在一起用同一副耳机听歌，有时候是顾源问Neil"你洗衣服的时候可以把我的这条短裤一起洗了吗"，有时候是他们两个聚在一起看Madonna的演唱会尖叫，有时候是他们健身回来彼此裸着上身，冲着对方的肌肉捏来捏去），说："You should give up! You two can't get married in China!"

而有些人，却永远地离开了我们的生活。比如简溪，我再也没有见过他。

没有他的短信，没有他的电话。

他消失在冬天慢慢降临的上海。顾源也没有提起他。我身边再也没有人提起他。

那是一种很怪异的感觉，一个和我们一起生活了那么多年的人，突然有一天消失在了我们的生命里。好像大家并没有什么感觉一样，继续地朝前生活着，伤心、悲痛、喜悦、激动……我们的生活好像并没有什么不一样。

但我知道，在看上去一模一样的生活里，有些东西再也回不去了。

在他刚刚离开我的那段时间里，我总是会梦见他，梦里经常哭得很伤心。梦里的他也在哭，要么就是他在路上走，我叫他，他永远听不见。他的面容在梦境里不再那么青春勃发，而是显得格外憔悴，很像他有一年高烧不退、连续好多天不刮胡子的样子。

但是后来，我渐渐地越来越少梦见他了。他就这样，离开了我的世界。

而同样离开我们生活的，还有南湘。她和简溪消失得一样彻底。

在天气越来越冷的冬天里，我开始花大量的时间和崇光在一起。

我也不知道这是为什么，在回答顾里这个问题的时候，我对她说："可能是因为我突然间没有了男朋友，而凑巧的是，他也没有。"顾里低头认真而严肃地考虑着，一边点头，一边说："有道理……那他有女朋友么？"我想冲她吐口水的时候被她捏住了下巴。

崇光申请了大量的院外治疗时间。说是治疗，但其实只是我陪着他，过一些之前他很少过的生活——普通人的生活。我和戴着帽子墨镜、用围巾裹起下巴的他一起，出入各种场合，比如看电影、逛街、在各种小吃街上吃东西。但和普通人不一样的是，他还是会去恒隆买包包（在这一点上，他和他那个见鬼的哥哥一模一样）。

天气更冷一些的时候，我还和他一起去了七星滑雪场滑雪。

这是我人生第一次滑雪，我在滑雪场里踩着滑雪板激动地给顾里打电话，告诉她："顾里！你猜我在哪儿？！"

"佐丹奴的秋季折扣会是吧？"顾里在电话那边尖酸刻薄。

"No！我在七星滑雪场滑雪！滑！雪！"我完全不想理会她的羞辱。

"停，停停！你是打算继续把h-u-a，滑！x-ue，雪！给我拼写出来是吧。"顾里在电话那边打断了我，"话说回来，七星滑雪场在哪儿？闵行么？好恶心……"

"不，在闵行外面，七宝！"我非常同情顾里，她每次坐车只要出了中环，就会呕吐。

"谢谢你把我弄得更加恶心了。七宝？你要出远门怎么不告诉我呀，我可以让公司帮你订折扣低的机票！"她愤怒地挂断了这个来自上海外环郊区的电话。

顾里挂掉电话之后，继续在笔记本上处理她乱七八糟的公司账目。

蓝诀端着一杯咖啡走了进来，放下之后，又轻轻地把顾里办公室的窗户打开了一小点，让新鲜的空气吹进来。

顾里喝了一口咖啡，一种从来没有尝过的味道，她抬起头用神秘的眼神望着蓝诀，满脸询问的表情。

蓝诀用更加神秘的诡谲笑容无声地回答了她。出门前，他对顾里说："你下午3点需要吃胶原蛋白药片，5点的时候你和Jacko有约，之后晚上7点半，别忘记了去歌剧厅。"说完关门出去了。几秒钟后门又打开，他笑眯眯地补充道："不用费心去记，到时间之前，我会再次提醒你的。"

顾里把振动的手机拿起来，看见刚接收的彩信，照片上是穿得极其笨重的我，和同样笨重的崇光，两个人在白雪上，开心而灿烂地笑着。

顾里也不由自主地笑起来。

她转过头看见刚刚蓝诀打开的窗户，一丝冰凉的风吹进来，舒服地贴在脸上。

我和崇光聊过我和简溪的故事，他总是很认真地看着我的脸，听我哭哭啼啼地诉说。我每一次透过眼泪，看着他认真的眼神，就觉得一种心疼，为什么面前这个又温柔又英俊的年轻男孩子，这个被全国各种女生男生疯狂崇拜的偶像，会活不了多久。因为我是一个无神论者，所以我敢在心里，痛恨上帝。

　　但是崇光看起来很精神，一点都不像得了癌症的人。除了看上去有些消瘦之外，他的气色非常好。只是他几乎不吃什么东西，偶尔逛街口渴了，喝点饮料之后，会坐在路边的椅子上，弯腰休息很久。

　　我听人家说起过，并且也问过医生，在他这个症状和阶段，是会有很多很多的疼痛的，吃止痛片也无法缓解。但是在我面前，崇光好像什么都没发生过一样。他没有和我说，也没表现出来，所以我也没办法问。而且，在他面前，我都极力不去提及关于癌症的任何事情。我知道自己在逃避什么。

　　就像是被捆上定时炸弹的人，假装听不见计时器滴答滴答倒数的声音一样。

　　都是逃避。

　　他也需要经常回医院。

　　当他觉得孤单的时候，我就从公司去看他。宫洺没有什么意见，他也希望有个人，可以多陪陪崇光——在崇光所剩无几的生命里。

　　其实我心里明白，我根本就不是在陪他，而是需要有一个人可以陪我。

　　我想要慢慢地恢复力量，以走出离开简溪的这段黑暗岁月。

　　在一天接着一天过去的岁月里，有时候我把崇光换下来的衣服带去干洗店，然后把他的衣服给他带去医院，他不爱穿病人服，觉得穿着那个东西时刻觉得自己快要死了。所以，他病房的衣柜里挂起了越来越多的名牌，我称呼他的衣柜为小恒隆。

　　有时候他也会拉我在地板上坐下，和他一起打游戏。但是，我没有那个天赋，在眼花缭乱的子弹和炸弹中间，走不过两圈，就横尸倒地。崇光却像是浑身都有雷达一样，在枪林弹雨里左右突击，怎么都死不了。有一次我非常不服气地抱怨："你怎么还不死！"他听到后停住了动作，沉默了，过了会儿他小声说："应该快了。"电视屏幕上的战士随着他的手柄停止而停了下来，过了会儿，就中弹倒地了。崇光咧着嘴，满不在乎地笑着，说："你看，死了吧。"他的笑容在夕阳里，看起来有一种悲怆的味道。阳光把他下巴青色的一圈胡碴，照得一片金黄色，看起来像英俊的英国皇室成员。

　　有时候我陪他在医院的湖边晒太阳。冬天的太阳越来越少。湖边上的草地变成了介于绿色和黄色之间的一种病快快的颜色，看起来特别不精神。崇光有时候坐在草地上发呆，他的头发被太阳晒得金灿灿的，包括他的皮肤、他的瞳孔、他修长的手指，都在太阳下变得金灿灿的透明起来，像要融化进空气里消失不见。我有时候站在远处，没有打扰他，偷偷地掏出手机，拍下他在太阳下美好得像是精灵的样子，他像是年轻的天使一样，身上镀了一层耀眼的金边。

时间在一点一滴地过去，流逝，告别。
我们慢慢地走向一个被上帝作好记号的地点。

在一个下起雨的黄昏，我送了一些水果去崇光那边之后，回到家里。
客厅里，顾源和顾里两个人挨坐着，彼此没有说话。房间里一片寂静，我看见顾源脸上的神色，有点被吓到了。在几个月前，顾里的生日会上，我看见过相似的神色。
我有点不知所措地走到他们面前坐下来，鼓起所有的勇气，装作幽默的样子，调侃地问："谁快死了？"
顾源抬起头看着我，没有说话。那一瞬间，我的心跳像是停止了一样，我有一种直觉，我说中了。
在我脸色一片苍白的时候，顾源轻轻地对我说："简溪要走了，离开上海。今天晚上的飞机。"
不知道为什么，听见这个消息，我整个人却突然放松了下来，甚至有一种想要喝酒的轻松感。
我耸了耸肩膀，笑了笑，说："你看，差不多啊，无论是死了，还是离开上海，都是可以形容为'他要走了'的一件事情。"

顾里、顾源还有我，我们三个坐在光线越来越暗的客厅里。
后来是顾里忍不住了，起身把灯打开。
顾源对我说："林萧，我知道简溪一直都是爱你的。我不信那些乱七八糟的鬼东西。我只知道，他肯定爱你。这么多年，我和他从小一起亲密地长大，我了解他就像你了解顾里一样。"他的面容看起来有些激动，我知道他是一个几乎不会激动的人。我唯一知道他哭过的场合，就是顾里第一次和他分手。
"我觉得其他的都是狗屁，和谁上床，和谁接吻，这些完全不重要。爱一个人，是想要和他一辈子，漫长的时间里，陪伴他，温暖他，和他一起消耗掉巨大的人生。就像顾里一样，无论她身上发生什么事情，我还是爱她，尽管她也与那个狗都不如的人纠缠不清。"

我看见顾里动了动，想要和他争论，但是她看了看我脸上沉痛的表情，忍住了，没有说话。她站起来，给了顾源一个暗示的眼神，然后他们两个就走进房间里去了。

我一个人坐在空旷的客厅里，头顶一盏黄色的水晶灯。风从窗口吹进来，无数水晶珠子哗啦啦地摇来摇去，投下满地细碎的光。

我坐在客厅里流眼泪，虽然没有哭出声，但是中途差点被渗透到鼻腔里的眼泪给活活呛死。

我发现这么多日子过去了，我还是骗不过自己。

我拿着顾源写给我的航班时间和航站楼信息，坐在出租车上朝虹桥机场赶。

黄昏连绵的细雨，密密麻麻地交织成一张寒冷刺骨的网。它裹住整个上海，把上海拖进黑暗而寒冷的洞穴里。

我知道，这是上海永远都让人腻烦的冬天。阴冷的，潮湿的，上海冬季。

虹桥机场到处都是人，密密麻麻地拥挤在一起。广播里冷冰冰的女声在播报着各个航班起飞或者误点的信息，无数条长队排在换登机牌的窗口。

我在人群里，艰难地一个一个地挤过去，目光寻找着记忆里的那个简溪，干干净净、个子高高的简溪。他的头发也许留长了，或者刚刚剪短了刘海。他也许带着那个黑色的旅行箱子，上面有一条醒目的红色色带。

当我终于越过无数人的头顶和肩膀缝隙，看见前面静静站着看电子牌的简溪的时候，我的眼泪不争气地流了下来。

他的侧脸在机场白色的灯光下，显得又清瘦，又孱弱，像是轻轻地捧着也会碎。

我挥舞着手，大声地喊他的名字。

简溪听见有人叫自己名字的时候，有点不可置信地回过头，在寻找了一会儿之后，目光轻轻地落了下来。他笑了。

密密麻麻的人群里，他显得特别孤独，他的笑容衬托得他更加孤独。也许是因为他充满笑意的眼睛里，同时也充满了泪水。

他看着跌跌撞撞朝自己跑过来的林泉，张开了双臂。

　　林泉用力地抱紧简溪，把脸埋进他宽阔的胸膛，滚烫的眼泪全部流进他深蓝色的毛衣里。她一边哭泣，一边低着头说："我和你一起去。"

　　那就是了。

　　我漫长恋爱岁月的最终结局。

　　我穿着简溪送我的球鞋，穿着他喜欢的小羊皮外套，站在机场的安检口，看着他牵着林泉，一步一步地离开我的世界。

　　一个高大一个小巧的背影，他们依偎在一起，就像我们曾经依偎的样子一样。

　　简溪提着巨大的旅行包，也提着林泉的白色背包。他伸过手，揽过林泉的肩头。

　　一步，一步，走向他们将要共同拥有的世界。

　　我看着机场安检的人在他们身上来回检查了几下，就放他们过去了。

　　然后他们的背影，就消失在来回拥挤的人群，和密密麻麻的蓝色红色电子数字牌的后面。

　　我在厕所洗了把脸，掏出包里简溪的手帕擦干净脸上的泪水，然后把手帕丢进了厕所的垃圾桶。

　　走出航站楼的时候，我看见了站在门口等我的崇光。

　　他穿着他喜欢的Neil Barrett浅灰色的及膝长风衣，软软的羊毛绒混合织物，永远都可以给人的皮肤非常非常柔软和细腻的触感。他戴着一顶毛茸茸的毛线帽子，稍微遮掩一下他的偶像身份，但他并没有戴墨镜，所以我可以看见他的眼睛，像两面深沉的湖泊，盛满了温柔，和一些难以察觉的悲痛。风吹过他的眼睛，让他的眼眶变得发红。

　　他朝我伸出手，站在原地等我。

　　我走过去抱住他的腰，把脸靠近他的胸膛。

　　他身上的香味温暖而又和煦，但也带着一点点医院消毒水的味道，我想到这里又红了眼眶。我本来以为经过了刚刚躲在厕所隔间里面的大肆哭号、差点引来机场保安之后，我的眼泪已经流完了，但是现在，我在他如同太阳般暖煦的羊绒风衣里，再一次嗡嗡嗡地哭起来。

　　他轻轻地抬起手搭在我的肩膀上，一下一下地拍着，像当初在医院里，我们裹在一个被子里听音乐时，在白被单上和着音乐拍打的样子。他什么都没有说，只是陪着我站在人潮汹涌的航站楼门口。

我越过他的肩膀，看见了暮色里的上海。无数人来到这里，无数人离开这里。这个见鬼的城市，这个永恒的城市。我看见周围年轻的女孩子对崇光投过来疑惑而稍许激动的眼神，也看见夜空中不断冲上天空的飞机闪灯。

在轰隆隆的飞机轰鸣里，我发现，崇光再也不是当初那个顽劣的少年了。他安静、沉默，像所有那些成熟的男人一样，年轻的脸庞上甚至有些沧桑，眼角装点着两个被风雪轻轻吹亮的冬日清晨。

他轻轻地拍着我的肩膀，像小声哼歌一样，说："没事，我陪你啊。"

我心里的恶毒还没有来得及完全消散，于是我说："是啊，陪得了半年一年，然后我还得送你。"

他没有说话，安静地站在机场周围上演的巨大的悲欢离合里，风吹不进他的羊绒风衣，他的眼睛藏在我的身后，藏在羊毛帽子和浓密的头发下面。我温暖得像要睡过去一样。

我忘记了自己是怎么回到家的。

只是我打开门的时候，看见坐在客厅里等我的顾里、Neil和唐宛如。他们望着我的眼神，让我感觉自己三分钟之后就要死了。

我平静而缓慢地脱下自己的围巾、大衣，放下自己的包，解散扎起来的头发。整个过程里，我都没有说话，他们也不知道说什么。

我慢慢走过他们身边的时候，顾里说："……你饿的话，厨房有我带回来的……"

我停也没停地从他们身边走了过去，然后打开我房间的门，拉起窗帘，把暖气开到最高，然后上衣、裤子都没脱，就倒进了厚厚的被子里。

像是迎面被睡眠突然猛烈一击，我在两秒钟里，就沉沉地睡了过去。

崇光坐在主治医生的办公室里。

主治医生望着他年轻的脸，好像有些觉得可惜，问他："你真的改变主意要进行手术了？之前只有50%成功率的时候，你不想做。而现在病情比以前要糟糕，手术成功的几率大概只有15%，你还是想要做么？"

崇光的脸笼罩在台灯金色的光芒里，散发着软软的梦境一样的柔光，他点头，说："我想活下去。"

从来没有过的漫长的窒息的梦。

却是温暖的，滚烫的，像是冬天裹在被子里围坐在壁炉边的早晨那么暖烘烘的梦。

梦里顾里好像帮我端了一杯红茶过来，她亲切地坐在床边上，摸摸我的额头，然后又帮我披了披被子，然后忧伤地看着我说："你知道么，你看起来就像漫画里的那些人物一样——脸上都是密密麻麻的网点，你毛孔也太大了吧？"

梦里唐宛如也在，她非要死命挤到我的被子里来，被两只黄鼠狼拖进了厨房，不知道是不是丢进了沸腾的大锅里，我恍惚记得做梦之前顾里有问我饿不饿来着。

梦里南湘睡在我对面的床上，她的床又大又漂亮，是深檀木色的古典欧洲床，我记得曾经在法国文艺史的图册上看见过。还有又高又软的枕头，和暖洋洋的羊毛被毯。她在翻一本画册，和以前一样，懒洋洋的，特别好看。

梦里到处都是一片舒服的暖金色，像奶精放得过多的咖啡，甜甜的烘焙味道。梦里我昏睡着，枕头边上是靠着床头看书的简溪。他好像是在帮我念一个故事，又好像只是自己在看书，他戴着老花眼镜，我从来没有看过他戴老花眼镜的样子，有点像童话故事里的白胡子老先生。我记得自己在梦里呵呵地笑着，然后被他伸过手抱进他的腿上，暖烘烘的感觉。

梦里我好像是醒了，然后简溪合上书，问我要不要吃饭。我点点头，刚要起来，看见窗户外面在下雨，崇光站在雨里看着我，他的头发上、脸上、黑色的西装上，都是湿淋淋的雨水。一缕黄色的路灯笼罩着他和他头顶上连绵的冬日寒雨。他隔着玻璃窗和我说话，我却什么都听不见。简溪在我身边搂着我，看着我着急起来。崇光在雨里看起来特别悲伤，但脸上又好像是兴奋的表情，他最后开心地冲我挥了挥手，看口型好像是说"那我走啦"。我着急地从枕头下面摸出手机来打给他，结果电话"嘟嘟嘟"的声音一直持续着，他都没有接听。

窗外是一模一样的雨水，他的身影消失在一片金色的雨里。

当我睁开眼睛的时候，顾里坐在我面前。她在灯光下看起来漂亮极了，比南湘还要漂亮。

我挣扎着像被人打过一样痛的身体坐起来，问她："几点了，天亮了么？"

顾里摇摇头："还没，不过这是第二个天亮了。你睡了快四十个小时了。"

我低着头没有说话。

顾里把手伸出来递给我，说："宫洺一直在打你的电话……你回一个电话给他吧。"

她和我说话的时候，没有看我的眼睛。我看着她伸出来的手，不想去拿手机。手机上的那个绿色信号灯一直跳动着，提醒着我有未接来电。

我说过，我特别讨厌上海的冬天。

像是永远都穿着湿淋淋的衣服站在冰冷的寒风里。灰白色的气息，淡寡的天空，连鸽子都不会飞，只会躲在湿漉漉的屋檐下面，把脖子缩进翅膀里。

城市里到处都是穿着高级皮草的人，她们像一只又一只动物一样，捂着鼻子愁眉苦脸地路过那些乞丐，路过廉价的路边小摊。

深夜里所有人都消失了，躲回他们充满暖气和地热的高级别墅，或者躲进廉价的薄被子。他们孤独地望着窗外灰蒙蒙的上海，和这片天空下灰蒙蒙的岁月。只剩下裹着厚厚塑料大衣的环卫工人，用他们冻得通红的手，在深夜里扫着大街上腐烂的落叶。

外滩沐浴在寒冷的雨雪里，黄金般的光线病快快地照着旁边的江水，江面上漂浮着死鱼的尸体，没有飞鸟啄食它们。

整个上海像是满天缓慢漂浮着微笑的摄魂怪，雨水就是他们的亲吻，他们祝福每一个冬天里的人，新年快乐。

我坐在出租车里，穿过了这一切，像看着一个悲观主义者设计的橱窗。

到达医院的时候，我看见了手术室外坐着的宫洺和Kitty。

我朝他们走过去。

宫洺听见声音后转过头来，他看见了我。

我从来没有看过他脸上的这种恐怖表情，像是电影里邪恶的巫术师，狭长的眼，白色的牙齿，裹在连身的黑色长袍里。

他一步一步朝我走过来，目光里的阴毒像月光下的海浪翻涌不息，潮汐声是他巨大沉重的呼吸。

他一把捏住我的下巴，用一种比窗外冬天还要寒冷的语气，对我说：

"你离崇光远一点，越远越好。"

"他是我的。"

"你有多远滚多远。"

然后他把我的脸，<u>重重地朝旁边的椅子甩过去</u>。

TINY TIMES

小时代1.0

折纸时代

Tiny Times Season.01 Chapter.16

Dirty secrets make friends.

手术室的红色灯光还在转。

它不停地把那种恐怖的暗红色光线，投射到宫洺的脸上。他的脸沉浸在一整片黑色的阴影里，每当被红色的光线照亮时，就显露出让人从心里恐惧的绝望。

我忍受不了走廊里那种可以压碎我每一节脊椎骨的沉默压力，走向医院休息室的咖啡间。在那里，我看见了正在帮宫洺冲咖啡的Kitty。

我不知道和她说什么。我拿了一个小纸杯，撕开一袋廉价的雀巢速溶咖啡，倒进去，然后放出冒着热气的水。

Kitty把她随身带来的咖啡和奶精收好，放进她那款LV的never full手袋里。去年这款号称"可以放进一个婴儿"的手袋风行的时候，整个上海都订不到。Kitty用宫洺的名字帮自己订了一个，威胁我要是敢说出去，就拿钢笔捅进我的胸部里。

她转过身来，端着咖啡，对我说："你是不是觉得世界末日到了？"

我点点头，红了眼圈。

她看着我，带着一种同情的眼神："那你就错了。事实是，如果手术室的大门打开，医生告诉我们，崇光去世了，而且，这对于一个成功率只有15%的手术来说，是一个非常正常的事情——那个时候，才是世界末日。"

Kitty抛下目瞪口呆的我，转身出去了。

在拉开门的时候，她回过头来刺了我最后一剑："你知道崇光是因为你才做这个手术的，对吧？"

顾里再一次来到这个医院的时候，这里并没有什么变化，依然是美得像模型一样的山水、湖泊，巨大的森林像是从远古时代就存在的一样。

她慢慢地走过那个湖泊，几个月前，她在这里一头栽下去，那个时候，她想过干脆随着父亲一起走好了。

而几个月后的现在，她穿着Dior的白色小高跟鞋，镇定得像一个圆规一样，飞快地朝手术室走去。路过一个护士的时候，她还抓着对方尖刻地说："你们这个湖边上的地面要是再这么滑，我就去起诉你们。"

顾里在湖边找到我的时候，我刚从病房里面出来没一会儿。我待在里面，感觉自己像是随时会死去一般。我走的时候，宫洺一动也不动地坐在椅子上，从我来到这里开始，大部分的时间里，他都是这样一动不动地坐着，像一个假人。对，他一直都像一个假人，开心的时候、流泪的时候、痛苦的时候、得意的时候，他都是这样的，像北极冰天雪地里的一湖冻泉。

他的身边放着Kitty帮他冲好的高级咖啡。这已经是第二杯了，刚刚冲好的第一杯，被他抬起手来泼到了一个胆怯地哆嗦着过来问他要签名的小护士的身上。

顾里在我身边坐下来，我把头靠上她的肩膀，就像在学校的时候，每天晚上看电视都会靠着她一样。我说，我饿了，于是她从刚买的巨大Prada拎包里拿出一个用高级环保纸包装好的烟熏金枪鱼三明治，包装纸上面全都是法文。

我说那我进去倒杯水，于是她又从包里拿出一瓶星巴克拿铁。

最后，她更加诡异地从包里扯出了一条LV的薄毯子，披在我们两个的肩上。

（……）

我盯着她，说："好吧，把你的折叠钢丝床从包里拿出来，我们睡一觉。"

我裹在那块价格不菲的毯子下面，听着顾里和我讲宫洺和崇光的八卦。我从来没有了解过的，他们的家族。这也是顾里在研究他们家的时候，意外发现的。首先掌管Constanly集团的，是宫洺的爸爸，那个叫宫勋的人。但是实际上，他是以Sean Constanly的名字，出现在金融学院的教材里的。而崇光是他爸爸第二个妻子从前夫那里带过来的，他刚刚进宫家的时候，只是几岁的小孩子。而宫洺从小就被当做继承人培养，念美国最好的私立高中，进入常青藤联盟的哈佛商学院，毕业后在Constanly旗下的各个公司轮流实习任职，重要的收购计划差不多都有他的参与。在他的心中宫勋是一个神，而他拼命地想得到他的认可，对他来说，生命里除了庞大的商业业绩之外，其他一切都不重要。而唯独崇光，却从小就有着各种怪癖，十分顽劣，不想念书，唯一肯花精力的东西，在宫勋眼里一文不值，他称呼它们为"价值转换率只有1%的垃圾"，当然，大多数人称之为"艺术"。

顾里告诉我，甚至连崇光这个"畅销作家"的身份，也是宫洺一手打造起来的，只是业内很少人知道而已。崇光的所有商业推广和包装计划，甚至出版方向、小说内容，几乎都由宫洺设计。

他们两兄弟从小一起长大，崇光在家里，唯一一个愿意说话的人，就是宫洺。当然，他对宫洺的感情，绝对不仅仅只有"愿意说话"而已。如果要准确一点定义的话，那宫洺应该是他"地球上如果只选择一个人可以和他说话，那你选择谁"的答案。

我听着顾里像讲电视连续剧一样滔滔不绝地讲着宫洺混乱复杂的家族史，连金枪鱼三明治也吃不下去了。

更何况，在这之前，Kitty还给了我重重的一刀。"你知道他是为了你才做手术的吧。"

我不知道怎么面对崇光。

"他把他整个生命的重量都压到了我的身上，我承受不了。"我悲伤地对顾里说。

"他把你按在床上强奸了？"顾里疑惑地问我。

"你去死吧！"我拿油腻腻的印满法文的高级包装纸去扔她。

她连从背后飞来的黑米粥都能躲过，当然不会被我迎面丢来的一团纸砸到。

过了会儿，她好像有点犹豫，吞吞吐吐地对我说："林萧，我知道现在说这个事情有点不合适，"她把目光转到湖上去，没有看我，"如果有机会的话，我是说，假如崇光还活着，你能不能利用他的关系，让Constanly在收购我们的时候……"

"顾里！！"还没等她说完，我就愤怒地站了起来。身上披着的毛毯落在地上，粘满了枯萎的草。

"OK, OK."顾里赶紧把我拉下来坐好，"当我没说。"我瞪了她三个白眼之后，才重新坐下，继续享受我的金枪鱼三明治。

"我就知道成功的几率很低。"顾里叹气。

"是啊，医生说只有15%。"我眼圈又红了。

"不是，我是说，你会同意帮我的几率，很低。"顾里忧愁地望着湖面。我很想把她推进湖里。

"是啊，非常低，林萧说好像只有0.01%。"我恶狠狠地回答她。

"真的啊？这个数字可比我想像中高多了。"顾里当然比我更加尖酸刻薄。

而这个时候，我的手机响了起来。

Kitty的来电，让我差点连手机都握不稳。我丢给顾里，"你接吧，我不敢接。"

其实我心里知道，如果接起来听见Kitty对我说"他走了"的话，我会直接跳进湖里。

顾里接完电话后挂了，抬起头对我说："走了。"

我两眼一黑，栽进了湖里。

我和顾里跌跌撞撞地往手术室走。我看上去就像一个疯子，一个不停地在诅咒着顾里的、浑身湿淋淋的疯子。

顾里在我旁边，不停地道歉，但是我看得出来，她满脸都是掩饰不住的笑！我知道，这个段子很快就会在顾源、Neil和唐宛如之间流传开来。

顾里已经解释了第十二遍她说"走了"是对我说叫我一起走，Kitty叫我们去手术室，因为崇光的手术已经结束了。

"不过话说回来，你刚刚跳湖的动作也太迅速了，我伸手拉你都来不及。"

"省省吧，我看见你在边上笑得像看见唐宛如在诗歌朗诵比赛上拿了第一名一样，你根本没有伸手！"

当我和顾里赶到监护病房的时候，宫洺正在听医生说话。

医生告诉我们，崇光现在还在昏迷阶段。如果可以醒过来，他就可以活下去，并且如果癌细胞没有转移的话，他就会摆脱癌症的纠缠了。但是，如果他醒不过来……

我和宫洺坐在病房外面，等着里面的崇光苏醒过来。

顾里先走了。她留在这里没什么用，她只需要确定我没事就好，我看着她匆忙离开的背影，知道她一定迫不及待地想要去和顾源、唐宛如以及Neil分享我的跳水经历，她激动得都走不成直线了。

我回过头去看宫洺，他一直望着玻璃里面的崇光没有动。

现在，我终于可以理解他们兄弟之间深厚的感情了。崇光就像是他一手带大的儿子，就像他爸爸对他的塑造一样，他也完成了对崇光的塑造。他看着崇光一天一天按照自己计划的样子，变得越来越成熟，越来越光芒万丈，越来越不像以前那个游手好闲的文艺青年。对他来说，崇光确实是属于他的，是他生命的一部分。

我走过去，从包里拿出刚刚顾里带给我的另外一份金枪鱼三明治，递给宫洺，说："你饿么，要么先吃一份这个金枪鱼……"

我还没说完，就被宫洺转过来的白眼吓住了，他脸色发青，哆嗦着嘴唇对我说："……鱼……"

我赶紧把那个三明治丢进包里，然后死死地拉上了拉链。

接下来的几天里，我们过得并不开心。

　　事实上，越来越重的乌云翻卷着堆积过来，覆盖着我们头顶的天。

　　崇光的状态一点都没有好转，他没有清醒过来，心跳仪器上的曲线，一天比一天微弱。我和宫洺隔着玻璃，只能默默地看着戴着氧气面罩一动不动的他，却没办法走近，对他说话。

　　崇光脸色苍白，异常消瘦。嘴唇像是广告里那些另类的涂着白色唇膏的模特一样，看不到一丝血色。他的呼吸很慢，很慢，胸口持续地起伏着。他的眉毛轻轻地皱在一起，不知道他是在做梦，还是在经受着痛苦。这些我们都无从知晓。

　　他留在一个我们都去不了的世界里，挣扎着想要回来，又或者，是挣扎着，不想被拖进寒冷的死亡。

　　进入12月之后，上海的冬天寒冷得更加彻底，雨雪更加频繁地笼罩着这个城市。偶尔出现一个阳光灿烂的下午，就会让整条南京西路上的咖啡店里坐满了人，后院草地上的露天座位，更是拥挤得像是股票交易市场。人们太需要温暖的阳光了。

　　崇光也是在这样一个阳光灿烂的午后醒过来的。

　　那个时候我们已经可以进病房看望他了。我照常地把买给他的、他最喜欢的白色绣球花（天知道这是多么贵族的一种东西，我以前只在电影里的结婚镜头上看过，新娘总是拿着这样的花束走在红毯上）放在他的床头，然后坐在边上看着他发呆。

　　直到他睁开了眼睛，我都还不知道。我依然傻傻地坐在那里，看着他消瘦的脸庞，看着他因为没有修剪而变得更加锋利和肆意的浓黑的眉毛、高高的眉骨和挺拔的鼻梁，还有下巴上的一圈胡碴。

　　他眨了眨满是血丝的憔悴的眼睛，然后清了清喉咙，发出一声模糊而又嘶哑的声音来，"嘿。"

　　那个下午，我趴在他的胸口，流了很多眼泪。

　　我闻着他身上浓烈的消毒水味道，还有一些手术刀口的血腥气，但是，在这些剧烈的气味下面，是他重新恢复过来的、充满生命的味道。那种弥漫着和煦阳光和花朵芬芳的生命热度，虽然只是很微弱很微弱的一些，但是我知道，它会慢慢苏醒过来，然后越来越强烈，最后变成一个笼罩在我头顶的巨大的夏天。

　　在快要进入圣诞节的时候，崇光的生日到了。

我和顾里等一群朋友，都收到了参加崇光生日的邀请卡。唐宛如拿到邀请卡的时候惊呆了，她从来没有想过这个全国知名的作家，会亲笔书写"唐宛如"三个字。她打电话给她的妈妈，并且在电话里，激动地哭了。（……）

我拿着这份邀请卡，也非常地忧愁。因为这张卡比我的大学毕业证书还要豪华，竟然是用一种软皮革做的，打开之后，里面都是烫金的花体英文。更何况，上面写清楚了，生日party在崇光的家里，也就是宫洺的家里——哦不，准确一点说，是在Sean Constanly的家里，上海有名的世茂佘山庄园。当然，我们都知道那只是他很多个家中的一个。

看着我忧愁的脸，顾里体贴地把我牵到她的衣柜前，让我随便挑里面的礼服。我捧着自己的脸，激动得难以置信，作为回报，我在拉开衣柜的时候，响亮地对着里面说："Come out Neil!"

顾里之所以受到邀请，也是因为她和宫洺的关系缓和了很多。在度过丧失父亲的那段悲痛期之后，她明显又恢复了计算机的本性，就像是聚光灯下粉墨登场的女主角一样，刷刷刷，就变成了一个彻底的女商人。

她在家里的沙发上，一边往脸上拍打着HELENA的胶原蛋白黄金精华液（她下手太狠，无论是对唐宛如，还是对自己，总是不留余地，所以，我明知道她是在拍打精华液，也忍不住想要对她说："别打了，自己人！"），一边和我分析她的想法。因为在她看来，被Constanly收购对目前的盛古来说，利益远远大于弊端。丢掉的只是名誉上那些虚假的东西，得到的则是一个更为开阔的平台，和商业合作领域的极大扩展。而且，Constanly绝对不仅仅是收购盛古那么简单，Constanly最擅长的，就是在一个公司最低潮的时候，收购进来，然后包装一下，以十倍的价格卖出去，既然Sean Constanly会有第二次交易，那么，对顾里来说，就等于抓住了一个难得的机会。

"说得再简单一点，等于我们直接拿到了《M.E》那么庞大的一个出版机构的订单，要知道，他们每年的纸张需求量，就可以养活我们的纸厂和印厂了。"当然，我知道事实并没有这么简单，顾里有她的小算盘，她这样只是为了方便我理解而已。并且，我相信，她在算盘之下，还藏了一个更加小的太阳能计算机，而计算机下面，还有一小本写着她奸诈想法的秘密日记。

——随意吧，我没有任何意见，我只期待她和宫洺两台计算机真正对决的那一天，我正好出差在外，不需要面对这场可以掀翻整个上海的剧烈爆炸。

崇光说，他们现在在瑞士滑雪。

崇光告诉我的时候，脸上还是有小小的落寞。不过他习惯了，他说好像从十四岁之后的生日就没有和父母一起过了。但是宫洺却总是和他在一起，每一年都在。

当我们知道这样的情况之后，整个气氛一下子放松下来，但我们这一群人都是得寸进尺的，你如果给了唐宛如一个谢霆锋的签名，她就会幻想自己有可能跟贝克汉姆上床。所以，一下子就有点太过放松了。

当唐宛如拿着高脚杯，喝着香槟，愁眉苦脸地说"这就是馊葡萄水儿"时，顾里像在家里一样，伸手掐她的腰（上的赘肉），于是，唐宛如尖叫着，一杯香槟就泼在了宫洺家的欧洲古典布艺沙发上。

我和崇光同时倒吸一口冷气。

顾里镇定地拿过一个垫子，遮住了被泼到的那块地方。然后亲切地拉着崇光的手，说："都是自己人，别告诉宫洺，啊。"

崇光尴尬地说："他是我哥……"

下午的时候出了太阳，花园里的积雪反射出耀眼的光，整个天地也显得非常美好。

我们在院子里摆了张桌子，在桌子上铺了一块白色的巨大餐布，然后把香槟、红酒、烤肉通通搬了出来。我们裹着各种质地的高级毯子，坐在屋檐下聊天，当然，顾源、Neil、蓝诀和崇光那一群男生，在院子里像高中生一样，玩着低级的打雪仗。

坐在屋檐下的我和Kitty，持续不停地对崇光吼："崇光，医生说了你不准乱动！""No！你给我离那个放香槟的台子远一点！""不行，你根本不能吃烤肉，别忘记了你的胃被割掉了五分之二！""顾源！你再砸他我就把顾里的头发拔光！"

当然，和我们一起尖叫的还有顾里，不过她尖叫的原因和我们非常不一样，每当顾源被雪球砸中的时候，她都会扯着耳朵（当然，是我的耳朵）尖叫起来："顾源！你穿的可是Prada！"之后我清楚地听见了宫洺在背后小声地喃喃自语："这里每个人穿的都是Prada。"很明显，顾里也听到了，因为她的下一句话，就是死命地尖叫："顾源！砸崇光！砸他的头！"

"滚你丫的！凭什么呀！"我被惹毛了，转过头去对着他们吼："Neil，是好姐妹的话你就帮崇光一起砸顾源！"Neil一听，迅速加入了顾源的阵营，共同攻击崇光。

（……）

我在目瞪口呆的同时，听见崇光一边躲避，一边对我深情告白："林萧你闭嘴！我恨你！"

我和宫洺同时埋头，双手揉着太阳穴，表情非常地忧愁。

当然，唐宛如也绝对不会错过这次尖叫的好机会。不过，她是在离我们很远的地方尖叫，准确点说，她也在院子里，每当被顾源、蓝诀和崇光集体扔过去的雪团正中胸部的时候，就会发出不知是愤怒还是喜悦的吼叫声来。

尖叫了几次之后，顾里实在受不了了，于是，她果断地加入了他们（……）。但是，她刚刚跨进战区，一大团雪就迎面飞来，砸在了她早上花了一个小时才弄好的头发上。她伸出舌头舔了舔挂在脸上的雪，她被惹毛了。

三分钟后，Neil蹲在墙角里求饶，准确地说，如果不是还能看见他从雪堆里露出来的Dior靴子，我不会知道被顾里埋进雪里的人是谁。顾里气宇轩昂地走回到顾源身边，得意地甩着她（散乱一团，像刚刚被一只鸡飞到头上扑腾了半天的疯婆子般）的头发。

顾源忧愁地看着她，顾里看着他的表情，忍不住了："嘿！嘿！我知道欺负女孩子不对，但是是他先动手的！"

当然，当天的闹剧在宫洺也加入战争之后，达到白热化的状态。或者说是，演变成一场不可控制的、两个完美主义者之间的决斗，在宫洺和顾里两个人的字典里，都是没有"输"这个字的。

我、顾源、Neil、Kitty、蓝诀，甚至连唐宛如，都躲到了一边，瑟瑟发抖地，恐惧地看着面前两个小宇宙都燃烧到了极限的人互相投掷着雪球。他们动作敏捷，手起刀落，并且伴随着无数中英文的口头攻击。

我们一排观众站在旁边，表情沉痛地揉着太阳穴。

当他们两个消停下来的时候，我们看见了像刚从雪里刨出来的落难者一样的宫洺，他的Gucci黑色小西装被扯到了肩膀下面，而对面的顾里，表情像是曼哈顿自由岛上的胜利女神一样，但是，她的礼服皱皱巴巴的，像是刚刚从洗衣机里拿出来，鉴于上面都是雪和冰渣，或许也可以说成是刚从刨冰机里拿出来。

"Kitty！去帮我倒一杯香槟过来！我中场休息！"宫洺咬牙切齿地面对着顾里，头也不回地对Kitty说。Kitty尴尬地踩着高跟鞋，一路小跑去倒香槟。

"蓝诀！去往他的香槟里投毒！"顾里一脸寒霜，冲着宫洺，头也不回地说。蓝诀努力在脸上假笑了一下，朝香槟跑了过去。（……）

我只能说，他们都是顶级的助理。

"我不得不提醒你，收购成功的话，我就是你们公司的大股东，你敢毒死我，我就让你们公司所有的人喝西北风。"宫洺洋洋得意地，用他那张冷冰冰的脸，假笑着对顾里说。

"哦哟，我受到了惊吓！"顾里反唇相讥（这个时候，我和唐宛如都同时抬起了头，想看看顾里有没有抚住胸口），"你别忘记了，收购成功的前提，是你答应让我成为新的财务总监。哼哼，你敢让我公司的人都喝西北风，我就敢偷光你们公司的钱，让你们连西北风都没得喝！"

于是，他们两个又开始了疯狂的雨雪攻击。

周围的人看了看，知道这场战役在所难免，于是，我们纷纷痛苦地选择了阵营，随后尖叫着加入了战斗，我本来想跑到顾里那边去，结果被崇光恶狠狠地拖到了宫洺的阵营，"嫁鸡随鸡嫁狗随狗吧你！"

本来双方势均力敌，但是，唐宛如战斗力实在太强，我们渐渐败下阵来。

中途技术暂停的时候，我、宫洺、崇光和Kitty看着站在对面的五个人——顾源、顾里、唐宛如、Neil、蓝诀，我们冲着对方阵营抱怨："这不公平！我们只有四个人！"

顾里挺身而出，拉住Neil和唐宛如的手，说："但我们这边有三个女孩子！"

"哦哦哦哦顾里！我祝你被砸得连你妈都不认识哦！"Neil气炸了，脸鼓得像一个球。

顾里笑了笑，有点嗔怪地对他说："亲爱的，你说什么呢，我妈本来就不认识我，我自己都不知道生母是谁，呵呵。"

我站在对面，眼睛都快脱眶了。

Neil气鼓鼓地退出了战斗，蓝诀也举手投降，Kitty也一瘸一拐地战败退出了比赛，现在好了，剩下顾里、顾源、唐宛如，以及崇光、宫洺、我，我们依然大眼瞪小眼。

巨大的夕阳笼罩在院子上面，看上去就像是特效做出来的场景，美好得不真实。

蓝诀在屋子里放起了音乐，是美好的圣诞歌曲，一个温柔的男声在唱着颂扬圣诞和爱情的旋律，钢琴和苏格兰风笛的伴奏。

软绵绵的积雪，把整个长满水杉的花园装点得像是随时会有圣诞老人驾着雪橇从里面跑出来，然后一路撒下各种礼物盒子一样。

夕阳的光芒笼罩在我们的脸上，让每个人看起来都年轻了好多。头顶飘落的雪花，像是精美的白金别针一样镶嵌在我们的身上。

我第一次，看见那么多的人，一起发出如此开心的笑容。

我站在边上，心里装满了像是温热的蜂蜜水一样甜蜜的情绪。眼前的场景，像是打了柔光的慢镜头一样，持续在我的面前放映着。我看着热闹的他们，斗嘴的他们，彼此殴打的他们（……），喝着香槟脸红的他们，醉醺醺地胡乱开玩笑的他们，真想时间永远停在这里。

这是离上海市中心很远的顶级别墅区。

能够踏进这个区域的人非常非常少，但是，这里却一点都不冷清。

我想，离我们很远的市中心，现在肯定也是一片洋溢着幸福的景象吧。

因为每一年的这个时候，都是上海最漂亮的时节，甚至比春节的时候还要漂亮。所有的灯都开了，每一栋摩天大楼都在飘满雪花的天空里闪闪发光。满街的车都开得很慢，因为总是有戴着红白圣诞帽的外国小孩，叽叽喳喳地在大街上乱跑。但是每一个司机都笑得很开心，他们还会摇下窗户，朝可爱的小孩子丢出一块糖。

所有的商场都在打折，就连从来不打折的Hermes和LV，店员脸上也充满了温暖的微笑——或者说这也是某种程度上的额外赠品。

每一间餐厅都挤满了人，暖洋洋的暖气从窗口蔓延到街上。很多很多的情侣都在街上手牵着手，像是王菲歌里唱的那样，慢慢地走着看细水长流，或者越过千堆积雪。无论是穿着牛仔裤、染着金黄头发的年轻学生，还是穿着Gucci的贵族们，都从车上下来，在欢乐的街上漫步，整个城市像被洒满了金粉一样发光。

圣诞的钟声不时在外滩响起来，飘荡在浩浩荡荡的江面上。

每一年，最最漂亮的时候。每一年，最最温暖的时候。

蓝诀在厨房里，把那个巨大的蛋糕从盒子里拿出来。然后把生日蜡烛一根一根地插到上面。

Neil走进厨房倒水喝的时候，问他："要帮忙么？"

蓝诀转过头来，微笑着对他说："不用了。"

Neil拿着水杯，靠在餐桌边上，对蓝诀说："你的名字听起来很复杂。"

蓝诀想了想，对Neil这个在美国长大的人来说，确实有点复杂，他说："你可以叫我Jack。"

"I am Neil!" Neil伸过手去，对他自我介绍着。

Neil看着面前穿着Dior窄身西装的蓝诀，和他脖子里隐隐透出的紫色Hermes真丝男式领巾，闻着他身上散发出来的Dolce&Gabbana味道的香水（这和Neil用的香水是一样的），饶有兴趣地上下打量起面前这个清秀的男生来。

他扬起一边的嘴角，有点坏笑地问："Jack, may I ask you a question?"

蓝诀回过头，抬起手，把手背上不小心碰到的奶油放到舌头上，舔了舔，然后看着面前这个英俊的混血儿，歪了歪头，甜美地笑着："Sure."

Neil转身关上了厨房的门。

就在我觉得这是一年最最幸福的时刻的时候，我接到了一个让我更加幸福的电话。看到手机上来自南湘的电话的时候，我激动得快要哭了。我接起电话，听见她在电话里说："圣诞快乐……林萧，我很想你。"电话里她的声音依然甜美，虽然有一些沙哑，却是让我怀念的语调。

我对顾里、崇光他们说我要出去一下，马上回来。他们都很好奇，于是我告诉他们我有一个外地朋友，路过上海，而且就在上海南站，不是很远，我过去拿个东西就回来。

于是我匆忙地跑出佘山庄园，我太想见到南湘了。也许是失去了简溪的关系，我不想再有一个人离开我的生命。

我走到门口的时候，崇光在背后叫我，说他开车送我去。我说："不用了，外面这么冷，你快回去，我晚饭之前就回来。"

他站在门口笑着，点点头，把手放在我的头发上揉了几下，拍掉我身上的雪。他取下脖子上的大围巾，差不多把我整个人都裹了起来。我把捂住嘴的围巾往下拉了拉，说："这位先生，我现在不是要躺进金字塔里去，所以也请不要把我裹成木乃伊。"

说完，我和他紧紧地拥抱了一下，然后转身走了。

他站在我的背后，温暖地微笑着，看着我的身影坐上停在门口等候的计程车之后，才转身走进庭院里。

我在火车站门口见到了南湘。我没有问她这些日子去了哪儿，也没有问她到底发生了什么事情，只是紧紧地拥抱着她。

她瘦了，头发长得不得了，软软地披在肩膀上。她看着我，眼圈红红的，和我说"对不起"。

我拉着她冰冷的手，一直摇头。

我幸福得都要哭了。

南湘站在我的面前，没有说话，她紧紧地抓着手上那个沉甸甸的大包。

我看着她奇怪的表情，问："你是刚从哪儿回来，还是要去哪儿么？"

南湘还是没有说话，只是身子开始慢慢地颤抖起来，终于跌坐在路边的台阶上。她低着头，头发盖住了脸，但是我知道她是在哭。

我们周围人来人往，很多的外地人都坐在地上，所以，我们一点都不引人注目。虽然我穿着黑色的礼服，但是在不认识的人眼里，那也只是一条普通的长裙子而已，况且我身上还裹着崇光的羽绒服。

南湘抬起头，她的脸被路边的灯光照得惨白，抓着我的手一直抖个不停，她的手指太过用力，泛出吓人的白色来。我被她抓得很痛，但是我没有说话，只是抱着她的头，问她："你告诉我，到底发生了什么？"

她看着我，眼泪像是水龙头被打开一样滚出来。

她慢慢地拉开她的包，我低下头，看见里面一捆一捆整齐、干净、粉红色的，人民币。

餐桌上放满了白色的蜡烛，高级的烛台在烛光下看上去像是古董。

厨房里几个厨师在忙着做晚餐，蓝诀也帮忙在摆着酒具。

顾里和唐宛如依然在客厅里斗嘴，她们势均力敌，倒不是唐宛如进步神速，而是顾里尖酸刻薄的奇思妙想，她往往听不懂，于是就失去了杀伤力。

Neil把一瓶酒递给蓝诀，扬起嘴角问他："Open it now？"

蓝诀回过头来，对他摆摆手指，咬着嘴唇笑着："No."

崇光站在窗口，看着大门口，等着我回来。

整个房间里，都是我生命里，除了家人之外最最亲密的人，他们都在等我。但是，他们却完全没有意识到，在这样的一天，在这个时刻，就失去了我。他们再也没有联系到我。

大雪降落的时候，崇光跑到他家院子里的那口古钟上敲了起来。悠扬而沉重的钟声里，他闭起眼睛，微笑地许下了愿望。

暮色降临之后，上海飘起了大雪。

我坐在火车上，南湘坐在我对面。我们都不知道要去哪儿，只是随便买了离开上海的车票。我们要尽快逃离这个地方。

火车开动的时候，我把早就关机的手机拿出来，拔掉SIM卡，扔出了窗外。我握着瑟瑟发抖的南湘的手，安慰她："没事，没有人可以找到我们。"

火车的汽笛声，在黑夜里听起来像是尖叫。

我们越来越快地离开了上海。窗户外面的灯火一片璀璨，我知道全上海的人，都在这个时候分享着圣诞的快乐。

当火车终于加速之后，我们无法回头地离开了上海。

这时，坐在我对面的南湘抬起了头，她的脸刚好沉在一片黑暗里，我看不清她的五官。

在一片嘈杂的声音里，她缓慢地对我说："林萧，顾里会和席城上床，是因为席城在顾里的饮料里下了药。"

我的耳膜一下子被突如其来的汽笛声刺痛了，我手足无措地看着坐在对面的南湘，告诉我这个肮脏的秘密的南湘。

我张了张口，却不知道该说什么，这个时候，她补充道："是我叫席城去的。"

我们都知道，电影里总会有让我们惊讶的桥段。但是，当我们拿着爆米花可乐坐在电影院里的时候，都知道无论多么惊险，蜘蛛侠都会打赢章鱼博士；无论多么曲折，最后王子也会和灰姑娘在一起。

　　但是生活却不是这样，它在轻轻地把一颗炸弹放到你手心里之前，其实早就把一张诅咒的符，贴上了你的后背。

　　就像现在，我们终于知道了，什么才是真正肮脏的秘密。

　　我像一个死人一样，失去任何知觉地看着面前冷静的南湘。她整个人坐在火车暖黄色的光线下，脸却刚好被不知道从哪儿来的阴影遮挡。她的表情我全都看不见，整张脸像一个黑色的幽洞。我面对着一张黑洞。

　　而这个时候我看见，黑洞的旁边，出现了我永远不会忘记的那张脸，轻轻地微笑着，冲我打招呼，"嘿，林萧。"

　　黑洞旁边，席城的脸。

　　我的头像要裂开来一样，仿佛听见黑洞深处传来鬼魅般尖厉的笑声。

　　火车呼啸着，冲进了一片迷蒙的大雪里。

　　《小时代》第一季完
　　第二季《虚铜时代》将在《最小说》2008年12月号上开始连载
　　我们圣诞节再见

《小时代 1.0 折纸时代》限量版

---

*限量99999套

*封面印刷特殊编码，数字不重复，每本限量独一无二

*80克纯木浆环保轻型纸全文印刷

*护封使用日本进口超感纸精密肌理处理印刷

*内封采用法国进口特厚白卡纸特殊压纹印刷

*护封为超广角上海浦东浦西江湾全景

*9款精美设计，每款均不重复的独特TINY TIMES卡片随机附送

*9篇作者郭敬明创作手记，随机附送

*漫画版海报，提前曝光收录

*以上内容，均只使用在限量版《小时代 1.0 折纸时代》，普通平装版本仅采取常规印刷

*定价29.8元。与普通平装版采取同样定价。

（以上信息为基本信息，细微调整，以实际出版物为准）

《小时代 2.0 虚铜时代》

2008年12月《最小说》强势连载重开，最新一话神秘计时开始。

故事在阴霾的寒冬里再次苏醒，纷纷扬扬的大雪席卷了圣诞街头的上海，这个中国最锋利而冷漠的物质之都。

沉睡的秘密和卷土重来的死亡，情感和眷恋对抗着巨大的空虚和谎言，黑暗里的匕首战争慢慢地进化成了轰然的爆炸。

那是我人生面对的第一场来自身边的葬礼。

我和顾里，也再一次面临了人生里深不见底的寒冷深渊。

我和我的爱恨，彼此对峙在冷漠的坟墓之前。

《小时代》第二季

《小时代 2.0 虚铜时代》敬请期待

《TINY TIMES 2.0》Season Two

15th Dec. 2008 Coming Soon …

Dirty secrets make friends. You know that's true.

《小时代 1.5 青木时代》COMIC

每个人都有属于自己的真相。当诺言、谎言、背叛、怨恨与恐惧相互撞击交织，庞大的执念笼罩着整座浮夸之城。在薄暮前最为黑暗清冷的时分，在你下定决心这么做时，你已失去天恩……

而当一切证据摆在面前时，你有没有勇气去面对临界深渊的恐惧！

颠覆性的全新剧情，未曾解开的压抑秘密。面具背后的黑暗力量，逆流般重回。

全新视觉饕餮，无限扩容的支线剧情，强烈的感官冲击！

尽在《小时代 1.5 青木时代》COMIC

2008年10月《最小说》首回32页海量连载开始！每月持续精彩引爆！

《TINY TIMES 1.5》

15th Oct. 2008 Coming Soon …

Dirty secrets make friends. You know that's true.

图书在版编目（CIP）数据

小时代 / 郭敬明 著

武汉：长江文艺出版社，2008.10

ISBN 978-7-5354-3817-1

I. 小… II. 郭… III.长篇小说-中国-当代 IV.I247.5

中国版本图书馆CIP数据核字（2008）第121674号

小时代 1.0 折纸时代

 新浪读书强力推荐！

选题策划：金丽红 黎 波 安波舜

责任编辑：苏姗姗 痕 痕

装帧设计：柯艾文化［www.zuibook.com］

美术执行：adam.X Mint.G Alice.L YiF.Mok［from Castor］

媒体运营：赵 萌

责任印制：张志杰

出版：湖北长江出版集团 长江文艺出版社　　电话：027-87679301
　　　　　　　　　　　　　　　　　　　　　　传真：027-87679300

地址：湖北省武汉市雄楚大街268号湖北出版文化城B座9-11楼

邮编：430070

发行：北京长江新世纪文化传媒有限公司

电话：010-58678881　　　　　　　　　传真：010-58677346

地址：北京市朝阳区曙光西里甲6号时间国际大厦A座1905室

邮编：100028

印刷：三河市华业印装厂

开本：700×1000毫米　1/16　　　印张：19

版次：2008年10月第1版

字数：390千字　　　　　　　　　印次：2013年4月第50次印刷

定价：29.80元

我们承诺保护环境和负责任地使用自然资源。我们将协同我们的纸张供应商，逐步停止使用来自原始森林的纸张印刷书籍。这本书是朝这个目标前进迈进的重要一步。这是一本环境友好型纸张印刷的图书。我们希望广大读者都参与到环境保护的行列中来，认购环境友好型纸张印刷的图书。